BERND FRANZINGER
Leidenstour

HÖLLENRITT Für den Jungprofi Florian Scheuermann geht ein Lebenstraum in Erfüllung: Er wird für den Rennstall der Radsport-Legende Bruce Legslow nachnominiert und darf an der diesjährigen Tour de France teilnehmen. Doch schon bald verfliegt seine anfängliche Euphorie. Bei einer Trainingsausfahrt wird er Opfer eines heimtückischen Anschlags. Kurz darauf wird ein Mechaniker seines Teams tot aufgefunden. Er wurde im Schlaf mit einer Fahrradkette erdrosselt.

Kommissar Wolfram Tannenberg ermittelt fieberhaft. Gibt es einen Zusammenhang zwischen dem Mord und den Dopingpraktiken, mit denen auch Florian konfrontiert wird? Als dann auch noch bei einer Pressekonferenz ein mysteriöser Doping-Kronzeuge durch ein Sprengstoffattentat getötet wird, entwickelt sich der verheißungsvolle Karrierestart endgültig zum Albtraum ...

Bernd Franzinger, Jahrgang 1956, lebt mit seiner Familie bei Kaiserslautern. Mit seinen überaus erfolgreichen »Tannenberg«-Krimis gehört er zu den bekanntesten Autoren der deutschen Krimiszene. »Leidenstour« ist bereits der neunte Fall seines Kaiserslauterer Kriminalkommissars Wolfram Tannenberg.

Bisherige Veröffentlichungen im Gmeiner-Verlag:
Kindspech (2008)
Jammerhalde (2007)
Bombenstimmung (2006)
Wolfsfalle (2005)
Dinotod (2005)
Ohnmacht (2004)
Goldrausch (2004)
Pilzsaison (2003)

BERND FRANZINGER

Leidenstour

Tannenbergs neunter Fall

GMEINER Original

Personen und Handlung sind frei erfunden.
Ähnlichkeiten mit lebenden oder toten Personen
sind rein zufällig und nicht beabsichtigt.

Besuchen Sie uns im Internet:
www.gmeiner-verlag.de

© 2009 – Gmeiner-Verlag GmbH
Im Ehnried 5, 88605 Meßkirch
Telefon 0 75 75/20 95-0
info@gmeiner-verlag.de
Alle Rechte vorbehalten
1. Auflage 2009

Lektorat: Isabell Michelberger, Meßkirch
Herstellung / Korrekturen: Katja Ernst / Claudia Senghaas
Umschlaggestaltung: U.O.R.G. Lutz Eberle, Stuttgart
unter Verwendung eines Fotos von: © robert van / sxc.hu
Druck: Fuldaer Verlagsanstalt, Fulda
Printed in Germany
ISBN 978-3-8392-1016-1

»Die Dopingkontrolleure haben keine Chance, manchmal reichen schon kleine chemische Veränderungen, um die aktuellen Blut- und Urintests fast nach Belieben auszuschalten. Und so ist die Wahrscheinlichkeit, dass auch die diesjährige Tour de France keinen sauberen Sieger haben wird, so groß wie in den Jahrzehnten zuvor.«

Der Spiegel

PROLOG

Morddrohungen?

Torsten Leppla stieß geräuschvoll Luft durch die Nase.

Eigentlich kein Wunder, nach dem, was gestern passiert ist.

Er blickte hinüber zu seinem Fernsehgerät, auf dem ein Laufband die Liveübertragung einer Pressekonferenz ankündigte.

Sensationelle Enthüllungen eines Kronzeugen?

Bin sehr gespannt, ob die diesmal auch wirklich spektakulär sind. Hoffentlich sind es nicht wieder solche Windeier wie diese lächerlichen Doping-Geständnisse vor ein paar Wochen. Urplötzlich beichten da einige Radprofis ihre Dopingsünden. Und warum? Etwa aus freien Stücken? Von wegen! Nein, nur deshalb, weil sie von einem ehemaligen Masseur schwer belastet wurden. Freiwillig hätten die das doch nie getan. Und was haben sie gebeichtet? Ihre längst verjährten Dopingvergehen! Und der Öffentlichkeit wollten diese Scharlatane auch noch weismachen, dass sie danach nie mehr gedopt hätten. Märchenstunden, nichts als Märchenstunden!

Im Leistungssport wurde schon immer gedopt. Und es wird auch weiterhin gedopt werden. Selbst die Gladiatoren im alten Rom haben sich gedopt. Er grunzte amüsiert. Mit Stierhoden!

Brot und Spiele. Seit der Antike hat sich doch im Prinzip

nichts Wesentliches geändert. Im Amphitheater haben die Jungs mit schweren Waffen aufeinander eingeschlagen. Heutzutage bekämpfen sie sich mit Hightech-Rädern bei mörderischen Alpenetappen. Und warum tun sie das? Aus der gleichen Motivation heraus wie vor 2.000 Jahren: Es geht um Ruhm und Ehre – und um Geld, um viel Geld. Und warum geht es um viel Geld? Weil Heerscharen von lüsternen Voyeuren diese Bergdramen begaffen und sich an den Sportlerqualen ergötzen.

Ohne Zuschauer kein Geld.

Ohne Geld kein Doping.

Ist doch eigentlich ganz einfach, oder?

Er presste die Lippen zu einem schmalen Strich zusammen und atmete tief durch.

Ja, ja, die guten alten Drogen Ruhm und Geld.

Aber wer von uns ist denn nicht süchtig danach?

Leppla drückte die Zigarette aus und schrieb an seinem aktuellen Artikel weiter. Seine Beiträge für die heutige Ausgabe der Pfälzischen Allgemeinen Zeitung hatte er gestern Nacht gerade noch rechtzeitig in der Redaktion abgeliefert. Heute Morgen war er zeitig aufgestanden und hatte den ganzen Tag über recherchiert. Nun konnte er sich endlich wieder dem Text widmen, den er vor ein paar Tagen begonnen hatte und der sehr gut zu den gegenwärtigen, spektakulären Ereignissen passte. Entsprechend der Vorgaben seines Chefredakteurs versuchte er mit seinem provokanten Artikel, die Leser aufzurütteln und sie gleichzeitig mit Hintergrundinformationen zu versorgen.

Doping gehört zum Leistungssport wie der Schweiß der Athleten, überflog er die ersten Zeilen. *Solange es Menschen gibt, wird überall dort gelogen und betrogen, wo es ums liebe Geld geht: in der Wirtschaft, in der Politik – und eben auch im Sport. Jeder Insider weiß doch ganz genau, dass heutzutage fast alle Spitzensportler von ihren sogenannten medizinischen Betreuern systematisch an die legalen Grenzwerte herangedopt werden.*

Warum nicht einen Schritt weitergehen und Doping völlig freigeben?

Worin besteht eigentlich der Unterschied zwischen einem Berufssportler und einem Stardirigenten, Herzchirurgen oder Zirkusartisten? Da fragt doch auch kein Mensch danach, welche illegalen Substanzen diese Leute einsetzen, um Spitzenleistungen zu vollbringen. Sollte man einem erwachsenen Menschen nicht zugestehen, selbstverantwortlich mit seinem Körper umzugehen?

Im Straßenverkehr und im Supermarkt tut man das doch auch. Ich kann mit 250 Stundenkilometern über die Autobahn rasen oder mir zwei Flaschen Wodka kaufen und mich ins Koma trinken – alles völlig legal!

Leppla nippte an seinem Espresso und blickte nachdenklich zur Zimmerdecke empor. Dann schloss er die Augen und sehnte sich eine Inspiration herbei. Plötzlich klatschte er in die Hände, dann flogen seine Finger regelrecht über die Tastatur:

Durch eine Freigabe der Dopingmittel würde man den Sumpf des mafiösen Schwarzmarkthandels ein für alle Mal trockenlegen. Zudem würde dadurch die scheinheilige Kriminalisierung der Athleten auf einen Schlag beendet.

Sportler sind vor allem Opfer, nicht Täter!

Es kann nicht angehen, dass die Rennfahrer bis hin zum finanziellen Ruin die Zeche zahlen sollen, während sich die

Hintermänner die Taschen vollstopfen und dabei auch noch straffrei ausgehen.

Die wahren Täter quälen sich nicht auf einem Rennrad in sengender Hitze den Mont Ventoux hinauf. Sie agieren in einer Schattenwelt und steuern aus klimatisierten Nobelkarossen heraus den internationalen Schwarzmarkthandel mit den illegalen, zum Teil lebensgefährlichen Substanzen.

Auch wenn es vielleicht paradox klingen mag: Das legale, von seriösen Pharmaunternehmen durchgeführte, öffentlich kontrollierte Doping würde die Gesundheit der Leistungssportler schützen.

Außerdem könnte man dadurch dem Sport ein Stück Glaubwürdigkeit zurückgeben.

Die Gefahr eines skrupellosen Dopings bestünde kaum, denn welcher etablierte Pharmakonzern könnte es sich leisten, den Tod eines von ihm betreuten Sportlers zu verkünden? Außerdem würde die medizinische Forschung enorme Fortschritte machen, Fortschritte, von denen wir letztendlich alle profitieren würden.

Seien wir doch mal ehrlich: Wollen wir nicht alle besser aussehen und uns besser fühlen? Ist eine weitgehend risikofreie Optimierung und Leistungssteigerung unseres Körpers und Geistes nicht die Erfüllung eines uralten Menschheitstraums?

Bitte, liebe Leser, schreiben Sie uns Ihre Meinung zu diesem kontrovers diskutierten Thema.

Der freiberufliche PALZ-Sportjournalist lehnte sich entspannt zurück, zündete sich eine weitere Zigarette an und nahm einen tiefen Zug. Während weißer Rauch über Tastatur und Monitor waberte, las er noch einmal über seinen Text. Zufrieden schaltete er den Laptop aus und klappte ihn zu.

Anschließend fuhr er zum teuersten Hotel der Stadt, wo die als spektakulär angekündigte Pressekonferenz stattfinden sollte.

Rund um die Nobelherberge herrschte ein regelrechter Belagerungszustand. Auf dem Parkplatz reihten sich dicht an dicht die Übertragungswagen internationaler Radio- und Fernsehanstalten. Die umfassenden Sicherheitsvorkehrungen ähnelten denen von Terroristenprozessen. Überall wimmelte es von Security-Personal und uniformierten Polizeibeamten. Der Zugang zum großen Speisesaal war nur über eine Kontrollschleuse möglich.

Nachdem Torsten Leppla die obligatorische Leibesvisitation über sich hatte ergehen lassen, durfte er endlich den Saal betreten. Schätzungsweise 100 Journalisten, Fotografen und Kameraleute bevölkerten den zum Pressezentrum umfunktionierten Speiseraum. Auf der gegenüberliegenden Seite der Eingangstür war eine breite Tischfront aufgebaut worden. Sie wurde von einem kabinenähnlichen Glaskasten geteilt, der wie eine Duschkabine aussah. Wegen des stark getönten Glases konnte man nur schemenhaft erkennen, dass sich darin ein kleiner Tisch sowie ein Stuhl befand. Auch das Tischmikrofon ließ sich nur erahnen. Hinter der Glaskabine waren große Plakatwände aufgebaut, auf denen die Logos eines Privatsenders und diverser Sponsoren prangten.

Der Sportjournalist sondierte die Reporterschar und ließ sich zielgerichtet neben einer attraktiven, dunkelhaarigen Kollegin nieder. Als er die La Gazzetta dello Sport auf ihrem Schoß erblickte, begrüßte er sie mit einem gehauchten »Buon giorno, Bella«. Als ihm die Schöne ihr Gesicht zudrehte, bedachte sie ihn lediglich mit einem knappen, verächtlichen Blick. Dann wandte sie sich wieder ihrem Begleiter zu – und Leppla sah nichts mehr von ihr außer einem Vorhang aus seidig glänzenden, pechschwarzen Haaren.

Enttäuscht von der Abfuhr ließ er seinen Blick umherschweifen. So ähnlich muss es damals beim Turmbau zu Babel geklungen haben, dachte er in Anbetracht des Sprachenwirrwarrs um ihn herum.

»Hallo, Torsten«, tönte plötzlich eine sonore Männerstimme durch die Geräuschkulisse. Es dauerte einen Moment, bis er den winkenden FAZ-Redakteur entdeckte, der auf der Pressetribüne des Fritz-Walter-Stadions gewöhnlich eine Reihe vor ihm saß. Der etwa 50-jährige, hagere Mann beugte sich zu ihm herunter.

»Stimmt es, dass dieser Klamauk-Sender die Exklusivrechte für einen hohen sechsstelligen Betrag erworben hat?«, fragte er.

»Ja, das hab ich auch läuten hören«, antwortete Leppla. Er zuckte mit den Schultern. »Aber ob's tatsächlich stimmt?«

Der grau melierte FAZ-Redakteur nahm direkt hinter Torsten Leppla Platz. »Ich denke schon, dass an diesem Gerücht etwas Wahres dran ist. Unser Doping-Kronzeuge wird sich sicherlich fürstlich für seinen Mut belohnen lassen.«

»Das Geld kann er wahrscheinlich auch sehr gut gebrauchen. Da kommt möglicherweise einiges an Forderungen auf ihn zu. Wenn er nachher tatsächlich ein Dopinggeständnis ablegt, wird er wohl ein Jahresgehalt abliefern müssen. Denn wie jeder Fahrer des Turbofood-Rennstalls hat auch er die Ehrenerklärung unterschrieben.«

»Bewundernswert, dieser Mut.«

»Na, mal abwarten, was er uns beichten wird. Vielleicht ist alles ja auch nur heiße Luft«, mutmaßte Leppla. Seine Hand glitt über den kahl rasierten Schädel, während er den Mund zu einem schiefen Lächeln verzog. »Aber wenn er wirklich Tacheles redet, würde ich mir an seiner Stelle weniger Gedanken ums Geld als um mein Leben machen.«

»Hast du irgendeine Ahnung, wer dieser ominöse Kronzeuge ist?«

»Nein. Ich hab zwar heute Morgen in der Zentrale des Turbofood-Konzerns angerufen, aber nur den Pressesprecher erreicht. Die Rennfahrer und Funktionäre des Teams seien zurzeit nicht erreichbar und aufgrund der gegenwärtigen Situation sowieso für niemanden zu sprechen. Das Hotel Antonihof, in dem sie während ihres Trainingslagers wohnen, ist von Security-Leuten hermetisch abgeriegelt. Da kommt keiner von uns rein. Die machen ein Riesen-Rätsel daraus, wer der Verräter ist.«

»Vielleicht ist es ja gar kein Fahrer.«

»Wie dem auch sei.« Leppla lehnte sich zurück und seufzte tief. »Jedenfalls möchte ich nicht in seiner Haut stecken.«

»Gerüchte, wer es sein könnte?«, bohrte der FAZ-Redakteur nach.

»Sicher. Die gibt's zuhauf. Nur beziehen sie sich auf fast jeden von ihnen.« Torsten Leppla bedachte seinen Kollegen mit einem schelmischen Grinsen. »Vielleicht kann er ja gar nichts mehr sagen, sondern nur noch bellen.«

Sein Hintermann stutzte. »Was meinst du denn damit?«

»Na ja, man munkelt, dass der Turbofood-Konzern seine Fahrer mit Hämoglobin von Hunden dopt. Soll nicht nachweisbar sein.«

In das schallende Lachen des FAZ-Sportredakteurs hinein ertönte plötzlich ein anschwellender Trommelwirbel.

»Jetzt fehlen nur noch die Posaunen«, spottete Leppla. »Dann hätten wir eine Inszenierung wie bei Ben Hur.«

»Das wäre dem Anlass durchaus angemessen«, bestätigte sein Kollege grinsend. »Hast du eigentlich schon mitgekriegt, dass der Bund Deutscher Radfahrer eine Aktion ›Sauberer Radsport‹ startet?«

»Nee.«

»Ab sofort soll nur noch mit Einwegspritzen gedopt werden.« Erneut prustete Lepplas Pressekollege los.

Während die Raumbeleuchtung heruntergedimmt wurde, erklangen nun tatsächlich Fanfarenstöße. Ein Raunen ging durch die Menge. Das Innere der Glaskabine wurde mit mehreren Spots ausgeleuchtet. Eine schätzungsweise 1,70 Meter große Gestalt öffnete die Tür und nahm auf dem Stuhl Platz. Die nicht identifizierbare Person war in einen Mantel gehüllt, wie ihn Boxer gewöhnlich auf dem Weg zum Ring tragen. Den Kopf bedeckte eine weit über Wangen und Stirn hinausragende Kapuze. Aufgrund des Schattenwurfs konnte man vom Gesicht nicht das Geringste erkennen.

Das Spotlight verlöschte und die Kronleuchter flammten auf. Ein sonnengebräunter Mittdreißiger nahm neben der Kabine Platz, begrüßte die anwesenden Journalisten und stellte sich als Geschäftsführer eines privaten Fernsehsenders vor. Der Mann mit dem eingeschalteten Lächeln trug einen grauen Designer-Nadelstreifenanzug, ein blütenweißes Hemd und eine curryfarbene Seidenkrawatte. Seine rostbraunen Haare waren kurz geschnitten und scheitellos.

»Meine sehr verehrten Damen und Herren«, sagte er mit fester Stimme, »ich möchte Sie zunächst um Verständnis für die umfangreichen Sicherheitsvorkehrungen bitten, die wir zum Schutz unseres Topinformanten durchführen mussten.«

»Wer ist dieser ominöse Kronzeuge?«, rief Leppla nach vorne.

»Was soll dieses Kasperletheater?«, blaffte ein schräg vor ihm sitzender Kollege hinterher.

»Gemach, gemach, meine Herrschaften«, wiegelte der Moderator mit einer beschwichtigenden Geste ab. »Ich verstehe natürlich, dass Sie sehr ungeduldig sind«, er machte eine ausladende Handbewegung zur Glaskabine hin, »und wissen möchten, wer sich hinter diesen schusssicheren Scheiben verbirgt.«

»Schusssicheres Glas – wer's glaubt, wird selig«, raunte Leppla über die Schulter nach hinten. »Alles Show!«

»Sie müssen sich nur noch wenige Minuten gedulden«, fuhr der Redner fort. »Gleich wird diese mehrfach mit dem Tode bedrohte Person zu Ihnen sprechen und alle Ihre Fragen beantworten. Allerdings werden Sie weder ihr Gesicht sehen noch ihre Originalstimme zu hören bekommen.«

Im Saal brandete erneut Unruhe auf. Der Fernsehmacher gebot den aufbegehrenden Journalisten abermals mit einer entsprechenden Geste Einhalt. »Sie müssen sich schon an unsere Spielregeln halten. Zuerst müssen wir noch den Werbeblock abwarten.«

»Scheiß Werbung«, zischte es in der ersten Reihe.

Doch der Moderator ließ sich nicht aus dem Konzept bringen. »Ihre Geduld wird reichlich belohnt werden. Das verspreche ich Ihnen. Sie können sich auf hochbrisante Enthüllungen freuen. Nach dieser Pressekonferenz wird nichts mehr so sein, wie es vorher war.«

Der Geschäftsführer des Privatsenders schnellte in die Höhe, fächerte die Arme vor dem Körper auf und verkündete mit anschwellender Stimme: »Gleich wird hier eine Bombe platzen. Sie wird den Radsport und sein kriminelles Umfeld in einem Ausmaß erschüttern, wie es bis heute niemand für möglich gehalten hätte. Die Mauer des Schweigens wird einstürzen und die Lügengebäude werden wie Kartenhäuser ineinander zusammenfallen.«

»Na, dann mal los«, forderte eine kräftige Frauenstimme in Lepplas Rücken.

»Die Schattenmänner des internationalen Doping-Kartells haben versucht, massiven Druck auf unseren Sender auszuüben. Sie wollten unter allen Umständen diese Pressekonferenz verhindern.«

Der Moderator leerte sein Wasserglas mit hastigen Schlucken.

»Da sind wir jetzt aber gespannt. Vielleicht ist ja doch alles nur eine Riesenshow für hohe Einschaltquoten und lukrative Werbeeinnahmen«, vermutete Torsten Leppla in Richtung seines Kollegen.

»Aber wie Sie sehen, haben es diese finsteren Gestalten nicht geschafft«, fuhr der nobel gekleidete Mann fort. »Wir haben uns nicht einschüchtern lassen. Schließlich hat die Öffentlichkeit ein Recht darauf, die ungeschminkte Wahrheit zu erfahren.« Sein Ton wurde noch schärfer. »Es muss endlich reiner Tisch gemacht werden, damit der saubere

Radsport eine Zukunft hat.« Der Geschäftsführer drehte sich zur Glaskabine hin. »Hören wir nun, was unser Kronzeuge im Kampf gegen die skrupellose Dopingmafia zu berichten hat.«

Die Strahler flammten auf und tauchten eine zu einem knallgelben Mikrofon hinabgebeugte, regungslose Gestalt in grelles Licht.

Plötzlich zerriss ein ohrenbetäubender Knall die Luft. Eine enorme Druckwelle warf die Presseleute in den ersten Reihen nach hinten und ließ die Lichtstrahler bersten. Erst das kurze Zeit später aufflackernde Blitzlichtgewitter machte das Blut sichtbar, das auf den Scheiben des Glaskastens klebte.

Blut, zähflüssig wie Honig.

1. ETAPPE

Montag, 29. Juni

Unmittelbar nachdem feststand, dass die Tour de France in diesem Jahr zum ersten Mal in ihrer Geschichte in der Pfalz starten würde, hatte der sportliche Leiter des Turbofood-Teams die Unterkunft für seine Mannschaft gebucht. Der Teammanager überließ nichts dem Zufall. Schon während seiner aktiven Zeit war er der Inbegriff für professionelle Arbeit und Perfektionismus gewesen – Kriterien, die ihm einzigartige Erfolge, aber auch viele Neider beschert hatten.

Das Waldhotel Antonihof bot geradezu ideale Voraussetzungen für ein Abschluss-Trainingslager, das den Radrennfahrern den letzten Schliff für die in fünf Tagen beginnende Tour de France verleihen sollte. Im Herzen des Pfälzer Waldes gelegen, diente es auch Hobbyfahrern als Startbasis für abwechslungsreiche Ausfahrten auf einem gut ausgebauten, aber verkehrsarmen Straßennetz. Die regionale Topografie ermöglichte Trainingseinheiten mit nahezu jedem Streckenprofil. Zudem ließ das Viersternehotel bezüglich Service, Verpflegung, Unterkunft, Fitness- und Wellnessbereich keinerlei Wünsche offen.

Gegen 9 Uhr trafen die Fahrzeuge des Profi-Rennstalls vor dem Hotelkomplex ein. Der Hotelmanager und sein Personal empfingen die Sportler und Funktionäre winkend im Freien. Man war sehr stolz darauf, dieses renommierte Radsportteam beherbergen zu dürfen. Nach einer herzlichen

Begrüßung erhielten die Leistungssportler die Schlüssel für ihre Unterkünfte ausgehändigt, damit sie sich gleich in ihre komfortablen Appartements zurückziehen konnten.

Für Florian Scheuermann war es das erste Profi-Trainingslager, an dem er teilnahm. Entsprechend aufgeregt war er. Er konnte sein Glück noch immer nicht fassen. Wegen der schwerwiegenden Verletzung eines Rennfahrers war er völlig überraschend nachnominiert worden. Er hatte zwar durchaus einige beachtliche Erfolge im Juniorenbereich vorzuweisen, aber von einem Sprung in solch ein etabliertes Profi-Team hätte er bis vor Kurzem noch nicht einmal zu träumen gewagt.

Die Teamleitung hatte ihn als sogenannten Wasserträger verpflichtet, wobei diese abschätzige Bezeichnung im Profi-Radsport wortgetreu mit Inhalt gefüllt wurde. Die Hauptaufgabe des Wasserträgers bestand nämlich exakt in der ursprünglichen Bedeutung des Begriffs: Während des Etappenrennens mussten diese Sportler Trinkflaschen vom Begleitfahrzeug des Teams zu den Spitzenfahrern transportieren. Im Radsport herrschte eine strenge Hierarchie.

Aber damit hatte Florian keine Probleme. Als Novize musste man eben auf der untersten Sprosse der Karriereleiter beginnen und sich Stufe für Stufe hocharbeiten. Das erreichte man am schnellsten, indem man gewissenhaft seinen Job erfüllte und durch Leistung auf sich aufmerksam machte.

Irgendwann bekomme auch ich meine große Chance, dachte Florian. Und die werde ich nutzen.

Der junge Radprofi stand am Fenster seines Zimmers und blickte gedankenverloren hinunter auf den Innenhof, wo die Teamfahrzeuge geparkt waren. Auf der Seitenfläche des

Lkws, in dem die Rennmaschinen und eine kleine, mobile Mechaniker-Werkstatt untergebracht waren, leuchtete ihm das farbenfrohe Turbofood-Logo und der Slogan ›*Unsere* Gesundheits-Turbos für *Ihre* Lieblinge!‹ entgegen. Werbefotos mit den bekanntesten Produkten des weltgrößten Herstellers von Futtermitteln und Tiernahrungs-Ergänzungsprodukten rundeten die Eigenwerbung ab: Happycat-Premium-Cookies, Happydog-Power-Food, Happyhorse-Relax-Pellets.

Womit man so alles sein Geld verdienen kann, sinnierte Florian, der noch nie in seinem Leben ein Produkt seines Brötchengebers gekauft hatte. Jedenfalls muss das ein sehr profitables Geschäftsfeld sein, sonst könnte mir dieser Weltkonzern wohl kaum dieses Wahnsinnsgehalt zahlen.

Er rieb sich sie Augen und gähnte. Seit seiner Nachnominierung hatte er viel zu wenig geschlafen. Die auf ihn einstürzenden Ereignisse hatten ihn wie eine Tsunamiwelle mitgerissen und auf eine unbekannte Insel gespült.

Von den Trainingslagern der Junioren-Nationalmannschaft her war Florian eine Unterbringung der Sportler in Mehrbettzimmern gewohnt. Die Betreuer hatten diese Maßnahme stets mit positiven Auswirkungen auf den Teamgeist begründet. Im Profi-Bereich legte man offenbar keinen sonderlichen Wert auf derartige Dinge. Die Teamfähigkeit des Einzelnen wurde anscheinend vorausgesetzt.

Auf der Busfahrt hierher zum Waldhotel saß er neben einem Landsmann, den er bislang nur aus dem Fernsehen kannte. Heiko Bolander war Bergspezialist und hatte bereits acht Mal die Tour de France bis zum Ende durchgestanden. Florians Ehrfurcht gegenüber diesem Helden der ›Tour der Leiden‹ war kaum in Worte zu fassen. Am Anfang traute er sich nicht, ihn anzusprechen, sondern blickte schweigend aus dem Fenster. Erst als sein Nebenmann plötzlich munter draufloszuplappern begann, war er aufgetaut und fragte dem renommierten Kollegen regelrecht Löcher in den Bauch. Wie ein wohlwollender Mentor befriedigte Bolander das Informationsbedürfnis des Jungprofis und gab ihm darüber hinaus auch noch den einen oder anderen wertvollen Tipp.

Besitzer des erfolgreichen Radsportrennstalls war der amerikanische Turbofood-Konzern. Als Teamchef fungierte Bruce Legslow, eine wahrhafte Radfahrer-Ikone. Schließlich hatte er viermal hintereinander die Tour de France gewonnen. Und das, obwohl er seit seiner frühesten Kindheit unter schwerem Asthma litt und zeitlebens auf starke Medikamente angewiesen war.

Aufgrund von Medienberichten war Florian bekannt, dass Legslow mehrere Bücher über seinen jahrelangen Kampf gegen die lebensbedrohliche Erkrankung geschrieben und eine Stiftung mit dem Namen ›Medical Hope‹ gegründet hatte. Den Presserecherchen zufolge flossen die eingesammelten Spendengelder zum überwiegenden Teil in innovative Genforschungsprojekte.

Da Bruce Legslow angeblich als Großaktionär an diesen Biotech-Unternehmen beteiligt war, unterstellten ihm Kritiker primär eigennützige Motive für sein vordergründig soziales Engagement. Zudem munkelte man, dass der Turbofood-Konzern aus wirtschaftlichem Eigeninteresse diese Werbekampagne für die Genforschung großzügig finanziell unterstützte.

Florian Scheuermann war Legslow nur kurz bei der Vertragsunterzeichnung begegnet. Dem Teammanager eilte der Ruf eines knallharten Erfolgsmenschen voraus. Aber das kam Florian gerade recht. Auch er wollte erfolgreich sein und sich den Traum eines jeden Radsportlers erfüllen: einmal im Leben die Tour de France zu gewinnen – und dadurch unsterblich zu werden!

Bruce Legslow reiste dem Tross stets ein paar Tage voraus. Er befand sich für gewöhnlich in Begleitung seiner Ehefrau, einer ›arroganten Amischnepfe‹, wie Heiko Bolander sie wörtlich tituliert hatte. Die beiden waren offenbar ziemlich versnobt, bewohnten stets eine standesgemäße Luxussuite und ließen sich in angemieteten Luxuskarossen durch die Gegend chauffieren.

Auch innerhalb des Fahrerteams dominierten die US-Amerikaner. Und zwar nicht nur zahlenmäßig, sondern auch bezüglich ihres Status innerhalb der Mannschaft. John Williams war der Teamkapitän und Spitzenfahrer für das Gesamtklassement der jeweiligen Rundfahrt. Ihm zur Seite stand Cliff Randolf, sein bester Freund und sogenannter Edelhelfer. Bei den beiden anderen amerikanischen Radsportlern handelte es sich um den amtierenden Zeitfahrweltmeister und einen sogenannten Sprinterkönig.

Die Turbofood-Mannschaft komplettierten ein weiterer Deutscher, zwei Uskeben und ein Belgier – allesamt Wasserträger wie Florian selbst. Zudem nahmen drei osteuropäische Ersatzfahrer an dem Tour-de-France-Vorbereitungslager teil.

Noch vor dem Mittagessen mussten alle Leistungssportler den ersten Teil eines medizinischen Check-ups durchlaufen, der im Fitnessraum des Hotels stattfand.

Florian wunderte sich ein wenig darüber, dass kein anderer Rennfahrer dabei war, als er durchgecheckt wurde. Vom Juniorenbereich her kannte er ausschließlich Reihenuntersuchungen, die ähnlich abliefen wie die Musterungen für die Bundeswehr.

Während ihm der Teamarzt Blut abzapfte, sondierte sein nervöser Blick Jenny, eine junge Physiotherapeutin. Sie saß am Schreibtisch und gab Daten in einen Laptop ein. Jenny war 24 Jahre alt, ein dunkler Typ mit adrettem Kurzhaarschnitt und ebenmäßigen, leicht asiatisch anmutenden Gesichtszügen. Die hautenge, sportliche Kleidung brachte ihre atemberaubende Figur derart aufreizend zur Geltung, dass Florians Augen magisch davon angezogen wurden. Als sie zu ihm herüberschaute, riss er blitzschnell den Blick von ihr los und betrachtete die Kanüle in seinem Arm, durch die sein Blut in einen Plastikbeutel floss.

»Na, mein kleiner Flo, tut's weh?«, rief sie keck.

»Nee«, gab Florian betont lässig zurück.

»Ich darf doch Flo sagen, oder?«

»Logo«, antwortete der Jungprofi. Obwohl er versuchte, sich cool zu geben, spürte er, wie seine Wangen glühten.

Dr. Schneider entfernte die Kanüle und legte einen Tupfer auf die winzige Einstichstelle. »Fest draufdrücken«, befahl er.

Florian Scheuermann tat, wie ihm geheißen. Der Teamarzt nahm unterdessen ein bereitliegendes Pflaster vom Tisch, entfernte die Schutzfolie und klebte es Flo auf den Rücken.

»Was ist das?«, fragte Florian ängstlich.

»Nur ein bisschen Testosteron.«

»Doping?«

»Quatsch!«, zischte Dr. Schneider. »Doping wäre es nur dann, wenn diese minimale Hormonzufuhr den erlaubten Grenzwert überschreiten würde«, schob er in barschem Ton nach. Doch gleich darauf fügte er mit bedeutend sanfterer Stimme hinzu: »Wir optimieren lediglich deine genetische Grundausstattung, mein junger Freund. Du brauchst also nicht die geringste Angst zu haben.«

»Ach so«, bemerkte Florian erleichtert.

»Außerdem hat ein bisschen mehr Testosteron noch keinem richtigen Mann etwas geschadet«, meinte Jenny, während sie Dr. Schneider mit einem verschwörerischen Blick bedachte.

»So ist es, mein süßes Kind«, erwiderte der Mediziner. Er tätschelte Florians muskulösen Oberschenkel. »Und du machst dir keine unnötigen Gedanken mehr. Du kannst dir hundertprozentig sicher sein, dass wir alle hier nur dein Bestes wollen. Vertraue uns einfach. Okay?« Er hielt ihm die Hand hin.

»Okay«, sagte Florian und schlug ein.

»So gefällst du mir schon bedeutend besser. Ich bin mir sicher, dass wir beide uns blendend verstehen werden. Du willst doch Erfolg haben, nicht wahr?«

»Ja, natürlich.«

»Dann musst du einfach nur das tun, was alle deine Radsportkollegen auch tun. Sonst hast du noch nicht einmal die allerkleinste Chance gegenüber deinen Konkurrenten. Denn wenn wir der Natur nicht ein wenig nachhelfen, bist du der Depp, nur du allein. Während die anderen die dicken Prämien kassieren. Und obwohl die meisten von ihnen schlechtere körperliche Voraussetzungen mitbringen als du, wärst du ihnen unterlegen. Wäre das nicht völlig ungerecht?«

»Doch, sicher.«

»Die anderen Fahrer zünden vor einem schweren Anstieg einfach ihre Turbos und«, zischend schleuderte er eine Hand nach außen, »wusch, sind sie weg. Weil sie noch Reservekörner haben, die Glücklichen.« Er bedachte Florian mit einem stechenden Blick. »Klar, oder?«

Der Angesprochene nickte mit betretener Miene.

Dr. Schneider zog die Augenbrauen hoch und ließ sie oben verharren. Er reckte den Zeigefinger empor und verkündete in eindringlichem Ton: »Schreib dir mal Folgendes hinter die Ohren: Indem wir das tun, was die anderen auch tun, erfüllen wir eine eminent wichtige Funktion, denn wir sorgen dadurch für mehr Gerechtigkeit im Sport. Das siehst du doch genauso, nicht wahr?«

»Ja.«

»Sehr gut«, lobte der Sportmediziner.

Er schob seinen Kopf so nahe an Florian heran, dass diesem ein stark nach Zigarettenrauch und Kaffee riechender Atem in die Nase kroch.

Reflexartig nahm Florian den Kopf ein Stück zurück.

Dr. Schneider senkte die Stimme und flüsterte: »Hab ich dir eigentlich schon gesagt, dass Turbofood in Insiderkreisen auch als ›Ferrari-Team des Radsports‹ bezeichnet wird?« Nachdem der eingeschüchterte Jungprofi stumm den Kopf geschüttelt hatte, fuhr er fort: »Und weißt du auch, warum?«

Florian schaute ihn mit großen, fragenden Augen an.

»Ganz einfach: weil wir den anderen Teams immer ein kleines, aber entscheidendes Stückchen voraus sind.«

Der Sportmediziner steckte sich eine Zigarette in den Mund, zündete sie an und nahm einen tiefen Zug.

In den ausströmenden Qualm hinein sagte er: »Dieses ganze Doping-Theater ist sowieso paradox von hinten bis vorne. Ein einfaches Beispiel: Wenn du vier Wochen intensives Höhentraining betreibst, darfst du ganz legal mit erhöhten Hämatokrit-Werten an den Start gehen. Aber was ist mit einem, der sich solch ein Luxus-Trainingslager finanziell nicht leisten kann? Der ist doch extrem benachteiligt, oder?«

Florian Scheuermann nickte stumm.

»Und was ist mit den Rennfahrern, die von Geburt an irgendwo in Südamerika in Hochgebirgsregionen wohnen und lebenslang von einem natürlichen Höhentraining profitieren? Diese Fahrer wären doch den anderen gegenüber enorm begünstigt. So etwas wäre extrem wettbewerbsverzerrend, nicht wahr?«

»Ja, klar.«

»Na, siehst du. Ich habe gleich gewusst, dass wir beide uns prächtig verstehen werden.« Gierig sog er an seiner Zigarette und blies den Rauch aus dem Mundwinkel heraus wie durch eine Düse an die Decke. Dann räusperte er sich ausgiebig.

Jenny reichte Florian unterdessen einen Trinkbecher. »Vitamine und Mineralstoffe«, erklärte sie und wartete, bis der Jungprofi sich die Flüssigkeit einverleibt hatte.

Dr. Schneider schnippte die Asche von seiner Zigarette ab und sagte: »Um diese Benachteiligungen auszugleichen, sind wir geradezu gezwungen, der Natur ein wenig auf die Sprünge zu helfen und für mehr Chancengleichheit zu sorgen. Weißt du, Florian, bei diesem ganzen Doping-Gequatsche herrscht sowieso eine total verlogene Doppelmoral. Jeder weiß schließlich ganz genau, dass ohne medizinische Hilfe niemals die Höchstleistungen erbracht werden könnten, die alle sehen wollen: die Zuschauer, die Veranstalter, die Sponsoren – und auch die Funktionäre der ach so untadeligen Sportverbände.« Abschätzig stieß er Rauch durch die Nase. Einen Moment lang sah er aus wie ein fauchender Drache. »Leistungssport ist eben kein Minigolf.«

»Oder Hallen-Jo-Jo«, kicherte Jenny.

Sie kam auf die beiden Männer zu und fing an, dem Jungprofi vorsichtig die EKG-Saugnäpfe von der unbehaarten Brust zu entfernen.

Dr. Schneiders lüsterner Blick taxierte die attraktiven weiblichen Rundungen vor seinen Augen. Schmunzelnd nippte er an seinem Kaffee.

»Florian, hast du eigentlich gewusst, dass hier bei uns in Europa früher der Kaffeekonsum geächtet wurde?«, fragte er.

Da der junge Radsportler wie paralysiert in Jennys Ausschnitt stierte, konnte er sich kaum auf die Worte des Mediziners konzentrieren. Mechanisch schüttelte er den Kopf.

»Johann Sebastian Bach hat sogar eine Kaffeekantate komponiert, um seine Mitmenschen von dieser angeblichen Teufelsdroge fernzuhalten«, fuhr der Sportmediziner fort. Geradezu andächtig betrachtete er seine Henkeltasse. »Stell dir das mal vor: Ein Leben ohne Kaffee – undenkbar!«

»Genauso undenkbar wie ein Leben ohne Sex«, schnurrte Jenny wie eine rollige Wildkatze. Sie zog den letzten Saugnapf von Florians nacktem Oberkörper und streichelte mit den Fingerkuppen sanft über die gerötete Stelle.

Florian überlief abwechselnd ein heißer und kalter Schauer.

Jenny feuerte ein kesses Lächeln ab und erhob sich. »So, wir zwei sind miteinander fertig, mein kleiner Flo – zumindest fürs Erste.«

Mit betont aufreizendem Hüftschwung stolzierte sie aus dem Fitnessraum hinaus.

»Ein gut gemeinter Rat unter uns Männern, mein Junge: Jenny ist heiße, flüssige Lava«, raunte Dr. Schneider. »Lass ja die Finger von ihr. Du könntest sie dir nämlich mächtig an ihr verbrennen.«

Für Punkt 14 Uhr war das Mannschaftstraining des Turbofood-Teams angesetzt. Unter den Fahrern nannte man diese erste Trainingseinheit ›Spritztour‹. Nahezu ideale Witterungsbedingungen sorgten für Hochstimmung unter den Sportlern. Wie so oft um diese Jahreszeit wurden weite Landstriche der Pfalz von der Sonne verwöhnt. Die Luft war trocken und die herrschenden Temperaturen waren genau so, wie sie die Rennfahrer am liebsten mochten: angenehm warm, aber nicht heiß. Außerdem herrschte absolute Windstille.

Im Anschluss an eine lockere Teambesprechung begab sich ein Pulk von zwölf Profi-Radsportlern und zwei Begleitfahrzeugen auf die ausgesuchte Rundstrecke. Sie führte zunächst über die Bundesstraße 48 nach Johanniskreuz und weiter zum Eschkopf. Von diesem vorläufig höchsten Punkt aus schlängelte sich die Landesstraße die engen Serpentinen hinunter nach Annweiler am Trifels. Unterhalb der imposanten Burgen bewegte sich der kleine Pulk am welligen Rand der Haardt entlang nach Sankt Martin. Mit stoischer Ruhe ignorierten die in Zweierreihen nebeneinander herradelnden Rennfahrer die drängelnden und hupenden Auto- und Motorradfahrer.

Florian Scheuermann war rundherum glücklich. Er fühlte sich wie ein junger Prinz, der zum ersten Mal in seinem Leben an der Festtafel der alten Könige sitzen durfte. Das monotone Sirren der Speichen und der kühlende, würzig duftende Fahrtwind steigerten seine Euphorie. Zudem lösten die lockeren Gespräche mit seinen Kollegen ein Gefühl von Freude und Stolz in ihm aus. Ohne darüber irgendein Wort zu verlieren, signalisierten ihm die anderen Fahrer, dass er nun einer von ihnen war. Er konnte es noch immer nicht glauben, aber er war nun tatsächlich Mitglied einer, wenn nicht sogar der Elitetruppe des internationalen Radsports.

In Sankt Martin, einem malerischen Weindorf mit liebevoll restaurierten Fachwerkbauten, verließen die Fahrer die Weinstraße und quälten sich den strapaziösen Anstieg hinauf zur Totenkopfhütte.

Florian erinnerte sich plötzlich an einen Dokumentarfilm, den er erst vor Kurzem gemeinsam mit seinen Eltern angeschaut hatte. Darin wurden die dramatischen Ereignisse beim Jahreswechsel 1960/61 geschildert. In dieser Neujahrsnacht hatte ein Mitglied der sogenannten Kimmel-Bande, die jahrelang hier in der Gegend ihr Unwesen getrieben hatte, den Hüttenwart der nahe gelegenen Hellerhütte erschossen.

An der Kalmit vorbei, dem höchsten Berg des Pfälzer Waldes, geleitete eine enge, kurvenreiche Abfahrt die Radsportler wieder hinab ins Tal. Durch das landschaftlich reizvolle, von mehreren Burgen gesäumte Elmsteinertal schlängelte sich der Turbofood-Tross den Speyerbach entlang zurück nach Johanniskreuz.

Nach einer kurzen Rast wurde die zweite Runde in Angriff genommen.

Nun ging es erst richtig zur Sache. Die Strecke bis zum Eschkopf stand im Zeichen einer schweißtreibenden Trainingseinheit für das Ende der nächsten Woche angesetzte Mannschaftszeitfahren. Wie an einer Perlenschnur aufgereiht hängten sich die Fahrer an das Hinterrad des Vordermanns. In einem eingespielten Rhythmus scherte nach ein paar Minuten jeweils der erste Fahrer nach links aus, sodass der nächste brutal im Wind stand und alles geben musste, damit das Team die erreichte Höchstgeschwindigkeit halten konnte. Sobald dessen Kräfte erlahmten, kam wieder der nächste an die Reihe.

Auf der Höhe des Eschkopfs beendeten sie diese anstrengende Trainingssequenz. Nun jagten die Rennfahrer die lange und gefährliche Abfahrt hinunter ins Tal. Florian Scheuermann hatte sich etwa in der Mitte der lockeren Fahrerkette eingereiht. Der Abstand zu den Vorderleuten wuchs mit jeder Kurve. Seine Hintermänner schlossen immer dichter zu ihm auf, bedrängten ihn, schneller und damit waghalsiger zu fahren. Einer von ihnen legte ihm sogar demonstrativ eine Hand auf die Hüfte, um ihn anzuschubsen.

Florian spürte, wie eine Panik von ihm Besitz ergriff, wie er sie noch nie zuvor erlebt hatte. Mit vor Schreck verzerrtem Gesicht drückte er seinen Oberkörper noch tiefer in die windschlüpfrige Abfahrtshaltung hinein.

Eingangs der nächsten Kurve bremste er erst im allerletzten Moment ab. Doch er war zu schnell und konnte selbst in dieser extremen Schräglage nicht verhindern, dass ihn die rasende Geschwindigkeit weit über die durchgezogene Mittellinie der Straße hinaustrieb. Zum Glück kam ihm in diesem Moment kein Fahrzeug entgegen.

Sein Puls raste, er zitterte am ganzen Körper.

Mit weit aufgerissenen Augen blickte er hinüber zu seinen Mannschaftskameraden, die ihre Geschwindigkeit gedrosselt hatten und auf gleicher Höhe neben ihm herrollten. Sie grinsten ihm schadenfroh entgegen und forderten ihn mit Gesten auf, seinen ursprünglichen Platz in der Fahrerkette wieder einzunehmen.

Ein Ruck ging durch Florians Körper. Kraftvoll trat er in die Pedale und nahm seine Position wieder ein. Diese Schmach wollte er nicht auf sich sitzen lassen.

Jetzt zählt's, feuerte er sich selbst an. Den Mistkerlen zeig ich's jetzt. Von denen lasse ich mich nicht als unfähiges Weichei abstempeln.

Auf der nun folgenden Geraden erhöhte er die Trittfrequenz und schoss auf die nächste Linkskurve zu. Sein extremer Antritt kam für die anderen so überraschend, dass sie ihm zunächst nur mit Mühe folgen konnten. Von der ersten Streckenrunde hatte Florian diese Kurve noch recht gut in Erinnerung. Sie war zwar eng, aber der Straßenbelag war sehr griffig und ermöglichte ein extrem spätes Bremsmanöver.

Um den starken Zentrifugalkräften entgegenzuwirken, stellte er sein linkes Bein weit nach außen und legte sich in die Kurve. Parallel dazu betätigte er vorsichtig beide Bremshebel. Aber die Linkskurve war enger, als er vermutet hatte. Ohne über die Folgen nachzudenken, erhöhte er den Bremsdruck auf die Felgen. Das Hinterrad blockierte.

Reflexartig löste Florian wieder die Bremsen. Er schlingerte, drohte zu stürzen. Doch wie durch ein Wunder schlitterte das Hinterrad an einen Bordstein, wodurch die Rennmaschine sich schlagartig stabilisierte. Erleichtert schnaufte er durch.

Als er gerade das Gleichgewicht wiedergewonnen hatte, spürte er plötzlich an seiner linken Pobacke einen kräftigen Stoß. Dieser brachte ihn abermals aus dem Gleichgewicht und katapultierte ihn mitsamt seines Rennrads über die Leitplanke hinweg. Während er sich mehrfach überschlug, lösten sich die Schuhe von den Klick-Pedalen.

Er stürzte über einen mit Felsen gespickten Abhang und landete kopfüber im Wellbach. Das eiskalte Wasser floss über sein Gesicht, Sekundenbruchteile später auch in seinen Mund. Reflexartig schluckte er.

Dann war alles dunkel um ihn herum.

2. ETAPPE

Im Innenhof der Wohnanlage fanden sich nacheinander alle Mitglieder der Großfamilie Tannenberg zum gemeinsamen Kaffeeklatsch ein. Marieke trug ihre kleine Tochter Emma auf dem Arm. Sie war gerade aus dem Mittagsschlaf erwacht und klammerte sich an den Hals ihrer Mutter.

»Mein süßer Spatz ist wohl noch nicht richtig ausgeschlafen«, flüsterte Margot und streichelte sanft über Emmas nackte Wade.

Trotzig warf die Kleine den Kopf herum und presste sich noch fester an ihre junge Mutter.

Kurt, der bärenartige Familienhund, hatte sich zur Begrüßung der beiden erhoben und trottete zu ihnen hin. Marieke graulte ihm kurz den Kopf, dann schob sie ihn mit dem Knie beiseite.

»Platz, Kurt«, befahl sie. »Emma braucht noch eine Weile ihre Ruhe.«

Brummend verzog sich der imposante Mischlingshund und legte sich an der Gartenmauer ab.

Marieke setzte sich neben Tobias. »Na, Bruderherz, was machen die Frauen?«

»Themawechsel«, grinste Tobi. »Was macht dein neuer Nebenjob?«

»Superinteressant.«

Detaillierter konnte sie sich dazu nicht äußern, denn ihre Großmutter erschien mit Johanna von Hoheneck und verkündete lauthals: »So, Kinder, heute habe ich Wolfi einen Herzenswunsch erfüllt und zwei Erdbeerkuchen gebacken.«

Mit strahlender Miene stellte sie einen Kuchen auf den Tisch. Hanne wartete einen Augenblick, dann platzierte sie den anderen direkt daneben.

Als Wolfram Tannenberg den Kübel mit frisch aufgeschlagener Sahne entdeckte, den seine Lebensgefährtin aus der Küche mitgebracht hatte, begann er sofort, geräuschvoll zu schmatzen.

Lächelnd betrachtete Marieke ihren Onkel, der nun auch noch genüsslich zu stöhnen anfing. Emma hatte inzwischen neugierig den Kopf zum Tisch hingedreht und schmatzte nun ebenfalls.

Alle lachten, nur Jacob nicht. Ohne eine Miene zu verziehen, saß er an der Stirnseite des lang gezogenen Holztisches und schmökerte in seiner Zeitung. Doch urplötzlich kam Leben in den alten Mann.

»Wolfram, geh mir mal deinen Taschenrechner holen«, forderte er in einem Ton, der keinerlei Widerspruch duldete.

Aber Tannenberg reagierte nicht. Sein gieriger Blick bohrte sich immer tiefer in seinen Lieblingskuchen hinein, den Margot gerade anschnitt.

»Gib mir ruhig ein richtig großes Stück«, bat er, während seine Augen immer größer wurden.

»Wolfram«, knurrte der Senior. »Komm schon, ich brauch dringend einen Taschenrechner. Du bist ja gleich wieder zurück.«

»Wozu denn?«, brummelte der Kriminalbeamte.

»Frag nicht lange rum, tu deinem alten Vater einfach den Gefallen.«

»Opa, ich hol dir meinen«, erklärte Tobias.

»Danke, mein Junge.«

Margot reichte ihrem Sohn den Teller. »Iss dich mal richtig satt, Wolfi. Falls die zwei nicht reichen, hab ich noch einen weiteren in der Küche.«

»Danke, Mutter«, sagte Tannenberg und klatschte sich eine Riesenportion Schlagsahne auf das breite Erdbeerkuchenstück. Ohne die gefüllte Kaffeetasse auch nur anzurühren, stopfte er den Kuchen in sich hinein.

»Iss doch nicht so hastig, Wolfi«, kommentierte seine Mutter mit vorwurfsvollem Unterton.

»Wieso? Wenn's schmeckt, schmeckt's halt«, quittierte er die maßregelnden Blicke der ihn beobachtenden Frauen. Anschließend leckte er sich die Sahnereste von der Lippe und trank einen großen Schluck Kaffee.

Schwägerin Betty stemmte die Hände in die Hüften und giftete: »Das kann man ja nicht mit anschauen. Du bist und bleibst eben ein Barbar.«

Bevor Tannenberg dieser Attacke etwas Deftiges entgegensetzen konnte, kehrte Tobias zurück und überreichte seinem Großvater den gewünschten Taschenrechner.

»Das ist wirklich sehr nett von dir, mein Lieber«, bedankte sich der Senior abermals bei seinem Enkel. Anschließend bedachte er seinen jüngsten Sohn mit einem abschätzigen Blick. »Daran kannst du dir eine Scheibe abschneiden, du Stoffel!«

Tannenberg zeigte sich von diesem Rüffel äußerlich unbeeindruckt und hielt seiner Mutter den leeren Kuchenteller hin.

»Bitte noch eins«, flehte er mit einem herzerweichenden Gesichtsausdruck. Während ihm Margot schmunzelnd ein weiteres Stück auf den Teller lud, legte ihr Sohn die Stirn in Falten und wandte sich an Jacob: »Was willst du denn überhaupt mit dem Ding?«

»Etwas ausrechnen, was denn sonst?«, blaffte sein Vater.

»Und was?«

Wie ein Schüler, der seinen Nebenmann am Abschreiben hindern wollte, schirmte Jacob den nach seiner Meinung hochinteressanten Artikel mit der hohlen Hand vor neugierigen Blicken ab. Mit der anderen Hand nahm er den Taschenrechner entgegen und drehte den Oberkörper so, dass den anderen die Sicht auf das, was er tat, weitgehend versperrt blieb.

Er legte den Kopf nachdenklich ins Genick und blickte brummend zum azurblauen Himmel empor. Dann hämmerte er geschäftig auf die Tastatur. Nach ein, zwei Minuten wandte er sich wieder seiner Familie zu und verkündete mit einem Mienenspiel, als ob er gerade im Lotto gewonnen hätte: »2219.«

Mit offenen Mündern starrten ihn die Mitglieder der Großfamilie an.

»Was, was ist denn das für eine komische Zahl«, wollte Betty wissen.

»Nicht Zahl – Jahreszahl!«

Während einige verständnislos den Kopf schüttelten, fütterte Marieke schmunzelnd ihre kleine Tochter mit einer Erdbeere.

»Im Jahre 2219 haben wir es endlich geschafft«, legte der Senior grinsend nach. Doch urplötzlich veränderte sich sein Mienenspiel und sein Gesicht nahm einen bekümmerten Ausdruck an. Er schniefte. »Ich erlebe es ja leider nicht mehr.«

»Ja, was ist denn 2219, Opa?«, fragte Tobias.

»Im Jahre 2219 gibt es keinen einzigen Saarländer mehr.«
Er klatschte in die Hände. »Juhu.«

Tannenberg setzte die Kuchengabel ab und bedachte
seinen Vater mit einem verständnislosen Blick. »Wie kommst
du denn auf solch einen Quatsch?«

»Das ist kein Quatsch«, zischte Jacob. Er tippte mit dem
Zeigefinger auf die Zeitung. »Hier steht's nämlich schwarz
auf weiß: Die Zahl der Saarländer nimmt weiter dramatisch
ab. Nach den aktuellen Prognosen des Statistischen Landes-
amtes wird es bis zum Jahr 2030 rund 100.000 Saarländer
weniger geben als die derzeit 1.044.000 Einwohner des
kleinsten deutschen Flächenstaates.« Freudig knetete er
die Hände. »Und das heißt logischerweise nichts anderes,
als dass irgendwann um das Jahr 2219 herum das Saarland
völlig entvölkert sein wird.«

Die meisten schmunzelten, Betty dagegen rollte die
Augen.

»Sag mal, Opa, was hast du denn eigentlich gegen die
armen Saarländer?«, wollte Marieke wissen.

Jacob zuckte mit den Schultern und stieß ein Geräusch
aus wie ein tuckernder Rasenmähermotor, aber er gab keine
Antwort.

»Das kommt daher, weil mir vor vielen Jahren einmal ein
stattlicher Mann aus Sankt Wendel schöne Augen gemacht
hat«, erläuterte Margot. Ein schalkhaftes Lächeln huschte
über ihr faltiges Gesicht.

»Stattlicher Mann? Dass ich nicht lache! Und von wegen
›nur schöne Augen gemacht‹«, stieß Jacob fauchend aus. Vor
Zorn lief er rot an. Die Halsschlagadern quollen auf und
erinnerten an dicke Regenwürmer. »Der hat dich richtig,

richtig ...« Er schien in seiner Erregung das richtige Wort nicht zu finden.

»Angebaggert, angegraben«, sprang ihm sein Enkel hilfreich zur Seite.

Der Senior drückte sich über die Ellenbogen nach oben und erhob sich von seinem quietschenden Gartenstuhl. Dann machte er eine wegwerfende Handbewegung und verzog sich grummelnd in den Keller zu seiner Modelleisenbahn. Johanna von Hoheneck, die Jacob sehr mochte, folgte ihm sogleich mit einer Tasse Kaffee und einem Stück Erdbeerkuchen.

»Was war denn damals mit diesem schönen Saarländer, Oma?«, bohrte Marieke nach, während ein süffisantes Lächeln ihre vollen Lippen umspielte.

»Ach, eigentlich gar nichts, mein Kind«, erklärte sie. Offensichtlich war ihr mit einem Mal dieses Thema doch ziemlich unangenehm.

Doch ihre Enkelin ließ nicht locker. »Komm, uns kannst du diese alte Geschichte ruhig erzählen.«

Margot Tannenberg seufzte tief. »Ach, diesem netten, höflichen Mann hab ich eben gut gefallen und da hat er mir ein paar mal Blumen nach Hause zu meinen Eltern geschickt.« Sie blickte nach unten und schmunzelte verschämt. »Aber eurem Opa hat das gar nicht gepasst. Wir haben ja damals schon miteinander poussiert.« Sie legte die Hand vor den Mund und konnte ein Lachen nur mühevoll unterdrücken. »Euer Opa hat den armen Mann einmal richtig doll verhauen – mitten auf dem Schillerplatz.«

»Recht so, Vadder«, lobte dessen jüngster Sohn.

»Da kamen sogar die Schutzleute und haben ihn abgeführt. Er musste eine ganze Nacht lang im Zuchthaus bleiben.«

»Ach, das ist ja interessant: Da leben wir seit Jahrzehnten mit einem Kriminellen unter einem Dach und wissen nichts davon«, kommentierte der Kriminalbeamte mit dem breitesten Grinsen, zu dem er fähig war.

»Jedenfalls hat dieser Saukerl dann ein für alle Mal seine dreckigen Finger von eurer Mutter gelassen«, dröhnte eine barsche Stimme aus einem der geöffneten Kellerfenster heraus.

»Emma muss Pipi«, sagte Emma, nachdem sich das Fenster geschlossen hatte. Das süße blonde Lockenköpfchen lehnte an der Gartenmauer und ließ sich von Kurt die nackten Beinchen abschlecken.

Der kleine Sonnenschein der Familie war nunmehr knapp zweieinhalb Jahre alt. Obwohl Emma schon seit ein paar Monaten sauber war, ließ ihre Mutter sie nicht allein zur Toilette gehen. Im Sommer letzten Jahres war Emma entführt und in einem Kellerverlies gefangen gehalten worden. Die Täter hatten sie in einen Gitterkäfig gesperrt, diesen auf ein Podest gehievt und anschließend den Kellerraum langsam geflutet.

Zwar konnte Emma damals quasi in allerletzter Minute vor dem Ertrinkungstod gerettet werden, doch diese traumatischen Erlebnisse begleiteten sie nach wie vor durch ihr Leben. Besonders auf geschlossene Wasserflächen reagierte sie auch weiterhin mit Panikattacken und Schreikrämpfen. Als Auslöser für diese Reaktionen reichte zumeist eine gefüllte Dusch- oder Badewanne, manchmal sogar nur eine größere Pfütze aus.

Gleich nach diesen schrecklichen Ereignissen hatten Emmas Eltern Kontakt zu einer Kinderpsychologin aufgenommen, die seitdem das kleine Mädchen therapeutisch betreute. Emma hatte inzwischen große Fortschritte gemacht. In der Anfangszeit reagierte sie selbst auf einen Wasserstrahl oder auf die Toilettenspülung hysterisch. Aber mit der Zeit reduzierten sich diese Panik auslösenden Faktoren und Marieke konnte sich gemeinsam mit ihrer kleinen Tochter sogar wieder unter die Dusche stellen.

Doch an den Besuch eines Freibades war noch immer nicht zu denken. Obwohl letzte Woche hochsommerliche Temperaturen herrschten, hatte Emmas Therapeutin vom Besuch des bei der Familie so heiß geliebten Strandbads Gelterswoog abgeraten. Wehmütig erinnerte sich Marieke daran, mit welcher Ausgelassenheit die kleine Wasserratte früher im seichten Wasser des Sees herumgeplanscht hatte.

Eine immens wichtige Rolle bei der psychischen Genesung der kleinen Emma hatte von Anfang an Kurt gespielt. In den ersten Tagen nach ihrer Befreiung war er das einzige Lebewesen, auf das Emma reagierte. Menschen gegenüber verhielt sie sich zunächst sehr reserviert. Aber dem gutmütigen und verschmusten Familienhund war es im Laufe der Zeit gelungen, das unbekümmerte Lächeln auf ihr Gesicht zurückzuzaubern.

Als Marieke und Emma nach ihrem Toilettenbesuch in den Innenhof zurückkehrten, saß Jacob bereits wieder am Tisch und schmökerte in seiner Bildzeitung. Ihm gegenüber schmachtete Wolfram Tannenberg gerade seine Herzdame an. Alle in der Familie waren überaus glücklich darüber, dass er nach den langen Jahren, in denen er am Verlust seiner geliebten Ehefrau Lea herumgeknabbert hatte, endlich wieder eine adäquate Partnerin gefunden hatte.

Seitdem er Hanne begegnet war, hatte sich sein Wesen ausgesprochen positiv verändert. Er war bei Weitem nicht mehr so mürrisch und in sich gekehrt, wie während des langjährigen Martyriums der selbst gewählten Einsamkeit. Mit Johanna von Hoheneck war die Freude am Leben zurückgekehrt.

Als Marieke die beiden Turteltauben beobachtete, fiel ihr ein, dass sie vor Kurzem durch Zufall mit angehört hatte, wie sich die beiden über gemeinsame Kinder unterhielten. Ihr amüsierter Blick schwebte hinüber zur Gartenmauer, wo ihre Tochter mit einem bärenartigen Wesen kuschelte.

Ein kleines Brüderchen oder Schwesterchen für Emma wäre auch nicht schlecht, dachte sie. Wenn Hanne und ich gleichzeitig ein Kind bekämen ... Welches Verwandtschaftsverhältnis hätten die beiden Babys zueinander? Ich bin Wolfs Nichte, sein Kind wäre mein ... Sie blies die Backen auf und schüttelte den Kopf. Das ist mir zu kompliziert. Feine Lachgrübchen zeigten sich auf ihren Wangen. Na, ist ja auch egal – lustig wär's auf alle Fälle.

Als Florian Scheuermann blinzelnd die Augen öffnete, glaubte er, im Himmel zu sein. Ein strahlendes Engelsgesicht lächelte ihn an. Das schwarze Haar des Himmelsboten wurde von einem leuchtenden, azurblauen Passepartout umrahmt. Die Haarspitzen glitzerten so, als seien sie aus purem Gold.

»Du bist so traumhaft schön«, wisperte er glückstrunken.

Der wundersame Engel streichelte zärtlich über seine Wangen.

»Hmh«, brummte Florian selig.

»Da hast du aber noch mal großes Glück gehabt, du Süßholzraspler«, hauchte ein süßes Stimmchen. »Eine Minute später und du wärst ertrunken.«

Florian kam schlagartig zur Besinnung. Er wurde von einem Hustenanfall übermannt, würgte, japste und zog wie ein Asthmatiker nach Luft.

»Trink einen Schluck«, sagte Pieter, einer der Turbofood-Mechaniker, und reichte ihm eine Trinkflasche.

Der junge Radprofi gehorchte. »Was ist passiert?«, keuchte er.

Jenny tupfte ihm mit einem weichen Handtuch die Nässe aus dem Gesicht. Mit der anderen Hand wies sie hinauf zur Straße, wo mehrere seiner Mannschaftskameraden zu ihm herunterblickten.

»Du hast offenbar die Kurve unterschätzt und bist über die Leitplanke drüber, den Abhang hinunter und in den Bach gestürzt«, erklärte sie.

»Dein schönes Rad ist total hin«, bemerkte Pieter mit holländischem Akzent und nickte hinüber auf die andere Seite des Wellbachs, wo eine völlig demolierte Rennmaschine zwischen den Sandsteinfelsen lag.

Plötzlich erinnerte sich Florian an den Stoß, den er unmittelbar vor seinem Sturz gespürt hatte. »Aber da war doch ...« Den Rest verschluckte er. In seinem Hirn hüpften die Gedanken wie wild gewordene Flipperkugeln durcheinander. Um ein wenig Zeit zu gewinnen, hüstelte er hinter vorgehaltener Hand.

Das kann ich jetzt wirklich nicht bringen, pochte es unter seiner Schädeldecke. Ich kann doch nicht allen Ernstes einem Kollegen unterstellen, dass er mich absichtlich über die Leitplanke geschubst hat. Vielleicht war alles ja nur ein Unfall, weil die Fahrer hinter mir nicht mehr rechtzeitig ausweichen konnten. Oder ich bilde mir diese Berührung nur ein. Nein, ich kann mir so etwas nicht erlauben! Ruckzuck bin ich weg vom Fenster und hätte dadurch leichtfertig die Chance meines Lebens verspielt.

»Was war da?«, wollte Jenny wissen.

»Ach, nichts«, wiegelte Florian Scheuermann ab. Er fuhr sich mit der Hand an die Stirn und tastete von dort aus vorsichtig seinen Kopf ab.

»Suchst du etwa deinen Schutzengel?«, fragte Pieter.

Florian bedachte ihn mit einem verständnislosen Blick.

»Da ist er«, versetzte der Mechaniker. Anschließend zauberte er einen Fahrradhelm hinter seinem Rücken hervor und hielt ihn dem Jungprofi vor die Nase. »Dieses Ding hier hat dir möglicherweise das Leben gerettet. Siehst du die tiefen Schrammen da oben und an der Seite. Du solltest diesen Helm unbedingt als Maskottchen behalten.«

Mit betretener Miene nickte Florian. Nacheinander ließ er beide Schultergelenke kreisen und inspizierte Arme und Beine. Außer ein paar kleineren Schürfwunden hatte er offensichtlich keine ernsteren Verletzungen davongetragen.

»Der Doc wird dich nachher noch eingehender untersuchen. Aber ich bin sehr zuversichtlich, dass auch er nicht mehr finden wird als ich.« Jenny tätschelte den prallen Oberschenkel des Sportlers. »Du solltest in Zukunft besser auf dich und deinen knackigen Adoniskörper aufpassen.«

»Mach ich«, versprach Florian seinem kessen Engel, der ihn mit einem herausfordernden Lächeln von der Seite her betrachtete.

Etwa eine halbe Stunde später begutachtete Dr. Schneider den Körper des jungen Radsportlers. Jennys optimistische

Vermutung fand sich vollends bestätigt: Florian hatte außer ein paar oberflächlichen Blessuren keine besorgniserregenden Verletzungen von seinem halsbrecherischen Sturz davongetragen. Da er nur leichte Kopfschmerzen verspürte, verzichtete der Teamarzt zunächst auf die Anordnung weiter gehender diagnostischer Maßnahmen.

Abschließend verpasste ihm der Sportmediziner zwei Spritzen. Nach seiner Aussage sollten dadurch die beim Training verbrauchten Vitamine und Mineralstoffe ersetzt und die Regeneration des Sportlers beschleunigt werden. Zudem überreichte er Florian mehrere kleine Plastikschälchen mit bunten Pillen und eine detaillierte Einnahmeanweisung. Auf Florians Zögern bei der Entgegennahme der Medikamente reagierte Dr. Schneider ziemlich unwirsch.

»Stell dich mal nicht so an, mein junger Freund«, pflaumte er ihn an. »Oder bist du etwa auch einer von diesen weltfremden und verantwortungslosen Naturaposteln, die aus ideologischen Gründen ihre eigenen Kinder nicht impfen lassen?«

»Nein, nein«, gab Florian eingeschüchtert zurück.

»Lass dir mal eins gesagt sein: Ohne die innovative medizinische Forschung, die unter anderem dein Brötchengeber maßgeblich mitfinanziert, könnte die Menschheit niemals ihre herausragenden Spitzenleistungen vollbringen – weder im kognitiven noch im sportlichen Bereich. Kapierst du das?«

»Ja.« Florian blickte devot hinab zu seinen Fußspitzen. »Muss ich diese Medikamente eigentlich selbst bezahlen?«, fügte er leise hinzu.

Der Teamarzt lachte stakkatoartig auf. »Nein, mein

Junge, mach dir mal darüber keine Gedanken. Wenn du deinen Job zu unserer Zufriedenheit erledigst, musst du keinen müden Cent für deine Medizin lockermachen. Die Kosten übernimmt der Turbofood-Konzern. Deshalb darfst du deine großzügigen Sponsoren auch niemals enttäuschen.« Er fixierte sein Gegenüber mit einem stechenden Blick. »Das hast du ja auch nicht vor, oder?«

»Nein.«

In dieser Nacht konnte Florian Scheuermann lange Zeit keinen Schlaf finden. Ruhelos wälzte er sich in seinem Bett hin und her.

Eine zermürbende Frage nach der anderen wirbelte durch seinen aufgewühlten Geist: Hat er mir vorhin vielleicht auch Epo gespritzt? Hätte ich ihn nicht besser danach fragen sollen? Kann ich diesen Medikamentencocktail wirklich unbedenklich schlucken? Haben mich meine Kollegen nicht vielleicht doch absichtlich den Hang hinabgestoßen? Aber warum?

Gegen drei Uhr in der Frühe meinte er, im Halbschlaf Stimmen vor seiner Zimmertür zu hören. Wie von einer Tarantel gestochen, schnellte er in die Höhe.

Ein furchterregender Gedanke schoss durch sein Bewusstsein: Kommen sie zu mir, weil sie noch einmal versuchen wollen, mich zu töten?

Florian schlich zur Tür und legte ein Ohr aufs Türblatt. Tatsächlich vernahm er im Flur ein gedämpftes Stimmengewirr, das sich jedoch von seinem Zimmer entfernte. Er löschte das Licht und spähte durch den Türspion.

Am Ende des langen, von grellem Neonlicht durchfluteten Korridors entdeckte er fast alle seine Kollegen.

Einige machten gymnastische Übungen, andere liefen einfach nur auf und ab oder hüpften auf der Stelle herum.

Epo!, leuchtete in blutroter Farbe auf seiner inneren Leinwand auf.

Klar, dieses Teufelszeug verdickt das Blut so stark, dass bereits mehrere Rennfahrer nachts im Schlaf an einem Herzinfarkt gestorben sind. Aus diesem Grund haben die sich auch den Wecker gestellt und tigern nun mitten in der Nacht auf dem Flur herum. Und deshalb auch die Aspirin, die ich dreimal am Tag schlucken soll. Aber warum haben mich weder der Doc noch meine Kameraden darüber informiert. Warum hat mich keiner von ihnen geweckt? Wollten sie etwa, dass ich heute Nacht nicht mehr aufwache? Aber warum? Was hab ich ihnen denn nur getan?

3. ETAPPE

Dienstag, 30. Juni

Am nächsten Morgen schlich Tannenberg wie immer auf Zehenspitzen die Holztreppe hinunter. Bei jedem knarrenden und quietschenden Geräusch der alten Dielen verwandelte sich sein Gesicht in eine schmerzverzerrte Grimasse. Nachdem er endlich die Eingangstür der elterlichen Parterrewohnung erreicht hatte, entspannten sich seine verkrampften Gesichtszüge. Erleichtert beschleunigte er seinen Schritt und trippelte die Sandsteinstufen hinab zur Haustür.

Doch trotz aller Anstrengungen ertönte plötzlich die schneidende Stimme der Mutter in seinem Rücken: »Wolfi«, zog sie die ungeliebte Koseform seines Vornamens in die Länge, »du kommst hier nicht vorbei, ohne dass ich dich höre. Das müsstest du doch inzwischen wissen. Du hast doch bestimmt noch nicht gefrühstückt, oder?«

Wolfram Tannenberg hielt bereits den Metallgriff der Haustür in der Hand, doch er brachte es einfach nicht übers Herz, nun sang- und klanglos zu verschwinden. Also wandte er sich zu der Seniorin um. »Nein, Mutter«, antwortete ihr jüngster Sohn. »Dazu hab ich jetzt auch keine Zeit. Das mach ich nachher in der Kantine.«

»Kantine«, wiederholte die alte Dame voller Abscheu. »Wenn ich dieses schreckliche Wort nur höre, läuft es mir schon kalt den Rücken runter.«

»Ich weiß, Mutter. Aber ich hab's wirklich eilig. Tschüss!«

Ohne den Blick nach vorne zu richten, zog er die Tür auf und stürmte hinaus auf den Bürgersteig der Beethovenstraße. Dabei übersah er die straff gespannte Hundeleine, mit deren Hilfe die Schleicherin gerade versuchte, ihren kugelrunden Pudel in eine andere Richtung zu zerren. Während der stark übergewichtige Hund aufjaulte und sein Frauchen nur Sekundenbruchteile später hysterisch zu schreien begann, landete Tannenberg kopfüber in einer Pflanzinsel.

»Ach du Scheiße«, zischte der Leiter der Kaiserslauterer Mordkommission.

Treffender konnte er seine aktuelle Lage wirklich nicht beschreiben, denn Hose, Hemd sowie sein rechter Handteller waren mit Hundekot verschmiert.

»Bäh, pfui Deibel«, stieß er angewidert aus.

Er schraubte sich in die Höhe, wobei er die beschmutzte Hand wie bei einer Vogelscheuche weit nach außen streckte.

Während sich einige der Fenster der angrenzenden Häuser öffneten, rief das Gezeter Kurt auf den Plan. Da ihm jedoch zunächst ein wenig der Überblick zu fehlen schien, tat er einfach das, was ein Familienhund in solch einer Situation für gewöhnlich auch tun sollte: Er ergriff völlig einseitig Partei – selbstverständlich für das involvierte Familienmitglied, in diesem Falle also für sein Herrchen.

Mit aufgerichteten Nackenhaaren baute er sich vor der Schleicherin auf und bellte und knurrte sie so bedrohlich an, dass selbst der ›Hound of the Baskervilles‹ vor Angst erstarrt wäre. Die bleiche, alte Frau zitterte wie Espenlaub. In Panik presste sie ihren vierbeinigen Liebling nun noch fester an ihre Brust, was dessen Atemnot verstärkte und sein hysterisches Kläffen schriller werden ließ.

»Hilfe, Hilfe«, schrie sie. »Warum hilft uns denn niemand?«

»Regen Sie sich mal ab«, blaffte Jacob, der inzwischen neben seinem Sohn stand und Kurt am Halsband festhielt. »Was müssen Sie Ihren blöden Köter auch immer auf unserer Straßenseite ausführen. Warum gehen Sie nicht in den Stadtpark. Das machen doch alle anderen auch.«

Die Schleicherin nahm Jacobs forschen Appell überhaupt nicht wahr. Sie war gedanklich völlig mit ihrem Hund beschäftigt, der ihr gerade die Jacke vollsabberte und dabei hektisch nach Luft schnappte.

»Ich muss meinen armen Schatzi sofort zum Tierarzt bringen«, stieß sie hechelnd hervor. »Er muss untersucht werden.« Ein zorniger Blick traf Tannenberg. »Und die Kosten dafür übernehmen Sie.«

»Selbstverständlich. Allerdings nur, wenn er dieses Mistvieh anschließend zum Abdecker bringt«, giftete Tannenberg zurück.

Er war selbst erschrocken über die Boshaftigkeit dieser Worte, die eben unbedacht aus seinem Mund hervorgesprudelt kamen. Aber er hegte nun einmal einen abgrundtiefen Groll gegenüber dieser aufdringlichen Frau, die mehrmals am Tag mit ihrem fettleibigen Pudel durchs Musikerviertel schlich und nichts anderes im Sinn hatte, als irgendwelche Informationen zu erhaschen, über die sie sich anschließend das Maul zerreißen konnte.

Solche Menschen konnte er partout nicht ausstehen. Außerdem ließ sie ihren Hund sein stinkendes Geschäft nicht selten direkt vor der Haustür der Tannenbergs verrichten. Und wenn man sie auf diese Schweinereien hinwies, reagierte sie stets völlig unbeeindruckt mit dem Satz: »Irgendwo muss sich ja mein süßer kleiner Schatz lösen.«

Nachdem sich der Leiter der Kaiserslauterer Mordkommission umgezogen und ausgiebig geduscht hatte, erschien er in seiner Dienststelle am Pfaffplatz. Als er den Vorraum des K 1 betrat, saßen alle seine Mitarbeiter am Besuchertisch, dippten Schokoladestücke in ihre Kaffeetassen, führten die angeschmolzene, dunkelbraune Masse in den Mund und gaben sich mit geschlossenen Augen den Sinnenfreuden hin.

»Was macht ihr denn da?«, fragte Tannenberg verwundert.

Petra Flockerzie, Sekretärin und guter Geist des K 1, erhob sich und reichte ihm ein Rippchen schwarze Schokolade, das am oberen Ende mit Alufolie ummantelt war.

»Guten Morgen, Chef«, begrüßte sie ihn freudestrahlend. »Tut mir leid, dass wir schon ohne Sie angefangen haben.« Sie machte eine ausladende Handbewegung. »Aber die Kollegen haben's nicht mehr länger ausgehalten.«

»Womit habt ihr angefangen?«

»Mit der Verköstigung des wohlschmeckendsten und gesündesten Genussmittels, das es auf Erden gibt und jemals gegeben hat.« Ihre Augen leuchteten dabei wie bei einem kleinen Kind, das zum ersten Mal in seinem jungen Leben vor einem Weihnachtsbaum steht.

Diese Behauptung löste umgehend eine stille Protestreaktion Tannenbergs aus, denn er war in dieser Angelegenheit zu keinerlei Kompromissen bereit: Für ihn erfüllte nur ein einziges Lebens- beziehungsweise Genussmittel diese beiden Superlative: Weizenbier – und damit basta!

»Und das soll ausgerechnet Schokolade sein?«, höhnte er, während er mit geschürzten Lippen den Schokoladenriegel in seiner rechten Hand betrachtete.

»Ja, Chef, so ist es«, beharrte Petra Flockerzie auf ihrer Meinung.

Mit einer Geste bat sie ihn abermals, am Tisch Platz zu nehmen. Während er sich widerwillig hinsetzte, begleitete sie ihn mit einem duldsamen Lächeln. Es ähnelte stark dem des Dalai Lama.

»Meine lieben Kollegen waren zunächst auch alle sehr, sehr skeptisch«, erklärte sie, während sie seine Kaffeetasse befüllte. »Aber schauen Sie doch selbst, wie sie jetzt alle strahlen.« Sie seufzte und schob mit verklärtem Blick nach: »Unsere Kollegen haben sich in andere Menschen verwandelt, finden Sie nicht?«

»Ja, wirklich, Wolf, das ist so – es ist ein Traum!«, säuselte Sabrina. »Seitdem ich Flockes Schokolade gegessen habe, fühle ich mich wie neugeboren.«

»Ich auch«, stimmte Mertel begeistert zu. »Ich bin bedeutend ausgeglichener und gelassener, als ich es jemals zuvor in meinem bisherigen Leben war.«

Das zischende Geräusch, das Tannenbergs gedehnter Seufzer erzeugte, erinnerte an eine Luftmatratze, der man gerade den Stöpsel gezogen hatte. »Sagt mal, Leute, ihr wollt mich doch gerade total veräppeln, nicht wahr? Oder war vorhin vielleicht ein Kollege vom Drogendezernat hier und hat euch von seinem neuen Dope probieren lassen?«

»Nein, Chef«, kicherte Geiger. »Zur Erzeugung unserer Glücksgefühle brauchen wir solche illegalen Sachen nicht mehr. In dieser hochprozentigen Schokolade ist nämlich ganz viel …«

»Klar, jetzt verstehe ich endlich«, fiel ihm sein Vorgesetzter ins Wort. Er klatschte sich an die Stirn. »Dass ich Hornochse nicht gleich darauf gekommen bin. Da ist Schnaps drin. Und zwar anscheinend eine ganze Menge.« Erschrocken legte er die Hand vor den Mund. »Oh je, hab ich mal wieder einen Geburtstag vergessen?«

»Nein, Chef, keine Sorge«, meinte die Sekretärin in sanftem Ton. »In dieser Edelherb-Schokolade ist auch kein Alkohol drin, sondern Kakao.«

»Also darauf, dass in Schokolade Kakao drin ist, wäre sogar ich gekommen«, warf Tannenberg dazwischen.

»Natürlich steckt in jeder Schokolade Kakao«, fuhr Petra Flockerzie unbeeindruckt fort. »Aber das Entscheidende an schwarzer Schokolade ist die hohe Konzentration dieses segensreichen Inhaltsstoffes.« Sie nahm eine unversehrte Tafel vom Tisch und hielt sie in die Höhe. »Der Kakaoanteil dieser Schokolade zum Beispiel beträgt sage und schreibe 87 Prozent.«

»Das ist wirklich Wahnsinn, Flocke, der blanke Wahnsinn sogar«, spottete Tannenberg. »Also mich könnt ihr damit jedenfalls nicht verführen. Bitterschokolade hab ich noch nie gemocht. Wenn Schokolade, dann nur weiße Crunch.«

»Igitt, die ist doch völlig ungesund«, entgegnete Petra Flockerzie. Sie verzog dabei das Gesicht so, als ob sie gerade einen extrem unangenehmen Geruch wahrgenommen hätte.

»Und diese schwarze da soll gesünder sein?«, höhnte der Leiter des K 1 und zeigte dabei angewidert auf die in der Tischmitte liegenden Tafeln. »Meine liebe Flocke, jetzt aber mal ganz im Ernst: Schokolade kann überhaupt nicht gesund sein, bei dem vielen Fett und dem hohen Zuckergehalt, der da drin versteckt ist.«

Doch die klein gewachsene, stark übergewichtige Sekretärin ließ sich von dieser Gegenrede nicht von ihrer Mission abbringen. »Chef, da sind Sie leider nicht richtig informiert«, behauptete sie.

»Aber du«, gab Tannenberg barsch zurück.

»Ja, Chef, so ist es. Denn ich führe seit fünf Tagen eine Schokoladendiät durch. Und habe mich deshalb …«

»Schokoladendiät?«, unterbrach Tannenberg. »Was für ein Blödsinn. Dann kannst du genauso gut eine Leberwurstdiät machen.«

Petra Flockerzie griff sich mit beiden Händen an die Hüfte und drückte ihre Fingerspitzen in die Fettwulst hinein.

»Ich habe bereits ein ganzes Kilogramm abgenommen«, sagte sie mit stolzgeschwellter Brust. »Und zwar deshalb, weil in dieser schwarzen Schokolade weniger Zucker enthalten ist als in Fruchtjoghurt. Das hätten Sie wohl nicht vermutet, oder?«

Bevor Tannenberg etwas antworten konnte, fuhr die feiste Sekretärin mit ihrer Schokoladen-Laudatio fort: »Die Kakaobohne besitzt unglaublich viele lebenswichtige Inhaltsstoffe. Diese schützen vor Herzinfarkt, senken Bluthochdruck und Cholesterinspiegel, verzögern die Hautalterung und haben einen stimmungsaufhellenden Effekt. Wegen seiner antioxidativen Eigenschaften verhindert Kakao zudem die Tumorbildung. 100 Gramm schwarze Schokolade enthalten so viele Antioxidantien wie 30 Gläser Orangensaft oder zwölf Äpfel.«

»Das ist ja ein reines Wundermittel«, spottete der Leiter der Mordkommission und richtete sich auf. »Eigentlich müsste man sie verschrieben bekommen.«

»Früher konnte man Schokolade auch nur in Apotheken kaufen.«

Das Telefon läutete. Tannenberg ging zum Schreibtisch der Sekretärin und nahm den Anruf entgegen.

»Hiermit erkläre ich das Schokoladen-Seminar für beendet«, verkündete er, nachdem er den Hörer wieder aufgelegt hatte. »In einem Kellerraum ist ein männlicher Leichnam aufgefunden worden.«

»Und wo?«, wollte Sabrina wissen.

»Auf dem Antonihof.«

»Im Forsthaus von Kreilinger?«, fragte Geiger. »Oder handelt es sich etwa um Kreilinger selbst?«

»Wer weiß, wer weiß«, hielt sich der Dienststellenleiter bedeckt. Mit einem Seitenblick auf seine Sekretärin fügte er grinsend hinzu: »Gib mir mal 'ne Tafel schwarze Schokolade mit. Vielleicht kann dein Zaubermittel ja auch Tote wieder zum Leben erwecken.«

Marieke Tannenberg studierte Biologie an der Universität Kaiserslautern. Zu Beginn des laufenden Sommersemesters hatte sie sich am Institut für Biochemie um einen Hiwi-Job beworben und diesen auch erhalten. Das mit Drittmitteln geförderte, renommierte Forschungsinstitut arbeitete seit vielen Jahren mit der Nationalen Anti-Doping-Agentur, der sogenannten NADA, zusammen. In deren Auftrag führten die Institutsmitarbeiter unangekündigte Dopingkontrollen durch und werteten diese wissenschaftlich aus. Aufgrund eines erst kürzlich um über 60% erhöhten NADA-Budgets konnte die Anzahl der Trainingstests massiv gesteigert werden.

Fachleute bereiteten die an den Dopingkontrollen beteiligten Studenten intensiv auf ihre Arbeit vor. Vor allem der angemessene psychologische Umgang mit den doch oft sehr arroganten und unkooperativen Spitzensportlern nahm dabei breiten Raum ein. Sie erhielten auch ausführliche Erläuterungen zu möglichen illegalen Tricks der Athleten.

Bei der detaillierten Schilderung eines Täuschungsmanövers hätte sich Marieke beinahe übergeben müssen. Wie der Dozent erzählte, spritzten sich die Athleten vor einer Urinprobe in einer schmerzhaften Prozedur unbedenklichen Eigen- oder Fremdurin mit einem Katheder in die Blase, um diesen anschließend auf natürlichem Wege wieder abzugeben.

Eine Anekdote sorgte dagegen für ausgesprochene Heiterkeit unter den nebenberuflichen NADA-Mitarbeitern. In den 60er-Jahren hatte ein Rennfahrer seine Urinprobe mit den Worten zurückerhalten: »Herzlichen Glückwunsch, Sie sind schwanger.«

Der Radsportler hatte schlichtweg vergessen, dass seine Frau bei ihrer Urinspende im fünften Monat schwanger gewesen war.

Marieke und zwei ihrer Kommilitonen machten sich gemeinsam mit einem hauptberuflichen Institutsmitarbeiter auf den Weg zum Antonihof. Die Autofahrt führte die vier Dopingkontrolleure zunächst über die Rothe Hohl stadtauswärts. Hinter dem Aschbacherhof folgte der dunkelblaue VW Golf der Landesstraße 503, die sie durchs Hirschsprungtal und dann die Anhöhe hinauf zum Waldhotel Antonihof leitete.

Marieke staunte nicht schlecht, als sie mitten auf dem Hotelparkplatz ihren Onkel Wolfram aus dem silbernen Dienstmercedes des K 1 aussteigen sah. Tannenberg war ebenso überrascht, hier an diesem Ort auf seine Nichte zu treffen. Marieke hatte zwar im Kreis der Großfamilie über ihren neuen Nebenjob bei der NADA berichtet, ihren konkreten Einsatzort jedoch verschwiegen – und hatte damit nichts anderes getan, als eine zentrale Grundregel der NADA zu befolgen, nach der die Mitarbeiter zur strikten Diskretion verpflichtet sind.

»Ja, was machst du denn hier?«, fragte Tannenberg verwundert.

Als Marieke die verdutzte Miene des neben ihr sitzenden akademischen Oberrates sah, klärte sie ihn flüsternd über Person und Beruf ihres Onkels auf. Der Biochemiker stieg daraufhin aus seinem Auto und bat den Kriminalbeamten, ein paar Schritte mit ihm zu gehen. Dabei erläuterte er ihm das geplante Vorhaben.

»Daraus wird heute wohl leider nichts werden«, ließ der Chef-Ermittler mit abgesenkter Stimme verlauten. »Die Herrschaften werden dafür heute wahrscheinlich keine Zeit mehr haben, denn alle Rennfahrer werden gleich nacheinander ausführlich befragt und anschließend erkennungsdienstlich behandelt.«

»Und morgen?«, fragte sein Gegenüber mit besorgter Miene.

»Bis dahin könnten wir einigermaßen durch sein.«

»Gut, dann kommen wir eben morgen wieder«, beschloss der Humanbiologe. »Am besten verschwinden wir jetzt gleich, bevor diese Leute noch den Braten riechen. Und Sie bewahren mir bitte striktes Stillschweigen bezüglich unserer geplanten Aktion.«

»Selbstverständlich. Sie können sich darauf verlassen. Ich kann schweigen wie ein Grab.«

4. ETAPPE

Kurz nachdem der VW Golf mit den Dopingkontrolleuren den Parkplatz verlassen hatte, erschien der Kleinbus der Kriminaltechnik vor dem Waldhotel. Mertel und seine Mitarbeiter scharten sich um Tannenberg und berieten kurz über ihr weiteres Vorgehen. Da knatterte auch schon der Gerichtsmediziner mit seinem laubfroschgrünen 2 CV in bedenklicher Seitenlage um die Kurve und kam mit quietschenden Reifen direkt vor den Füßen seines besten Freundes zum Stillstand. Der bedachte ihn mit einem Scheibenwischergruß und folgte Sabrina und Michael Schauß ins Gebäude.

Dort empfing sie ein Streifenbeamter, der den Mitarbeitern der Mordkommission einen Überblick über den bisherigen Ermittlungsstand verschaffte. Demnach hatte eine Reinemachefrau vor etwas über einer halben Stunde in einem zur Fahrradwerkstatt umfunktionierten Kellerraum den Leichnam eines älteren Mannes entdeckt. Aufgrund seiner Ausweispapiere konnte dieser als Joop van der Miel, Chef-Mechaniker des Turbofood-Rennstalls, identifiziert werden.

»Diese Radsportmannschaft ist erst gestern Morgen im Hotel Antonihof zu einem Trainingslager eingetroffen«, erläuterte der uniformierte Polizist. Nach einem Räuspern präzisierte er: »Besser gesagt zu einem Spezialtraining als Vorbereitung auf die Tour de France, die ja schon bald gestartet wird.«

»Ja, ich weiß. Bei diesem Team ist doch der dauergedopte Ami, dieser Bruce Legslow sportlicher Leiter, stimmt's?«

»Nicht so laut!«, zischte der Polizeibeamte. »Wenn der das hört, verklagt er Sie sofort.«

»Ist aber doch wahr«, beharrte Tannenberg auf seiner Meinung. »Sonst hätte der doch nie und nimmer viermal hintereinander die Tour de France gewinnen können.«

»Bis jetzt konnte ihm aber niemand etwas nachweisen.«

»Ist im Moment ja auch egal«, beendete der Leiter des K 1 dieses Thema. »Haben Sie die ehrenwerten Herrschaften inzwischen zusammengetrommelt?«

»Ja, sie halten sich alle im großen Speisesaal auf. Mein Kollege ist bei ihnen. Wir haben auch schon alle Personalien der Teammitglieder aufgenommen. Einige von ihnen sprechen Deutsch und die Ausländer sprechen Englisch.«

»Sehr gut.«

»Werden Sie sich die Leute jetzt gleich vorknöpfen?«, fragte der Beamte, dem die Brisanz einer Mordermittlung innerhalb einer hochkarätigen Radsportmannschaft durchaus bewusst zu sein schien.

»Nein, das hat noch ein wenig Zeit. Die sollen ruhig noch ein bisschen schmoren. Wir gehen zuerst mal runter in den Keller zum Tatort«, erklärte der Leiter des K 1 und korrigierte sich umgehend. »Zum mutmaßlichen Tatort.«

Er blickte sich um. Bis auf Sabrina war niemand mehr da, selbst ihr Ehemann hatte sich bereits stillschweigend ins Untergeschoss verabschiedet.

Tannenberg mochte Michael Schauß sehr gern und behandelte ihn fast wie einen eigenen Sohn. Auch mit Sabrina verband ihn ein ausgesprochen herzliches Verhältnis. Doch manchmal war ihm der junge, dienststeifrige Kommissar ein wenig zu keck und ungeduldig. Die Erstbegutachtung eines Tatortes war nun einmal dem Kommissariatsleiter vorbehalten – basta! Diese unumstößliche Basisregel hatte Wolfram Tannenberg von seinem langjährigen Vorgesetzten, dem unter mysteriösen Umständen zu Tode gekommenen Kriminalrat Weilacher, übernommen. Und dabei sollte es auch bleiben.

Verärgert stieg er die Treppenstufen hinunter in den Keller, wo ihn Schauß vor der Tür erwartete. Mit einer entschuldigenden Geste sagte sein Kollege: »Ich hab nur von der Tür aus einen kurzen Blick hineingeworfen. Ich war nicht drin.«

Wie ein in die Jahre gekommener Löwe, der einem jungen Heißsporn imponieren wollte, blähte der Leiter des K 1 den Brustkorb auf und schritt erhobenen Hauptes an Michael vorbei. In dessen Rücken zwinkerte der braun gebrannte, durchtrainierte Kommissar seiner Frau zu und grinste über beide Backen. Ohne dass Tannenberg etwas davon mitbekam, boxte Sabrina leicht auf den lediglich von einem sportlichen T-Shirt verhüllten Waschbrettbauch ihres Mannes. Dabei schüttelte sie amüsiert den Kopf.

Inmitten eines etwa 20 Quadratmeter großen, rechteckigen Kellerraums stand eine Werkbank, auf der sich zwei Metallgestelle mit Hinterrädern sowie mehrere Ketten und Radkränze befanden. Von zwei Seiten her war der Mechaniker-Arbeitsplatz von schätzungsweise einem Dutzend hochwertiger Rennmaschinen eingerahmt, die auf Ständern aufgepflanzt waren.

An der linken Wand lehnten unzählige Einzelräder und Rahmen. Direkt an der Stirnseite der Werkbank befand sich ein Holzstuhl. Darauf lagerte Werkzeug und eine Dose Kettenöl. Circa einen halben Meter von der rechten Wand entfernt stand ein Feldbett, worauf ein lebloser, älterer Mann lang ausgestreckt auf dem Rücken lag. Sein Kopf hing über den Rand der Pritsche, die Arme baumelten schlaff herab, wobei die Handrücken den Boden berührten.

»Ein ziemlich modebewusster Geselle, unser Toter, findest du nicht auch, Wolf?«, fragte Dr. Schönthaler in die bleierne Stille hinein.

»Was?«

»Trägt eine großgliedrige Halskette – allerdings nicht zur Zierde.«

Tannenberg wiegte mit zusammengekniffenen Lippen den Kopf hin und her. »Du immer mit deinen geschmacklosen Bemerkungen«, rüffelte er. »Ein bisschen mehr Pietät könntest du in solchen Situationen durchaus aufbringen. Schließlich handelt es sich hier um einen brutal ermordeten Menschen.«

»Bevor du deinen Mitmenschen überflüssige Ratschläge erteilst, solltest du dich besser mehr um den verbalen Blödsinn kümmern, den du von dir gibst. Dabei handelt es sich nämlich oft genug um nichts anderes als um Sprachmüll«, blaffte der Rechtsmediziner zurück. »Brutal ermordet! Was für ein schwachsinniges Adjektiv! Hast du etwa schon einmal einen liebevoll Ermordeten gesehen?«

Dr. Schönthaler wies mit dem Finger auf die kupferfarbene Fahrradkette, mit welcher der Mechaniker augenscheinlich erdrosselt worden war.

»Und so sonderlich brutal war das ja wohl auch nicht«, bemerkte der altgediente Pathologe weiter. »Da sind wir beide doch durchaus anderes gewohnt, nicht wahr? Oder steht unser lieber Herr Hauptkommissar neuerdings mehr auf die weniger rustikale Seidenstrumpf-Variante?«

»Todeszeitpunkt?«, fragte Tannenberg, der anscheinend keine Lust auf ein verbales Scharmützel mit seinem Freund hatte.

Der Rechtsmediziner reagierte nicht, sondern begann, sein Diktiergerät zu besprechen: »Als Strangulationswerkzeug kommt höchstwahrscheinlich eine neuwertige, nicht geschlossene Fahrradkette in Betracht. Die Strangulationsfurche verläuft horizontal und kreisförmig um den Hals des Opfers. Starke Unterblutungen verweisen auf eine ruckartige, mit hohem Krafteinsatz durchgeführte Strangulation. An den rötlich braunen Vertrocknungen befinden sich Anhaftungen einer transparenten öligen Substanz, wobei es sich dabei um Kettenöl handeln dürfte. Die Kettenglieder haben ein tätowierungsartiges Muster auf der Haut erzeugt.«

Dr. Schönthaler hob nacheinander die beiden Hände des Toten an und inspizierte die Fingernägel. »Mehrere eingerissene Fingernägel, die möglicherweise von Abwehrhandlungen stammen.« Er begab sich auf die andere Seite des Feldbettes, fasste seinen Freund scharf ins Auge und verkündete mit anschwellender Stimme: »Geschätzter Todeszeitpunkt: 5 Uhr – plus minus eine Stunde.«

»Na, das hättest du doch auch gleich sagen können, das andere sehe ich ja schließlich selbst.«

»Können schon, aber nicht wollen.«

Tannenberg rollte genervt die Augen. Dann wandte er sich an Mertel, doch der reagierte ähnlich abweisend wie der Pathologe. »Wolf, tu mir bitte einen Gefallen und frage mich jetzt nicht, ob wir schon etwas für dich haben.«

Tannenberg kehrte die Handflächen nach außen, so als

ob er mit einer Waffe bedroht würde. »Schon verstanden: Ich soll euch in Ruhe lassen.«

»So ist es«, kam es zweistimmig zurück.

Wolfram Tannenberg winkte ab und wandte den beiden demonstrativ den Rücken zu.

»Kommt ihr mal bitte?«, ertönte plötzlich die tiefe Stimme eines Kriminaltechnikers vom Flur her. Tannenberg und Mertel eilten zu ihm hin, während der Gerichtsmediziner weiter unbeeindruckt sein Diktiergerät besprach. Der in einen weißen Plastikoverall gehüllte, groß gewachsene Mann wies auf das herausgebrochene Schloss einer Außentür.

»Gewaltsam aufgebrochen, schätze mal mit einem Stemmeisen«, spekulierte er.

»Fußspuren?«

»Noch nichts Konkretes. Wir fangen ja gerade erst an.«

»Schon gut, schon gut«, gab der Leiter des K 1 mit einer beschwichtigenden Geste zurück.

Anschließend ging er zum Leichenfundort zurück und berichtete seinem besten Freund die Neuigkeit. Doch der Rechtsmediziner antwortete nicht, sondern besprach stattdessen weiter sein Diktafon.

Nun hatte Tannenberg die Nase gestrichen voll. Wütend stürmte er aus dem Raum und traf im Flur auf Sabrina und ihren Ehemann.

»Ihr beide befragt jetzt umgehend die Putzfrau, das Hotelpersonal und die Gäste«, ordnete er im Befehlston an. »Ich knöpfe mir derweil Bruce Legslow und seinen feinen Profi-Rennstall vor. Unfreundlicher als dieser Muffelkopf da drin können die Radfahr-Schnösel auch nicht sein.«

»Wolf, hast du eigentlich schon einmal den Nachnamen dieses megaerfolgreichen Homunkulus übersetzt?«, rief

Dr. Schönthaler seinem verärgerten Freund hinterher. »Der war in seiner Aktivenzeit nichts anderes als ein Rad fahrender Medikamentencocktail der amerikanischen Pharmaforschung. Ohne Doping hätte der sein Fahrrad sogar den Potzberg raufschieben müssen.«

Ein donnerndes Lachen hallte durch den Keller. Nachdem es verklungen war, wiederholte der Pathologe seine Frage.

»Nee«, erwiderte der Kriminalbeamte kurz angebunden. Doch die Frage hatte seine Neugierde geweckt. Er drehte sich auf dem Absatz um, ging ein paar Schritte zurück und erschien wieder im Türrahmen. »Legslow?«, zog er das Wort wie einen Kaugummi in die Länge.

»Exakt. Dieser Name lässt sich sogar zweimal in sinnvolle Worte spalten«, behauptete der Rechtsmediziner. »Nämlich in Leg-slow und Legs-low. Leg-slow heißt wörtlich übersetzt ›langsames Bein‹. Und Legs-low bedeutet so viel wie: schwache, kraftlose Beine.«

Tannenberg grunzte abschätzig. »Ausgerechnet bei dem.«

»Und Bruce leitet sich garantiert von ›brutus‹ und ›brutal‹ ab. Übrigens ist ›Bruce‹ auch die Bezeichnung für das leistungsfähigste Kernkraftwerk in Kanada. Das passt doch wie dein altersschlaffer Hintern auf einen Plastikeimer, oder findest du nicht?«

»Rainer, was hast du eigentlich mit ›Medikamentencocktail der amerikanischen Pharmaforschung‹ gemeint?«

»Nur das, was garantiert jeder Mediziner dachte, als dieser Turbo-Ami bei jedem Radrennen, an dem er teilgenommen hat, mit seinen sogenannten Konkurrenten spielte, wie er wollte. Egal, wo und wann, er konnte seinen Turbo zünden und die anderen einfach am Berg stehen lassen.«

»Du bist also auch der Meinung, dass Legslows Erfolge nicht auf legale Art und Weise zustande gekommen sind.«

»Legale Art und Weise«, wiederholte der Gerichtsmediziner mit unverhohlenem Spott in der Stimme. »Dass ich nicht lache. Glaubst du etwa ernsthaft, dass irgendeiner der Radfahrer, die du gleich befragen wirst, nicht dopt? Dann glaubst du wahrscheinlich auch, dass Zitronenfalter Zitronen falten.«

Dr. Schönthaler hielt sich vor Lachen den Bauch. »Mann, bist du naiv!«

Er zog einen Fettstift aus seinem Sakko, entfernte die Schutzkappe und schmierte sich damit kräftig die Lippen ein. Diese Marotte hatte den Charakter einer regelrechten Zwangsneurose, der er etwa alle zehn Minuten frönte. Grinsend hielt er Tannenberg den farblosen Lippenstift unter die Nase.

»Dieser komische Turbofood-Sponsor hat garantiert auch solche scheinbar harmlosen Hautpflege-Artikel mit Dopingsubstanzen versetzt«, posaunte er grinsend hinaus.

»Nicht so laut, Mann«, schimpfte Tannenberg. »Wenn das einer hört.«

»Na und? Dann sollen sie mich doch verklagen. Solange ich nicht vor einem Ami-Richter stehe, kann mir gar nichts passieren.«

»Dopingmittel in Fettstiften? Du spinnst doch!«

»Und du hast mal wieder keine Ahnung – wie meistens! Erinnerst du dich denn nicht mehr an das Dopingverfahren gegen Dieter Baumann, in dessen Zahnpasta das Anabolikum Nandrolon entdeckt wurde?«

Unmittelbar nachdem der Name gefallen war, erinnerte sich Tannenberg an diesen spektakulären Fall, bei dem der Athlet immer wieder seine Unschuld beteuert hatte. Während er mit betretener Miene Mertel dabei beobachtete, wie er die Fahrradkette in einem Asservatenbeutel verstaute, legte Dr. Schönthaler nach:

»Es kann durchaus sein, dass auch solche Fettstifte mit Dopingmitteln angereichert sind. Aber eben mit solchen Substanzen, die unsere hinterwäldlerischen Labors noch nicht nachweisen können. Und wenn sie irgendwann einmal dazu in der Lage sein sollten, haben die anderen schon längst wieder Substanzen entwickelt, die eben nicht nachweisbar sind.

Was meinst du wohl, welche geheimen Forschungsprojekte in den Hochsicherheitslabors der amerikanischen Pharmakonzerne und Biotec-Firmen ablaufen? Garantiert keine, deren Sinn darin besteht, neue Rezepturen für Hunde- und Katzenfutter zu entwickeln.«

Er seufzte resigniert. »Nein, Wolf. Es ist wie bei der Geschichte von dem Hasen und dem Igel. Egal, wie sich der Hase abrennt, der Igel ist immer schon vor ihm im Ziel. Ich vermute mal tollkühn, dass gerade die Amis mit ihren riesigen Genforschungs-Etats bereits seit einigen Jahren ihren Spitzensportlern durch Gen-Doping die entscheidenden Wettbewerbsvorteile verschaffen.«

Dr. Schönthaler cremte nochmals seine Lippen mit dem Fettstift ein. »Gen-Doping hat gegenüber den herkömmlichen Dopingmethoden übrigens entscheidende Vorteile. Erstens brauchen die Sportler keine illegalen Substanzen mehr einzunehmen, denn diese Art von Doping wirkt direkt aus dem Körper heraus. Und zweitens sind diese leistungssteigernden Manipulationen für Dopingfahnder nicht nachzuweisen.«

Ungläubig betrachtete Tannenberg seinen besten Freund. »Und diese geheimen Forschungslabors kontrolliert niemand?«

»Ja, wer denn, Wolf?«, stieß Dr. Schönthaler stakkato-artig aus. »Wer sollte denn ein Interesse daran haben? Staatliche Behörden etwa? Nein, die drücken doch beide Augen zu. Übrigens nicht ohne Grund, denn dieses Wohl-verhalten bekommt der Staat von den bis unter die Haar-spitzen gedopten Athleten in Form von repräsentativen Goldmedaillen und Weltrekorden zurückgezahlt. Welche Staatsführung sollte nicht daran interessiert sein, auf diese Weise ihr Renommee aufzupolieren und die Bevölkerung mit Stars zu versorgen, die die Menschen dann anbeten können? Um einen berühmten Karl-Marx-Spruch abzu-wandeln: Nicht Religion ist Opium fürs Volk – nein, heut-zutage erfüllt diese Narkotisierungsfunktion der Sport! Sport ist der moderne Religionsersatz.«

Tannenberg brummte nachdenklich. »Wie funktioniert Gen-Doping eigentlich?«

»Na ja, aus medizinischer Sicht ist das schon eine ziemlich komplizierte Angelegenheit. Etwas verkürzt zusammengefasst funktioniert Gen-Doping in etwa folgendermaßen: Man ent-nimmt dem Körper des Sportlers Zellen und manipuliert das darin enthaltene Erbgut. Diese veränderten Zellen spritzt man dem Betreffenden wieder zurück in den Körper, wo diese neuen Gen-Informationen von den Zellen aufgenommen und verarbeitet werden. Die leistungsfördernde Substanz, zum Beispiel Epo, muss man dann nicht mehr spritzen, sondern diese wird vom Körper selbst gebildet.«

»Genial«, bemerkte der Kriminaltechniker, der die ganze Zeit über stumm seine Arbeit verrichtet hatte. Er steckte die rechte Hand Joop van der Miels in eine Plastiktüte und klebte diese anschließend am Unterarm des Mordopfers fest.

»Wohl eher teuflisch als genial, mein lieber Karl«, korrigierte der Rechtsmediziner. »Denn diese Verfahren befinden sich erst in der Testphase und sind deshalb so etwas wie russisches Roulette für die betroffenen Sportler. Die Nebenwirkungen sind nämlich noch nicht bekannt, beziehungsweise noch nicht öffentlich gemacht worden.« Er stieß Luft durch die Nase. »Was sie wahrscheinlich auch nie werden.«

»Und du vermutest, dass alle Rennfahrer des Turbofood-Teams Dopingmittel benutzen?«

»Wer weiß das schon, Wolf. Vielleicht nicht alle wissentlich, aber ...« Dr. Schönthaler stockte, dann schnäuzte er sich die Nase mit einem trompetenartigen Geräusch. »Was soll man von einem Teamsponsor halten, der Turbofood heißt. Da sag ich nur: Nomen est omen!«

Alle Fahrer, Funktionäre und sonstigen Teammitglieder des Turbofood-Rennstalls waren im Speisesaal des feudalen Hotels um zwei Tische herum versammelt. An dem einen hatten die Profi-Radsportler Platz genommen, an dem anderen Jenny, die Physiotherapeutin, ein weiterer Mechaniker, der Mannschaftsarzt Dr. Schneider sowie Bruce Legslow und dessen Ehefrau Melinda. Die beiden Streifenpolizisten hatten zwischenzeitlich die Personalien der Anwesenden aufgenommen, jedoch noch keinerlei Befragungen durchgeführt.

Bevor Tannenberg die Türklinke herunterdrückte, hielt er einen Moment inne. Durch die Sprossenscheiben hindurch beobachtete er eine Weile Bruce Legslow. Der Kaugummi kauende Amerikaner saß mit ausdrucksloser Miene am Tisch und spielte mit einem goldenen Feuerzeug herum. Wie bei einer Gras zermalmenden Kuh bewegte sich Legslows Kiefer ohne Unterlass auf und ab. Obwohl Tannenberg den mehrmaligen Gewinner der Tour de France bislang nur aus den Medien kannte, kultivierte er schon seit vielen Jahren eine starke Aversion gegenüber diesem ehemaligen Spitzensportler. Oder um es anders auszudrücken: Legslow war ihm absolut unsympathisch. Und wenn Tannenberg jemand unsympathisch fand, dann war er dies nicht nur vorübergehend, sondern dauerhaft.

Trotzdem darf ich mir jetzt meine starke Antipathie ihm gegenüber nicht anmerken lassen, denn schließlich bin ich nicht als Privatperson hier, sondern als leitender Ermittlungsbeamter in einem Mordfall. Reiß dich also zusammen!, mahnte er sich selbst zu professionellem, emotionslosem Handeln.

Er atmete noch einmal tief durch und öffnete die Tür.

In einer kurzen Ansprache stellte er sich mit Namen und Dienstrang vor. Mit Argusaugen beobachtete er dabei, wie John Williams seinem Teamchef soufflierte. Wie Tannenberg erst später erfahren sollte, war der Kapitän des Turbofood-Teams mit einer deutschen Frau verheiratet und fungierte als Dolmetscher für Legslow, dessen Ehefrau und die anderen amerikanischen Rennfahrer. Noch bevor der Kaiserslauterer Kriminalbeamte den Ablauf der Einzelbefragungen zu Ende erklären konnte, meldete sich Bruce Legslow zu Wort.

Er hob die Hand und rief: »Stop, Stop.« Dann sprach er mit Williams, der anschließend in sehr gutem, allerdings mit Südstaaten-Akzent versetztem Deutsch die Worte des sportlichen Leiters wiedergab: »Unser Boss hat angeordnet, dass niemand von uns etwas zur Polizei sagen darf, bevor nicht unsere Anwälte hier sind. Sie sind verständigt und befinden sich bereits auf dem Weg hierher. Die Angaben zu unserer Person haben Ihre Kollegen schon von uns bekommen. Das reicht.«

Trotz seines Unmutes über diese arrogante und unkooperative Haltung fragte Tannenberg in die Runde, ob tatsächlich alle Anwesenden von ihrem Aussageverweigerungsrecht Gebrauch machen wollten. Als die Angesprochenen lediglich mit versteinerten Mienen und stummem Nicken reagierten, fixierte er Bruce Legslow mit einem kalten, herausfordernden Blick.

»Okay, wenn Ihnen nichts daran liegt, dass wir so schnell wie möglich den Täter fassen, mir soll's recht sein«, erklärte er betont emotionslos. »Mein Kollege wurde ja schließlich nicht ermordet. Dann warten wir eben, bis Ihre Anwälte da sind.«

Obwohl er versuchte, sich nichts anmerken zu lassen, war Wolfram Tannenberg ziemlich frustriert, denn mit solch einer strikten Verweigerungshaltung hatte er nicht gerechnet. Zerknirscht verließ er den Speisesaal. An der Rezeption traf er auf Sabrina und Michael, die gerade den Empfangschef befragten. Um ungestört ihre Informationen austauschen zu können, verzogen sich die Kriminalbeamten in ein Nebenzimmer.

»Die Putzfrau hat außer dem Toten nichts Außergewöhnliches bemerkt, weder eine verdächtige Person noch irgendwelche auffälligen Geräusche oder sonst irgendetwas Besonderes«, eröffnete Sabrina ihrem düster dreinblickenden Vorgesetzten.

»War die Tür abgeschlossen?«

»Nein, sie war zwar zu, aber nicht abgeschlossen.«

Tannenberg legte die Stirn in Falten. »Also konnte man sie von außen öffnen, ohne Schlüssel, nur mit der Klinke?«

»Ja.«

»Scheibenkleister! Dann konnte also jeder in den Kellerraum rein«, murmelte Tannenberg und strich sich nachdenklich übers Kinn.

»Und nach dem Mord durch die aufgebrochene Kellertür verschwinden«, meinte Michael.

»Wo kommt man von dort aus eigentlich hin?«

»Von der Kellertreppe aus führt ein Asphaltweg ums Hotel herum zum Parkplatz. Man gelangt aber auch direkt in den Wald.«

»Okay. Um welche Uhrzeit hat die Putzfrau den Toten entdeckt?«

»Es war kurz nach sieben.«

»Wenn die Schätzungen unseres Docs zutreffen, wurde der Mann zwischen vier und sechs Uhr erdrosselt«, sagte der Chef-Ermittler mehr zu sich selbst. »Dann war alles schon eine Weile vorbei, als die Putzfrau ihn gefunden hat. Kein Wunder, dass ihr nichts aufgefallen ist.«

Er wandte sich an seinen jungen Mitarbeiter. »Hat sie die aufgebrochene Außentür erwähnt?«

»Nein, sie war nur im vorderen Bereich des Kellers und ist nach dem Leichenfund sofort hoch zur Rezeption gerannt.«

»Aber warum hat der Mann im Keller geschlafen und nicht in einem der Hotelzimmer?«, fragte Sabrina.

»Vielleicht wollte er die Rennmaschinen bewachen.«

Quatsch, korrigierte sich Tannenberg in Gedanken. Wer sollte denn mitten im Pfälzer Wald Rennräder klauen? »Womöglich war das einfach nur eine Marotte von ihm«, sagte er deshalb. »Was ist mit den anderen Gästen?«

»Bis jetzt nichts, absolut nichts«, bemerkte Michael Schauß. »Sie behaupten alle, dass sie geschlafen hätten.«

»Macht man ja wohl auch gewöhnlich um diese Uhrzeit. Mal was anderes: Existiert nur dieser eine Zugang zum Keller? Also, an der Rezeption vorbei?«

»Nein, man kann auch noch über einen anderen Weg dorthin gelangen. Direkt von den Hotelzimmern über ein zweites Treppenhaus. Ist auch sinnvoll, denn im Keller befindet sich der Wellnessbereich.«

»Und da wäre natürlich auch noch der Weg über die aufgehebelte Kellertür«, brummelte Tannenberg. Er putzte sich trompetenartig die Nase. »Aber ich weiß nicht …«

»Glaubst du, der Täter war einer seiner Kollegen? Und die aufgebrochene Tür ist nur eine Finte?«

Tannenberg lupfte die Schultern und schaute sich ratlos um. »Wer weiß. Irgendwie hab ich ein komisches Gefühl.«

»Du und deine Gefühle«, konnte sich Sabrina nicht verkneifen.

»Was ist damit?«, versetzte ihr Chef mit bedrohlichem Unterton.

»Ach, nichts.«

»Sonst noch was, liebes Sabrinalein?«

»Ja. Ich habe die Putzfrau nach Hause geschickt«, entgegnete die junge Kommissarin. »Die Arme war völlig fertig. Ist das okay?«

»Klar.«

»Sie kommt heute Nachmittag zu uns. Dann kannst du selbst mit ihr sprechen.«

»Gut. Und das andere Hotelpersonal?«

»Von dem Portier habe ich erfahren, dass alle Hotelbediensteten, die heute Nacht Dienst hatten, routinemäßig um sieben Uhr abgelöst wurden. Die Leute schlafen wahrscheinlich jetzt tief und fest. Aber ich denke, wenn irgendjemandem etwas Ungewöhnliches aufgefallen wäre, hätte er seine Beobachtungen sicherlich direkt an die Ablösung weitergegeben.«

»Trotzdem lasst ihr beide euch die Adressen geben und holt die Leute aus den Federn. Wir müssen diese Frage zügig abklären. Und verständigt Geiger. Er soll hierherkommen und die Hotelgäste nochmals befragen.«

Mit dem Zeigefinger wies er über die Schulter zum Speisesaal hin. »Wenn die da drinnen auf Anordnung Legslows total dichtmachen, müssen wir uns eben auf anderem Wege Hinweise auf den Täter beschaffen.«

»Diese Turbo-Fuzzis werden wohl ihre Gründe für diese strikte Verweigerungshaltung haben«, meinte Michael.

»Ja, das vermute ich auch – nur welche?«

5. ETAPPE

Etwa eine halbe Stunde später traf eine schwere Oberklassen-Limousine mit Frankfurter Kennzeichen vor dem Waldhotel Antonihof ein. Kriminalhauptkommissar Wolfram Tannenberg saß zu diesem Zeitpunkt wartend in seinem Dienstwagen und hörte ›Child in time‹.

Mit neugierigen Blicken begleitete er die pechschwarze Luxuskarosse, hinter deren stark getönten Scheiben man lediglich dunkle Gestalten erahnen konnte. Das Szenario erinnerte ihn unweigerlich an einen Staatsbesuch. Was er dann erblickte, konnte er nur glauben, weil er es tatsächlich mit eigenen Augen sah: Dem S-Klasse-Mercedes entstiegen zuerst zwei in edle, dunkle Designeranzüge gehüllte Männer, deren Beruf man nur unschwer erraten konnte, – und dann der leitende Oberstaatsanwalt Dr. Sigbert Hollerbach, sein Intimfeind.

»Ach, du Scheiße«, fauchte Tannenberg. »Paktiert dieser Mistkerl etwa ganz offen mit der Gegenseite? Na warte, mein Freundchen, dir werde ich gewaltig auf deine hochglanzpolierten Designerschuhe treten.«

Energiegeladen stieg er aus seinem Auto und schlug extra kräftig die Fahrertür zu.

Die Anwälte schauten kurz zu ihm herüber, dann öffneten sie per Fernbedienung den Kofferraum und entnahmen ihm mehrere Aktentaschen. Unterdessen eilte Dr. Hollerbach zu Tannenberg und begrüßte ihn mit einer derart demonstrativen Freundlichkeit, dass bei dem Kriminalbeamten sofort alle Alarmglocken zu schrillen begannen. Dann eröffnete er ihm, dass es sich bei dem älteren der beiden Herren um seinen ehemaligen Doktorvater handle, der in Frankfurt einer international renommierten Großkanzlei vorstehe.

Der Hohl-Hohl-Hollerbach erscheint gemeinsam mit einem Staranwalt an einem Tatort. Was soll ich denn davon halten?, dachte Tannenberg, der seine Vermutungen bestätigt sah. Was ist denn das für eine merkwürdige Kumpanei? Womöglich haben die bereits alles im Vorfeld einvernehmlich geregelt.

»Professor Grabler ist eine Kapazität auf dem Gebiet des Strafrechts«, verkündete der Oberstaatsanwalt in Tannenbergs Gedankengang hinein. »Es war eine große Ehre für mich, bei ihm promovieren zu dürfen. Dieses Privileg wurde damals nicht vielen zuteil.«

»So«, war alles, was sein Gegenüber zu dieser Selbstdarstellungsshow zunächst anmerkte. Er fasste seinen Erzfeind scharf ins Auge. »Und was haben Sie mit ihm ausgemauschelt? Ein kleiner Deal unter Freunden?«

Dr. Hollerbach schoss Blut ins Gesicht. Er packte Tannenberg am Arm und zog ihn hinter den Kleintransporter der Kriminaltechnik. »Passen Sie ja auf, was Sie sagen, Mann«, zischte er wie eine aggressive Schlange. »Und passen Sie ja auf, dass Sie keinen Fehler machen. Es könnte Ihr letzter sein!«

Tannenbergs Körpersprache strotzte geradezu vor Selbstbewusstsein. »Mit Ihren lächerlichen Drohgebärden können *Sie* mich nicht einschüchtern. Sie nicht. Das sollten Sie inzwischen wissen.« Er beugte sich ein wenig nach vorne, woraufhin sein Gegenüber einen Schritt nach hinten machte. »Also, in welcher Form sind Sie denn Ihrem werten Herrn Doktorvater entgegengekommen?«

»Nicht so laut, Mann!«, fauchte der Oberstaatsanwalt. Mit bedeutend sanfterer Stimme entgegnete er. »Mensch, Tannenberg, zeigen Sie sich doch wenigstens ein einziges Mal kooperativ. Wir sollten uns in diesem delikaten Fall ausnahmsweise einmal nicht bekriegen. Dafür steht für uns beide viel zu viel auf dem Spiel.«

»Wohl eher für Sie«, grummelte der Kriminalbeamte. »Was hat er Ihnen denn nun geboten? Einen Spitzenjob in seiner Kanzlei?«

Dr. Hollerbach schnappte nach Luft, doch er explodierte nicht. Dafür schluckte er so hart, als ob er gerade eine giftige Kröte hinunterwürgen müsste.

»Diese Angelegenheit ist brisant«, flüsterte er und blickte sich dabei nervös um. Dann hob er die Brauen und ließ sie oben verharren. »Und zwar hochbrisant. Wir haben es hier nämlich nicht mit einer kleinen Provinzfirma und irgendwelchen bornierten Landadvokaten zu tun, sondern mit einem Weltkonzern, dessen Interessen von einer renommierten deutschen Kanzlei vertreten werden.«

»Ja, ja, die Interessen der Weltkonzerne. Da müssen wir Provinzler natürlich große Rücksicht walten lassen«, höhnte Tannenberg. Während ein hämisches Grinsen seine Lippen umspielte, lehnte er sich betont gelassen an Mertels Bus. Er verschränkte die Arme vor dem Körper. »Also, was haben Sie beide miteinander ausgeheckt?«, ließ er nicht locker.

An der verkrampften Körperhaltung und den erneuten hektischen Blicken in Richtung der Luxuslimousine konnte man die enorme Anspannung erkennen, mit der Dr. Hollerbach gegenwärtig zu kämpfen hatte.

»Ich habe Professor Grabler lediglich zugesagt, dass wir den Trainingsbetrieb des Turbofood-Rennstalls so wenig wie irgend möglich behindern werden. Sonst nichts, wirklich. Das müssen Sie mir glauben«, sagte er in flehendem Ton.

»Vielleicht sollten wir gar nicht erst in Richtung Mord ermitteln, womöglich handelt es sich ja nur um einen Unfall«, sagte Tannenberg.

Dr. Hollerbachs Gesicht leuchtete förmlich auf. »Von dieser Möglichkeit weiß ich ja noch gar nichts.«

Damit war er Tannenberg in die Falle gegangen, die er nun genüsslich zuschnappen ließ. »Der Mechaniker könnte so unglücklich ausgerutscht und in die Kette hineingefallen sein, dass diese sich ohne Fremdeinwirkung um seinen Hals gelegt und zugezogen hat«, fuhr er grinsend fort.

Schlagartig wurde dem Oberstaatsanwalt bewusst, dass sich der Leiter des K 1 nur über ihn lustig gemacht hatte. Abermals versuchte er krampfhaft, seinen Zorn unter Verschluss zu halten, doch das nervöse Zucken seiner Augenlider verriet seine wahren Emotionen.

»Ich lasse mich von Ihnen nicht provozieren. Diesmal nicht«, verkündete er mit zitternder Stimme. »Dafür steht für uns alle hier viel zu viel auf dem Spiel. Was meinen Sie wohl, wie die Presse gerade über uns beide herfallen wird, wenn sie Wind von unseren persönlichen Animositäten bekommt.«

»Ach, Gott, das wissen die doch schon lange«, meinte Tannenberg mit einer wegwerfenden Handbewegung.

Dr. Hollerbach räusperte sich und faltete die Hände wie zum Gebet. »Herr Hauptkommissar, ich bitte Sie eindringlich, konstruktiv mit mir zusammenzuarbeiten. Wenigstens dieses eine Mal.«

»Mache ich doch glatt. Aber dann sollten Sie mir jetzt eine wichtige Frage ehrlich beantworten.«

»Welche?«

»Was haben Sie Ihrem Professor noch so alles zugesagt?«

Wie bei einer Marionette pendelte der Kopf des Oberstaatsanwaltes hin und her. Mit einer beschwörenden Geste antwortete er: »Nur noch ein paar Kleinigkeiten, wirklich. Sie hängen inhaltlich eng mit dem zusammen, was ich bereits erwähnt habe.«

»Raus mit der Sprache!«

Dr. Hollerbach schöpfte tief Luft. In seinen ausströmenden Atem hinein ließ er endlich die Katze aus dem Sack: »Alle Fahrer werden vorläufig als nicht tatverdächtig eingestuft und können deshalb das Vorbereitungstraining für die Tour de France uneingeschränkt fortsetzen.«

»Hört, hört, ein staatsanwaltschaftlicher Persilschein für die Herren«, spottete der Kriminalbeamte. »Damit die Herren Spitzensportler so wenig wie möglich von diesem unangenehmen Mord tangiert werden.«

Mit anschwellender Stimme konkretisierte der Oberstaatsanwalt die Absprachen: »Selbstverständlich nachdem Sie Ihre Befragungen durchgeführt haben und selbstverständlich nach der erkennungsdienstlichen Behandlung der Teammitglieder.«

»Na, wenigstens das dürfen wir. Meinen aufrichtigen Dank.«

»Alle diese notwendigen Maßnahmen erfolgen jedoch im Hotel Antonihof. Ihr Kollege Mertel kann den Radsportlern die Fingerabdrücke genauso gut auch hier an Ort und Stelle abnehmen, nicht wahr?«

»Sigbert, kommst du bitte?«, ertönte plötzlich Professor Grablers tiefe Männerstimme vom Hoteleingang her. Die

bereits stark ergraute Jura-Eminenz stand im Eingangsbereich des Hotels und winkte herüber.

»Auf, auf, das Herrchen ruft nach seinem Hündchen«,
feuerte Tannenberg den ranghöchsten Vertreter der Kaiserslauterer Staatsanwaltschaft an.

Dr. Hollerbach warf Tannenberg einen grimmigem Blick
zu, dann machte er auf dem Absatz kehrt und zog wutschnaubend von dannen.

Auch der Leiter des K 1 setzte sich in Bewegung. Strammen
Schrittes überholte er seinen Widersacher, pflanzte sich
unmittelbar vor dem einen Kopf kleineren Staranwalt auf
und streckte ihm die Hand entgegen.

»Gestatten, Herr Professor, dass ich mich vorstelle:
Wolfram Tannenberg, Hauptkommissar und provinzieller
Schmalspur-Kriminalist – jedenfalls nach Meinung Ihres
ehemaligen Doktoranden Sigbert Hollerbach.«

Während der Oberstaatsanwalt aus Scham am liebsten im
Erdboden versunken wäre, griff Professor Grabler lachend
die kräftige Männerpranke und drückte sie fest.

»Freut mich sehr, Sie endlich kennenzulernen, mein
lieber Herr Tannenberg. Sie werden es nicht für möglich halten, aber ich habe schon viel von Ihnen und Ihren
spektakulären Fällen gehört. Von wegen Provinz! Von
solchen interessanten Mordfällen können wir in Frankfurt
nur träumen.«

Ohne Dr. Hollerbach auch nur eines Blickes zu würdigen,
legte er den Arm auf Tannenbergs Schulter und zog ihn mit
sich. »Darf ich Sie mal etwas Persönliches fragen?«

Der Kriminalbeamte war derart irritiert, dass er nur
mechanisch nickte und die körperliche Annäherung willenlos geschehen ließ.

Professor Grabler drehte sich zu Hollerbach um, der wie in Blei gegossen immer noch auf derselben Stelle verharrte. »Sigbert, lässt du uns bitte einen Moment allein? Du kannst ja schon vorgehen. Ich komme gleich nach.«

Mit gesenktem Haupt befolgte der Oberstaatsanwalt die Anweisung und entfernte sich in Richtung des Speisesaals.

»Sagen Sie mal, mein lieber Tannenberg«, versetzte der renommierte Strafrechtsanwalt in kumpelhaftem Ton, »stimmt es wirklich, was man so ab und zu über Sie hört beziehungsweise in der Zeitung liest?«

Der Angesprochene krauste die Stirn. »Was meinen Sie?«

»Na, dass Ihnen Ihre Familie nicht selten tatkräftig bei den Ermittlungen zur Seite steht?«

Tannenberg zögerte.

Was will der von mir? Ist das eine Falle?, pochte es unter seiner Schädeldecke.

Er musterte das ebenmäßige, sympathische Gesicht des etwa 65-jährigen Juristen, dem ein legendärer Ruf als Prominentenanwalt vorauseilte. In seiner beruflichen Laufbahn hatte er einige hochkarätige Mandanten vertreten. Bei aufsehenerregenden Prozessen war es ihm zumeist gelungen, das Optimale für seine Mandanten herauszuholen.

Professor Grabler schien über einen sechsten Sinn zu verfügen. Mit einem verschmitzten Lächeln schob er in Tannenbergs Schweigen hinein nach: »Sie brauchen wirklich keine Angst zu haben. Das bleibt natürlich unter uns.« Er lachte. »Außerdem unterliege ich ja der Schweigepflicht. Wissen Sie, es interessiert mich einfach. Ich bin ein regelrechter Fan von unorthodoxen Ermittlungsmethoden.«

Wolfram Tannenberg zögerte noch einen Moment, doch dann berichtete er seinem Gegenüber stolz von dem unglaublichen Zusammenhalt und der Hilfsbereitschaft innerhalb seiner Großfamilie. Und er gestand diesem distinguierten Herrn, den er nur aus den Medien kannte, etwas ein, das er selbst seinem eigenen Vater bislang verschwiegen hatte. Nämlich die Tatsache, wie sehr er und seine Kollegen in der Vergangenheit von den Hinweisen und Internetrecherchen des sogenannten Sherlock Holmes aus der Beethovenstraße profitiert hatten, wie sein Vater mittlerweile liebevoll genannt wurde.

»Es geht doch nichts über eine intakte Familie«, bemerkte Professor Grabler.

»Das kann man wohl sagen.«

Der will dich mit seinem Gesülze doch nur einlullen. Merkst du das denn nicht, du naiver Dödel?, meldete sich plötzlich Tannenbergs innere Stimme zu Wort.

»Ich denke, wir sollten uns nun meinem neuen Mordfall zuwenden«, wechselte der Leiter des K 1 nach diesem berechtigten Einwurf das Thema. »Bruce Legslow hat vorhin lauthals verkündet, dass die Mitglieder des Turbofood-Teams erst nach der Beratung mit den Konzern-Anwälten sachdienliche Aussagen machen werden.«

»Aber dieses professionelle Verhalten ist doch nur allzu verständlich, Herr Hauptkommissar«, sagte Professor Grabler mit einer Klangfärbung versetzt, mit der man unzweifelhafte Fakten verkündete.

»Professionelles Verhalten?«, paraphrasierte Tannenberg.

»Ja, selbstverständlich. Schließlich stehen Konzern und Radsportteam im Fokus der Öffentlichkeit.« Professor Grabler räusperte sich dezent und fügte hinzu: »Einer überaus kritischen Öffentlichkeit, nebenbei bemerkt. Zu dieser Zurückhaltung habe ich Herrn Legslow dringend geraten.« Er lachte auf. »Dafür werde ich ja auch bezahlt.«

»Fürstlich, wie ich annehme«, konnte sich der Leiter des K 1 nicht verkneifen.

»Nur kein Sozialneid auf die Leistungsträger unserer Gesellschaft, mein lieber Herr Hauptkommissar«, konterte der Prominentenanwalt. Er rückte seine Krawatte zurecht und bedachte dabei seinen Gesprächspartner mit einem stechenden Blick. Sein Ton wurde wieder förmlicher. »Hat Ihnen Sigbert vorhin mitgeteilt, dass wir uns bereits über das weitere kriminalpolizeiliche Vorgehen verständigt haben?«

»Ja, das hat er«, brummelte Tannenberg. Natürlich lagen ihm einige bissige Kommentare auf der Zunge, aber er verzichtete zähneknirschend auf eine Replik.

»Gut, dann sind Sie ja bestens informiert. Bitte verlieren Sie bei Ihrer kriminalpolizeilichen Ermittlungsarbeit nicht aus den Augen, dass wir es hier mit einem der Topteams der Tour de France zu tun haben.«

»Und mit einem brutalen Mord.«

»Selbstverständlich, Herr Hauptkommissar.« Professor Grabler seufzte tief und ergänzte in sanftem Tonfall: »Einen Mordfall, den Sie garantiert schon sehr bald aufgeklärt haben werden. Da bin ich mir ganz sicher. Genauso wie ich mir sicher bin, dass keiner der Rennfahrer auch nur das Geringste mit diesem schrecklichen Vorfall zu tun hat.«

»Ihr Wort in Gottes Ohr.«

Der Staranwalt warf einen schnellen Blick auf seine goldene Cartier-Uhr. »Ich werde mich nun eingehend mit meinen Mandanten beraten.« Er warf die sonnengebräunte

Stirn in Falten. »Was halten Sie davon, wenn Ihnen das Team ab 14 Uhr zur Verfügung steht? Hier im Hotel natürlich.«

Tannenberg blies die Backen auf. »Von mir aus.«

»Sehr schön, dann können die Jungs anschließend noch eine Trainingseinheit absolvieren. Sind Sie eigentlich auch ein leidenschaftlicher Radsportfan?«

»Radsport? Eher weniger. Leidenschaftlicher Fan? Klar doch – vom 1. FCK, dem Verein, der große Leiden schafft.«

Tannenberg musste sich noch etwa eine Viertelstunde gedulden, dann hatte der Gerichtsmediziner die vorläufige Begutachtung des Leichnams abgeschlossen und er konnte mit ihm zurück in die Stadt fahren.

Da Dr. Schönthaler bezüglich des Mordopfers mit keinerlei Neuigkeiten aufwarten konnte, zapfte der Kriminalbeamte dessen medizinische Fachkompetenz anderweitig an.

»Sag mal, Rainer, was hältst du denn eigentlich von Schokolade mit einem sehr hohen Kakaoanteil? Aus medizinischer Sicht, meine ich. Die soll ja unheimlich gesund sein.«

Im Gesicht des Rechtsmediziners zeigte sich ein verschmitztes Lächeln. »Ach, unsere liebe Flocke hat dich also auch schon mit ihrem Schoko-Fimmel-Virus infiziert.«

»Ist da nun was dran oder nicht?«

»Aber sicher doch, mein Guter. Kakao ist schon lange als Stimmungsaufheller und Antidepressivum bekannt. Am besten isst du ab sofort fünf Tafeln pro Tag. Das ist nämlich die Minimaldosis für besonders hartnäckige, eigentlich untherapierbare Fälle.« Ein schallendes Lachen erklang.

»Komm, jetzt aber mal im Ernst.«

»Aus Spaß wurde Ernst, Ernst lernt gerade laufen.«

»Du erzählst auch immer nur denselben alten Schrott.«

»Apropos alt. Kakao ist zudem ein bewährtes Anti-Aging-Produkt«, dozierte Dr. Schönthaler. Von der Seite her sondierte er seinen Freund mit einem bekümmerten Blick.

Der hielt ihm stand und blaffte: »Guck lieber auf die Straße, sonst landen wir gleich im Graben.«

Stur, wie er nun einmal war, schaute der Rechtsmediziner nur kurz auf die Landstraße und dann gleich wieder zu seinem Freund.

»Wenn ich mir deine runzelige Gesichtshaut anschaue, könnte dir hoch konzentrierter Kakao wirklich nicht schaden«, frotzelte er. »Am besten schluckst du das Zeug gleich kiloweise. Oder besser noch: Du badest in Kakaoöl. Diese schwarze Wunderwaffe wirkt nämlich Faltenbildung entgegen, verbessert die UV-Verträglichkeit der Haut, macht sie feuchter, frischer und elastischer. Und erzeugt damit einen Gesichtsteint, der quasi das genaue Gegenteil dessen ist, was da gegenwärtig so schlaff um deinen alten Schädel herumhängt. Du siehst heute Morgen übrigens mal wieder aus wie eine aufgeplatzte Matratze.«

»Danke, für das Kompliment.«

»Aber nun mal ohne Quatsch, alter Junge: Kakao ist wirklich megagesund. Das wissen wir Mediziner schon seit Langem. Legendär ist die Studie über die Kuna-Indianer in Panama. Bei diesen Ureinwohnern ist Bluthochdruck unbekannt. Außerdem leiden diese beneidenswerten Menschen nur selten an unseren Zivilisationskrankheiten.«

»Ja, Gott, die gehören eben zu einem Naturvolk.«

»Wir Pfälzer etwa nicht?«

»Du garantiert.«

»Zurück zu den Kuna-Indianern. Anfangs vermutete man als Ursache für diese Phänomene eine extrem gesunde Lebensweise. Aber als man dieses Indianervolk wissenschaftlich näher untersuchte, stellte sich schnell heraus, dass dies nicht der zentrale Faktor war. Viel entscheidender war die Tatsache, dass die Kuna-Indianer pro Woche im Schnitt 40 Tassen Kakao trinken. Und seitdem ich das weiß, esse ich jeden Tag eine halbe Tafel schwarze Schokolade.«

Dr. Schönthaler reckte den Zeigefinger in die Höhe. »Und zwar eine mit einem extrem hohen Kakaoanteil.«

»Und warum hast du mir das nicht schon viel früher gesagt?«, beschwerte sich Tannenberg mit vorwurfsvollem Unterton.

»Warum wohl, mein liebes Wölfchen, hab ich das nicht getan?« Der Pathologe wartete einige Sekunden auf eine Reaktion. Doch als sich diese nicht einstellte, beantwortete er selbst die Frage. »Weil wir zwei, biologisch betrachtet, Konkurrenten sind.«

Tannenberg zog die Oberlippe hoch und starrte ihn verständnislos an. »Konkurrenten um was?«

»Um die Gunst der holden Weiblichkeit«, vollendete der schlaksige Gerichtsmediziner, dessen Kopf fast das Rolldach seines laubfroschgrünen 2 CVs berührte.

»Wir zwei?«

»Ja«, kam es gedehnt zurück. Dr. Schönthaler tätschelte seinem Freund den Oberschenkel. »Aber mach dir nix draus, alter Junge, so erbarmungslos ist die Natur nun mal. In diesem harten, aber auch extrem aufregenden biologischen Überlebensspiel geht es um nichts anderes als um die Weitergabe unserer Gene. Und da verschafft einem Mann eben ein attraktives, jugendliches und faltenloses Gesicht ...«, demonstrativ strich er sich über sein frisch rasiertes, glattes Kinn, »in der jeweiligen Altersklasse einen entscheidenden Wettbewerbsvorteil gegenüber seinen Konkurrenten.«

»Faltenloses Gesicht«, prustete Tannenberg los. Er drehte dem Pathologen den Rückspiegel hin. »Dann guck da mal rein: Ein verknitterter Faltenrock ist gar nix dagegen.«

Während die beiden alten Freunde dröhnend lachten, schob Dr. Schönthaler seine Lieblings-CD in den Player. Die beiden warteten, bis die Eingangstakte verklungen waren, dann sangen sie ›Stairway to heaven‹ lauthals mit:

»There's a lady who's sure, all that glitters is gold.«

Doch anstelle von ›Glitters‹ grölten die beiden ›Knitters‹.

Am Pfaffplatz hielt der Gerichtsmediziner im absoluten Halteverbot und ließ Tannenberg aussteigen. Anschließend knatterte er mit seinem auffälligen fahrbaren Untersatz zum nahe gelegenen Westpfalz-Klinikum, um in den tristen, weiß gekachelten Katakomben die Obduktion des Mordopfers durchzuführen.

Schmunzelnd verfolgte der Kriminalbeamte das ungewöhnliche Auto, bis es aus seinem Sichtfeld verschwunden war. Dann ging ein Ruck durch seinen hünenhaften Körper, denn er hatte sich gerade dazu entschlossen, einen kurzen Abstecher in die Innenstadt zu unternehmen. Seine direkt gegenüberliegende Dienststelle würdigte er keines Blickes und folgte der wie immer stark befahrenen Pariser Straße in Richtung des Platzes, an dem bis vor einigen Jahren das alte Pfalztheater stand.

Nachdem er das klotzige Karstadt-Gebäude passiert hatte, überquerte er an der Ampel am Fackelrondell die

Straße und schlenderte zielgerichtet durch die Fußgängerzone. Wie an einer langen Gummileine zogen ihn magische Kräfte schnurstracks in einen Drogeriemarkt hinein und dort in die Süßwarenabteilung.

Die stark begrenzte Auswahl an Bitterschokolade enttäuschte ihn. Er war davon ausgegangen, dass er auf ein bedeutend größeres Angebot treffen würde, doch fand er in den Regalen lediglich drei verschiedene Sorten vor. Er wählte diejenige mit dem höchsten Kakaogehalt.

›Genießen Sie die kräftig herbe Fülle dieser außergewöhnlichen Schokoladenkreation‹, stand auf der Hochglanzverpackung geschrieben. ›Diese extraherbe Edelbitterschokolade besticht durch eine harmonische Kombination edler Zutaten und verschafft Ihnen ein exquisites, unvergessliches Geschmackserlebnis‹.

Nur 14 % Zuckeranteil, das ist wirklich wenig. Na, da bin ich jetzt aber mal richtig gespannt, sagte er zu sich selbst, als er ins Freie trat.

»Wolfram, komm mal rüber zu uns«, ertönte urplötzlich eine wohlbekannte Männerstimme von schräg gegenüber.

Erschrocken schaute Tannenberg auf und entdeckte seinen Vater, der gemeinsam mit mehreren anderen Rentnern vor der Tchibo-Filiale an einem der Bistrotischchen stand. Nur zögerlich setzte er sich in Bewegung.

»Vorhin haben sie im Radio gemeldet, dass auf dem Antonihof ein Mann ermordet wurde. Stimmt das?«, schrie Jacob in die belebte Fußgängerzone hinein.

Während einige Passanten neugierig die Köpfe zu ihm hinwandten und andere sogar stehen blieben, beschleunigte der Kriminalbeamte seinen Schritt.

»Du musst es doch am besten wissen, schließlich bist du

der Chef der Mordkommission«, legte der Senior sogleich lautstark nach.

Wolfram Tannenberg warf seinem biologischen Erzeuger einen bitterbösen Blick zu. Er platzte fast vor Zorn angesichts dieses unmöglichen Verhaltens. Doch traute er sich nicht, mitten in der Öffentlichkeit seinen Vater in die Schranken zu weisen, zumal vor dessen versammelten Freunden.

»Nicht so laut«, zischte der erboste Kriminalbeamte. »Es muss doch nicht gleich die ganze Stadt hören.«

»Also stimmt's«, schlussfolgerte Jacob aus der Antwort seines jüngsten Sohnes.

»Ja«, gab Tannenberg gequält zurück.

Erfreut knetete der Senior die Hände. »Endlich wieder was los.« Seine Mimik änderte sich urplötzlich. »Und was machst du dann hier in der Stadt?«, grummelte er mit vorwurfsvollem Unterton. »Musst du denn nicht die Ermittlungen leiten? Also Zeugen befragen, Alibis überprüfen und so weiter.«

»Ich bin gerade dabei«, log Tannenberg. »Oder glaubst du etwa, ich gehe während meiner Arbeitszeit in der Fußgängerzone spazieren? Ich bin ja schließlich kein Rentner.«

Während sich ein schalkhaftes Lächeln auf Jacobs Gesicht ausbreitete, fragte er: »Und warum ermittelst du dann im Supermarkt?« Er wies mit dem Kinn auf die Einkaufstüte seines Sohnes. »Was hast du denn da in der Plastiktüte?«

»Leichenteile, Vater, nichts als blutige Leichenteile. Die bringe ich jetzt Rainer in die Gerichtsmedizin«, entgegnete Tannenberg und verschwand grinsend in dem Menschenstrom, der wie eine zähe Lavamasse an den Tchibo-Tischen vorbeifloss.

Auf dem Rückweg zum Pfaffplatz unternahm der Leiter der Kaiserslauterer Mordkommission einen Schwenk über den nahe gelegenen ›Kotten‹, einem Wohngebiet, das aufgrund seiner engen Gassen der Albtraum eines jeden Fahrschülers war.

In einer Metzgerei, die bei der Bevölkerung geradezu Kultstatus besaß, kaufte er zwei frisch gebratene Pferdefrikadellen. Beide überlebten den kurzen Weg in sein Büro nur deshalb, weil er vergessen hatte, sie mit Ketchup zu bestreichen. Und eine Frikadelle ohne Ketchup war für ihn ähnlich unerträglich wie die Tatsache, dass sein geliebter 1. FCK nicht mehr in der 1. Bundesliga spielte.

»Flocke, ich möchte die nächste halbe Stunde nicht gestört werden – Mittagspause«, posaunte er in den Vorraum des K 1.

»Alles klar, Chef«, ertönte es hinter einem großen Flachbildschirm.

»Was gibt's denn Gutes?«, fragte Petra Flockerzie, während ihr pausbäckiger Kopf neben dem Monitor auftauchte. Natürlich hatte sie den verführerischen Duft bereits erschnüffelt.

»Ach, nur zwei hundsgewöhnliche Pferdefrikadellen«, antwortete er eher beiläufig.

»Was denn nun, Chef: Hunde- oder Pferdefrikadellen?«

»Wie?«, fragte Tannenberg, dem im ersten Augenblick nicht klar war, was seine Sekretärin meinte. Als er endlich das Wortspiel verstand, hielt er sich lachend den Bauch. Mit Tränen in den Augen öffnete er den Kühlschrank und raubte ihm die Ketchupflasche.

Derweil erklang in seinem Rücken ein von Schmatzgeräuschen begleitetes helles Summen. »Darauf hätte ich auch mal wieder Lust.« Mit einem Stoßseufzer fügte Petra Flockerzie an: »Aber die vielen Kalorien.«

»Die stören mich nicht, Flocke«, entgegnete ihr Vorgesetzter mit einer wegwerfenden Handbewegung. »Ich kaue einfach schneller, das erhöht den Kalorienverbrauch.«

Nachdem er in seinem Büro den quälenden Heißhunger gestillt hatte, ging er zum Waschbecken und säuberte seine mit roten Ketchup-Spritzern beklecksten Hände. Während er in den Spiegel schaute, erinnerte er sich an die spitzen Bemerkungen Dr. Schönthalers.

Mit der Zunge beulte er nacheinander die eingefallenen Wangen aus. Dann runzelte er die Stirn und schnitt ein paar Grimassen. Blitzartig entspannte er die Gesichtsmuskeln wieder, doch die strahlenförmigen Falten um Augen, Mund und Ohren herum waren immer noch da. Genauso wie die Altersflecken, die immer zahlreicher wurden. Anschließend inspizierte er eingehend die leichten Tränensäcke unter seinen Augen. Er versuchte, sie mit den Fingerkuppen wegzudrücken, natürlich ohne Erfolg.

»So ein Scheiß«, fluchte er leise vor sich hin. »Hanne ist über 15 Jahre jünger als ich und sieht noch richtig knackig aus. Und ich? Ich sehe von Tag zu Tag älter aus.«

Seufzend beendete er den deprimierenden Anblick seiner verwelkenden Haut und schlenderte zurück zu seinem Schreibtisch. In einer unscheinbaren Plastiktüte erwartete ihn dort eine wahre Anti-Aging-Bombe, sofern man gewillt war, Dr. Schönthalers Aussagen Glauben zu schenken.

Tannenberg legte die Tafel Bitterschokolade vor sich hin und bestaunte sie ein paar Sekunden lang wie eine wertvolle Reliquie. Danach wandte er sich dem vermeintlich

›exquisiten, unvergesslichen Geschmackserlebnis‹ zu, welches die goldene Schrift dem Konsumenten versprach.

Zuerst entfernte er den Pappkarton. Zum Vorschein kam eine mit Silberfolie ummantelte flache Tafel, unter deren Umhüllung sich zehn Einzelfelder abzeichneten. Er brach die Tafel in der Mitte durch und zerriss dadurch die Folie. Er schloss die Augen und schnüffelte intensiv an dem schwarzbraunen Barren.

Riecht gar nicht schlecht, aber irgendwie ungewöhnlich, ganz anders als normale Schokolade. Ist das nicht ein zarter Pfeffergeruch? Er brach ein kleines Stück ab und schob es in seinen Mund. Ziemlich bitter und herb, lautete sein erster Geschmackseindruck. Zudem irgendwie ölig und schmierig analysierte er in Gedanken weiter. Dann ließ er das Schokoladenstück langsam auf der Zunge zergehen.

Plötzlich erinnerte er sich daran, dass Petra Flockerzie und seine Kollegen am Morgen die Schokolade in ihren Kaffee gedippt hatten, bevor sie sie in den Mund steckten. Also ging er zur Kaffeemaschine, braute sich einen doppelten Espresso und kehrte in sein Dienstzimmer zurück. Dann tat er es seinen Kollegen gleich und tunkte ebenfalls die schwarze Schokolade in die mit einer ockerfarbenen Crema überzogene Brühe. Die seimige Crema veredelte die Bitterschokolade nun zu einem tatsächlich unvergleichlichen Geschmackserlebnis.

Wirklich nicht schlecht, dachte er, während er den angeschmolzenen Riegel in seinen Mund einführte, um ihn gleich darauf nochmals zwei, drei Sekunden in den heißen Espresso zu tunken. Nie hätte ich geglaubt, dass Bitterschokolade so gut schmecken kann. Sie ist überhaupt nicht süß, und dazu soll sie ja auch noch unglaublich gesund sein.

Es klopfte an der Tür. »Wolf, können wir reinkommen?«

»Einen Moment noch bitte«, brüllte Tannenberg zurück. Geschwind ließ er den Rest der angebrochenen Bitterschokolade in seiner Schreibtischschublade verschwinden und leckte sich den Kakao von den Fingerkuppen und aus den Mundwinkeln. »Jaa-a, ihr könnt jetzt reinkommen.«

»Wolf, wir haben das Hotelpersonal aus den Betten geklingelt«, legte Michael Schauß sogleich los. »Einen Nachtportier und einen Barkeeper. Die waren ganz schön muffelig, kann ich dir sagen.«

»Und, was ist mit diesen Leuten? Haben sie irgendwas Interessantes bemerkt?«

»Also, der Barkeeper ist kurz vor zwei Uhr nach Hause gefahren. Das hat der Nachtportier bestätigt. Und davor ist ihm nichts aufgefallen. Er hat während des gesamten späten Abends weder einen der Radfahrer noch einen anderen aus dem Team zu Gesicht bekommen.«

»Blieb somit nur noch der Nachtportier«, übernahm Sabrina, »ein Mann so um die 70. Er hat es zwar nicht zugegeben und andauernd rumgedruckst, aber ich denke, wir können davon ausgehen, dass er die meiste Zeit über geschlafen oder Fernseh geguckt hat. Direkt hinter der Rezeption befindet sich ein kleines Büro mit einem bequemen Sessel.«

Ein verschmitztes Lächeln huschte über ihr sonnengebräuntes Gesicht. »Na ja, das sei ihm in seinem Alter ja auch gegönnt. Jedenfalls hat er ausgesagt, dass er nach Mitternacht im Hotel keine Geräusche mehr gehört habe.«

»Wir haben übrigens die beiden Männer auch dahingehend befragt, ob ihnen im Verlauf des gestrigen Tages innerhalb des Turbofood-Teams irgendwelche Spannungen, Streitereien oder sonst irgendetwas Besonderes aufgefallen ist«, erklärte der junge Kommissar.

»Sehr gut«, lobte sein Vorgesetzter.

»Aber beide haben unabhängig voneinander behauptet, dass sie nichts Derartiges bemerkt hätten. Ganz im Gegenteil: Diese Gäste seien sehr nett und höflich miteinander umgegangen und hätten viel gelacht.«

Wolfram Tannenberg meldete Skepsis an: »Damit haben die beiden wohl genau der Hotel-Stallorder entsprochen: nie ein schlechtes Wort oder eine Indiskretion über einen Gast verlieren – es könnte sich ja herumsprechen und die Gäste verscheuchen«, meinte er nüchtern. »Wie die drei Affen: nix hören, nix sehen, nix sagen. Egal, was passiert.«

»Die Leute haben eben alle Angst um ihren Arbeitsplatz«, zeigte Michael Schauß Verständnis. Er kratzte sich am Hals und zuckte mit den Schultern. »Kann man in diesen Zeiten auch nur zu gut verstehen.«

»Ja, sicher«, stimmte Tannenberg zu. »Noch was?«

»Ich hab mal ein wenig im Internet über unser Mordopfer recherchiert«, entgegnete Sabrina. »Der Mechaniker Joop van der Miel war früher ein ziemlich erfolgreicher Radprofi. In den 70er-Jahren hat er sogar mehrere Tour-de-France-Etappen gewonnen.«

»Interessant. Dem Namen nach war der Mann Holländer, stimmt's?«

»Ja.«

»Dann rufe ich doch am besten gleich mal meinen alten Freund Benny de Vries an«, verkündete ihr Chef. Er zwinkerte seinen beiden Kollegen zu. »Rein dienstlich, selbstverständlich.«

»Selbstverständlich«, wiederholte Sabrina lächelnd. »Dann lassen wir dich jetzt wohl besser allein.«

Tannenberg nickte schmunzelnd. »Ach, Michael, könntest du bitte nachher die Befragung der Putzfrau übernehmen?«, rief er den beiden Kriminalbeamten hinterher.

»Klar, mach ich.«

»Danke. Dann fahre ich ...«, er stockte und blickte auf seine Armbanduhr, »in einer guten halben Stunde mit Sabrina noch mal raus zum Antonihof.«

Während der letzten Jahre hatte der holländische Kriminalbeamte Benny de Vries schon mehrmals zur Aufklärung spektakulärer Mordfälle in Tannenbergs Zuständigkeitsbereich beigetragen. Er freute sich sehr über den Anruf des Kaiserslauterer Ermittlers.

Wie stets, wenn die beiden miteinander telefonierten, eröffnete Benny das Gespräch mit ein und derselben Frage: »Na, Wolf, was machen die Frauen?«

Seit anderthalb Jahren war die Antwort darauf exakt dieselbe: »Ja, mein lieber Benny, Hanne hält es immer noch mit mir aus.«

»Bewundernswert, wie die gute Frau das durchsteht. Sie muss unheimlich belastbar sein«, lautete jeweils die Replik.

Nachdem die beiden dieses eingespielte Ritual heruntergeleiert hatten, berichtete Tannenberg seinem Freund von der Ermordung des Turbofood-Mechanikers. Benny versprach, umgehend Erkundigungen über den holländischen Staatsbürger Joop van der Miel einzuholen und sich dann sofort wieder bei ihm zu melden.

»Um was wetten wir, dass morgen früh auf der Titelseite der Lieblingszeitung deines Vaters die Überschrift ›Kettenmord im Pfälzer Wald‹ steht?«, fragte Benny.

»Akzeptiert. Vorschlag: Wenn ich gewinne, musst du mich noch im Sommer besuchen kommen. Und wenn du gewinnst, muss ich dich besuchen«, unterbreitete Tannenberg seine Idee für einen Wetteinsatz.

»Einverstanden. Aber du bringst deine Hanne mit.«

»Klar.«

»Ich will die bedauernswerte Frau nämlich endlich mal kennenlernen.«

»Okay, abgemacht.«

»Super, ich freue mich!«

»Ich auch.« Nach einer kurzen Unterbrechung schob Tannenberg nach: »Sag mal, Benny, du scheinst dir deiner Sache ja sehr sicher zu sein.«

»Kein Wunder, ich bin schließlich mit dem Chefredakteur der Bildzeitung gut befreundet.« Benny lachte herzhaft ins Telefon. »Ah, ich hab gerade noch eine andere Idee.«

»Und welche?«

»Wenn du verlierst, musst du mit mir zu einem Spiel von Ajax Amsterdam gehen«, sagte der eingefleischte Fußballfan.

»Von mir aus.«

»Dann kommst du wenigstens mal wieder in den Genuss eines Erstliga-Spiels.«

6. ETAPPE

Florian Scheuermann saß im großen Speisesaal des Hotels am Tisch der Rennfahrer und lauschte gebannt Professor Grablers Worten.

»Vom zuständigen leitenden Oberstaatsanwalt habe ich die vorläufige Tatzeit erfahren«, verkündete der grauhaarige Konzernadvokat. Mahnend reckte er den Zeigefinger in die Höhe. »Sie alle, meine Damen und Herren, sollten sich deshalb genauestens überlegen, wo Sie sich heute Nacht zwischen vier und sechs Uhr aufgehalten haben.«

Seine ernsten Gesichtszüge entspannten sich mit einem Mal und wurden durch ein amüsiertes Schmunzeln ersetzt. »Ich denke, wir können davon ausgehen, dass Sie alle zu diesem Zeitraum tief und fest geschlafen haben. Das ist doch richtig, nicht wahr?«

Zustimmendes Nicken.

»Sehr schön. Dann hat sicherlich auch niemand von Ihnen irgendetwas Ermittlungsrelevantes gesehen oder gehört. Auch richtig?«

Wieder die gleiche Reaktion.

»Na, wunderbar. Damit sind Sie alle auf der sicheren Seite. Wenn man Sie nachher befragt, antworten Sie einfach genau das, was wir eben besprochen haben.« Er fächerte die Arme zur Decke hin aus. »Tja, dann muss sich wohl leider die Kriminalpolizei ihren Täter woanders suchen.«

Nachdem Bruce Legslow die Einlassungen des Anwalts übersetzt bekommen hatte, klatschte er in die Hände. Sekundenbruchteile später klatschten alle Anwesenden.

Professor Grabler verneigte sich theatralisch. »Danke, meine Damen und Herren, sehr freundlich von Ihnen. Wenn Sie sich an meine Ratschläge halten, werden wir diese leidige Angelegenheit schon sehr bald von der Tagesordnung streichen können. Und Sie können in aller Ruhe weitertrainieren.« Er schaute aus dem Fenster. »Bei diesem herrlichen Wetter ist Radfahren doch das reinste Vergnügen.«

Er strich sich über sein glatt rasiertes Kinn. »Es existiert wirklich nicht der kleinste Anlass zur Besorgnis, zumal ein wichtiges Indiz sowieso in eine ganz andere Richtung weist, wie mir mein alter Freund, der Herr Oberstaatsanwalt, vorhin eröffnet hat. Und der muss es ja wissen, schließlich ist er der Herr des Verfahrens«, ein triumphierendes Lächeln breitete sich über sein Gesicht aus. »Demzufolge wurde eine Kellertür aufgebrochen. Sehr wahrscheinlich ist der Täter über diesen Weg ins Hotel hineingelangt.« Sein Grinsen wurde noch breiter. »Außerdem befinden sich ja auch noch genügend andere Gäste im Haus, die als Tatverdächtige infrage kommen könnten. Vom Hotelpersonal ganz zu schweigen. Sie brauchen übrigens nicht die geringste Angst vor den Befragungen dieser borniertem Provinz-Schnüffler zu haben.«

Er warf einen kurzen Blick zu seinem Kollegen, der etwa zwei Meter neben ihm stand. »Trotzdem wird sicherheitshalber immer einer von uns bei diesen Gesprächen dabei sein und aufpassen, dass man Sie nicht aufs Glatteis zu führen versucht.« Er kehrte die Handflächen nach oben und zog die Augenbrauen hoch.

Ich fass es einfach nicht: Da wurde einer unserer Mechaniker ermordet und ihr alle tut einfach so, als ob nichts passiert sei, protestierte Florian im Stillen. Er blickte sich verstohlen um, entdeckte jedoch nur ausdruckslose Gesichter. Seid ihr denn tatsächlich alle so abgestumpft oder tut ihr nur so? Wo bin ich denn da nur hineingeraten? Gestern schubst mich einer von euch von der Straße und heute Nacht wird einer unserer Mechaniker ermordet.

Und dann lügen die auch noch alle, fuhr er im Stillen fort. Die haben nicht geschlafen, die sind auf dem Flur herumgelaufen. In Gedanken versuchte er, sich die nächtlichen Bilder detaillierter in Erinnerung zu rufen. Aber er hatte durch den Türspion lediglich arg verzerrte und relativ weit entfernte Gestalten erspäht. Das war um circa 3 Uhr gewesen, überlegte er. Der Mord ist erst Stunden später passiert. Soll ich der Polizei meine Beobachtungen mitteilen? Muss ich das vielleicht nicht sogar?

Er seufzte tief. Heiko Bolander warf ihm einen besorgten Blick zu. Florian fing den Blick auf und rang sich ein gequältes Lächeln ab. Sein Kopf schmerzte.

Aber wenn ich der Kripo etwas sage, bin ich ein Verräter, ein Kameradenschwein, marterte ihn sein Hirn mit quälenden Fragen. Außerdem würden die hier alles auf den Kopf stellen, die Rennmaschinen beschlagnahmen und uns stundenlang verhören.

Das gäbe unheimlich viel Unruhe und Stress. Dadurch wären unsere Tour-Vorbereitungen wohl endgültig im Eimer. Und ich könnte meine Karriere bereits vergessen, bevor sie überhaupt richtig angefangen hat. Nein, das kann ich nicht machen. Das kann ich mir nicht leisten. Ich muss diese einmalige Chance nutzen.

»So, meine sehr verehrten Herrschaften«, ertönte plötzlich Tannenbergs kräftige Stimme, während sich die Tür zum Speisesaal schwungvoll öffnete, »Sie hatten ja nun Zeit genug, sich mit Ihren Anwälten zu beraten. Meine Kollegin und ich werden Sie nun nacheinander befragen.«

Mit einem hämischen Seitenblick auf Professor Grabler und dessen Mitarbeiter fügte er hinzu: »Selbstverständlich im Beisein Ihrer werten Anwälte.« Er hielt einen Zettel mit den Personalien des Turbofood-Teams in der Hand.

»Beginnen werden wir mit den Herren Bolander und Scheuermann«, erklärte er. »Wer von Ihnen ist das?« Florian und der andere deutsche Rennfahrer erhoben sich. »Herr Scheuermann kommt bitte mit mir, Herr Bolander folgt bitte meiner Kollegin.«

In einem kleineren Konferenzzimmer nahm Florian neben dem Jura-Professor Platz. Der Leiter des K 1 setzte sich ihnen gegenüber.

»Herr Hauptkommissar«, begann der edel gekleidete Advokat, »ich denke, wir können diese Befragung sehr schnell über die Bühne bringen. Wie Sie ja wissen, steckt das Team mitten in den Vorbereitungen auf die Tour de France, die ja …«

»Und da kommt so ein Mord eben ausgesprochen ungelegen«, würgte ihn Tannenberg ab.

»Ihren Zynismus können Sie sich sparen. Selbstverständlich bedauern wir alle sehr das traurige Schicksal von Joop van der Miel«, entgegnete der Anwalt, der sich offenkundig nicht provozieren lassen wollte. »Aber wir müssen auch in solch einer schweren Stunde nach vorne schauen.«

»Zur Ziellinie der ersten Etappe«, sprudelte es spontan aus dem schelmisch grinsenden Mund des Chef-Ermittlers.

»Polemik ist ebenfalls ausgesprochen fehl am Platze, Herr Hauptkommissar«, rüffelte der Prominentenanwalt erneut. Er nahm seine Designerbrille ab und rieb sich mit Daumen und Zeigefinger über den Nasenrücken. »Stellen Sie nun doch bitte Ihre Fragen.« Betont auffällig blickte er auf seine protzige Armbanduhr. »Ich habe schließlich heute noch etwas anderes zu erledigen. In meiner Großkanzlei in Frankfurt wartet jede Menge Arbeit auf mich. Und die Rennfahrer müssen zum Training.«

Wie von Professor Grabler gefordert, beantwortete Florian die Fragen so knapp wie nur irgend möglich. Seine nächtlichen Beobachtungen behielt er auch weiterhin für sich. Zum Thema Persönlichkeit und Gewohnheiten des ermordeten Mechanikers konnte er nichts Produktives beitragen, denn er war schließlich erst vor Kurzem zum Team gestoßen.

Nach knapp zehn Minuten wurde der Jungprofi entlassen und Tannenberg wandte sich dem nächsten Turbofood-Mitglied zu. Doch alle von ihm befragten Personen sagten im Prinzip ein und dasselbe aus: Angeblich hatte keiner irgendetwas Auffälliges in der letzten Nacht bemerkt.

Im Hinblick auf den ermordeten Joop van der Miel hielt man sich ebenfalls sehr bedeckt. Der Mechaniker sei ein besessener Workaholic, aber auch ein unzugänglicher Eigenbrötler gewesen. Lediglich Pieter Breedekamp, der so etwas wie van der Miels Gehilfe war, kannte ihn offensichtlich ein wenig besser.

Aber da der junge Holländer erst seit einem halben Jahr für den Turbofood-Rennstall arbeitete, beschränkten sich diese Informationen auf eher unbedeutende Details aus seinem Privatleben. Danach war Joop van der Miel unverheiratet und kinderlos geblieben. Die einzige Verwandte, mit der er ab und an telefonierte und die er auch manchmal besuchte, war den Angaben zufolge seine in Den Haag lebende Schwester.

Als Letzter des Teams kam Bruce Legslow an die Reihe. Er wurde ebenfalls von Professor Grabler begleitet, der, wie schon bei den anderen Ausländern auch, als Übersetzer fungierte. Da Wolfram Tannenberg über respektable Englischkenntnisse verfügte, hätte er dieser Hilfe zwar nicht bedurft, aber so konnte er kontrollieren, was und wie der Anwalt die Aussagen seiner Mandanten übersetzte.

Legslow demonstrierte Langweile und Teilnahmslosigkeit. Die gestellten Fragen beantwortete er nur unwillig und stichwortartig. Die ganze Zeit über malträtierte er laut schmatzend den Kaugummi in seinem schmallippigen Mund. Dabei durchbohrten seine stahlblauen Augen den Kriminalbeamten mit einem eiskalten, arroganten Blick.

Mit diesem Blick willst du abgehalfterter Superstar mir nicht nur deine vermeintliche Unantastbarkeit demonstrieren, sondern auch deine Verachtung, dachte der Leiter der Kaiserslauterer Mordkommission. Wahrscheinlich spürst du intuitiv, wie sehr mich Typen wie du ankotzen. Ich hätte richtig Lust, dir eine in die Schnauze zu hauen.

Plötzlich vibrierte Tannenbergs Handy. Er zuckte zusammen und zog es mit fahriger Hand aus der Hosentasche. ›Leichenschnibbler ruft an‹ blinkte auf dem Display. Er verließ das Hotelzimmer und drückte die grüne Taste.

»Was ist …« Weiter kam er nicht.

»Los, schwing die Hufe und komm sofort zu mir. Ich hab etwas sehr Interessantes entdeckt«, befahl Dr. Schönthaler.

Noch bevor sein verdatterter Freund irgendetwas antworten konnte, war die Verbindung bereits unterbrochen.

Nachdem Tannenberg sich bei Sabrina über die Ergebnisse ihrer Befragungen informiert hatte, fuhr er zurück in die Stadt. In den tristen Katakomben des Westpfalz-Klinikums wurde er bereits sehnsüchtig erwartete.

»Da bist du ja endlich. Bist du etwa über Paris gefahren?«, polterte der Rechtsmediziner sogleich los, als er seinen alten Freund im Obduktionsraum erspähte, den grelles Neonlicht ausleuchtete.

»Warum denn diese Hektik?«, fragte Tannenberg gelassen.

»Weil ich es vor Spannung kaum mehr aushalte«, gab Dr. Schönthaler zurück.

Tannenberg schürzte die Lippen. »Weshalb denn?«

Der Pathologe rieb sich voller Vorfreude die Hände. »Weil wir zwei nun eine kleine Quizshow veranstalten werden.«

»Quizshow?«

»Genau. Und zwar eine, bei der du am Ende aus kriminalistischer Sicht viel schlauer sein wirst als vorher.« Er streckte den Zeigefinger hoch. »*Und* du kannst zusätzlich zu dieser Bildungsmaßnahme auch noch etwas gewinnen. Ist das nicht ein ausgesprochen attraktives Angebot?«

Tannenberg lupfte kommentarlos die Schultern.

Wie ein kleiner Junge, der dringend zur Toilette muss, trippelte der weiß gewandete Gerichtsmediziner ungeduldig auf der Stelle herum. »Los, komm mit.« Er senkte die Stimme. »Brauchst auch keine Angst zu haben, dass du dich blamierst, mein armes Wölfchen. Wir sind ganz unter uns. Außerdem sind die Spielregeln total einfach: Ich stelle dir ein paar Fragen und du musst nichts anderes tun, als sie richtig zu beantworten.«

»So wie früher bei Robert Lembke.«

»Exakt. Allerdings werfe ich nicht für jede deiner falschen Antworten ein 5-Mark-Stück in ein Schweinderl, sondern du bekommst Minuspunkte von mir. Und wenn du am Ende drei oder mehr Minuspunkte hast, musst du mich zu einem Spitzenitaliener einladen. Falls du es mit weniger Fehlversuchen schaffst, muss ich die Zeche zahlen. Okay?«

Nachdem Wolfram Tannenberg zähneknirschend zugestimmt hatte, führte der Pathologe seinen alten Freund zu dem abgedeckten Körper des Mordopfers, dessen Konturen sich unter dem lindgrünen Tuch deutlich abzeichneten. Doch anstatt sich wie üblich zum Kopf des Opfers zu begeben, um dort das Laken zu lüpfen, trat Dr. Schönthaler an das Fußende des Edelstahltischs.

»Bist du bereit?«, fragte er in die Stille des Sektionsraums hinein.

»Ja«, grummelte der Kriminalbeamte. »Aber zuerst sagst du mir noch, ob du irgendwelche möglichen Hinweise auf den Täter entdeckt hast.«

»Du meinst: Faserspuren oder Hautpartikel unter den Fingernägeln und so weiter?«

»Genau, darum geht's.«

»Nein, dazu ist es auch noch zu früh. Die Auswertung läuft auf Hochtouren. Du solltest dir aber nicht zu viel davon erhoffen. Ich vermute mal, dass alles sehr schnell gegangen ist. Er wurde höchstwahrscheinlich im Schlaf erdrosselt.«

»Na, das ist ja nicht gerade eine spektakuläre Neuigkeit.«

Der Rechtsmediziner ging auf diese Spitze nicht ein, sondern packte mit beiden Händen das Tuch und schlug es um. »Na, was siehst du?«, fragte er.

»Zwei Füße.«

»Logisch«, zischte Dr. Schönthaler und tippte sich mit den Fingerkuppen an die Stirn. »Und zwei nach wie vor noch recht stramme Radlerwaden. Mann, oh Mann, das mein ich doch nicht.«

»Ja, was denn dann?«, blaffte Tannenberg. »Meinst du etwa den Anhänger am großen Zeh?«

»Quatsch. Den findest du doch bei jedem dieser kalt gestellten Gesellen hier. Guck halt mal genauer hin«, forderte der Pathologe und versuchte, den Oberkörper seines alten Freundes nach vorne zu drücken.

Doch der Ermittler entzog sich dem Druck, indem er sich wegdrehte. Dann stellte er sich auf die andere Seite und senkte nun mit gerümpfter Nase den Kopf tiefer zu den Füßen des Mordopfers hinab.

»Und?«

»Was und? Ich seh nix Besonderes.«

»Bist du denn nun auch noch altersblind geworden, oder was?«, polterte der Rechtsmediziner. Dann legte er seinen Finger auf eine dunkle Stelle auf dem Fußrücken des Leichnams. »Was ist das hier?«

»Eine schwarze Stelle.«

»Sehr gut«, lobte sein Gegenüber gedehnt. »Aber das ist natürlich noch nicht die eigentliche Quizfrage. Die kommt nämlich jetzt erst.«

Tannenberg knurrte wie ein angeketteter Hofhund.

Dr. Schönthaler klatschte in die Hände und erzeugte damit

einen gespenstischen Nachhall im Sektionsraum, der Tannenberg einen kalten Schauer über den Rücken jagte. »Also aufgepasst, hier ist die Quizfrage«, sagte er: »Wie nennt man solch einen bereits pre mortem abgestorbenen Bereich?«

Tannenberg hatte eine Inspiration: »Raucherbein.«

»Erste falsche Antwort«, gab der Pathologe triumphierend zurück. Er stemmte die Arme auf die Hüftknochen und beugte mit gönnerhafter Miene den Oberkörper nach hinten. »Möchtest du noch einmal raten oder soll ich die Antwort geben und dir eine neue Frage stellen?« Er geduldete sich ein paar Sekunden, um in das Schweigen seines Freundes hinein einen Rat zu erteilen. »Also ich an deiner Stelle würde Letzteres tun.«

»Von mir aus«, brummelte der Kriminalbeamte.

»Sehr vernünftig. Also: Wir haben es hier mit einem klassischen Black Foot Disease zu tun.«

Wolfram Tannenbergs verdutzte Mimik sprach Bände über seinen aktuellen Geisteszustand.

Dr. Schönthaler erlöste ihn: »Das sind Blutgefäßschäden, die sogar zum völligen Absterben ganzer Körperregionen führen können,« dozierte er. »Und schon wieder hast du was gelernt, alter Junge, nicht wahr?«

Tannenberg schwieg.

»Nun zur zweiten Frage: Was könnte wohl als Ursache für dieses Syndrom in Betracht kommen?«

»Hab ich doch schon gesagt: Rauchen.«

»Du bist vielleicht ein Dödel!«, höhnte der Rechtsmediziner. »Und ich hab doch gerade gesagt, dass es kein Raucherbein ist.«

»Ja, was weiß denn ich«, schimpfte Tannenberg und schüttelte genervt den Kopf.

»Also, keine Idee?«

»Nee.«

»Ehrlich gesagt habe ich auch gar nichts anderes von dir erwartet. Dann sind das schon mal«, er spreizte seine Finger zu einem Peace-Zeichen, »zwei falsche Antworten. Die Lösung lautet nämlich: Ursächlich verantwortlich für dieses Phänomen ist eine chronische Arsenvergiftung.«

»Was? Dieser Joop van Dingsbums wurde mit Arsen vergiftet?«

»So sieht es aus, mein lieber Super-Bulle. Ach, Gott, wie wärt ihr doch ohne mich aufgeschmissen.«

Der Pathologe schlenderte zu einem Tisch, auf dem mehrere Edelstahlschalen standen. Eine davon hob er hoch und erklärte: »Hier in seinen Nieren finden sich Arsenrückstände.« Er nahm eine andere Metallschale und hielt sie in die Höhe. »Auch in der Leber. Die ist übrigens ganz schön ramponiert. So dürfte deine in etwa auch aussehen. Arsen ist nebenbei bemerkt das ideale Gift für einen Mörder: Es ist absolut geschmack- und geruchlos.«

Tannenberg musste diese Informationen erst einmal verdauen und starrte nachdenklich auf die weißen Fliesen vor seinen Schuhen.

»Wie lauteten die beiden Wahlsprüche meines alten Professors?«, fragte der Gerichtsmediziner und wandte seinem Freund den Rücken zu. Als er keine Antwort erhielt, vollendete er selbst: »Zu jeder Obduktion – gehört 'ne Schnapsration. Und der zweite?«

Wieder keine Reaktion.

»Was ist schon lange vor der Leiche da? – Des Pathologen Alkoholika.«

Während Dr. Schönthaler eine Flasche Mirabellengeist

und zwei Schnapsgläser aus einem kleinen Kühlschrank hervorzauberte, zog der Kriminalbeamte sein Mobiltelefon aus der Hosentasche und tippte darauf herum.

»Auf den Schock hin brauchst du jetzt dringend deine Medizin. Auf, komm schon her, die Bellis warten«, rief sein Freund so unvermittelt mit barscher Stimme, dass Tannenberg zusammenzuckte.

Dabei fiel sein Handy auf den Fliesenboden und zerlegte sich in die Einzelteile. Fluchend kniete er sich nieder und klaubte die Teile zusammen. Als er sich wieder aufrichten wollte, schlug er mit dem Hinterkopf an den Metallrahmen des Obduktionstisches. Reflexartig fasste er an seinen Kopf.

»Oh, Mann, du bist vielleicht ein Chaot. Man kann dich noch nicht einmal eine Sekunde lang aus den Augen lassen«, brachte Dr. Schönthaler sein aufrichtig empfundenes Mitgefühl zum Ausdruck. Er inspizierte die etwa fünf Zentimeter lange Platzwunde. »Das muss ich nähen.« Er wies auf einen anderen Seziertisch. »Los, leg dich da hin.«

»Tut das weh?«, fragte Tannenberg mit gepresster Stimme, während er sich bäuchlings auf das kühle Metall legte.

»Ja, sicher, du alte Memme. Es tut sogar sauweh.« Sein Freund reichte ihm ein Schnapsglas. »Trink das!«, befahl er und wartete geduldig, bis sich der Verletzte die Medizin einverleibt hatte. »So, das war die Narkose. Und jetzt hol ich dir noch das Beißholz, wegen der Höllenqualen, die du jetzt gleich erleiden wirst.«

Dr. Schönthaler besorgte sich die notwendigen medizinischen Utensilien und begann, die Kopfwunde seines ängstlichen Freundes fachgerecht zu versorgen. »Eigentlich sollte ich dir den ganzen Schädel kahl rasieren. Hanne würde sich bestimmt freuen.«

»Mach bloß keinen Scheiß«, zischte Tannenberg.

Der Pathologe legte den Elektrorasierer beiseite und nähte die Kopfwunde mit sieben Stichen. Dann verknotete er die Fäden. »Nun aber zurück zu unserem Quiz. Bist du dazu bereit oder hast du nun einen richtigen Dachschaden?«

»Nee, es geht schon«, stöhnte der Kriminalbeamte.

»So, fertig. Du kannst nun deine degenerierte Leibeshülle in die Höhe schrauben.«

Tannenberg tat, wie ihm geheißen.

Dr. Schönthaler ergriff seine Hand und schüttelte sie. »Gratulation. Du bist der einzige Mensch, der jemals von einem meiner Edelstahltische wiederauferstanden ist.«

Vom Büro des Rechtsmediziners her ertönte plötzlich die einzig angemessene Klingelmelodie für einen Pathologen: Spiel mir das Lied vom Tod. Er eilte zu seinem Handy und drückte es ans Ohr.

»Nein, nein, das geht leider nicht, werter Herr Kollege. Heute Abend bin ich bereits verabredet. Und zwar zum Essen«, sagte er und bedachte den lädierten Kriminalbeamten mit einem schadenfrohen Augenzwinkern. »Übermorgen hätte ich Zeit für eine Partie Schach. – Ja, gerne. – Bis dann.«

Er drückte die rote Taste. »Mein Freund hat mich zu einem Edelitaliener eingeladen«, mimte er weiter den Telefonierenden. »Ja, ja, großzügigerweise zahlt er alles. Und ich werde ihn richtig schröpfen, das kann ich Ihnen versprechen.«

»Hör jetzt endlich auf mit diesem albernen Quatsch. Wir sind doch nicht im Kindergarten«, schimpfte Tannenberg.

»Nee, eher im Altersheim. Da hauen sich die Leute nämlich auch oft die Birne blutig.« Der Rechtsmediziner sondierte seinen Freund mit einem mitleidigen Blick. »Du Armer, du tust mir richtig leid. Wobei ich, ehrlich gesagt, finde, dass dir dieses dekorative Pflaster richtig gut steht.« Er klatschte erneut in die Hände. »Aber zurück zu unserem Quiz. Zwei falsche Antworten hast du ja schon abgegeben. Und nun kommt hundertprozentig die dritte«, orakelte er. »Denn die nächste Preisfrage lautet: Auf welche Art und Weise wurde Joop van der Miel dieses Arsenikum zugeführt?«

»Scheiß-Spiel«, fluchte Tannenberg. »Woher soll ich das denn wissen?«

»Tja, da kann man nichts machen«, meinte Dr. Schönthaler achselzuckend. »Wie schon erwähnt handelt es sich bei dieser Arsenvergiftung nicht um eine akute, sondern um eine schleichende. Mit anderen Worten: Das Gift wurde Joop van der Miel über einen längeren Zeitraum verabreicht.«

»Wäre er daran gestorben?«

»Ja, sicher.«

»Und wann?«

»Schwer zu sagen.« Der Pathologe stülpte die Unterlippe vor und wiegte den Kopf hin und her. »Wahrscheinlich hatte er kaum mehr als ein paar Monate zu leben. Aber, wer weiß, vielleicht war der Täter ja gerade dabei, die Dosis zu erhöhen. Oder er wollte ihm schon bald eine letale Dosis verabreichen.« Er schlenderte zu einem Regal und griff dort eine Edelstahlschale heraus. »Hierin befindet sich der Mageninhalt des Toten.«

»Stell sofort das Ding wieder hin«, forderte Tannenberg.

Breit grinsend blieb der Pathologe stehen. Allerdings schob er den Arm noch ein Stückchen weiter nach vorne. »Willst du dir das denn nicht mit deinen eigenen Äuglein anschauen? Wäre übrigens sehr aufschlussreich für dich.«

»Warum?«

»Weil es dich persönlich tangiert.«

»Wieso denn das?«

Dr. Schönthaler griff einen pinzettenartigen Gegenstand, dippte ihn in die Schale und zeigte seinem Freund einen kleinen dunklen Klumpen.

»Bäh«, stieß Tannenberg entsetzt aus und wandte sich angewidert ab.

»Mann, stell dich nicht so an. In deinem Magen sieht's zurzeit genauso aus. Oder glaubst du mir das etwa nicht?«

Der Leiter des K 1 strich sich über seinen Adamsapfel und schluckte hart.

»Das, was ich dir hier gerade zeige, ist nämlich nichts anderes als deine geliebte schwarze Schokolade. Allerdings wurde sie bereits ein wenig vom Verdauungsprozess in Mitleidenschaft gezogen. Es handelt sich um eine Sorte mit einem besonders hohen Kakaoanteil, also um solch eine, die du seit Kurzem präferierst.«

»Du machst doch gerade Witze, oder?«

»Seh ich etwa so aus?«

»Und da war das Arsen drin?«

»Jedenfalls habe ich in dieser Masse Arsen gefunden.«

»Wann hat er die Schokolade gegessen?«

»Der gute Mann hier hat sich diese Köstlichkeit circa zwei Stunden vor seinem Ableben einverleibt«, antwortete der Rechtsmediziner. »Also etwa gegen zwei, drei Uhr heute Nacht.«

»Wieso futtert der mitten in der Nacht Schokolade?«

Der Pathologe zuckte mit den Schultern. »Woher soll ich das denn wissen?« Er trat einen Schritt nach vorne. »Möchtest du mal kosten? Soll wirklich ausgesprochen gesund sein.«

Während Dr. Schönthaler grinsend das Schälchen zurück ins Regal stellte, sagte sein Freund mit belegter Stimme: »Wie erträgst du diesen Job eigentlich, ohne dabei den Verstand zu verlieren?«

»Bist du sicher, dass ich ihn überhaupt noch habe?«, retournierte der Pathologe umgehend. »Schließlich bin ich schon so lange mit dir befreundet, dass dein Wahnsinn inzwischen garantiert auf mich abgefärbt hat.«

»Nein, mal im Ernst, Rainer: Ich kann wirklich nicht verstehen, wie man solch eine frustrierende Arbeit tagein, tagaus erledigen kann.«

»Wieso sollte meine Arbeit denn frustrierend sein?«, fragte Dr. Schönthaler mit ernster Miene. »Im Gegensatz zu deinem Job sind meine Klienten schließlich ausgesprochen harmlose Gesellen, die keinem anderen Menschen mehr Leid zufügen können. Es sind die Lebenden, die dies tun! Ich kümmere mich um deren Opfer und versuche, ihnen Gerechtigkeit widerfahren zu lassen. Ich bin so etwas wie der letzte Anwalt der Ermordeten.« Schmunzelnd fügte er an: »Und zwar einer, den sie nicht einmal bezahlen müssen.«

7. ETAPPE

Wolfram Tannenberg flüchtete aus der morbiden Atmosphäre der Krankenhaus-Katakomben und machte sich zu Fuß auf den Weg zu der am Pfaffplatz gelegenen Polizeiinspektion. So als wolle er sich auch innerlich von diesen schauerlichen Eindrücken reinigen, sog er in tiefen Zügen die milde Frühsommerluft in seine Lungen ein und stieß sie anschließend geräuschvoll aus.

Mit einem Mal fühlte er sich in seinen Kleidern ausgesprochen unwohl. Er schnüffelte an seinem Leinensakko und meinte, am Revers einen penetranten Geruch wahrzunehmen. Angeekelt zog er die Nase kraus. Am liebsten hätte er sich sofort abgeduscht und umgezogen. Aber das war unmöglich, denn in einer knappen Viertelstunde begann die Dienstbesprechung, die er für 16 Uhr anberaumt hatte.

Wie Rainer das nur aushält, wunderte er sich und kickte eine Plastikflasche vom Bürgersteig in eine Hofeinfahrt. Immer diese toten Menschen um einen herum. Dazu der schreckliche Gestank und diese ekligen Dinge, die er da machen muss. Für solch einen Job muss man wirklich geboren sein. Für mich wäre das nichts.

Plötzlich hupte es. Tannenberg riss den Kopf herum. Sofort fuhr ihm ein stromschlagartiger Schmerz ins Genick. Er stöhnte auf und legte die Hand auf die Halswirbel. Vorsichtig drehte er sich zur Geräuschquelle hin. Neben ihm hielt der pechschwarze, aufgemotzte Opel Astra seines Mitarbeiters Armin Geiger.

»Wollen Sie nicht mitfahren, Chef?«, posaunte der Kriminalhauptmeister durch das offene Seitenfenster.

»Warum nicht. Besser schlecht gefahren als gut gelaufen«, gab sein Vorgesetzter zurück und quälte sich in das tiefer gelegte Auto.

»Ach, Gott, was ist denn mit Ihnen passiert?«

»Wieso?«

Kriminalhauptmeister Geiger fasste sich demonstrativ an den Kopf. Da er sich seine Hand nicht ins Genick, sondern auf die Schädelplatte gelegt hatte, ging Tannenberg ziemlich schnell ein Licht auf.

»Ach, das? Nicht der Rede wert«, wiegelte der Leiter des K 1 ab. »Ich hab mich vorhin beim Doc nur unglücklich gestoßen. Er hat's mir schnell genäht.«

»Dann können Sie aber von Glück sagen, dass er Sie nicht gleich dortbehalten hat.«

»Das hätte dir wohl so gefallen, nicht wahr?« Tannenberg nahm seinen ungeliebten Mitarbeiter von der Seite scharf ins Visier.

Doch der ignorierte den forschen Blick, setzte den Blinker und fädelte in den dichten Autoverkehr ein. »Nein, Chef, ich hab doch nur gemeint, dass man auf seinen Kopf ganz schön aufpassen muss«, schob Geiger geschwind nach.

»Einige mehr, andere weniger. Weißt du, bei manchen Menschen kann man da oben drin«, er tippte sich leicht an die Stirn, »mehr zerstören als bei anderen«, murmelte er mit einem spitzbübischen Lächeln versehen. »Wo kommst du denn eigentlich gerade her?«

»Vom Antonihof. Ich hab stundenlang alle möglichen Hotelgäste und Angestellten befragt. Kam aber leider nichts Neues dabei heraus. Niemand hat etwas gesehen oder gehört.«

»Hat die Spusi inzwischen wenigstens etwas, das uns weiterbringt?«

»Ich weiß nicht, Chef. Sie wissen ja selbst, dass der Mertel immer ein Riesengeheimnis daraus macht.«

»Wir werden's bestimmt gleich erfahren.«

»Das kommt nur daher, weil du immer mit dem Kopf durch die Wand willst«, bemerkte Michael Schauß anstelle einer Begrüßung.

Nachdem auch die anderen ihre nach Tannenbergs Meinung völlig überflüssigen Kommentare zu seiner Kopfverletzung kundgetan hatten, eröffnete er die Dienstbesprechung. Zuerst bat er den Leiter der Kriminaltechniker um ein zusammenfassendes Statement. Denn er hatte sich kurzfristig dazu entschlossen, die möglicherweise bahnbrechenden Erkenntnisse des Rechtsmediziners zunächst noch eine Weile für sich zu behalten.

»Zuerst ein kurzer Überblick über die Spurenlage«, eröffnete Karl Mertel seinen kleinen Fachvortrag. »An der Tür zu dem Kellerraum, in dem der Leichnam aufgefunden wurde, konnten wir einige Fingerspuren sicherstellen. Zwei davon stimmen mit Vergleichsabdrücken von Leuten aus diesem Radrennstall überein.«

Er nahm einen schmalen Ordner zur Hand und suchte darin nach den entsprechenden Namen. »Der eine passt zu einem gewissen Arslan Kusenko, der andere zu einem gewissen John Williams.«

»Na, das ist doch schon mal was«, freute sich Geiger und rieb sich die Hände.

»Nein, Herr Kollege, das ist zunächst einmal überhaupt keine spektakuläre Erkenntnis«, warf sein Chef dazwischen,

»schließlich ist es nicht gerade eine Sensation, wenn sich ein Rennfahrer in der Werkstatt des Teammechanikers aufhält.«

»So ist es«, bestätigte der Kriminaltechniker, »zumal diese beiden Fingerspuren zum Teil von einem feinen Muster überlagert wurden, wie man sie gewöhnlich bei Lederhandschuhen findet. Hinweise auf solche Handschuhe haben wir übrigens ebenfalls an dem Mordwerkzeug, mit dem der Mann nach den Spekulationen des Docs im Schlaf erdrosselt wurde, sicherstellen können.«

»Und das, mein lieber Geiger, sind keine Spekulationen, sondern Fakten«, erklärte Tannenberg.

»Allerdings handelt es sich dabei nur um ein erstes, kleines Mosaiksteinchen in einem riesigen Bild«, entgegnete der Kriminaltechniker. »Diese Fingerspuren haben wir zudem noch an den beiden Klinken der Außentür nachweisen können.«

»Was durchaus die Theorie eines externen Täters untermauern würde«, bemerkte Michael Schauß.

»Gut, dieser Einbruch könnte aber bewusst inszeniert worden sein«, wandte seine Frau ein, »um eine falsche Fährte zu legen.«

»Natürlich, Sabrina, mit solchen Finten müssen wir immer rechnen«, stimmte ihr Tannenberg zu. »Bei diesen komischen Radfahr-Fuzzis erst recht. Die sind nicht koscher, da bin ich mir ganz sicher. Es könnte durchaus sein, dass diese Leute sogar bereit sind, für ihre Interessen über Leichen zu gehen.«

»Na, übertreibst du denn da nicht ein wenig?«, wandte Mertel ein. »Wir haben es hier schließlich mit einem renommierten Radsportteam zu tun und nicht mit einem Mafia-Clan.«

»Wie sieht's aus mit Fußspuren?«

»Das wiederum ist ein sehr interessantes Thema, Wolf«, erwiderte der Spurenexperte.

Mertel nahm eine Tennissocke aus seiner Tasche, setzte sich hin und zog sie über seinen rechten Schuh. Die anderen beobachteten staunend die Vorführung. Dann erhob er sich und schlenderte ein paar Schritte durch den Raum.

»Der Vorteil dieser kriminaltechnikerfeindlichen Methode besteht für den Einbrecher darin«, fuhr der Spurenexperte im Gehen fort, »dass sich aufgrund der Stoffunterlage keine Sohlenspuren auf dem Boden identifizieren lassen, noch nicht einmal auf gefliesten Fußböden.«

»Und draußen im Freien?«, wollte Michael Schauß wissen.

»Da auch nicht. In unserem Fall führt von der Kellertreppe aus ein Weg um das Hotel herum zum Parkplatz und ein anderer, der Spazierweg für die Gäste, direkt hinüber zum Wald.«

»Und?«, fragte der Kommissariatsleiter mit erwartungsvollem Blick.

Doch Karl Mertel schüttelte den Kopf. »Da war auf den ersten Blick nichts, was wir verwerten könnten. Allerdings werden wir uns nachher noch einmal intensiv mit diesem Thema beschäftigen.«

»Und im Hotel? Die Treppe hinauf zu den Radfahrern?«

»Teppichbodenbelag, Wolf, die gesamte Treppe und auch in den Fluren und Zimmern. Da kannst du Fußspuren so gut wie vergessen.«

»Sicherheitshalber sollten wir eine Hundertschaft der Enkenbacher Polizeischule das angrenzende Waldgebiet

durchkämmen lassen. Vielleicht entdecken die ja das Stemmeisen oder die Socken. Machst du das bitte, Michael?«

Schauß nickte. »Leute, theoretisch könnte sich das Ganze
auch folgendermaßen abgespielt haben«, brachte er eine
neue Variante ins Spiel: »Nehmen wir einmal an, dass es sich
bei unserem Täter doch nicht um einen Externen, sondern
um einen Hotelgast handelt. Dieser ist durch ein Fenster
aus dem Gebäude hinausgelangt und anschließend mithilfe
des Brecheisens über die Kellertür wieder reingekommen.
Um eben einen Einbruch zu fingieren. Dann hat er den
Mechaniker ermordet, das Fenster verschlossen und ist
wieder zurück in sein Zimmer.«

»Dann ergäbe diese Sache mit den Socken wenigstens
einen Sinn«, meinte Tannenberg. »Denn damit hätte er im
Keller und auf der Außentreppe keinerlei Spuren hinterlassen.«

»Aber das ist doch unlogisch«, protestierte Sabrina.
»Wenn der Täter tatsächlich ein Hotelgast war, dann war
er doch gerade daran interessiert, dass deutlich sichtbare
Fußspuren vom Tatort hinaus ins Freie führen, sonst hätte
er sich ja den ganzen Aufwand mit dem inszenierten Einbruch sparen können.«

»Da hast du auch wieder recht«, gab ihr Ehemann zu.

»Wie sieht's denn an diesen Fenstern mit Spuren
aus?«

»Die haben wir in einem Schnelldurchgang natürlich
routinemäßig gecheckt, aber bislang nichts Verwertbares
entdeckt«, entgegnete der Spurensicherer. »Das schauen
wir uns nachher noch mal genauer an.«

»Ja, macht das mal. Und unter dem Fenster? Fußabdrücke
in weicher Erde?«

Mertel schnaubte. »Schön wär's. Nein, nur Verbundsteine.«

»Mist! Das ist ja wie verhext«, seufzte Tannenberg.

»Vielleicht hat der Täter ja doch Fußspuren hinterlassen«, meinte Mertel eher beiläufig.

»Was meinst du damit?«, fragte Tannenberg, während auf seinem Gesicht ein Hoffnungsschimmer aufleuchtete.

Der Spurenexperte stellte eine Fototasche auf den Tisch, klappte den Deckel auf und entnahm ihr eine Digitalkamera. Er schaltete sie ein und zeigte dem Leiter der Mordkommission eine Aufnahme. Er wies auf das Display.

»Was du hier siehst, Wolf, ist ein kleiner Ölfleck auf dem Boden.« Er wechselte zum nächsten Bild. »Wir haben ihn am Kopfende des Bettes entdeckt, auf dem das Mordopfer lag. Direkt unter seinem Hals. Das Öl stammt womöglich von der Kette, mit der der Mann erdrosselt wurde. Die chemischen Analysen hierzu laufen noch. Ist aber eigentlich auch sekundär.« Mertel zoomte den Ölfleck näher heran. »Siehst du dieses Muster?«

»Ja, sieht aus wie Linien.«

»Richtig. Diese Linien stammen höchstwahrscheinlich von einer Socke. Vielleicht sogar von der des Täters. Falls meine Hypothese mit den Socken zutriff. Dieser Abdruck hat mich übrigens erst auf die Idee mit dem Socken-Trick gebracht.«

»Könnten diese Abdrücke denn nicht auch von einem völlig Unbeteiligten stammen?«, warf Sabrina Schauß skeptisch ein. »Schließlich wäre es nicht gerade ungewöhnlich, wenn ein Radsportler in Socken seinen Mechaniker aufsuchen würde, oder?«

»Ja, sicher, diese Möglichkeit existiert natürlich«, musste

Mertel eingestehen. »Obwohl man berücksichtigen muss, dass wir noch weitere Spuren dieses öligen Abdrucks auf dem Weg durch den Keller und auf der Außentreppe gefunden haben.«

»Habt ihr nicht gesagt, dass die Außentür aufgebrochen wurde«, fragte Tannenberg nach.

»Davon gehen wir aus«, bestätigte der Kriminaltechniker.

»Dann war sie logischerweise vorher verschlossen, nicht war?«

Allseitiges, stummes Kopfnicken.

»Und das wiederum spricht wohl eindeutig gegen einen der Sportler«, schlussfolgerte der Leiter des K 1.

»Ja, da ist zwar was dran, Wolf«, bestätigte Mertel, »aber was haben wir nicht schon alles an Finten erlebt. Um uns mehr Klarheit zu verschaffen, müssen wir unbedingt noch einige Dinge intensiver überprüfen, zum Beispiel die Fenster. Vielleicht entdecken wir ja auch auf der Innentreppe, die hoch zu den Zimmern der Sportler führt, weitere Ölspuren. Das würde dann wiederum eure zentrale Hypothese eines externen Täters auf den Kopf stellen, wäre aber gleichzeitig ein großer Fortschritt bei der Rekonstruktion des Tathergangs.«

»Und bei der Einengung des Täterkreises«, bemerkte Tannenberg. »Wie mir schwant, habt ihr noch einiges an Arbeit vor euch.«

»So ist es. Deshalb rufe ich jetzt gleich mal die Kollegen an, die noch draußen im Hotel sind«, sagte der Kriminaltechniker und lief hinüber zu Tannenbergs Telefonapparat. »Die sollen alle möglichen Ausstiegsfenster und die Innentreppe noch mal genauer unter die Lupe nehmen.«

Ein paar Sekunden lang wanderte das Schweigen zwischen den Mitarbeitern des K 1 hin und her.

»Aber wenn der Täter diesen Mord genau geplant hat«, ergriff Geiger das Wort, »wieso hat er dann den Mann mit einer Fahrradkette erdrosselt? Warum hatte er kein anderes Tatwerkzeug benutzt?«

»Du meinst, eine Drahtschlinge oder ein Messer?«, fragte Sabrina nach. »Und die Verwendung der Fahrradkette war purer Zufall?«

Geigers Augen leuchteten, schließlich hatte sich die junge, bildhübsche Kommissarin direkt an ihn gewandt. Und das kam normalerweise nicht häufiger vor als Schneefall im Hochsommer. Sabrina konnte den klein gewachsenen, übergewichtigen Kollegen, dem stets kleine Schweißperlen auf der Stirn prangten, nicht ausstehen. Seine sexistischen Anspielungen waren unerträglich und hatten schon des Öfteren dazu geführt, dass Michael den Kriminalhauptmeister eindringlich dazu ermahnen musste, seine Frau endlich in Ruhe zu lassen. Einmal war er ihm sogar richtig an die Wäsche gegangen.

»Garantiert hatte er ein anderes Mordwerkzeug dabei, du Pfeife«, fuhr ihm Michael Schauß in die Parade. »Aber als er diese schöne, goldene Fahrradkette sah, war er so begeistert von ihrem Anblick, dass er kurzfristig umdisponiert hat.«

»Oder aber er hat diese Kette absichtlich benutzt, um damit ein Zeichen zu setzen«, spekulierte Mertel, der inzwischen wieder an den Konferenztisch zurückgekehrt war. »Vielleicht ein plakativer Hinweis auf den Radsport?«

»Durchaus denkbar«, stimmte Tannenberg zu. »Womit wir bei der entscheidenden Frage nach einem möglichen Tatmotiv angelangt wären.«

»Nehmen wir einmal an, dass uns der Täter mit diesem Wink mit dem Zaunpfahl auf den Radsport als Hintergrundfolie des Mordes hinweisen wollte«, ergriff Sabrina Schauß das Wort. Doch dann schüttelte sie energisch den Kopf. »Nein, nein, das glaube ich nicht. Ich denke eher, dass es sich dabei doch nur um ein Ablenkungsmanöver handelt.«

»Und somit auch weiterhin die gesamte Palette der klassischen Mordmotive in Betracht käme«, vollendete ihr Vorgesetzter den Gedankengang. »Also: Rache, Eifersucht, Erpressung, Habgier et cetera.« Tannenberg seufzte. »Ja, ich denke auch, dass wir zum gegenwärtigen Zeitpunkt kein einziges dieser Motive ausschließen können.«

»Vielleicht war's ja auch eine Affekthandlung des Täters, Chef«, meldete sich Geiger zu Wort, »weil er von diesem Mechaniker bei seinem Einbruch überrascht wurde.«

Tannenberg legte die flache Hand an seine Stirn. »Mensch, Geiger, hast du die ganze Zeit über wieder gedanklich in einem Pornoheft gesteckt? Joop van der Miel wurde im Schlaf erdrosselt.« Wie aus dem Nichts ereilte ihn eine Inspiration: »Was ist denn eigentlich mit Überwachungskameras? Gibt's dort welche?«

Der Spurenexperte rollte die Augen. »Wenn dem so wäre, mein lieber Wolf, hätten wir die Aufzeichnungsbänder schon längst überprüft und dich darüber informiert.«

»Verdammt und zugenäht«, fluchte der Leiter des K 1. »Wir haben mal wieder überhaupt nichts Greifbares in der Hand. Es ist zum Verrücktwerden: keine Zeugen, keine Spuren, kein Motiv.«

»Aber nach wie vor ein Mordopfer«, grummelte Geiger vor sich hin.

Tannenberg ignorierte den Einwurf. »Sag mal, Karl, habt

ihr irgendwo in den Sachen des Toten schwarze Schokolade gefunden?«

Mertel lehnte sich amüsiert in seinem Stuhl zurück. »Schwarze Schokolade«, fragte er in süffisantem Ton. »Bist du jetzt etwa auch auf dem Flocke-Trip?«

»Sag schon, habt ihr etwas entdeckt?«

Mertel schob seine buschigen Augenbrauen zusammen. »Kann ich dir so aus dem Stegreif heraus nicht sagen. Dazu müsste ich bei meinen Kollegen im Labor nachfragen.«

»Dann tu das bitte, und zwar sofort.«

»Gemach, gemach. Wieso interessiert dich das überhaupt so brennend?«

»Bitte frag sofort nach«, bat der Kommissariatsleiter.

Mertel erhob sich, entfernte sich vom Konferenztisch und telefonierte nochmals von Tannenbergs Apparat aus. Derweil holte Michael eine Flasche Mineralwasser aus dem Kühlschrank und schenkte seinen Kollegen und sich nach. Lediglich Kriminalhauptmeister Geiger ließ er außen vor, was dieser mit einem giftigen Blick quittierte.

Der Spurenexperte kehrte zur Runde zurück. »Es wurde keine einzige Tafel Schokolade gefunden«, sagte er und ergänzte, nachdem sich auf Tannenbergs Miene merkliche Enttäuschung breitgemacht hatte, »dafür allerdings Anti-Aging-Pralinen. Und zwar eine ganze Menge.«

Tannenbergs Stirnpartie erinnerte an ein ungebügeltes Taschentuch. »Was ist denn das für ein Zeug?«

Der Spurenexperte ging nicht auf die Frage ein, sondern sagte grinsend: »Diese Pralinen tragen sinnigerweise den Namen ›Felix‹, was ja nichts anderes bedeutet als ›der Glückliche‹. Dem Mechaniker haben sie jedoch anscheinend kein Glück gebracht.«

»Und was sind das nun für Dinger?«, modifizierte der Leiter des K 1 ein wenig die Frage.

»Mein Kollege hat mir gerade erzählt, dass diese Felix-Pralinen als wahre Wunderwaffen gegen vorzeitige Alterungsprozesse angepriesen werden. Außerdem mache deren Verzehr glücklich. Deshalb anscheinend auch der Name Felix.« Mertel stieß abschätzig einen Schwall Luft durch die Nase. »Der Einzige, den diese Dinger wahrscheinlich glücklich machen, ist der Hersteller.« Er ließ einen Augenblick verstreichen und schob schmunzelnd nach: »Rate mal, wie der Produzent dieser Pralinen heißt.«

Tannenberg hatte genug von Quizfragen jedweder Art. »Los, sag schon!«, forderte er ihn mit schneidender Stimme auf.

»Du wirst es mir zwar nicht glauben, aber als Hersteller wird niemand anderer als der Turbofood-Konzern auf der Verpackung angegeben.«

»Ich dachte, die produzieren nur Hundefutter und solchen Kram.«

»Nein, offensichtlich stellen diese Amis auch Anti-Aging-Produkte für Menschen her.«

»Was heißt denn eigentlich eine ›ganze Menge‹?«

»Wie?«

»Du hast mir vorhin mitgeteilt, dass deine Kollegen eine ganze Menge dieser Pralinen sichergestellt hätten.«

»Genauer gesagt waren es 103 Pralinen: sieben einzelne Kugeln und zwei Kästchen mit jeweils 48 Pralinen Inhalt. Sie steckten in einer Tasche, an der Joop van der Miels Namensschild baumelte.«

»Hat der etwa damit gedealt?«, fragte Geiger.

»Na ja, dealen ist sicherlich nicht unbedingt die richtige Bezeichnung für den Verkauf von handelsüblichen Waren«, belehrte sein Vorgesetzter. »Diese Pralinen kannst du garantiert in jedem Drogerie- oder Supermarkt kaufen.« Er wandte sich an Michael Schauß. »Hat eigentlich die Befragung der Putzfrau neue Erkenntnisse erbracht?«

»Nein.«

»Lenk nicht ab, Wolf«, sagte Mertel. »Was hat es mit dieser Schokolade auf sich?«

Tannenberg unterrichtete seine Mitarbeiter über die Obduktionsergebnisse des Rechtsmediziners und fügte abschließend hinzu: »Die Schokoladenreste im Magen des Mordopfers waren mit Arsen kontaminiert.«

»Dann haben wir es also mit einem Mordanschlag und einem Mord zu tun – an ein und derselben Person«, bemerkte Geiger.

»Quasi so etwas wie ein Doppelmord«, versetzte Michael Schauß grinsend.

Geiger errötete, ließ sich aber von seinem Diensteifer nicht abbringen. »Warum hat man ihn umgebracht, wenn er sowieso nicht mehr lange zu leben hatte?«

»Umgekehrt wird vielleicht eher ein Schuh draus«, bemerkte sein Chef. »Vielleicht musste er gerade deshalb sterben, weil er schon bald gestorben wäre.«

»He?«, stieß der Kriminalhauptmeister verständnislos aus.

»Also, nun mal für dich, mein lieber Geiger, das Ganze extra langsam und transparent: Die Kenntnis von der Tatsache seines baldigen Ablebens hat den Mechaniker möglicherweise dazu verleitet, Dinge zu tun, die er ohne diese Gewissheit nicht getan hätte.«

Geigers verdutzte Mimik sprach weiterhin Bände.

»Dadurch war ihm vielleicht alles egal und er hat eine Erpressung durchgeführt oder mit der Veröffentlichung seines Insiderwissens gedroht«, spekulierte Tannenberg. »Man munkelt ja schon seit einigen Jahren, dass in dieser extrem erfolgreichen Radfahrertruppe gedopt wird – und zwar bis zur Unterkante Oberlippe.«

»Glauben Sie, dass da was dran ist?«

»Für Glaubensangelegenheiten bin nicht ich zuständig, sondern ein Pfarrer«, gab der Kommissariatsleiter zurück. Er zeigte mit dem Finger auf den Kriminaltechniker. »Karl, deine vordringliche Aufgabe besteht nun darin, die sichergestellten Pralinen auf Arsenrückstände hin zu untersuchen.«

»Zu Befehl, Herr Oberst«, schmetterte Karl Mertel im Kasernenhofton. Parallel dazu schlug er die Hacken zusammen und untermauerte seinen Kadavergehorsam mit einem militärischen Gruß.

Kopfschüttelnd machte Tannenberg eine ausladende Handbewegung über die Köpfe seiner Mitarbeiter hinweg. »Und wir alle müssen noch mal raus zum Antonihof. Aber zuvor besorge ich mir erst noch eine richterliche Durchsuchungsanordnung.« Strahlend knetete er seine Hände. »Darüber werden sich der Hollerbach und sein Staranwalts-Spezi sicherlich sehr freuen.«

8. ETAPPE

Vier Zivilfahrzeuge und fünf Streifenwagen fuhren in den Hotelparkplatz ein. Tannenberg versammelte die Polizeibeamten um sich und wies sie an, bei den Haus- und Fahrzeugdurchsuchungen insbesondere auf Schokopralinen der Marke ›Felix‹ und auf Socken jedweder Art zu achten, besonders auf solche, die einen Ölfleck aufwiesen.

Wolfram Tannenberg hatte gerade seinen letzten Satz beendet, als die Radsportler und deren Begleitfahrzeuge auf dem Parkplatz eintrafen. Da die Rennräder aufgrund der Anordnung des Oberstaatsanwaltes bereits am frühen Nachmittag wieder zu Trainingszwecken freigegeben worden waren, nutzte das Turbofood-Team die darauf folgenden Stunden zu einer ausgedehnten Trainingsfahrt ins Elsass. Die Rennfahrer erweckten einen abgekämpften, ausgemergelten Eindruck. Jenny, die das Team erwartete, reichte Handtücher und versorgte die ausgepowerten Leistungssportler mit Getränken.

Pieter Breedekamp, der zweite Mechaniker des Teams, nahm die Hightech-Räder in Empfang. Da der Kellerraum noch immer versiegelt war, begann er, die superleichten Karbon-Rennräder im Service-Lkw zu verstauen. Doch Mertel klärte ihn darüber auf, dass sich die Durchsuchungsanordnung auch auf alle Fahrzeuge des Teams bezog.

In Begleitung einiger seiner Kollegen schlenderte Tannenberg bewusst lässig an dem Pulk der Rennfahrer vorbei zur Rezeption und zeigte dem Hotelmanager die richterliche Verfügung. Anschließend bat er den sichtlich geschockten

Mann, die Kriminalbeamten zu Bruce Legslow zu geleiten. In der Luxussuite des Waldhotels hielten sich zu diesem Zeitpunkt der mehrmalige Tour-de-France-Gewinner, dessen Ehefrau Melinda und der Konzernanwalt Professor Grabler auf.

Hat er es nun doch nicht so eilig gehabt, nach Frankfurt zurückzukehren, dieser scheinheilige Winkeladvokat, dachte der Kriminalbeamte bei sich, als er den Juristen entdeckte. Warum wohl? Ganz einfach, weil er genau weiß, dass seine Mandanten Dreck am Stecken haben.

Mit ausdrucksloser Miene präsentierte Tannenberg Kaiserslauterer Mordkommission dem Prominentenanwalt die Durchsuchungsanordnung. Grabler übersetzte seinem Mandanten den Text. Daraufhin schnellte Legslow wie von einer Sprungfeder abgeschossen in die Höhe und brüllte seine Wut den deutschen Ermittlern entgegen. Tannenberg blieb äußerlich betont gelassen, während in seinem Innern gigantische Freudenfeuer flackerten. Er wandte der lebenden Radsportlegende den Rücken zu und gab seinen Kollegen das Startzeichen zur gründlichen Durchsuchung der exklusiven Penthouse-Wohnung.

Legslow wollte sich einen derart massiven Eingriff in seine Privatsphäre nicht bieten lassen. Nach einem verbalen Amoklauf wurde er gegenüber einem Streifenpolizisten sogar handgreiflich. Auf solch eine Entgleisung hatte der Leiter des K 1 nur gewartet. Legslow wurde überwältigt und in Handfesseln hinunter in den Speisesaal des Waldhotels gebracht. Seine Frau zeterte daraufhin noch lautstärker und spuckte regelrecht Gift und Galle.

Auf dem Weg hinunter ins Restaurant hörte Tannenberg, wie Grabler mit Oberstaatsanwalt Dr. Hollerbach tele-

fonierte. Gegen eine offizielle richterliche Durchsuchungsanordnung kann selbst dein geliebter Sigbert nichts machen,
lachte er sich ins Fäustchen.

Während der Inspektion der Hotelzimmer und Fahrzeuge
des Turbofood-Profi-Rennstalls, die etwas mehr als zwei
Stunden dauerte, saßen die verschwitzten Sportler neben
ihren Funktionären und Anwälten im Speisesaal. Tannenberg fragte die Gruppe unter anderem nach Anti-Aging-
Pralinen mit dem Namen ›Felix‹, doch das Einzige, was er
mit seinen Fragen erntete, war eisiges Schweigen.

Daraufhin zog er sich an die Bar zurück und trank zwei
Espresso und ein Glas Mineralwasser. Merkwürdigerweise
wurden bei den Durchsuchungen nirgendwo Pralinen entdeckt. Dagegen konnte eine Unzahl Socken sichergestellt
werden. Es hatte schon etwas Groteskes, als in der Hotel-
bar gut zwei Dutzend Beamte an Bistrotischen saßen und
Strümpfe auf Ölflecken hin untersuchten. Die schmutzigen
Wäschestücke wurden zwecks näherer kriminaltechnischer
Inspektion in zwei Streifenwagen verstaut, wogegen die frisch
gewaschenen Sachen gleich wieder zurückgegeben wurden.

Auf irgendeinem dunklen Wege musste die Presse Wind
von der Durchsuchungsaktion bekommen haben, denn
urplötzlich tauchte Tannenbergs spezieller Freund, der
windige Lokalreporter Torsten Leppla, auf. Wie ein geölter
Blitz eilte er im Hotel umher und hielt nicht nur die Socken
sortierenden Kriminalbeamten, sondern auch den nach wie
vor an den Händen gefesselten Bruce Legslow fotografisch
für die Nachwelt fest. Dann baute er sich vor dem Einsatzleiter auf und wollte ihn interviewen.

»Mach dich mal ganz schnell vom Acker, Leppla, sonst

nehmen wir dich wegen Behinderung der polizeilichen Ermittlungsarbeit in Gewahrsam«, war alles, was Tannenberg von sich gab.

»Nur ein paar kleine Informationen?«, flehte der Lokaljournalist mit herzerweichendem Gesichtsausdruck.

Ein grimmiger Blick und ein Wink in Richtung der uniformierten Kollegen genügte und Leppla verdrückte sich.

Oh, das wird großen Ärger geben, freute sich Tannenberg im Stillen. Der Leppla wird euch arroganten Radsportsäcken mächtig auf die Füße treten.

In seiner Hosentasche vibrierte es. ›Kääskopp ruft an‹ blinkte es auf dem Display.

»Na, was gibt's, du alter Goudafresser«, begrüßte er seinen holländischen Freund mit der ihm ureigenen Rustikalität.

»Bist ja nur neidisch. Wäre ich auch, wenn ich immer nur stinkigen Handkäse in mich hineinstopfen müsste.« Benny lachte herzerfrischend auf. Dann räusperte er sich und kam zum eigentlichen Grund seines Anrufs: »Wolf, ich habe einige interessante Neuigkeiten über den ermordeten Joop van der Miel für dich herausgefunden«, erklärte er mit seinem unnachahmlichen Akzent.

»So, dann schieß mal los.«

»Es halten sich schon seit Langem Gerüchte, dass er in seiner Aktivenzeit massiv gedopt hat.«

»Das würde zu der lädierten Leber passen, die ihm unser Doc herausgeschnitten hat.«

Benny brummte. »Und es gibt noch etwas anderes: Der Tote war vor einigen Jahren in einen großen Dopingskandal verwickelt. Er wurde wegen schwunghaften Handels mit illegalen Substanzen angeklagt. Doch dann wurde er völlig überraschend freigesprochen, weil ihm plötzlich nichts mehr nachgewiesen werden konnte. Komisch, oder?«

»Na ja, wahrscheinlich hat die Staatsanwaltschaft mal wieder schlampig gearbeitet. Davon kann ich ja ein Lied singen«, sagte er und dachte sofort an seinen Erzfeind Hollerbach, in dessen Zuständigkeitsbereich des Öfteren Straftäter wegen Formfehlern der Anklagebehörde nicht verurteilt werden konnten.

»Nicht so voreilig, mein Freund. Denk lieber mal scharf darüber nach, ob es nicht noch eine andere Erklärung dafür geben könnte, dass man Joop van der Miel damals ungeschoren davonkommen ließ.«

Das musste Tannenberg nicht mehr, denn es hatte bereits ›klick‹ in seinem Kopf gemacht: »Du willst mir doch jetzt nicht etwa eröffnen, dass der ermordete Mechaniker ein verdeckter Ermittler war, den …«

»Den Europol als Undercoveragent bei Turbofood eingeschleust hat«, vollendete der holländische Kriminalbeamte.

»Wahnsinn!«

»Weißt du, wie ich darauf gekommen bin?«

»Nee.«

»Durch dich.«

»Wieso?«

»Du hast mich doch vorhin nochmals angerufen und mir erzählt, van der Miel hätte eine Schwester in Den Haag, mit der er häufig telefonierte und die er auch ab und an besuchte. Bei der sollte ich mich mal nach ihrem Bruder erkundigen.«

»Richtig, darum hatte ich dich gebeten«, bestätigte Tannenberg.

»Nur ging das nicht.«

»Warum?«

»Das ging deshalb nicht«, Benny legte eine kleine Pause ein, um dem Nachfolgenden eine größere Bedeutung zukommen zu lassen, »weil Joop van der Miel überhaupt keine Schwester hat, sondern nur einen Bruder. Und der lebt in Südafrika.«

»Seltsam.«

»Nein, das ist gar nicht seltsam, mein lieber Wolf, denn die Europol-Zentrale hat ihren Sitz in Den Haag.«

»Ach so, dann hat er über diese Schwester-Finte Kontakt zu Europol gehalten.«

»Danach sieht es aus. Zufällig kenne ich einen ehemaligen Kollegen, der dort in der Abteilung ›Organisierte Kriminalität‹ arbeitet. Und der hat mir bestätigt, dass van der Miel als verdeckter Ermittler gearbeitet hat. Allerdings nur unter dem – ihr habt doch da so einen schönen Ausdruck im Deutschen.«

»Unter dem Siegel der strikten Verschwiegenheit?«

»Ja, genau das meine ich. Unter dem hat er es mir anvertraut. Also behalte bitte diese brisante Information unbedingt für dich, sonst gefährdest du die gesamte Operation.«

»Aber die ist doch bereits durch den Mord völlig im Eimer. Der Mann wurde bestimmt deshalb ermordet, weil ihn irgendjemand von Europol verpfiffen hat. Sein Tod ist schließlich Beweis genug dafür, dass diese Verbrecherbande darüber informiert wurde, wen man ihr als Floh ins Fell gesetzt hat.«

»Trotzdem. Versprichst du's mir?«

»Ja, du kannst dich darauf verlassen. Aber ewig lange kann ich das nicht unter Verschluss halten.«

»Brauchst du auch nicht. Mein alter Kumpel weiß ja inzwischen von mir, dass van der Miel tot ist. Europol wird sich garantiert schon bald an dein BKA wenden. Und bis dahin musst du dichthalten.«

»Das ist nicht *mein* BKA«, protestierte Tannenberg, der mit den Mitarbeitern dieser Bundesbehörde schon seit Langem auf Kriegsfuß stand.

Florian Scheuermann lag auf seinem Bett und starrte in das Fernsehgerät. Doch die hektischen Bilder und lärmenden Actionszenen schafften es nicht, ihn von seinen düsteren Gedanken abzulenken. Er grübelte über seine Zukunft nach. Eine Zukunft, der er immer sorgenvoller entgegenblickte.

Was soll ich denn nur machen? Wie soll ich das bloß alles auf die Reihe kriegen? Ich steh das nicht durch, marterten ihn Selbstzweifel. Am Samstag beginnt die Tour de France, an der *ich* teilnehmen darf.

Schniefend klopfte er sich mit der Faust auf den Brustkorb. Ja, ich kleiner, unbekannter deutscher Jungprofi darf beim schwersten Radrennen der Welt starten! Aber kann ich denn überhaupt eine akzeptable Leistung bringen? Bei dem Stress hier, bei der emotionalen Belastung und bei dem Medienrummel, der garantiert noch auf uns zukommen wird. Ich kann mich nicht mehr konzentrieren. Heute Nacht kann ich bestimmt wieder nicht schlafen. Aber ich muss mich doch unbedingt erholen, Abstand gewinnen. Wenigstens für ein paar Stunden.

Die anderen scheinen den Mord und das ganze Drumherum ja locker wegzustecken. Aber ich kann das nicht. Wir können doch nicht einfach zur Tagesordnung übergehen, so tun, als ob überhaupt nichts passiert sei. Ein Mensch ist brutal ermordet worden. Mit einer Fahrradkette. Hier bei uns im Hotel, zwei Stockwerke unter mir. Während ich geschlafen habe. Morgen stehen wie geplant zwei Trainingseinheiten auf dem Programm. Ich hab eben beim Training ganz schwere Beine gehabt. Wie wird das erst bei der Tour werden? Die fahren doch alle wie der Teufel. Wie soll ich da nur mithalten?

Florian atmete schwer. Er schraubte sich ächzend in die Höhe, ging zum Fenster und öffnete es sperrangelweit. Die frische Luft belebte ihn ein wenig. Er schaute hinüber zum Wald, der sich ihm als tiefschwarzer, trutziger Wall entgegenstellte. Das fahle Mondlicht beschien die hohen Baumwipfel und erinnerten an mittelalterliche Burgzinnen. Der spitze Schrei eines Raubvogels zerschnitt die friedliche Stille.

Der Jungprofi drückte das Fenster in den Rahmen, ließ sich matt auf sein Bett fallen und schloss die Augen.

Jetzt einfach einschlafen und erst morgen früh wieder wach werden und dann feststellen, dass dieser Mord nur ein böser Albtraum war, wünschte er sich im Stillen.

Es klopfte an der Tür. Florian meinte zunächst, sich verhört zu haben, doch dann klopfte es erneut, diesmal lauter. Er sprang auf und öffnete die Tür einen Spaltbreit.

»Hallo, mein kleiner Flo, hast du etwa Angst vor mir?«, grinste ihn Jenny an. Als Florian leicht errötete, schob sie nach. »Oder hab ich dich gerade bei einem Pornofilm gestört?«

»Nein, nein«, stammelte der junge Radsportler und zeigte als Beweis auf den Fernsehschirm, auf dem ein Actionfilm flimmerte.

»Hast du doch gerade weggezappt, oder?«

»Nein, wirklich nicht«, beharrte Forian, dessen Teint inzwischen eine andere Farbe angenommen hatte.

»Ach, wie süß, der Kleine kann ja noch richtig rot werden. Schlechtes Gewissen, was?«

Florian senkte den Kopf und wiegte ihn trotzig hin und her.

»Willst du mich denn nicht hereinbitten?«

»Doch, sicher. Entschuldigung.«

»Du brauchst dich doch bei mir nicht zu entschuldigen, mein lieber kleiner Flo«, sagte die Physiotherapeutin und drückte sich an ihm vorbei ins Zimmer. »Und wie geht's dir denn so?«

»Alles okay«, mimte er nun wieder den Coolen.

»Belastet dich diese fürchterliche Sache mit unserem armen, alten Joop denn nicht?«

»Doch, natürlich«, gab er zurück. »Aber, was soll's. Es ist nun einmal passiert. Und wir müssen unseren Job weitermachen.«

»Wow, der abgebrühte Profi spricht«, höhnte Jenny.

»Ich hab ihn doch gar nicht gekannt«, versetzte Flo.

Jenny drückte ihn mit der flachen Hand aufs Bett. »Ich kannte ihn fast ein Jahr.« Sie seufzte tief. »Aber wer kann schon von sich behaupten, dass er einen anderen Menschen wirklich kennt.« Sie tippte sich mit dem Finger auf ihre linke Brust. »Wie soll man denn auch wissen, wie's bei einem anderen da drinnen aussieht.« Sie presste ihre vollen Lippen zu einem schmalen Strich zusammen und blickte zur Decke empor. »Joop war schon ein komischer Kauz.«

»Wieso?«

Jenny hing noch ein paar Sekunden ihren Gedanken nach,

bevor sie antwortete: »Ach, er war immer so still und in sich gekehrt. Ein typischer Eigenbrötler eben.«

»Hast du irgendeine Idee, wer ihn ermordet haben könnte?«

Die attraktive Physiotherapeutin atmete tief durch. »Nein, absolut keine.« Sie kratzte sich am Arm und schüttelte dabei den Kopf. »Nee, ich hab wirklich keinen blassen Schimmer, wer das getan haben könnte. Im Team war er ausgesprochen beliebt und als Mechaniker war er ein regelrechtes Genie. Über ihn hat sich nie jemand beklagt. Es gab auch nie Zoff mit ihm. Jedenfalls hab ich nie etwas davon mitbekommen.«

»Könntest du dir eigentlich vorstellen, dass dieser Mord etwas mit …« Er stockte, wusste offenbar nicht so recht, ob er weitersprechen sollte.

»Mit?«, setzte Jenny nach.

Florian seufzte und schaute sie mit bedrückter Miene an. »Mir lässt mein Unfall einfach keine Ruhe.« Die Erinnerung daran ließ ihn erschaudern. Er schluckte so hart, als steckte ihm etwas Sperriges in der Kehle. »Wenn es überhaupt einer war und kein Attentat«, brach es aus ihm heraus.

»Ein Attentat auf dich?«, lachte die attraktive Physiotherapeutin. »Wer sollte denn ein Interesse daran haben, dass unserem süßen, kleinen Flo etwas zustößt?«

»Du warst mit diesem Pieter doch gleich bei mir«, fuhr Florian fort, ohne auf Jennys Bemerkung einzugehen. »Wer stand denn an der Leitplanke, als ihr dort eingetroffen seid?«

Jenny zog die Stirn in Falten und grübelte. »Die beiden Usbeken standen an der Leitplanke. Die hängen ja auch sonst immer zusammen.« Nach einer kleinen Pause fügte sie hinzu: »Sonst niemand.« Sie schüttelte den Kopf. »Nein, sonst war da niemand, als wir hinkamen.«

»Glaubst du, dass mich einer von denen geschubst haben könnte?«

»Absichtlich?«

»Ja.«

Jenny zuckte mit den Schultern. »Weiß nicht, Flo.« Sie faltete die Hände und rieb ihre Daumen aneinander. »Obwohl ... Ich will denen ja nichts unterstellen, aber zutrauen würde ich es ihnen schon. Die kochen hier schon immer ihr eigenes Süppchen. Die tuscheln auch oft miteinander in ihrer Muttersprache, sodass sie keiner verstehen kann. Die beiden waren mir von Anfang an sehr suspekt.«

»Aber warum könnten die denn so etwas getan haben?«, fragte Florian mit belegter Stimme. »Ich bin mir ziemlich sicher, dass mich jemand absichtlich geschubst hat. Ich kann mir nämlich nicht vorstellen, dass ein Profi an dieser relativ übersichtlichen Stelle nicht mehr hätte ausweichen können. Zumal niemand direkt hinter mir hergefahren ist. Da waren mindestens zehn Meter Abstand zwischen mir und dem nächsten Fahrer. Bis ich in der Kurve scharf bremsen musste.«

»Vielleicht hast du ja trotzdem übersteuert und kannst dich nun nicht mehr daran erinnern. Unangenehmes verdrängt man ja oft.« Als sie Florians bekümmertes Mienenspiel registrierte, ergänzte sie eilig: »Natürlich, ohne dass einem so etwas bewusst sein muss.«

»Das kann natürlich auch sein.«

»Egal. Ich hab jedenfalls mal zufällig mit angehört, wie Legslow und Williams sich über deinen Einkauf unterhalten haben. Die beiden Usbeken hatten im Vorfeld offensichtlich versucht, einen weiteren Fahrer ihrer Nationalmannschaft ins Team zu bringen. Aber Legslow hat das wohl abgelehnt, weil er unbedingt einen jungen, sympathischen deutschen Rennfahrer haben wollte. Dieser Jungprofi – also du – soll als *der* Hoffnungs- und Sympathieträger für unsere radsportbegeisterte Nation aufgebaut werden.«

Florian fühlte sich sehr geschmeichelt. »Ach, deshalb wollten die mich.«

»Genau. Du sollst übrigens spätestens bei der Deutschlandtour ganz groß rauskommen. Das bringt hohe Einschaltquoten und viel, viel Werbung für unsere Sponsoren, worauf die natürlich total geil sind. Und zufriedene Sponsoren wiederum machen uns glücklich, weil wir alle von ihnen leben, auch du.«

»Ja, ich weiß.«

»Von daher würde ein Anschlag auf dich durchaus Sinn machen. Denn wenn du dir ein Schlüsselbein oder einen Arm gebrochen hättest, wäre dieser Usbeke höchstwahrscheinlich die erste Wahl bei der Suche nach einem Nachrücker ins Team gewesen. Denn die Zeit hätte unheimlich gedrängt. Ein ganz starker Allrounder soll das übrigens sein, angeblich stärker als du. Und dann hätte dieser Typ für dich an der Tour teilgenommen. Während du zu Hause auf der Couch vorm Fernseher gelegen und voller Frust Unmengen Chips in dich hineingestopft hättest.«

»Oh je, da hab ich aber wirklich noch mal großes Glück gehabt«, seufzte Florian Scheuermann. Er warf Jenny einen ängstlichen Blick zu. »Und dieser Usbeke ist wirklich stärker als ich?«

»Wenn das stimmt, was man in der Szene so hört.« Die junge Physiotherapeutin tätschelte sein linkes Knie. »Aber mach dir mal keine unnötigen Gedanken. Gegen unser Turbofood-Fitnessprogramm hat keiner eine Chance, egal wie stark er ist.«

»Wenn die beiden derart skrupellos sind und aus diesem Grund ein Attentat auf mich verübt haben, dann könnten die doch auch Joop ermordet haben? Was meinst du dazu?«

Jenny stieß ihren Atem so über ihre fleischigen Lippen, dass diese einen vibrierenden Ton erzeugten. »Ich weiß nicht. Welchen Grund sollten sie denn gehabt haben, Joop zu ermorden?« Sie stockte und blickte gedankenverloren einen Moment aus dem Fenster hinaus in die blauschwarze Finsternis.

»Also ich würde ihnen das zutrauen.«

»Egal, Flo. Darum soll sich die Polizei kümmern. Wir müssen unseren Job weitermachen.« Jenny zog ein Notizheft aus ihrer kleinen, prallgefüllten Sporttasche und klappte es auf. »So, du hast bisher also ein Testosteronpflaster erhalten«, sagte sie eher zu sich selbst. »Und, hat's schon bei dir gewirkt?«, fragte sie, während sie mit einem frivolen Blick seinen Genitalbereich taxierte.

Schamhaft drehte sich Florian zur Seite.

»Na, nun hab dich mal nicht gleich so. Ist ja nur Spaß gewesen.« Sie drückte eine Hand auf seine Hüfte. »Komm, zieh dein T-Shirt aus und leg dich auf den Bauch.«

Zögerlich gehorchte Florian.

Jenny entfernte das alte Testosteronpflaster und klebte ihm ein neues auf den Rücken. Dann zog sie eine Einwegspritze auf.

»Was ist das?«, fragte Flo mit leicht zitternder Stimme.

»Erythropoetin – kurz: Epo genannt. Ab heute Abend

machen wir zwei eine kleine Spritztour hinauf auf den Berg der Spitzenleistungen.«

»Ist das Zeug nicht sehr gefährlich?«

»Nein. Wenn man es richtig anwendet und ein paar wichtige Dinge beachtet, ist das Zeug nicht gefährlicher als ein Hustenbonbon. Außerdem hat Dr. Schneider sehr viel Erfahrung damit.«

In Florians Bewusstsein tauchte plötzlich eine interessante Frage auf: »Wieso hat die Polizei vorhin bei dieser Durchsuchungsaktion die Pflaster und die Ampullen nicht entdeckt?«

Ein amüsiertes Lächeln huschte über Jennys sonnengebräuntes Gesicht. »Weil wir unsere delikaten Sachen immer sehr gut verstecken.«

»Und wo?«

»Das braucht mein kleiner Flo nun wirklich nicht zu wissen.« Ein tiefer Stoßseufzer kam ihr über die Lippen. »Manchmal ist es besser, nicht zu viel zu wissen. Denn wer nichts weiß, kann auch nichts verraten.«

»Glaubst du, Joop hat etwas verraten und musste deshalb sterben?«

Jenny zuckte mit den Schultern. »Keine Ahnung.« Sie senkte die Stimme. »Aber merk dir eins: Der Spitzenradsport wird von der Mafia kontrolliert. Und bei der Mafia herrscht das Gesetz des eisernen Schweigens, die Omertà. Wenn sich alle Beteiligten an diese Spielregeln halten, passiert einem nichts. Doch wenn einer dieses Gesetz bricht ...« Sie machte die Geste des Halsabschneidens und setzte gleich darauf die Spritze.

»Autsch«, zischte Florian Scheuermann.

»Schon vorbei«, sagte Jenny und ließ die Spritze in ihrer

Tasche verschwinden. Sie trug ein paar Daten in ihr Notizbuch ein und steckte es weg. Danach kramte sie in der Sporttasche herum und reichte Flo eine Schachtel Aspirin. »Davon nimmst du alle vier Stunden eine – auch nachts.« Sie schaute ihn eindringlich an. »Du stellst dir dazu am besten den Wecker. Sicherheitshalber komme ich dich kontrollieren. Diesen Job hat bisher immer der gute alte Joop erledigt. Aber das kann er ja nun leider nicht mehr.«

»Dann …« Florian brach plötzlich ab. Eigentlich hatte er gerade erzählen wollen, dass er in der letzten Nacht seine Kollegen auf dem Flur herumspazieren sah. Doch irgendeine innere Warnleuchte glimmte auf und signalisierte ihm, Jenny gegenüber nicht allzu offen zu sein. »Dann werde ich am besten gleich die Weckzeit einstellen«, vollendete er, schnappte seinen Funkwecker und hantierte daran herum.

»Demnächst beginnt der Doc mit dir eine Eigenblutbehandlung.« Als sie Florians entsetztes Gesicht sah, streichelte sie ihm sanft über den Rücken. »Keine Angst, Flo, du bekommst einfach nur Blut abgezapft. Und nachdem es mit Sauerstoff angereichert wurde, wird es dir dann wieder infundiert. Das ist so etwas wie ein permanenter Ölwechsel. Und zwar einer, der deinen Motor richtig schön auf Hochtouren bringt.«

»Ist dieses Verfahren wirklich ungefährlich?«

»Ja, absolut. Das ist nichts anderes, als Blut zu spenden und nachher wieder eine Bluttransfusion zu erhalten. Allerdings ohne deren Unverträglichkeitsrisiken, denn es ist ja dein eigenes Blut, das dir infundiert wird. Nein, dieses Verfahren ist völlig unbedenklich, darauf kannst du dich verlassen.« Mit einem Klaps auf Florians Rücken erhob sie sich vom Bett. »Und ich verlasse dich jetzt. Deine Kollegen warten schon.«

Florian drehte sich auf den Rücken und schaute zur Tür, die Jenny gerade öffnete. »Was ist denn das?«, rief er ihr verwundert hinterher.

»Drei kleine Betthupferl für dich«, kam es zurück.

Dann fiel die Tür ins Schloss. Florian nahm eine der Pralinen in die Hand, entfernte die Verpackungsfolie und steckte sie in den Mund.

»Felix«, murmelte er. »Welch ein merkwürdiger Name für eine Praline.«

9. ETAPPE

»So, mein Spatz, Mama geht jetzt ein paar Stunden arbeiten. Aber zum Mittagessen bin ich wieder bei dir«, versprach Marieke ihrer kleinen Tochter. Sie drückte sie fest an sich, gab ihr einen Abschiedskuss und setzte sie auf dem Küchenboden ab. Mit ihrer Lieblingspuppe im Arm trottete Emma hinüber zu Kurt, der sie bereits schwanzwedelnd erwartete. »Die Uroma liest dir bestimmt noch ein bisschen aus Raupe Nimmersatt vor.«

»Aber sicher macht die Uroma das«, bestätigte Margot und trocknete ihre Hände an der karierten Kittelschürze ab.

Marieke Tannenberg blickte zur großen Pendeluhr, die neben dem Kühlschrank hing. »In einer halben Stunde kommt Ann-Sophie. Die Uroma bringt euch beide dann in den Kindergarten und Mama holt euch vor dem Mittagessen wieder ab.«

Die mit einer bequemen olivfarbenen Cargohose, einem orangefarbenen Langarm-Shirt sowie sportlichen Freizeitslippers bekleidete junge Mutter legte den Arm um die Schultern ihrer Großmutter und fragte mit melodischer Stimme: »Was gibt's denn heute Mittag Feines, Oma?«

»Och, nichts Besonderes, mein Kind, nur Gulaschsuppe und Dampfnudeln mit Vanillesoße.«

»Hmh, traumhaft«, schwärmte ihre Enkelin und schmatzte in Vorfreude auf eines ihrer Lieblingsgerichte. »Wenn wir dich nicht hätten, Oma.«

»Dann müsste eben dein Opa kochen.«

»Oh, Gott, bewahre«, stöhnte Marieke auf. Lachend löste sie die Umarmung. »Was für eine Horrorvorstellung.« Mit einem flauschigen Haargummi band sie fingerfertig ihre kastanienbraunen, langen Haare zu einem Zopf zusammen und schlenderte zur Küchentür.

»Tschüss, ihr drei!«, rief sie winkend über ihre Schulter hinweg.

Als die NADA-Kontrolleure gegen neun Uhr das Waldhotel Antonihof betraten, standen die Radsportler in Grüppchen in der Eingangshalle beisammen und schwatzten miteinander. Privatdozent Dr. Erich Graupeter, Mitarbeiter am Lehrstuhl für Biochemie an der Universität Kaiserslautern, stellte sich und seine Helfer kurz vor. Als er den Ablauf der unangekündigten Dopingkontrolle erklärte, wirkten die Rennfahrer geradezu paralysiert. Er las aus einem Ordner die Namen derjenigen Fahrer des Turbofood-Teams vor, die dem Internationalen Radsportverband als Teilnehmer der diesjährigen Tour de France gemeldet worden waren.

Florian Scheuermann kam als Dritter an die Reihe. Um Manipulationen bei der Urinprobe zu verhindern, begleitete ihn einer der Studenten zur Toilette und stellte sich direkt neben das betreffende Urinalbecken. Der hochgewachsene, schlaksige Mann mit Rastafrisur und Skaterkleidung überragte den Radfahrer um Haupteslänge.

»Kennst du den Witz von John Wayne?«, versuchte Mariekes Kommilitone, die für beide Männer unangenehme Situation ein wenig zu entkrampfen.

Doch dem Jungprofi war alles andere als zum Scherzen zumute. Sein Mund war ausgetrocknet, die Zunge klebte am Gaumen und in seinem Kopf schossen panische, verzweifelte Gedanken wild durcheinander. »Könnten Sie nicht bitte ein paar Schritte zurückgehen. Es geht einfach nicht, wenn mir dabei einer zuschaut«, bat er in flehendem Ton.

»Da kann man nichts machen, rein gar nichts kann man da machen. Ich bleibe so lange neben dir stehen, bis du gepinkelt hast«, erwiderte der Student, der an all die Warnungen vor trickreichen Sportlerfinten dachte.

»Ich muss etwas trinken«, sagte Florian. »Vielleicht geht's ja dann besser.

»Kannst du machen«, der Student zeigte auf den Wasserhahn, »sogar so viel du willst. Aber dann wird gepieselt.«

Knurrend begab sich der Radsportler zum Waschbecken, zog den Griff der Mischbatterie nach oben und schöpfte mit seinen zu Kellen umfunktionierten Händen fast ein Dutzend Mal Wasser. Rülpsend kehrte er zum Urinalbecken zurück.

»Bäääuerchen«, kommentierte sein Begleiter »Los, auf, jetzt stell dich mal nicht so verklemmt an. Denk einfach daran, dass deine Blase bis zum Platzen voll ist und du nicht pullern darfst. Du trippelst auf der Stelle herum und würdest weiß Gott was dafür geben, dass du endlich auf die Toilette darfst.«

Diese bildliche Vorstellung half tatsächlich. Nachdem Florian fertig war, nahm der Kontrolleur die Urinprobe entgegen und füllte die körperwarme Flüssigkeit in zwei kleinere Plastikbecher. »Für die berühmte B-Probe«, erläuterte er. »Das B steht übrigens für Belastung.«

Der Student kicherte blechern. »Also hast du gerade eine Belastungs-Probe hinter dir – im doppelten Wortsinne, versteht sich. Das allerdings nur, wenn wir etwas Illegales in deinem Pipi finden. So zappelig, wie du bist, würde mich das nicht im Geringsten wundern.« Nach diesem makaber-humoristischen Einwurf versiegelte er die Becher und schrieb den Namen des Sportlers und das Datum der Urinprobe auf die beiden Deckel.

Anschließend begleitete er Florian Scheuermann zu Marieke, die gemeinsam mit Dr. Graupeter die Blutabnahmen durchführte. Mit angstverzerrter, bleicher Miene setzte sich der Jungprofi auf einen Stuhl. Als ihm die sympathische Studentin den Arm abband, fing er an zu zittern.

Marieke war sich durchaus ihrer Wirkung auf das männliche Geschlecht bewusst. Es war auch nicht ungewöhnlich, dass die sogenannten Herren der Schöpfung ebenso gebannt wie befangen auf ihren Anblick reagierten. Aber dass ein junger Mann wie Espenlaub zu zittern begann, das war ihr bislang noch nicht untergekommen.

»Was ist denn mit Ihnen? Ist Ihnen übel?«, fragte sie einfühlsam.

Florian nickte. »Ja. Das geht mir beim Blutabnehmen immer so. Ich kann einfach kein Blut sehen«, jammerte er wie ein Häuflein Elend. »Mir ist eh so schlecht heute. Können wir das nicht ein anderes Mal machen? Morgen oder übermorgen vielleicht?«

»Nein, unmöglich«, mischte sich Dr. Graupeter in den Dialog ein. Der energische Tonfall seiner Stimme duldete keinerlei Widerspruch. »Weil Sie sich so ungemein schlecht fühlen, wollten Sie also nicht gerade zum Training, sondern in voller Montur ins Bett hüpfen, oder seh ich das etwa falsch?«, spottete der Dopingkontrolleur in Anbetracht von Florians vollständiger Rennsportkleidung.

»Ja, aber …«

»Nix, aber! Wenn Sie nichts zu verbergen haben, brauchen Sie auch keine Angst zu haben«, sagte er mit Blick auf die Gänsehaut, die vor ein paar Sekunden auf Florians haarlosem Arm hervorgesprießt war.

»Wenn ich da hingucke, dreht sich alles bei mir«, stöhnte Florian mit geschürzten Lippen.

»Dann schauen Sie doch einfach weg und denken Sie an etwas Schönes«, schlug Marieke Tannenberg vor.

Florian entfernte seinen Blick von der Kanüle und blickte hinüber zur Zimmertür, auf der sich gerade eine dicke Schmeißfliege niedergelassen hatte. Er atmete sehr flach und schnell.

»Ruhig durchatmen«, befahl der Privatdozent. »Sonst hyperventilieren Sie uns noch.« Er zog das halb mit Blut gefüllte Röhrchen ab, reichte es Marieke zur Beschriftung und schloss ein neues an. »So, und nun noch ein paar Fragen, okay?«

In Florians Kopf drehte sich alles. Benommen nickte er.

»Nehmen Sie Medikamente?«

»Ähm ja ... Oder vielmehr, nein.«

»Ja, was denn nun, mein junger Freund?«

»So genau weiß ich das gar nicht«, keuchte er mit belegter Stimme.

»Ach, das ist aber interessant. Sie wissen also gar nicht, was Sie da so alles schlucken und vielleicht auch gespritzt bekommen?«

Florians Miene verdüsterte sich.

Dr. Graupeter fixierte ihn mit einem stechenden Blick. »Haben Sie denn noch nie etwas vom Fall Birgit Dressel gehört?«

»Nein«, gab der Jungprofi zögerlich zurück.

Der Dopingkontrolleur stieß ein recht lautes, merkwürdiges Grunzgeräusch aus. Es war ihm offensichtlich ziemlich peinlich, denn er räusperte sich schnell und schob nach: »Im Jahre 1987 starb die Siebenkämpferin Birgit Dressel qualvoll an einem Multiorganversagen. Dieser körperliche Zusammenbruch war die Folge des von ihr jahrelang eingenommenen beziehungsweise gespritzten Pharmamittel-Cocktails, der aus über 100 verschiedenen Medikamenten und Dopingsubstanzen bestand.«

Aus Florians Gesicht war nun gänzlich die Farbe gewichen. »Ich, ich ...«, stammelte er.

In diesem Augenblick wurde die Tür aufgerissen und Bruce Legslow erschien in Begleitung des Firmenanwalts. »Wie lange dauert das denn noch?«, polterte Professor Grabler los. »Sie können hier doch nicht den ganzen Betrieb lahmlegen. Die Sportler müssen ihre Trainingseinheiten absolvieren.«

Dr. Graupeter machte eine beschwichtigende Geste und entfernte die Kanüle aus Florians Arm. »Schon gut, schon gut. Wir haben von dem jungen Herrn nun alles, was wir haben wollten.« Breit grinsend ergänzte er: »Und wir wissen alles, was wir wissen wollten.«

Als die drei Männer den Raum verlassen hatten, fragte Marieke: »Warum haben Sie diesen Leuten denn vorgegaukelt, dass Scheuermann alles Mögliche ausgeplaudert hätte.«

»Tja, meine Liebe, manchmal muss man eben mit Tricks arbeiten, um ein Ziel zu erreichen. Solch eine Aussage streut Misstrauen und bringt garantiert Bewegung in diesen eingeschworenen, abgeschotteten Zirkel. Vielleicht bekommt einer der Fahrer so große Angst, dass er sich als Kronzeuge zur Verfügung stellt. Dieser Florian scheint mir ein möglicher

Kandidat dafür zu sein. Wenn man den gehörig unter Druck setzt, erzählt er garantiert irgendwann alles, was er weiß.«

»Habt ihr heute Morgen die Dopingkontrollen durchgeführt?«, überfiel Tannenberg seine Nichte, als sie kurz vor 12 Uhr gemeinsam mit Emma und deren Freundin Ann-Sophie in der elterlichen Wohnküche auftauchte.

»Ja, haben wir.«

»Wolf, jetzt warte doch erst mal einen Moment«, rüffelte Margot ihren Sohn. »Marieke ist ja noch gar nicht richtig zur Tür drin.«

»Es ist aber sehr wichtig, Mutter.«

Marieke zog den beiden kleinen Mädchen die leichten Sommerjacken und die Schuhe aus. Emma nahm ihre Freundin an der Hand und führte sie zu Kurt, der sich in Erwartung der Streicheleinheiten quietschend auf dem Rücken räkelte.

»Ja, bis vor etwa einer halben Stunde waren wir im Hotel Antonihof«, antwortete sie. »Das musst du dir wirklich einmal vorstellen: Trotz Mord und Dopingkontrolle trainieren die einfach weiter. Die sitzen jetzt schon wieder auf ihren Rädern und strampeln sich die Seelen aus dem Leib.«

»Kein Wunder, die wollen auch die Tour de France gewinnen«, grummelte Jacob hinter seiner Zeitung.

Tannenberg ignorierte den Einwurf. »Und? Welchen Eindruck hast du von den Rennfahrern und ihren Betreuern gewonnen?«, wollte er von seiner Nichte wissen.

Marieke schilderte ihrem Onkel ausführlich ihre Erfahrungen mit dem Turbofood-Team. Dabei ließ sie auch Florian Scheuermanns Nervosität und seine geradezu mit Händen zu greifende Angst nicht unerwähnt.

»Der weiß schon, warum ihm so die Muffe saust«, meinte Tannenberg schadenfroh. »Den werden sie bestimmt auch mit Doping vollgepumpt haben. Und jetzt geht ihm die Düse, dass ihr ihm etwas nachweisen könnt und er aus dem Verkehr gezogen wird.« Er reaktivierte sein Schul-Französisch: »Oh la la, quel malheur! Adieu, mon cher Tour de France.«

»Aber der ist doch noch so jung«, seufzte die ungefähr gleichaltrige Marieke.

»Zum Dopen garantiert nicht. Der ist wahrscheinlich nur noch nicht so abgebrüht wie die anderen. Oder hast du's den anderen auch angemerkt?«

»Nein, eigentlich nicht. Die waren zwar auch ziemlich geschockt, als sie uns erblickt haben. Aber außer diesem Scheuermann hatten die sich schnell auf unseren überraschenden Auftritt eingestellt. Ich vermute mal, dass diese Profi-Sportler solche unangekündigten Kontrollen schon öfter erlebt haben. Außer diesem jungen Fahrer eben. Das war bestimmt seine erste Dopingkontrolle.«

»Und vielleicht seine letzte, falls ihr etwas bei ihm finden solltet.«

»So, wie der sich benahm, bin ich mir ziemlich sicher, dass er etwas zu verbergen hat«, bemerkte Marieke.

Als sie anschließend über Dr. Graupeters bewusst gestreute Fehlinformation berichtete, klopfte sich Tannenberg feixend auf die Oberschenkel. »Das war eine Super-Idee von ihm! Damit hat er diesem aufgeblasenen, supercoolen Legslow anständig Feuer unter dem Hintern gemacht. Sag das ruhig deinem Chef. Dickes Lob von mir.«

»Lieber nicht, schließlich bin ich ja zum absoluten Stillschweigen verdonnert worden. Sonst verliere ich meinen Job.«

»Ja, ja, sicher. Dann besser nicht.«

»Siehst du, Herr Hauptkommissar, meine Enkelin darf eigentlich auch nicht ihre sogenannten Dienstgeheimnisse ausplaudern«, bemerkte Jacob, ohne seinen Blick von der inzwischen über dem gedeckten Tisch ausgebreiteten Bildzeitung zu entfernen, »aber trotzdem tut sie es. Weil wir alle zu ein und derselben Familie gehören. Und in einer Familie vertraut man sich gegenseitig.«

Der Senior schoss einen kurzen, giftgetränkten Blick in Richtung seines jüngsten Sohnes, dann steckte er wieder den Kopf in die Zeitung. »Nicht wie du, der seinem alten Vater nicht eine Silbe über seinen neuesten Mordfall erzählt.« Erneut fixierten die faltenumkränzten Augen den Kriminalbeamten. »An Marieke solltest du dir mal ein Beispiel nehmen. Sie ist viel, viel«, er suchte nach einem passenden Begriff, »viel kooperativer als du. Du solltest dich schämen, deinen alten Vater derart böswillig vor den Kopf zu stoßen.«

»Hört auf zu streiten«, sprach Margot ein Machtwort. »Und du Jacob, legst jetzt endlich die blöde Zeitung beiseite«, pflaumte sie ihren Ehemann an. »Es wird jetzt gegessen, und zwar in Ruhe!«

Während Jacob grummelnd die Bildzeitung anhob, zusammenfaltete und neben sich auf den Boden legte, betrat Heiner die Küche. Er hatte sich drei Tage ›korrekturfrei genommen‹, wie er seine Krankmeldung familienintern nannte. Sich offensichtlich bester Gesundheit erfreuend, nahm er am großen Holztisch Platz.

»Ja, das ist es«, rief er plötzlich so laut, dass Kurt umgehend ein Protestgebell anstimmte. »Das ist die neueste Herausforderung für einen modernen Lyriker.«

»Was?«, kam es aus mehreren Mündern gleichzeitig.

»Spontanlyrik ist zurzeit total in. Oder wie man heutzutage so schön in modernem Pfälzisch sagt: Poetry-Slam.«

»Was'n das schon wieder für'n Ami-Quatsch?«, zischte Jacob.

»Das ist kein Quatsch, Vater«, konterte sein ältester Sohn. »Das ist so etwas wie Blitzschach, nur mit Buchstaben eben.«

Heiner ging zum Küchenschrank, nahm den Einkaufsblock und einen Stift zur Hand und kritzelte etwas darauf. »Aufgepasst, Leute, ich erklär euch jetzt mal schnell, wie ein Poetry-Slam funktioniert.«

»Muss das denn wirklich sein?«, fragte sein Bruder mit unverkennbar gequälter Mimik.

»Ja, das muss jetzt sein«, gab Heiner trotzig zurück. »Für ein bisschen Bildung ist es nie zu spät.« Seine Augen hüpften zwischen seinem Vater und seinem Bruder hin und her. »Gerade euch beiden schadet so was gar nichts.«

Tannenberg rollte die Augen.

Sein Bruder ließ sich jedoch von diesem zur Schau getragenen Desinteresse nicht beeindrucken, sondern fuhr mit seiner pseudokulturellen Beglückung fort. »Der Teilnehmer an solch einem Kreativ-Wettbewerb muss in einem engen Zeitfenster eine bestimmte lyrische Aufgabe erfüllen. Meine Aufgabe besteht nun darin, über den Begriff ›Kettenmord‹ aus Vaters Zeitung ein Gedicht zu schreiben.« Er schaute auf die Pendeluhr. »Und dazu habe ich von jetzt an genau fünf Minuten Zeit.«

»Oh, nein, nicht schon wieder ein kriminalpoetischer Amoklauf«, stöhnte Wolfram Tannenberg auf.

Heiner nahm diesen Einwurf allerdings nicht mehr bewusst wahr, denn er war bereits mit allen Sinnen auf seinen künstlerischen Schaffensprozess konzentriert. Mit gesenktem Haupt wandelte er in der Küche auf und ab.

Kopfschüttelnd schöpfte Margot die Suppe in die Teller und wünschte allseits einen guten Appetit.

»Apropos ›Kettenmord‹«, sagte der Senior eher beiläufig. »Ich hätte da eine sehr wertvolle Information für dich.«

»Wertvolle Information«, wiederholte sein jüngster Sohn prustend. Er dippte einen Fetzen der Dampfnudel in die Vanillesoße und stopfte ihn in seinen Mund. »Wie sollte die denn aussehen?«, fragte er kauend.

Jacobs Gesicht leuchtete auf. »Wenn du dich mit 20 Euro beteiligst, gebe ich dir diese wichtige Information gerne preis.«

»Woran soll ich mich beteiligen?«

»An meinem Poker-Einsatz.«

Tannenberg verschluckte sich fast und musste husten. »Spielst du alter Zocker jetzt etwa auch noch Poker?«

»Ja, das geht doch heutzutage ganz einfach im Internet.« Der Senior richtete den Oberkörper auf, zog den Kopf zum Kinn und verkündete mit stolzgeschwellter Brust: »Ich habe auch schon ein paar Dollar gewonnen.«

»Dollar?«

»Natürlich Dollar, oder meinst du vielleicht, wir spielen in Las Vegas um Euros.« Amüsiert presste er Luft durch die Nase. »Du bist vielleicht naiv, mein Junge.«

Tannenberg verzichtete auf einen Kommentar und überreichte seinem Vater schmunzelnd den gewünschten Geldschein. »Ich bin dann aber auch am Gewinn beteiligt.«

»Klar, mein Junge«, freute sich das grauhaarige Familienoberhaupt.

»So, ich hab's«, schmetterte Heiner in die Küche. »Sogar

15 Sekunden früher als erlaubt.« Er nahm eine Pose wie ein Hydepark-Redner ein, räusperte sich ausgiebig und tönte lauthals: »Hier ist es, das Gewinnergedicht des diesjährigen Poetry-Slam-Wettbewerbs in der Beethovenstraße:

> Kettenmord –
> Welch gruseliges Wort!
> Alle denken an den toten Menschen,
> Entzünden für ihn Trauerflämmchen.
> Doch wer hegt Mitleid mit der armen Kette?
> Niemand, worauf ich alles wette.
>
> Keiner fühlt mit einem segensreichen Teil,
> Einst geschaffen für des Treters Bein.
> Gescholten nun als Mordwerkzeug,
> Verschmutzt mit Blut und Hautpartikeln,
> Erstickt in einem Asservatenbeutel.
> Aus dem Verkehr gezogen ohne Not –
> Und wegen *dir* für immer tot!«

Die letzten beiden Zeilen hatte er betont akzentuiert zum Besten gegeben, wobei sein rechter Zeigefinger wie der Taktstock eines Dirigenten auf seinen Bruder eingestochen hatte.

Der riss die Arme nach oben: »Bitte, nicht den Todesstoß!«, flehte Tannenberg.

Heiner grinste und erklärte mit anschwellender Stimme: »Keine Angst, geliebtes Bruderherz, ich werde dich jetzt nicht töten. Ich brauche dich doch noch als Anregung für meine Kriminalpoesie.« Mit einer theatralischen Geste wandte er sich an seine Familie. »Und wie gefällt euch mein Poetry-Slam-Gedicht?«

»Das ist wirklich Schlamm«, brummelte Jacob.

Emma reagierte verstört auf diesen vermeintlichen Bruderzwist. Sie fing an zu weinen und rannte zu ihrer Mutter. Marieke nahm sie tröstend auf den Arm und wiegte sie auf ihren Knien.

»Opa und Onkel Wolf haben nur Spaß gemacht, mein Schatz«, flüsterte sie der wimmernden Kleinen ins Ohr. In protestierendem Ton sagte sie an die beiden Männer gerichtet: »Allerdings bedeutend zu laut.«

»Tut mir leid, da sind wir wohl ein wenig zu weit gegangen«, entschuldigte sich ihr Vater.

»Jedenfalls hab ich nach dieser Bildzeitungs-Schlagzeile meine Wette mit Benny verloren«, bemerkte Tannenberg.

»Wette? Aha, wer ist denn nun der Zocker in unserer Familie?«

»Lenk nicht ab, Vater«, erwiderte sein jüngster Sohn, »rück lieber endlich mal mit deinen angeblich so sensationellen Informationen raus.«

»Das hätte ich ja wirklich fast vergessen«, gab der Senior mit einem spitzbübischen Lächeln zurück. »Als Breitband-Mediennutzer besitze ich halt einen beträchtlichen Informationsvorsprung gegenüber solchen technikfeindlichen Gesellen wie dir. Du solltest ...«

»Vater«, knurrte Tannenberg bedrohlich.

»Also gut: Seit einer halben Stunde wird eine Eilmeldung über die Medien verbreitet.« Er brach ab und steigerte genüsslich die Spannung.

»Jacob, hör endlich auf, den armen Wolfi so zu ärgern«, schimpfte seine Ehefrau.

»Du gönnst einem noch nicht einmal die kleinste Freude«, knurrte der Senior und wandte sich an den Kriminalbeamten.

»Dann spitz mal die Ohren, du Super-Polizist: Um 18 Uhr findet hier in der Stadt eine Pressekonferenz mit einem Kronzeugen statt. Es soll um Doping im Radsport gehen. Und es soll angeblich einer von diesem Ami-Verein sein.«

»Was, hier bei uns in der Stadt?«

»Jo.«

»Einer aus dem Turbofood-Team?«

»Noch mal: Jo.«

»Und wo?«

»Im Hotel am Stadtpark. Vielleicht sagt dieser Kronzeuge ja auch etwas darüber, wer diesen holländischen Muskelkneter ermordet hat.«

»Mechaniker, Vater«, korrigierte der Kriminalbeamte. »Der Tote war Mechaniker, nicht Masseur.«

»Ist doch völlig wurscht, ob einer an einem Fahrrad oder an einem Menschen herumschraubt«, blaffte der alte Mann. »Wenn ich mich richtig entsinne, gab's da vor Jahren doch schon einmal solch einen Verräter.«

»Wieso Verräter? Sei doch froh, dass mal einer den Mut aufgebracht hat, diese Doping-Sauereien aufzudecken.«

»Der wollte damals doch nur sein Buch verkaufen. Und gut bekommen ist es ihm auch nicht. Wie heißt es so schön: Man liebt den Verrat, aber nicht den Verräter.« Jacob stemmte sich auf die Ellbogen und drückte den Oberkörper so weit nach vorne in Richtung seines gegenübersitzenden Sohnes, dass sein Hemd fast den Suppenteller berührte. »Und *der* war Masseur.«

10. ETAPPE

Torsten Lepplas Oberkörper wurde nach hinten gerissen. Mitsamt seinem Stuhl kippte er um und landete auf den Beinen seines FAZ-Kollegen, den die Druckwelle ebenfalls nach hinten geworfen hatte. Den Sportredakteur der Pfälzischen Allgemeinen Zeitung wiederum umklammerte ausgerechnet die italienische Journalistin, die ihn noch vor ein paar Minuten eiskalt hatte abblitzen lassen.

In dem zum Pressezentrum umfunktionierten Speisesaal des Hotels herrschte das reinste Chaos. Die von Todesangst getriebenen Menschen stießen hysterische Schreie, Hilferufe und wirre Kommandos aus. Diejenigen, die bei der Explosion nicht auf Stühlen gesessen hatten, stürmten fluchtartig in Richtung des Ausgangs. Wie Mikadostäbchen lagen wild durcheinandergewürfelte Menschen auf dem Boden. Sie versuchten, sich unbeholfen aufzurichten, wurden aber von den rücksichtslos über Stühle und Tische hinwegstapfenden Reportern immer wieder zu Boden gedrückt.

Dass Torsten Leppla den anderen nicht sofort folgen konnte, hatte für ihn eine ausgesprochen positive Konsequenz zur Folge. Denn während seine Kollegen noch immer mit der Panik im Nacken aus dem Raum stürzten, wurde ihm schlagartig klar, dass er genau das Gegenteil tun musste, nämlich die Gunst der Stunde nutzen, an Ort und Stelle bleiben und alles fotografieren.

Das ist meine große Chance, eine, die vielleicht nie mehr wiederkommen wird, hämmerte es unter seiner Schädeldecke, während er wie ein Besessener auf dem Auslöser herumdrückte. Ich schieße Fotos, die mir die großen Nachrichtenagenturen garantiert aus den Händen reißen werden. Er spürte intuitiv, dass es nicht mehr allzu lange dauern würde, bis die anderen Journalisten ihr unprofessionelles Verhalten begriffen hatten.

Noch bevor das erste fremde Blitzlicht aufflackerte, war Leppla bereits mit seinem Laptop an der Tür. Er rannte zur Rezeption, riss den Telefonstecker aus der Wand und stellte eine Internetverbindung her. Parallel dazu überspielte er die Fotos auf seinen Laptop und schickte sie per E-Mail-Anhang zur Deutschen Presse-Agentur, für die er als freier Bildjournalist arbeitete. Dann telefonierte er mit der dpa.

Es dauerte nur wenige Minuten, bis der Kontrakt unter Dach und Fach war. Die Fotos waren exklusiv verkauft. Er hatte hoch gepokert – und gewonnen. Er zitterte vor Aufregung, als er seinen Laptop zuklappte. Tränen der Freude standen in seinen Augen. Mit dem Ärmel seines Sommersakkos wischte er sie schniefend weg.

Mann, was für eine Stange Geld, schoss es ihm durch den Kopf. Wahnsinn! Was für ein Glück, dass ich heute hierhergekommen bin. Er ballte die Fäuste und warf sie triumphierend in Richtung des Speisesaals.

»Und ich war schneller als ihr alle! Der kleine«, er strich sich über sein kahles, an den Schläfen stachelndes Haupt und lachte dabei lauthals auf, »glatzköpfige Provinz-Redakteur Torsten Leppla war schneller als ihr alle! Jabbadabbaduuuuu! Ich bin einfach der Größte!«

Danach schlenderte er im Triumph des sicheren Siegers lässig zurück zum Ort des Geschehens, wo sich nach wie vor tumultartige Szenen abspielten. Diesmal allerdings nicht aufgrund einer reflexartigen Massenflucht, sondern wegen der Berufsgier nach brandheißen Sensationsfotos, dem Lebenselexier der lüsternen Meute. Die Kamerateams und Fotografen balgten sich regelrecht um die besten Plätze vor der blutbespritzten Glaskabine.

Rechts neben dem Blitzlichtgewitter stand Hauptkommissar Tannenberg von der Kaiserslauterer Mordkommission und versuchte, sich wild gestikulierend Gehör zu verschaffen. Doch er hatte keine Chance.

Wieso ist der denn eigentlich schon da?, fragte sich Leppla verwundert. Er blickte auf die Rolex-Imitation, die er bei seinem letzten Türkei-Pauschalurlaub für ein paar Euro auf einem Basar erstanden hatte. Der kann doch gar nicht so schnell da gewesen sein. Der war bestimmt bereits vorher hier. Das hat garantiert etwas mit dem Mord an dem Turbofood-Mechaniker zu tun.

Der PALZ-Sportjournalist klatschte sich an die Stirn. Logo, der Kronzeuge ist garantiert ein Turbofood-Fahrer. Das wäre ja der absolute Knaller. Dann können die ihre Tour-de-France-Teilnahme in den Wind schreiben. So wie ich den Tannenberg, diesen alten Chaoten, kenne, lässt der diese ganze Bagage sofort verhaften und buchtet sie so lange ein, bis einer von ihnen die beiden Morde gestanden hat. Wow! Da geht jetzt richtig der Punk ab – und ich bin mittendrin!

In der Gewissheit, eben den Deal seines Lebens gemacht zu haben, beobachtete er mit einem süffisanten Schmunzeln den Kampf der Reporter um die Fleischtöpfe, die allerdings bei Weitem nicht mehr so voll waren, wie seine Kollegen meinten. Arme Schweine, dachte er. Aber es kann eben nicht jeder das große Los ziehen.

Den Reporter einer überregionalen Tageszeitung, den er ebenfalls von der Pressetribüne des Fritz-Walter-Stadions her kannte, bedachte er mit einem abschätzigen Blick. Beeil dich mal, mein Junge, damit du wenigstens noch auf die zweite Seite deiner Schrottzeitung kommst. Er tippte sich auf das Brustbein. Mir dagegen gehören die Titelseiten der internationalen Presse!

Soll ich nicht gleich noch ein paar Fernsehsender anrufen und mich als Talkshow-Gast anbieten? Schließlich war ich bei diesem Anschlag live dabei. Dass ich sehr gut verhandeln kann, habe ich ja gerade bewiesen. Er grübelte einen Moment über seine Idee nach, doch dann verschob er die Entscheidung auf später, schließlich gab es für ihn hier noch einiges zu tun. Zum Beispiel, weitere Fotos zu schießen und Interviews zu führen.

Wolfram Tannenberg hatte nach der Detonation geistesgegenwärtig reagiert und sofort die Einsatzzentrale verständigt. Schon ein paar Minuten später trafen mehrere Streifenwagen und Ambulanzen vor dem unmittelbar am Stadtpark gelegenen Hotel ein. Der Kommissariatsleiter empfing seine uniformierten Kollegen an der Tür zum Speisesaal und wies sie an, sofort die wild gewordenen Journalisten aus dem Raum zu drängen und den Tatort abzuriegeln.

Einige der Reporter, Kameraleute und Tontechniker hatten durch herumfliegende Teile Verletzungen erlitten, um die sich die schnell herbeigeeilten Notfall-Mediziner im Foyer des Hotels kümmerten. Der Geschäftsführer des Fernsehsenders, der noch Minuten zuvor als dampfplaudernder Strahlemann den vermeintlich spektakulären Kronzeugen präsentiert hatte, war nicht ansprechbar. Kreidebleich und zitternd wie Espenlaub saß er auf einem Sessel und stierte Löcher in den Fußboden. Auf Tannenbergs Fragen nach dem Namen des Opfers reagierte er nicht.

»Außer einem Schock hat der Mann sehr wahrscheinlich ein Explosionstrauma erlitten«, erklärte der Notarzt. »Deshalb kann er Sie womöglich zurzeit überhaupt nicht hören.«

»Wie lange wird ...«

»Wer ist der Tote«, warf eine schneidige Stimme von hinten dazwischen.

Tannenberg wandte so abrupt den Kopf um, dass ihm nicht nur ein stechender Schmerz ins Genick fuhr, sondern sich durch die ruckartige Bewegung auch seine schon längst vergessene Kopfwunde in Erinnerung rief.

»Zisch bloß ab, Leppla, du elender Aasgeier«, fauchte der Leiter des K 1 wütend.

Leppla schoss noch ein paar Fotos von dem angeschlagenen Moderator, dann verschwand er. Michael Schauß quetschte sich durch das Chaos, um seinem Chef mitzuteilen, dass der Saal nun endlich geräumt sei. Daraufhin begab sich Tannenberg wieder zu der mit Blutspritzern besprenkelten Glaskabine. Dr. Schönthaler, der an dem übel zugerichteten Leichnam herumhantierte, erhob sich und trat ihm einen Schritt entgegen.

»Also, ich hab ja wirklich schon viel gesehen«, sagte sein Freund mit dünner Stimme. Er zog die Augenbrauen hoch und zeigte auf das bizarre Bild hinter sich. »Aber das da drin ist wirklich starker Tobak.«

»Wer ist es?«, wisperte Tannenberg.

Der Rechtsmediziner sah ziemlich mitgenommen aus. Sogar sein gefürchteter Pathologenhumor war ihm bei diesem bizarren Anblick offensichtlich im Halse stecken geblieben. Er schüttelte den Kopf.

»Ich weiß es nicht, Wolf, Papiere habe ich keine gefunden.« Er schluckte hart und schöpfte tief Atem, bevor er weitersprach. »Vom Gesicht ist nichts mehr da, rein gar nichts mehr. Dieser verfluchte Sprengstoff hat alles zerfetzt.«

»Geht mal zur Seite und lasst mich durch«, forderte Mertel und drängte sich an den beiden Freunden vorbei. »Oh, Mann«, stöhnte er kurz darauf und wandte sich entsetzt ab. Er blies die Backen auf. »Das ist ja nur noch …« Den Rest ließ er unausgesprochen.

»Wie konnte der Täter diese Sprengladung zünden? Oder war das etwa eine Zeitbombe?«

»Das kann ich jetzt natürlich noch nicht sagen, aber ich vermute mal, dass es sich hierbei eher um eine Fernzündung gehandelt haben dürfte«, antwortete Mertel. »Denn nur so konnte der Täter auch wirklich sichergehen, dass der Sprengsatz auch genau im richtigen Augenblick hochgeht.«

»Leuchtet mir ein«, entgegnete Tannenberg. Er schaute sich hektisch um. »Dann muss der Täter hier im Raum gewesen sein, oder?«

»Nicht unbedingt.« Der Kriminaltechniker schnäuzte sich geräuschvoll die Nase. »Die Pressekonferenz wurde ja live im Fernsehen übertragen.«

»Ach, du glaubst, der Täter saß zu Hause auf der Couch und hat in aller Ruhe die Bombe gezündet?«

»Genau.«

»Und wie ist so etwas möglich?«

»Mit einem Handy. Im Prinzip funktioniert die Sache relativ einfach: Wenn man Plastiksprengstoff mit einem Handyempfänger verbindet, muss man nur die entsprechende

Nummer anwählen. Der aktivierte elektrische Impuls reicht völlig aus, um einen Sprengsatz zu zünden.«

Tannenberg reckte beschwörend die Arme nach oben und blickte zur Decke. »Welch ein teuflischer Plan, den Kronzeugen direkt vor den Augen von Millionen Fernsehzuschauern in die Luft zu jagen. Besser konnte man die Botschaft dieser verfluchten Verbrecherbande nicht platzieren: Leute, damit euch allen eins klar ist: Verräter werden von uns gnadenlos liquidiert.«

»Doch wer ist ›uns‹?«, fragte Dr. Schönthaler.

»Na, allzu viele Möglichkeiten gibt's da sicherlich nicht«, behauptete sein Freund. »Es müssen Täter sein, die sowohl Zugang zu geeignetem Sprengstoff besitzen als auch über das notwendige technische Know-how verfügen.«

»Und über die Fähigkeit, einen tödlichen Sprengsatz so versteckt in dieser Glaskabine unterzubringen, dass er niemandem auffällt«, ergänzte Mertel.

»Richtig, Karl. Und das wiederum so geschickt, dass derjenige, der dies tut, auch unerkannt bleibt.«

Der Spurenexperte schob grüblerisch die Brauen zusammen und zupfte an seinem linken Ohrläppchen. »Ich denke, zwei Orte eignen sich besonders gut für die Deponierung des Sprengsatzes. Zum einen die Unterseite des Tisches ...« Er schüttelte den Kopf. »Nee, eigentlich sind es drei Orte«, korrigierte er sich: »Unterseite von Tisch *und* Stuhl. Außerdem das Mikrofon. Ja, ich vermute mal, dass man dort den Sprengstoff platziert hat. Denn auf diese Weise konnte man die beste Wirkung erzielen.« Er räusperte sich verlegen. »So makaber dies auch klingen mag.«

»Reicht denn dafür der Platz?«, wollte der Rechtsmediziner wissen. »In so einem Mikrofon ist ...«

»Ja, klar«, fiel ihm der Kriminaltechniker ins Wort.

Tannenberg brummte nachdenklich. »Wenn man diese einzelnen Faktoren addiert, spricht wohl vieles für eine extrem hohe kriminelle Energie und Professionalität.«

»Und damit für die organisierte Kriminalität«, ergänzte Dr. Schönthaler.

»Konkreter gesagt für die Doping-Mafia«, versetzte Mertel. »Die vor allem aus Clans der Russen- und Tschetschenen-Mafia besteht. Und die verfügen über beides: Sprengstoff und technisches Know-how.«

»Wir kennen die Identität des Toten«, rief Sabrina Schauß von der Eingangstür des Speisesaals her. Vom aufflackernden Blitzlichtgewitter der von ihren Kollegen nur mühevoll im Zaum gehaltenen Fotografenmeute begleitet, eilte sie im Laufschritt zur Glaskabine. So leise, dass die Journalisten in ihrem Rücken sie nicht hören konnten, sagte sie: »Es handelt sich bei dem Toten um Dr. Schneider, den Mannschaftsarzt des Turbofood-Teams.«

»Ach, du Scheiße«, zischte ihr Vorgesetzter und legte eine Hand auf seinen Mund, so als wolle er diesen Fäkalienausdruck wieder zurückschieben. »Von wem hast du das?«

»Von dem Assistenten des Geschäftsführers, der da draußen bei den Sanitätern sitzt und keinen Ton mehr rauskriegt. Ihm gegenüber hat dieser Dr. Schneider angekündigt, heute Abend eine Bombe platzen zu lassen.«

»Daraufhin hat ihn anscheinend einer ganz genau beim Wort genommen«, bemerkte der Rechtsmediziner, dessen makabrer Pathologenhumor inzwischen zurückgekehrt war.

»Weiß dieser Assistent etwas über belastendes Material, mit dem der Arzt seine Behauptungen beweisen wollte?«

»Nein, Wolf, angeblich nicht. Die ganze Geschichte sei streng geheim gewesen und nur er und sein Chef hätten direkten Kontakt zu Dr. Schneider gehalten.« Sabrina zuckte mit den Schultern. »Aber vielleicht sagt dieser Assistent auch nicht die ganze Wahrheit. Der Mann war sehr nervös und hat manch wirres Zeug geredet.«

»Kein Wunder, bei dem, was hier passiert ist«, sagte der Gerichtsmediziner, rückte seine Fliege zurecht und machte sich wieder an die Arbeit. Er reckte einen Arm in Mertels Richtung. In der Hand hielt er einen blutverschmierten Fetzen Schaumstoff. »Könnte das hier vom Mikrofon stammen?«

Der Kriminaltechniker nahm den Fetzen entgegen und begutachtete ihn. »Ja, das könnte sein. Komm, jetzt lass mich endlich wieder rein.«

Dr. Schönthaler drehte den Kopf zu ihm hin. »Das würde ich an deiner Stelle nicht tun.«

»Wieso?«

»Weil der Herr Kollege Sportmediziner eben noch gezuckt hat. Ich hab es deutlich gesehen.«

Mertel schreckte zurück. »Idiot«, schimpfte er.

»Nein, wirklich, Karl. Dieses Phänomen lässt sich übrigens ganz einfach erklären: Wir Medizinmänner sind nun mal bedeutend zäher und lebenswilliger als hundsgewöhnliche Menschen wie ihr beide.«

»Rainer, fährst du bitte mit uns zum Antonihof?«, bat Tannenberg, ohne auf die makabren Bemerkungen einzugehen. »Wir müssen unbedingt Dr. Schneiders Patientenkartei sicherstellen, bevor das ein anderer tut.«

»Hoffentlich ist uns da noch keiner zuvorgekommen. Deshalb sollten wir uns besser beeilen. Hier stören wir ja doch nur den Herrn Ober-Dreckschnüffler. Außerdem muss ich sowieso warten, bis das, was von meinem werten Kollegen übriggeblieben ist, in die Pathologie gebracht wird. Ich werde mich übrigens auf demjenigen Tisch mit ihm beschäftigen, auf dem noch vor ein paar Stunden ein tollpatschiger Kriminalbeamter lag und wie ein Weichei herumgepienst hat.«

Tannenberg ließ zunächst abschätzig die Augen rollen. Doch dann tastete er vorsichtig nach der genähten Wunde auf seinem Kopf. Das Pflaster war noch da – und die Kopfschmerzen kehrten gerade schlagartig zurück.

Sabrina begleitete die beiden Männer auf ihrer Fahrt zu dem weit vor den Toren der Barbarossastadt gelegenen Viersternehotel. Inzwischen war die Identität des Anschlagsopfers durch den Vorstandsvorsitzenden des börsennotierten Privatsenders bestätigt worden. Er erklärte, ebenfalls in diese Aktion eingeweiht gewesen zu sein. Von irgendwelchem Belastungsmaterial wisse er jedoch nichts.

»Der weiß doch hundertprozentig, was Sache ist«, empörte sich Tannenberg, nachdem er von dieser Nachricht erfuhr. »Die veranstalten doch nicht solch eine Mords-Show, ohne dass sie irgendwelche harten Fakten vorliegen hätten. Zumal die sicherlich eine Stange Geld für die Exklusivrechte lockergemacht haben.«

»Mords-Show. Welch vortreffliche Wortwahl«, bemerkte der Rechtsmediziner in Poetenmanier.

»Dieser abgebrühte Medien-Fuzzi will die hochbrisanten Informationen garantiert selbst in seinem Klamauksender vermarkten. Häppchen für Häppchen. Das bringt hohe Einschaltquoten.«

»Um nichts anderes geht es ja auch heutzutage, du alter Steinzeit-Romantiker«, frotzelte sein alter Freund. »Die goldenen Zeiten des Fernsehens als Kulturvermittler, denen du Fossil noch immer nachtrauerst, sind schon lange vorbei. Seit es bei uns diese verfluchten Privatsender gibt, zählt nur noch eins: die Quote, denn die bringt das Geld. – Treffen sich zwei Fernsehredakteure auf dem Flur. Fragt der eine: Hast du gestern Abend den neuen Spielfilm gesehen? – Ja. – Und, wie hat er dir gefallen? – Und, Wolf, was antwortet der andere?«

»Keine Ahnung.«

»Weiß nicht, wie er mir gefallen hat, denn ich hab die Quote noch nicht. – Ist der nicht gut?«

»Na ja«, war alles, was Tannenberg dazu einfiel.

Die Mitglieder des Turbofood-Teams und ihre beiden Anwälte saßen bereits im Speisesaal und verfolgten gebannt die Berichterstattung eines Nachrichtensenders. Tannenberg ging zuerst zu dem auf einem beweglichen Fernsehtisch stehenden Gerät und schaltete den Ton aus.

»Wie ich sehe, sind Sie bereits über das plötzliche Ableben Ihres Mannschaftsarztes informiert«, sagte der Chef-Ermittler mit sarkastischem Unterton.

Professor Grabler schraubte sich gemächlich in die Höhe und fasste dabei Tannenberg scharf ins Auge. »In Anbetracht dieses überaus tragischen Todesfalles, der uns selbstverständlich alle sehr bestürzt, sollten Sie sich Ihre Polemik sparen. Ein wenig mehr Pietät dürfen wir schon von Ihnen erwarten, denn dieser feige Anschlag hat jeden von uns bis ins Mark hinein erschüttert.«

Wolfram Tannenberg schoss das Blut in den Kopf und

seine Halsschlagadern traten wie dicke Regenwürmer zutage. »Wollen Sie mich verarschen, Mann?«, blökte er los. »Sie glauben wohl, Sie und Ihre Fuzzis können sich alles erlauben, was?«

»Aber bitte, mäßigen Sie sich doch, mein lieber Herr Hauptkommissar«, antwortete der Staranwalt in arrogantem Tonfall. »Wir haben ja durchaus Verständnis dafür, dass Sie sich aufgrund dieser schrecklichen Ereignisse echauffieren und die Kontrolle verlieren. Weil Sie verständlicherweise von dieser Eskalation überfordert sind.«

»Überfordert?«, wiederholte Tannenberg mit einem höhnischen Lachen. »Meinen Sie aufgeblasener Winkeladvokat denn wirklich, wir Pfälzer ziehen uns die Hosen mit Kneifzangen an?«

Grabler machte eine beschwichtigende Geste. »Bitte beruhigen Sie sich. Wir bringen wirklich großes Verständnis für Ihre Minderwertigkeitskomplexe auf«, fuhr der renommierte Strafverteidiger fort.

Während Tannenberg seinen Oberkörper wie ein Maikäfer aufpumpte und vor Zorn zu bersten drohte, stellten sich Sabrina und der Rechtsmediziner links und rechts neben ihn.

»Welche Zimmernummer hat Dr. Schneider?«, fragte die junge Kommissarin mit ruhiger Stimme. Als alle schwiegen, schob sie nach: »Wissen Sie es nicht oder wollen Sie es uns nicht sagen?«

»Also ich weiß es jedenfalls nicht«, gab Professor Grabler schmunzelnd zurück. »Und wenn es einer meiner Klienten weiß, wird er es Ihnen sicherlich gleich sagen, nicht wahr?« Er blickte in die Runde.

»Ich glaube, er hat das Zimmer mit der Nummer 23,

zweites Obergeschoss, am Ende des Flurs«, erklärte Jenny, die einen angespannten Eindruck machte.

»Überlegen Sie sich nun alle sehr genau, was Sie jetzt antworten werden«, sagte Tannenberg. Seine Stimme zitterte nach wie vor. »Wo waren Sie um Punkt 18 Uhr?«

»Verstehe, Herr Hauptkommissar, Sie möchten unsere Alibis zum Zeitpunkt der Detonation überprüfen. Folglich wurde der Sprengstoff ferngezündet. Und wie?«, wollte Grabler wissen.

Sein Kontrahent ging auf diese Frage nicht ein. »Ich werde nun jeden Einzelnen von Ihnen nach seinem Alibi befragen. In Ihrem eigenen Interesse kann ich Ihnen nur dringend dazu raten, mir eine klare Auskunft bezüglich Ihres Aufenthaltsortes zu geben.«

»Das können Sie sich getrost sparen«, verkündete der Anwalt des Turbofood-Teams. »Wir waren alle hier im Raum und haben voller Spannung auf diese angeblich so spektakuläre Pressekonferenz gewartet.«

»Kann das jemand bezeugen?«, fragte Tannenberg. Mit einem verkniffenen Grinsen ergänzte er: »Es müsste sich bei diesem Zeugen allerdings um eine neutrale Person handeln.«

»Nur eine?«, höhnte Grabler. »Wir können Ihnen gleich mehrere Personen präsentieren, die unsere Alibis bestätigen werden. Schließlich saßen wir zu diesem Zeitpunkt gemeinsam hier am Tisch und haben zu Abend gegessen. Wie bei Ihnen zu Hause in Ihrer Großfamilie. Befragen Sie einfach das Hotelpersonal. Die Servicekräfte sind permanent um uns herumgeschwirrt. Dieses Waldhotel bietet eben einen Spitzenservice. Komfort, den man in der Provinz leider viel zu selten antrifft.«

Tannenberg ertrug diese scheinheilige Farce nicht länger. Er konnte sich zwar noch keinen Reim darauf machen, *wer* von den Anwesenden *wie* in diese beiden Mordfälle verstrickt war, aber dass dies der Fall sein musste, stand für ihn zweifelsfrei fest.

Die Behauptungen des Anwalts mussten nun überprüft und die Ereignisse im Speisesaal mühevoll rekonstruiert werden. Deshalb beorderte er auf dem Weg zu Dr. Schneiders Hotel-Appartement alle verfügbaren Kräfte der Mordkommission zum Antonihof. Bei diesem Telefonat erfuhr er die Adresse des Mordopfers. Spontan entschloss er sich dazu, die in Worms lebende Witwe des Sportmediziners noch in der Nacht aufzusuchen.

Nach Mertels These konnte der möglicherweise im Mikrofon versteckte Sprengsatz von jedem Handy aus gezündet worden sein, dessen Benutzer die entsprechende Telefonnummer kannte. Die bei der Durchsuchungsaktion sichergestellten Handys der Turbofood-Mitglieder kamen dafür nicht in Betracht. Denn diese befanden sich noch immer im Labor der Kriminaltechnik, wo sie überprüft wurden. Allerdings konnte sich der Mörder überall ein anderes Mobiltelefon besorgt und damit die Detonation ausgelöst haben.

Der Geschäftsführer des Hotels öffnete Dr. Schneiders Zimmertür und zog sich danach diskret zurück. Entgegen der Befürchtung des Rechtsmediziners hatte offensichtlich noch niemand dem Hotelzimmer einen Besuch abgestattet. Jedenfalls war dem Anschein nach zu urteilen nichts durchwühlt worden, weder die Koffer, noch die Medikamentenkisten, noch die Patientenkartei.

Dr. Schönthaler sichtete zuerst den vorhandenen Arzneimittelbestand. »Auf den ersten Blick befindet sich nichts

Illegales darunter«, sagte er, wobei in seiner Stimme unverhohlene Enttäuschung mitschwang.

»Hast du ernsthaft etwas anderes erwartet?«, erwiderte Tannenberg. »Diese Leute sind ausgesprochen clever. Seit vielen Jahren betreiben sie systematisches Doping und müssen quasi täglich mit unangemeldeten NADA-Kontrollen rechnen. Die verfügen über ein ausgeklügeltes Logistiksystem und haben garantiert jede Menge Tricks auf Lager.«

»Keine Drogen, keine Dopingmittel«, fuhr der Pathologe fort. Abschätzig stieß er Luft durch die Nase. »Jedenfalls keine, die man als solche bezeichnen könnte.« Er hielt mehrere Medikamentenpackungen in die Luft. »Schmerztabletten, Kortison, Aufbaupräparate – alles legal. Davon steht nichts auf dem Index.«

Mit der anderen Hand fischte er ein Asthmamittel aus der Tasche. »Und für diese Asthmasprays bedarf es lediglich einer Sondergenehmigung, die aber ganz leicht zu beschaffen ist. Böse Zungen behaupten sogar, dass alle Radrennfahrer, die ihren Job professionell betreiben, zwangsläufig Asthmatiker sein müssten.«

»Was ich hier allerdings vermisse, ist ein Laptop«, murmelte Tannenberg, nachdem er den Inhalt mehrerer Schubladen und den Kleiderschrank kontrolliert hatte.

»Vielleicht haben den Mertels Leute schon mitgenommen«, gab Dr. Schönthaler zu bedenken.

»Ja, das könnte sein.«

»Aber, du hast schon recht, Wolf. Es ist heutzutage mehr als ungewöhnlich, dass ein Arzt noch eine handschriftliche Patientenkartei führt.«

»Komm, lass mich da mal reinschauen«, forderte der

Kriminalbeamte. »Vier Augen sehen ja bekanntlich mehr als zwei.«

»Nützt aber auch nichts, wenn zwei davon blind sind.« Grinsend überreichte Dr. Schönthaler seinem Kumpan den Karteikasten.

Während er die beschrifteten Karteikärtchen durch die Finger gleiten ließ, brummte Tannenberg verdutzt. »Was hier allerdings fehlt, ist die Patientenkarte von Joop van der Miel.« Er blätterte weiter und ergänzte. »Und die von diesem Jungspund, diesem Florian Scheuermann, fehlt auch.«

»Hoffentlich bedeutet das nicht, dass dieser arme Kerl das nächste Opfer sein wird«, orakelte der Pathologe mit sorgenvoller Miene.

Das Anwesen der Familie Schneider lag in einer der besten Wormser Wohngegenden. Das moderne Einfamilienhaus umgab ein sehr gepflegtes Grundstück, dessen alter Baumbestand einen effektvollen Gegensatz zu der schmucklosen, klotzigen Architektur des Flachdach-Bungalows bildete. Das weitläufige Gelände bewachte ein imposanter Leonbergerrüde, der Tannenberg spontan an Kurt erinnerte. Der Familienhund des Tannenberg-Clans war zwar nicht reinrassig, sondern ›nur‹ eine Mischung aus Langhaarschäferhund und Leonberger, dafür war er aber der schönste Hund der Welt – jedenfalls nach Meinung der gesamten Großfamilie.

Ähnlich wie Kurt zeigte sich auch dieser Leonberger weitgehend unbeeindruckt von befehlsartig ausgestoßenen menschlichen Kommandos. Die »Cäsar – hier!«-Rufe prallten ebenso an ihm ab wie energische Pfiffe durch eine Hundepfeife.

»Entschuldigung, Cäsar hört leider nur auf sein Herr-chen«, sagte eine etwa 45-jährige, apart gekleidete Frau. »Und das auch nicht immer«, ergänzte sie mit einem ver-schmitzten Lächeln. »Einen Augenblick bitte.«

Sie packte den Hund am Stachelhalsband und zog ihn in seinen Zwinger. Danach kehrte sie an das mannshohe, schmiedeeiserne Tor zurück, vor dem die beiden Kriminal-beamten geduldig warteten.

»So, jetzt ist die alte Nervensäge endlich hinter Schloss und Riegel«, sagte die schlanke Frau, die einen schwarzen Hosenanzug trug. Ihre schulterlangen Haare waren dunkel-braun gefärbt und akkurat geschnitten. Ein wenig außer Atem, legte sie sich eine Haarsträhne hinters Ohr. »Was führt Sie zu mir?«

Tannenberg zückte seinen Dienstausweis und stellte sich und seine Mitarbeiterin vor. Dann erfragte er den Namen der Hundebesitzerin und bat um Einlass.

»Was ist denn passiert?«, wollte Frau Schneider sogleich wissen. »Ist etwas mit Heiko?«

»Könnten wir bitte ins Haus gehen?«, bat der Leiter des K 1.

Wie in Trance schlurfte die groß gewachsene Mitt-vierzigerin über einen mit schwarzen Granitplatten belegten Weg. Die Haustür stand sperrangelweit offen und aus dem Inneren des Hauses drang Klaviermusik an die Ohren der nächtlichen Besucher.

»Bitte, nehmen Sie Platz«, sagte Frau Schneider und wies hin zu einer ausladenden weißen Ledercouch, die sich harmonisch in den mit bunten Gemälden und Designer-möbeln ausgestatteten Salon einfügte.

Die Ehefrau des Turbofood-Teamarztes ging zu einem

Sideboard, zog eine Zigarette aus einer Schachtel und steckte sie mit fahriger Hand in den Mund. Dann entzündete sie den Glimmstängel und nahm einen tiefen Zug.

In den ausströmenden Rauch hinein sagte sie mit unsicherer Stimme. »Es muss etwas Schlimmes mit Heiko passiert sein. Er ruft mich sonst jeden Abend um 19 Uhr an.« Sie blickte zu den Besuchern auf. »Heute hat er das nicht getan.«

Tannenberg schöpfte noch einmal tief Atem, dann überbrachte er der Frau des Sportmediziners die traurige Nachricht. Eva Schneider reagierte mit einem lauten Aufschrei, und sank schluchzend auf der Couch in sich zusammen. Während sich Sabrina liebevoll um sie kümmerte, hörte man durch die offen stehende Haustür das hochtönende Jaulen des Leonbergers, so als ob er die schreckliche Nachricht vom Tod seines Herrchens verstanden hätte.

Hunde haben einfach für solche Dinge einen siebten Sinn, dachte der Kriminalbeamte. Er stand auf dem Podest der Eingangstreppe und ließ den Kopf baumeln. Scheiß Job!, fluchte er im Stillen. Todesbote zu sein, ist das Schlimmste, was es gibt. Mit in Gedanken versunkenem Blick schaute er hinüber zu einer alten Buche, auf deren Stamm gerade ein Eichhörnchen hinauf in die Krone jagte. Obwohl, sinnierte er, noch schlimmer ist es allerdings, wenn man Eltern mit dem Tod ihres Kindes konfrontieren muss. Er seufzte tief und schaute sich um. In diesem Haus scheint es wohl keine Kinder zu geben: keine Spielsachen, keine Fahrräder, keine kleinen Schuhe. Er zog die Haustür ins Schloss und trottete zurück in den Salon.

Eva Schneider kauerte noch immer auf der weißen Ledercouch wie ein Häuflein Elend. Ihr Oberkörper war nach vorne gebeugt, die Hände lagen wie betend auf ihrem Schoß und das Kinn berührte den hageren Brustkorb. Ihr Atem ging schwer und wurde von stakkatoartigem Aufschluchzen unterbrochen. Sabrina hatte ein Glas Wasser auf den niedrigen Tisch gestellt und reichte ihr gerade ein Taschentuch. Die Frau nahm es nickend entgegen und tupfte sich mit der anderen Hand die Nässe aus dem Gesicht. Die schwarze Farbe von Lidstrich und Wimperntusche hatte Linien der Trauer auf ihre Wangen gezeichnet. Die Frau stöhnte leidend auf.

»Heiko war doch so ein lieber Mensch«, jammerte sie mit tränenerstickter Stimme. Ein verzweifelter Blick arbeitete sich von Tannenbergs Schuhen aus nach oben. »Wieso ausgerechnet er?«

»Das wissen wir leider noch nicht«, antwortete der Ermittler wahrheitsgemäß. »Möglicherweise könnte der Tod Ihres Mannes etwas mit Doping zu tun haben. Wissen Sie etwas darüber?«

Ein Ruck ging durch den zerbrechlichen Körper der Mittvierzigerin. Sie richtete sich auf, kniff die geröteten Augen zusammen und erklärte in barschem Ton: »Doping? Nein!« Entschieden blickte sie den Kommissar an. »Damit hatte Heiko nie etwas zu tun. Da bin ich mir hundertprozentig sicher. Er ist immer und überall für einen sauberen Sport eingetreten.«

Bist du so naiv oder tust du nur so?, fragte sich Tannenberg in Gedanken. Teamarzt einer erfolgreichen Profi-Mannschaft – ohne Dopingmittel einzusetzen? Und das im Radsport? Wer soll das denn deinem Heiko abnehmen. Ich jedenfalls nicht!

»Ihr Mann hat Ihnen gegenüber also nie etwas von

Doping-Praktiken im Turbofood-Rennstall erwähnt?«, formulierte er die Frage ein wenig um.

Eva Schneider fasste sich ans Kinn und starrte ihr Gegenüber mit offenem Mund an. »Um Gottes willen, nein. Heiko hätte bei so etwas niemals mitgemacht.«

»Seit wann arbeitete er denn bei dieser Mannschaft?«, wollte Sabrina wissen.

Frau Schneider stülpte die Unterlippe vor und warf die Stirn in Falten. »Fünf? Nein, fast sechs Jahre.«

Und in der ganzen Zeit will er nie etwas mit Doping zu tun gehabt haben? Wer's glaubt, wird selig!, spottete der Leiter der Kaiserslauterer Mordkommission im Stillen. Obwohl ihm einige provokative Sätze auf den Lippen lagen, behielt er sie in Anbetracht der traurigen Umstände doch lieber für sich.

»Besitzt Ihr Mann einen Laptop?«, fragte Sabrina.

Die Ehefrau des Sportmediziners schob die gezupften Brauen zusammen. »Natürlich«, erwiderte sie in pikiertem Tonfall. »Selbst wir hier in Worms leben nicht mehr im Mittelalter.«

»Obwohl hier jedes Jahr die Nibelungenfestspiele stattfinden«, nuschelte Tannenberg, der sich an der Wand neben dem offenen Kamin gerade Familienfotos betrachtete.

»Bitte?«, ertönte es hinter seinem Rücken.

Der Kriminalbeamte drehte sich um. »Ach, nichts weiter. Wissen Sie zufällig, wo Ihr Mann seinen Laptop während der Trainingslager normalerweise aufbewahrte?«

»Ich nehme an in seinem Hotelzimmer, wo denn sonst?«, kam es schnippisch zurück.

Warum bist du denn plötzlich so giftig?, fragte sich der Leiter des K 1.

»Haben Sie irgendeinen Verdacht, wer hinter dem heimtückischen Attentat auf Ihren Mann stecken könnte?«, wollte Sabrina wissen.

Eva Schneider schüttelte den Kopf und sank wieder in ihre Traurigkeit zurück. »Nein, keine Ahnung.«

Tannenberg beobachtete die aparte Frau, wie sie sich eine neue Zigarette anzündete.

Was ziehst du hier nur für eine billige Show ab?, sagte er zu sich selbst. Ist deine Ehe vielleicht schon lange im Eimer und du spielst uns die trauernde Witwe nur vor? Machst du schon Pläne, wie du mit deinem Lover seine Lebensversicherung durchbringst? Alles schon erlebt, mein Herzchen. Du verheimlichst uns doch irgendwas. Nur was?

Nachdem er Frau Schneider aufgetragen hatte, sich am kommenden Morgen in der Pathologie des Westpfalz-Klinikums einzufinden, um ihren verstorbenen Mann zu identifizieren, verabschiedeten sich die beiden Kriminalbeamten und machten sich auf den Weg zurück in die Barbarossastadt.

11. ETAPPE

Der notorische Morgenmuffel Wolfram Tannenberg hatte ausgesprochen schlecht geschlafen. Die halbe Nacht über hatte er sich in seinem Bett herumgewälzt und immer und immer wieder den Besuch bei Dr. Schneiders Ehefrau gedanklich Revue passieren lassen. Nun saß er übellaunig an seinem Schreibtisch und las den vorläufigen Bericht über die Obduktion des zweiten Mordopfers. Den Angaben des Rechtsmediziners zufolge hätte sich der Tote wahrscheinlich noch eines langen Lebens erfreuen dürfen.

»Ausgezeichneter Gesundheitszustand«, murmelte der Leiter des K 1 vor sich hin. »Und, was hast du nun von deiner Fitness gehabt? Nix! Und warum? Weil der liebe Gott sein Veto eingelegt hat. Das ist auch nur die gerechte Strafe für das, was du jahrelang getan hast. Skrupellose Typen wie dich sollte man in Ketten legen! Damit ihr Mistkerle die jungen Sportler nicht weiter krankspritzen könnt.«

Zornig kniff er Augen und Mund zusammen. »Ihr Teamärzte seid doch diejenigen, die diese armen Zweirad-Junkies mit Drogen versorgen. Ohne euch gäbe es diese Blut-Panschereien doch überhaupt nicht. Und ihr wollt Mediziner sein, die sich dem Eid des Hippokrates verpflichtet haben?«

Er stieß ein höhnisches Grunzgeräusch aus. »Dass ich nicht lache! Wisst ihr, was ihr seid: geldgeile Handlanger der internationalen Doping-Kartelle.«

Tannenberg legte den Obduktionsbericht beiseite und stöberte in den Datenbanken nach der in Worms polizeilich gemeldeten Eva Schneider. »Beruf: Schauspielerin – das ist es«, jubilierte er, als er beim Einwohnermeldeamt fündig geworden war.

Ich hab die ganze Zeit über gespürt, dass mit der etwas faul ist. Die hat uns also nur Theater vorgespielt. Wir müssen so schnell wie möglich die finanziellen Verhältnisse dieses angeblichen Traum-Ehepaares überprüfen, sagte er zu sich selbst, während er einen seiner Kollegen zu erreichen versuchte. Doch in ihren Büros hielten sie sich offenkundig nicht auf.

Er drückte eine Taste der Gegensprechanlage: »Flocke, weißt du vielleicht, wo die anderen sind?«, rief er in Richtung des Plastikkästchens.

»Nein, aber in zehn Minuten ist Frühbesprechung. Bis dahin sind sie bestimmt alle da.«

»Ja, sicher, Flocke.« Tannenberg schmökerte noch ein wenig im Obduktionsbericht. Plötzlich hörte er Stimmen. Er öffnete seine Bürotür. »Da seid ihr ja endlich«, rief er mit vorwurfsvollem Unterton.

»Guten Morgen, lieber Wolf«, tönte es ihm mehrstimmig entgegen.

»Moin«, grummelte er und drehte seinen Mitarbeitern den Rücken zu.

Petra Flockerzie braute ihrem unausgeschlafenen Chef einen doppelten Espresso. »Weckt selbst die müdesten Geister wieder auf«, behauptete sie schmunzelnd, während sie ihm die dampfende Tasse reichte.

»Danke«, brummelte er.

»Möchten Sie dazu nicht einen Riegel schwarze

Schokolade genießen? Ich hab immer einen kleinen Vorrat in meiner Schreibtischschublade.«

»Nein«, kam es gedehnt zurück.

»Die würde Ihrer schlechten Laune aber guttun.«

»Flocke«, knurrte der Kommissariatsleiter bedrohlich.

»Ich hab's ja nur gut gemeint«, entschuldigte sich die Sekretärin und verließ beleidigt sein Büro.

Tannenberg informierte in Kurzfassung seine Kollegen über die Ereignisse der vergangenen Nacht. Anschließend trottete er zur Tafel und malte einen Doppelpfeil zwischen die Namen der beiden Mordopfer.

»Welche Verbindung existiert zwischen diesen beiden Herren?«, fragte er in die Runde.

In diesem Augenblick betrat Karl Mertel den Raum. »Wolf, vor ein paar Minuten hat mir der Doc das Ergebnis der toxikologischen Analyse dieser Anti-Aging-Pralinen gefaxt. Keine einzige war mit Arsen kontaminiert.«

»Also nur diejenige, die der Mechaniker im Magen hatte«, erwiderte Tannenberg. Nach einem kurzen Brummgeräusch ergänzte er: »Diese Tatsache spricht wohl eindeutig für einen heimtückischen Mordanschlag auf ihn.«

»Nein«, gab Mertel lapidar zurück und setzte sich zu seinen Kollegen an den Konferenztisch.

Tannenberg blickte ihn verdutzt an. »Wieso nein?«

»Weil ich daraufhin den Doc angerufen habe.« Ein breites Grinsen breitete sich auf seinem Gesicht aus. »Und der hat mir dann kleinlaut gebeichtet, dass er wohl ein wenig zu voreilig war.«

»Womit?«

»Mit seiner Aussage, dass die Schoko-Praline in Joop van der Miels Magen vergiftet gewesen sei. Das Arsen

könnte nämlich weitaus wahrscheinlicher von den Meeres-
früchten stammen, die das Opfer anscheinend sehr häufig
verzehrt hat. In seinem Service-Lkw haben wir jedenfalls
eine Unmenge Dosen mit Miesmuscheln entdeckt. Das muss
wohl seine Leibspeise gewesen sein.«

»So ein Mist«, fluchte der Kommissariatsleiter. »Dann
wurde er also gar nicht vergiftet.«

»Sondern hat sich mit diesem ekligen Zeug langsam aber
stetig selbst vergiftet«, ergänzte Mertel, dem grundsätzlich
kein Tier auf den Teller kam, das sein Leben im Wasser ver-
bracht hatte.

»Aber ermordet hat man ihn trotzdem«, warf Armin
Geiger ein. »Zwar nicht mit Gift, aber dafür mit einer Fahrradkette.«

»Messerscharf analysiert – wie immer«, lobte sein Vorgesetzter scheinheilig. Tannenberg kratzte sich lächelnd an
der Schläfe. »Also war das mit den arsenvergifteten Pralinen
ein absolutes Windei.«

»Anscheinend«, bestätigte der Kriminaltechniker. »Und
zwar eins, das unserem Doc richtig peinlich ist.«

»Deshalb ist er auch noch nicht hier.«

»Er kommt auch nicht mehr«, gab Mertel zurück.
»Angeblich hat er keine Zeit.«

»Was für ein elender Hosenschisser«, höhnte Dr. Schönthalers bester Freund. »Sag mal, Karl, gibt's was Neues zum
Thema ›Sprengsatz‹?«

»Nein, denn meine Vermutung hat sich bestätigt: Der
Plastiksprengstoff wurde mit dem elektrischen Impuls eines
Handyempfängers ferngezündet.«

Tannenberg nickte. »Okay. Dann lautet die zentrale Frage:
Wer hatte Gelegenheit, den Sprengsatz zu deponieren? Habt

ihr dahin gehend schon etwas in Erfahrung bringen können?«, fragte er an das Ermittlerehepaar Schauß adressiert.

»Nein, Wolf, wir sind immer noch dabei, die Abläufe im Vorfeld der Pressekonferenz zu rekonstruieren. Denjenigen Leuten des Fernsehsenders, die wir bisher befragt haben, ist nichts Ungewöhnliches aufgefallen. Eigentlich kein Wunder, denn die Vorbereitungen müssen ausgesprochen hektisch und chaotisch abgelaufen sein. Da war offenbar auch jede Menge Fremdpersonal zugange.«

»Rekonstruieren ist genau das richtige Stichwort«, sagte Tannenberg. »Damit müssen wir uns intensiv beschäftigen. Nur so kommen wir in dieser Sache voran.« Er seufzte und presste die Zahnreihen aufeinander. »Das wird wohl leider einige Zeit in Anspruch nehmen.« Er klopfte mit der Faust ein paarmal auf den Tisch. »Verdammt, warum rücken diese Europol-Fuzzis auch nicht mit ihren Informationen raus?«

»Na ja, vielleicht, weil sie Angst haben, du würdest alles verderben«, murmelte Mertel.

»Wieso?«

»Weil du ungeduldiger Knochen sehr wahrscheinlich sofort zuschlagen würdest, wenn du wüsstest, wer hinter den Morden steckt«, entgegnete der Spurenexperte. »Und gerade das wollen die womöglich unter allen Umständen vermeiden.«

Der Leiter des K 1 knurrte, enthielt sich jedoch eines bissigen Kommentars.

»Vielleicht hat Europol ja noch einen weiteren Undercoveragenten in den inneren Zirkel der Doping-Mafia eingeschleust oder sie haben einen Spitzel in der Mannschaft sitzen«, orakelte Mertel weiter.

»Du meinst einen Radrennfahrer?«

»Ja, warum denn nicht?«

An der Tür klopfte es.

»Herein«, rief Tannenberg.

Die Holztür schwenkte langsam in den Raum hinein und Petra Flockerzie tauchte im Türrahmen auf. Vor ihrem wogenden Busen trug sie eine flache Glasschüssel, die mit etwa einem Dutzend Riegeln Bitterschokolade gefüllt war. Unter dem johlenden Gelächter ihrer Kollegen stellte sie die Schale mitten auf den Tisch.

»Was ist denn los mit euch?«, fragte sie verwundert.

»Ach, nichts Besonderes, Flocke«, sagte Mertel, »wir freuen uns nur darüber, dass Wolf heute Morgen so gut gelaunt ist.«

»Das wird sich leider gleich ändern«, erklang plötzlich Mariekes Stimme von der offenen Bürotür her.

Alle wandten sich zu ihr um. Die junge, sportlich gekleidete Frau hielt in der linken Hand ihren Motorradhelm und in der anderen mehrere DIN-A4-Blätter, mit denen sie herumwedelte. Sie eilte zu ihrem Onkel und überreichte ihm die Computerausdrucke.

»Was ist das denn, Marieke«, fragte Tannenberg, dem das Erstaunen deutlich ins Gesicht geschrieben stand.

»Schau's dir selbst an«, forderte sie.

Wolfram Tannenbergs Augen huschten über die rätselhaften Diagramme und Zahlen hinweg, aber er wusste offensichtlich nicht viel damit anzufangen. »Sind das etwa die …?«

»Ja, das sind die Auswertungen der Dopingproben aller Turbofood-Rennfahrer«, vollendete die Biologie-Studentin.

»Ich verstehe dieses kodierte Zeug nicht. Sag du mir bitte, was ihr gefunden habt.«

Marieke blickte sich ängstlich um. »Ihr dürft niemandem etwas darüber sagen, dass ich euch diese Auswertungen gezeigt habe, sonst komme ich in Teufels Küche.«

»Keine Angst, davon erfährt niemand etwas«, versprach ihr Onkel und wiederholte seine Bitte.

»Als ich die Auswertungen gesehen habe, musste ich sofort zu dir fahren. Die Analyseergebnisse sind nämlich allesamt negativ.«

»Wie ›negativ‹?«, fragte ihr Onkel mit verdutzter Miene.

»Sowohl in den Blut- als auch in den Urinproben haben wir keine einzige illegale Substanz gefunden, keinen Hinweis auf Epo, absolut nichts. Und die Messwerte der legalen Medikamente, also Kortisonpräparate, Aspirin, Diclofenac und so weiter, liegen alle unterhalb der erlaubten Grenzwerte.«

Wolfram Tannenbergs hünenhafter Körper sank regelrecht in sich zusammen. Er stemmte die Ellenbogen auf den Tisch und legte seinen bleischweren Kopf auf den Handflächen ab.

»Aber das gibt's doch gar nicht«, keuchte er. Ein flehender Blick wanderte an Mariekes Motorradjacke empor. »Zweifel ausgeschlossen?«

»Ja«, entgegnete seine Nichte.

»Vielleicht sind ja eure Geräte defekt.«

Marieke wiegte entschieden den Kopf hin und her. »Nein, das ist völlig ausgeschlossen. Jede einzelne Dopingprobe wird routinemäßig mit zwei verschiedenen Analysemaschinen untersucht.«

»Mich wundert das eigentlich überhaupt nicht«, bemerkte der Kriminaltechniker trocken. Mit diesem Ausspruch rief er bei seinen Kollegen staunende Mienen hervor. »Habt ihr denn ernsthaft etwas anderes erwartet?«, fragte er mit unüberhörbarem Hohn in der Stimme. »Wir haben es hier nicht mit irgendwelchen kleinen Hinterhofdealern zu tun, sondern mit ausgekochten Profis. Die gehen für ihre Interessen über Leichen.

Der illegale Dopingmittelhandel ist ein hochprofitables Geschäft, an dem die Mafia sehr viel Geld verdient. Ich habe heute Nacht mal ein bisschen im Internet recherchiert und bin dabei auf sehr interessante Dinge gestoßen. Zum Beispiel auf den Artikel eines – übrigens spurlos verschwundenen – amerikanischen Journalisten, der behauptet, dass die Mafia bereits mehrere amerikanische Biotech-Unternehmen kontrollieren würde. Diese Firmen seien zum einen ideale Geldwaschanlagen und zum anderen beschäftigen sie sich mit der lukrativen Zukunftstechnologie Genforschung, einem Milliardenmarkt!«

Karl Mertel ließ einen Augenblick verstreichen, bevor er fortfuhr. »Deshalb vermute ich mal tollkühn, dass die von Turbofood verwendeten Dopingmittel mit den NADA-Tests nicht nachweisbar sind.«

»Das wäre natürlich eine einleuchtende Erklärung dafür, weshalb die Dopingkontrollen negativ ausgefallen sind«, kommentierte Tannenberg. »Was meinst du dazu, Marieke?«

»Da bin ich leider überfragt. Ich bin ja nur eine studentische Hilfskraft.«

»Ja, sicher. Ich denke, ich rufe nachher mal deinen Chef an und frage ihn ganz offiziell nach den Analyseergebnissen.«

Als er Mariekes ängstliches Gesicht sah, fügte er schnell hinzu: »Natürlich weiß ich noch nichts darüber.«

»Nach meinen bisherigen Informationen sind zum Beispiel künstliche und tierische Blutdopingmittel mit den herkömmlichen Verfahren nicht zu identifizieren«, berichtete Mertel weiter. »Und Gen-Doping sowieso nicht.«

Der Leiter des K 1 seufzte. »Ja, gut. Aber diese Spekulationen bringen uns nicht entscheidend weiter, Leute.« Er schenkte Mineralwasser in zwei Gläser ein und reichte eines davon seiner Nichte. Marieke bedankte sich nickend. »Wir brauchen Fakten, hieb- und stichfeste Beweise für diese Doping-Sauereien. Die muss es doch irgendwo geben.«

»Vielleicht haben die Mörder das brisante Material bereits längst gefunden und beseitigt«, gab Sabrina zu bedenken.

»Oder dieser Fernsehsender hält es unter Verschluss«, meinte ihr Mann, »und geht damit nur Stück für Stück an die Öffentlichkeit.«

»Dann brauchen wir eben eine richterliche Durchsuchungsanordnung.«

»Für einen großen Fernsehsender, Michael?«, fragte Mertel. Er winkte ab. »Das kannst du getrost vergessen. Welcher Richter legt sich denn auf einen vagen Verdacht hin mit den Medien an?«

Seufzend fingerte Tannenberg an seinem Wasserglas herum. Dann machte er eine ratlose Geste. »Karl, ihr habt doch Dr. Schneiders Hotelzimmer und die Werkstatt des ermordeten Mechanikers auf den Kopf gestellt. War da ...«

»Und außerdem alle anderen Zimmer und die Fahrzeuge des Teams«, fiel ihm der Kriminaltechniker ins Wort. »Selbst den Hoteltresor haben wir nach Dokumenten durchsucht. Nichts, absolut nichts.«

»Und die Analyse der Patientenkartei?«

»Damit sind wir natürlich noch nicht ganz durch. Aber bisher gibt es noch keinerlei Hinweise auf irgendwelche illegalen Doping-Praktiken. Auf den Karteikarten sind zwar alle möglichen Medikamente und deren Dosierungen aufgelistet, aber etwas Illegales befindet sich nicht darunter. Wie du gestern ja selbst gesehen hast, fehlen allerdings auch weiterhin die Unterlagen über den Mechaniker und diesen Jungprofi Scheuermann.«

»Vielleicht gibt es dafür eine recht einfache Erklärung«, mischte sich Sabrina ein. »Wenn der Mechaniker kein Patient von Dr. Schneider war, wurde für ihn auch keine Patientenkarte angelegt. Und über Florian Scheuermann existiert vielleicht deshalb noch nichts, weil er erst vor Kurzem zum Team gestoßen ist.«

»Sicher, das könnten die Gründe sein«, stimmte ihr Vorgesetzter zu.

Er trank einen großen Schluck Mineralwasser und wischte sich anschließend die Feuchte mit dem Handrücken von den Lippen.

»Verflucht«, schimpfte er plötzlich los, »irgendwo müssen diese Aufzeichnungen doch deponiert sein. Dieser Dr. Schneider hat doch garantiert akribisch Buch über seine Menschenversuche geführt. Schließlich handelt es sich dabei um wissenschaftliche Studien, die eine Menge Geld kosten und die über die Effizienz der zu erprobenden Substanzen Aufschluss geben sollen. Wir müssen unbedingt seinen Laptop finden. Deshalb brauchen wir eine Durchsuchungsanordnung für das Privathaus der Schneiders.« Er schnipste mit den Fingern. »Und am besten auch gleich noch eine für die Wohnung oder das Haus von Joop van der Miel.«

»Diese Frage habe ich bereits abgeklärt«, warf Michael Schauß ein. »Der Mann besaß weder eine eigene Wohnung noch ein eigenes Haus. Anscheinend war er immer mit dem Team auf Achse und lebte in Hotelzimmern.«

»Was ist mit seinen Kontaktpersonen bei Europol?«

»Die konnte ich leider noch nicht ausfindig machen, Wolf. Irgendwie hatte ich bei meinen Telefonaten den Eindruck, dass die Europol-Kollegen ihre Informationen nicht an uns weitergeben wollen.«

»Mit wem verstand er sich denn am besten im Team?«, wollte Tannenberg wissen.

»Das wird wohl sein Kollege, dieser Hilfsmechaniker Pieter Breedekamp, gewesen sein«, entgegnete Sabrina. »Mit dem hatte er jedenfalls am meisten zu tun. Aber der ist nach eigenen Angaben auch nicht näher an diesen Joop herangekommen. Der muss wirklich ein seltsamer Vogel gewesen sein.«

12. ETAPPE

Seit einer halben Ewigkeit war Georg Hartmann mit ein und derselben Frau verheiratet. Irgendwann in den 60er-Jahren des vergangenen Jahrhunderts hatte er in der Hohenecker Burgherrenhalle mit seinen Mannschaftskameraden Fasching gefeiert. Und zwar lange und ausgiebig.

Ein paar Stunden später wachte er neben einer ehemaligen Mitschülerin auf. Er wusste, dass sie schon seit Langem ein Auge auf ihn geworfen hatte. Doch er hatte sie noch nie leiden können und hatte sie deshalb in nüchternem Zustand auch noch nie eines Blickes gewürdigt. Zwar wusste er nicht mehr, wie er in ihr Bett gekommen war, aber dass er darin erfolgreich zugange gewesen sein musste, stellte sich schon sehr bald heraus.

Obwohl er in seiner Fußballmannschaft nur rechter Verteidiger spielen durfte, hatte er im Status der absoluten Unzurechnungsfähigkeit mit einem Sonntagsschuss einen regelrechten Volltreffer gelandet. Exakt neun Monate nach dieser folgenschweren nächtlichen Eskapade brachte Roswitha ein gesundes Zwillingspärchen zur Welt.

Die beiden Mädchen glichen sich äußerlich aufs Haar. Ein Umstand, der natürlich auf die identische Genausstattung der eineiigen Zwillinge zurückzuführen war. Hatte sich das Erbgut hinsichtlich der äußeren Merkmale zuerst verdoppelt und anschließend wieder geteilt, um eben zwei nahezu identische Wesen zu erschaffen, so schien dies bezüglich der Intelligenz nicht funktioniert zu haben.

Der Natur musste bei diesen komplizierten Zellteilungs-prozessen ein fataler Fehler unterlaufen sein, denn beide Mädchen hatten nur etwa die Hälfte der ansonsten üblichen Intelligenzausstattung mit auf ihren Lebensweg bekommen. Nachdem einmal ein Arzt dem unfreiwilligen Vater im Vertrauen eröffnet hatte, dass für die Debilität seiner Töchter auch exzessiver Alkoholkonsum als Ursache in Betracht kommen könnte, wurde er fortan noch heftiger von Schuldgefühlen gemartert.

Als strenggläubiger Katholik akzeptierte Georg Hartmann sein schweres Los. Er wertete es als göttliche Bestrafung dafür, dass er gesündigt und dem fleischlichen Verlangen nachgegeben hatte. Als Buße erlegte er sich einen rechtschaffenen, fleißigen Lebenswandel auf. Am Morgen eines jeden Werktages verließ er immer um dieselbe Zeit das Haus und fuhr mit dem Stadtbus zur Arbeit ins Guss- und Armaturenwerk. Am Monatsende lieferte er seine Lohntüte brav bei Roswitha ab und begnügte sich mit einem schmalen Taschengeld. Still und voller Demut fügte er sich seinem Schicksal, das nur ab und an eine kleine Freude für ihn bereithielt.

Jeden Samstag wurde er mit einer langen Einkaufsliste auf den Kaiserslauterer Wochenmarkt geschickt, wo er stets versuchen musste, die billigsten Angebote zu erhaschen. Wenn er dann schwer bepackt nach Hause kam, wurde haargenau abgerechnet, wobei er bis auf den letzten Pfennig beziehungsweise Cent seine Einkäufe rechtfertigen musste.

Rosi, seine dominante Gattin, hatte fast immer etwas an seinen Einkäufen auszusetzen. Auch wenn er preisgünstige Sonderangebote ausgespäht und an Land gezogen hatte, verfuhr sie entsprechend des Slogans ›Nicht geschimpft ist genug gelobt‹.

Nur ein einziges Mal in all den vielen, leidvoll ertragenen Jahren hatte sie ihn für seine Wochenmarkteinkäufe gelobt. Voller Stolz hatte er kurz vor Marktschluss bei einem Geflügelhändler ein Hähnchen zum Spottpreis von nur 99 Pfennigen erstanden. Und dies hatte Roswitha doch tatsächlich ein Wort des Lobes entlockt.

Aber bereits eine Stunde später folgte die grausame Ernüchterung. Denn als das vermeintliche Schnäppchen gegrillt war, zeigte es sein wahres Gesicht und entpuppte sich als ungenießbares Suppenhuhn. Rosi reagierte wie eine wild gewordene Furie und schlug so wütend auf ihren Mann ein, dass selbst die debilen Zwillinge Mitleid mit ihrem biologischen Erzeuger hatten und jämmerlich zu weinen begannen.

Die einzigen Highlights in Georgs ereignisarmem und freudlosem Leben waren seine Hunde. Der aktuelle treue Weggefährte hieß Ajax und war ein knapp drei Jahre alter Mischlingsrüde. Die Schulterhöhe des Hundes bewegte sich knapp oberhalb des Knies seines Herrchens. Der Rüde war von schlanker Gestalt und hatte ein ruhiges, einfühlsames Gemüt. Sein Haarkleid bestand aus einer feinen grauen Unterwolle und zottigem, schwarzem Deckhaar. Auf der Stirn hatte er einen weißen Fleck, der ihn unverwechselbar machte.

Auf den täglichen langen Spaziergängen sprach Georg in einer unverblümten Offenheit zu seinem Hund, die er niemals einem Menschen gegenüber gezeigt hätte. Nein, er klagte nicht, er redete sich nur seinen Kummer von der Seele.

Auch an diesem milden Frühsommertag verließen die beiden kurz nach 9 Uhr das im sogenannten Kirschloch gelegene schmucklose Haus der Familie Hartmann. Der Rundweg führte sie zunächst über den Hohenecker Berg hinunter ins Kolbental und von dort aus zum westlichen Ufer des Gelterswoogs, wo die beiden auf einer Holzbank gewohnheitsmäßig eine Rast einlegten.

Dieses Ritual lief stets in ein und derselben Reihenfolge ab: Zuerst fütterte Georg seinen Hund mit ein paar Leckereien, woraufhin sich Ajax überschwänglich bei seinem Herrchen bedankte. Anschließend inspizierte der Mischlingsrüde ausgiebig die nähere Umgebung, während sich Georg in aller Ruhe seine Pfeife stopfte.

Mit Blick auf den blühenden Seerosenteppich und die von hohen Tannen eingefriedete, ruhige Wasserfläche genoss er die für ihn schönste Zeit des Tages. Während er sich schmauchend an der friedlichen Stille labte, schweiften seine Gedanken ab in das Reich seiner Fantasie, hinein in eine Traumwelt, in der weder minderbemittelte Töchter noch ein bösartiger Hausdrache existierten.

Das laute Bellen seines Hundes erschreckte ihn derart, dass ihm die Pfeife aus dem Mund fiel. Er hob sie auf, steckte sie wieder zurück zwischen die Lippen und erhob sich ächzend wie eine alte pfälzische Eiche von der Bank.

»Aus, Ajax«, rief er in die Richtung, aus der das hektische Gebell an seine Ohren drang.

Aufgrund des dichten Ufergestrüpps konnte er Ajax zunächst nicht sehen, sondern nur hören. Erst nach der Biegung des schmalen Uferpfads entdeckte er den Mischlingsrüden.

Ajax stand mit beiden Vorderpfoten im Wasser und schlug heftig an. Nach drei weiteren Schritten war Georg Hartmann klar, weshalb Ajax derart außer sich war. Dicht am Ufer trieb ein bekleideter menschlicher Leichnam bäuchlings im Wasser. Der Rentner leinte seinen Hund an und zog ihn vom See weg. So schnell er konnte, eilte er zu dem Strandbad, das nur einige 100 Meter entfernt war. Von dort aus verständigte der Pächter umgehend die Polizei.

Als Tannenberg und seine junge Mitarbeiterin etwa 20 Minuten später am Gelterswoog eintrafen, hatten die Besatzungen von mehreren ausgerückten Streifenwagen bereits den Fundort mit rot-weißen Plastikbändern abtrassiert. Vor den Absperrungen hatten sich inzwischen Dutzende Schaulustige versammelt, die, mit Badematten, Luftmatratzen und Kühltaschen bepackt, interessiert die Polizeibeamten bei ihrer Routinearbeit beobachteten.

Kriminalhauptmeister Krummenacker empfing den Leiter der Kaiserslauterer Mordkommission und gab auf dem Weg zum Leichenfundort einen betont kurz gehaltenen Lagebericht ab. Dr. Schönthaler war bereits an Ort und Stelle und inspizierte gerade den Toten, während Mertel das Szenario fotografisch für die Nachwelt festhielt.

Der männliche Leichnam lag auf der Seite und befand sich in einem für eine Wasserleiche ausgesprochen vorzeigbaren Zustand. Lediglich die typischen Schrumpfungserscheinungen der Haut an Händen und Füßen zeugten von einer etwas längeren Lagerung des Körpers im Wasser.

»Der Knabe hier hat höchstens drei bis vier Stunden im See gebadet«, beantwortete der Rechtsmediziner die Frage, die seinem alten Freund in diesem Augenblick auf der Zunge lag. »Ach, bevor ich's vergesse, Wolf«, fuhr er nach einer kurzen Pause fort: »Vorhin war Dr. Schneiders Ehefrau bei mir und hat ihren Mann identifiziert. Die Arme war völlig fertig.« Er seufzte tief. »Na ja, kein Wunder, war schließlich wirklich kein schöner Anblick für sie.«

Tannenberg nahm diese Mitteilung nur am Rande war. Gedankenverloren blickte er in das aschgraue Männergesicht.

»Ach, du Scheiße, das ist ja der Leppla«, stieß er entgeistert aus.

»Leppla? Kenn ich nicht«, grummelte Dr. Schönthaler vor sich hin. »Wer ist das?«

»Torsten Leppla, freiberuflicher Sportjournalist bei der PALZ«, erläuterte der Kriminalbeamte.

»Ja, sicher kenne ich den vom Namen her. Das ist doch dieser unkritische Hofberichterstatter der FCK-Führung. Munkelt man nicht über den, dass er für einen wohlwollenden Artikel gerne mal die Taschen aufhält?«

»Genau der ist es. Ein ausgesprochen unsympathischer und aufdringlicher Zeitgenosse war das.«

Der Pathologe lehnte sich so weit über den Leichnam, dass er seinen Freund fast mit der Nasenspitze berührte, und flüsterte. »Dann ist es ja wohl nicht unbedingt schade um ihn gewesen.«

Diese pietätlose Äußerung ging selbst Tannenberg ein wenig zu weit. »Mensch, Rainer«, zischte er, »wenn das jemand hört.«

»Na, wenn schon«, erwiderte Dr. Schönthaler. Er grinste den Kriminalbeamten frech an und wies auf den toten Journalisten. »Im Gegensatz zu mir hat unser nasser Kamerad hier solch ein Dummschwätzer-Problem ja glücklicherweise nicht mehr. Den hat nämlich jemand endgültig mundtot gemacht. Der kann nie mehr etwas sagen. Weißt du auch, warum?«

Tannenberg rollte die Augen. »Na, das ist nun wirklich nicht schwer zu erraten, du alter Scherzkeks«, grunzte er. »Weil er tot ist.«

»Aber auch, wenn er nicht tot wäre, könnte er seine Umgebung nicht mehr mit seinen dummen Sprüchen nerven.«

»Hmh?«, fragte sein Gegenüber verständnislos.

Der Gerichtsmediziner fummelte an der Hosentasche des Toten herum, zog etwas Fleischiges heraus und legte es auf Lepplas Hüfte ab. »Weil man ihm die Zunge herausgeschnitten hat.«

Während Tannenberg vor Abscheu einen Satz rückwärts machte und mit einem Fuß im Wasser landete, fuhr sein Freund fort. »Deshalb wählte ich auch das geniale Wortspiel ›mundtot machen‹, das mir aufgrund seiner metaphorischen Doppeldeutigkeit ausgesprochen passend erschien«, verkündete er in Poetenmanier.

»Mann, pack sofort das eklige Ding weg«, keuchte der Kriminalbeamte, dessen fahle Gesichtsfarbe sich inzwischen nur noch unmerklich von der des Toten unterschied. Angewidert zog er seinen Schuh aus dem Morast und beschimpfte seinen Freund. »Das ist allein deine Schuld! So eine Sauerei.«

»Von wegen meine Schuld. Was bist du bloß für ein elendes Weichei«, konterte der Pathologe, während er die Zunge des Opfers in einen Asservatenbeutel steckte. »So ein ekliges Ding hast du übrigens auch im Mund.«

Tannenberg wandte sich von ihm ab. Er stützte die Hände auf die Hüftknochen und schnappte wie ein an Land geworfener Fisch nach Luft. Dann schaute er sich um. Er war geradezu eingekreist von den schadenfroh grinsenden

Gesichtern seiner Kollegen. Nur Sabrina warf ihm einen mitfühlenden Blick zu.

»Diese makabre Inszenierung sieht eindeutig nach einer Strafaktion aus. Ihre Botschaft ist klar: ›Wer redet, stirbt!‹«, spekulierte Dr. Schönthaler und hantierte am Hals des Toten herum.

Er klappte den Hemdkragen beiseite und fasste Tannenberg scharf ins Auge. »Komm, schau's dir an«, forderte er.

Doch der Kriminalbeamte verharrte trotzig auf der Stelle. Er kniete sich nieder und zog seinen rechten Schuh und die triefende Tennissocke aus. »Quatsch, dann gehe ich doch lieber gleich ganz barfuß«, brabbelte er im Sitzen und entledigte sich auch noch des anderen schwarzen Lederschuhs.

Unterdessen erklärte der Pathologe: »Dieser Leppla wurde mit einer Drahtschlinge erdrosselt. So lautet zumindest das Ergebnis meiner ersten Leichenbeschau. Ob er Wasser in der Lunge hat und deshalb vielleicht Ertrinken als eigentliche Todesursache in Betracht kommt, kann ich natürlich erst nach der Obduktion sagen.«

Dr. Schönthaler schürzte die Lippen und ergänzte. »Das glaub ich aber eher nicht. Da waren zweifelsfrei Profis am Werk. Und Profi-Killer der Mafia machen keine Fehler – denn es könnten ihre letzten gewesen sein.«

»Wer redet, stirbt?«, murmelte der Leiter des K 1 und strich sich dabei mit der Hand über sein stoppeliges Kinn. »Aber was sollte Leppla denn ausplaudern können? Er besitzt doch überhaupt kein Insiderwissen.«

»Woher willst du Schlaumeier das denn so genau wissen?«, kam es unmittelbar zurück. »Vielleicht war *er* ja im Besitz des brisanten Materials, mit dem sich dieser Teamarzt an die Medien gewandt hat.«

Wolfram Tannenberg schob skeptisch die Augenbrauen zusammen. »Das kann ich mir beim besten Willen nicht vorstellen, Rainer. Aus welchem Grund sollte Dr. Schneider diese Unterlagen denn ausgerechnet einem unbedeutenden Provinz-Journalisten übergeben haben?« Er blies die Backen auf und ließ die Luft vibrierend über seine Lippen hinwegstreichen. »Das ergibt doch überhaupt keinen Sinn.«

Sein alter Freund umfasste das rechte Handgelenk des Toten und hob es an. »Und was hältst du davon?«, fragte er.

»Wovon?«

»Ja, siehst du blinder Maulwurf das denn nicht?«

»Was?«

»Na, das hier. Man hat Leppla die Finger zertrümmert. Und zwar an beiden Händen.«

Entsetzt starrte Tannenberg auf die arg malträtierte Hand. »Warum haben die denn so etwas Barbarisches getan? Das war doch völlig überflüssig.«

»Wieso? Wenn sie ihn gefoltert haben, ergeben die Verletzungen durchaus einen Sinn.«

»Du meinst, man hat ihn gefoltert?«

»Könnte sein. Oder aber es steckt eine ganz einfache Symbolik hinter diesen beiden Verstümmelungen: Zunge raus – nie mehr sprechen können. Finger kaputt – nie mehr schreiben können.«

»So schätzen wir unseren guten, alten Doc: immer kurz und prägnant«, bestätigte Mertel grinsend.

»Du hast doch vorhin gesagt, Leppla sei höchstens seit vier Stunden tot, nicht wahr?«

»Ja, so ist es, Wolf.«

»Das wäre dann so gegen sechs Uhr gewesen«, rechnete Tannenberg zurück. Er legte den Kopf schief und schürzte die Lippen. »Da war's doch schon hell. Warum in aller Welt gehen seine Mörder dieses Risiko ein?«

»Vielleicht wurde er nicht hier, sondern irgendwo anders gefoltert und ermordet. Und man hat den Leichnam dann hier quasi entsorgt«, erwiderte der Rechtsmediziner. »Habt ihr irgendwo Blutspuren entdeckt?«, fragte er den Kriminaltechniker.

Der schüttelte nur stumm den Kopf und suchte weiter den Waldboden ab.

»Wir haben sein Auto gefunden«, rief ein jüngerer Streifenbeamter von der Absperrung her. »Es steht auf dem großen Parkplatz vor dem Schwimmbadeingang.«

»Danke, Kollege, wir kommen gleich«, antwortete der Kommissariatsleiter und gab Sabrina ein Zeichen. Dann wandte er sich hämisch grinsend an seinen Freund. »Sag mal, das mit den arsenvergifteten Anti-Aging-Pralinen war ja wohl der totale Flop. Du schwächelst ganz schön in letzter Zeit.«

Dr. Schönthaler hatte sich anscheinend auf diese Frotzelei vorbereitet und eine schlagfertige Antwort präpariert. »Ja, das liegt einfach daran, dass ich zurzeit extrem abgelenkt werde.«

»Wovon denn?«

»Von meiner neuen Freundin. Hab ich dir etwa noch nicht von ihr erzählt?«

»Was, du willst eine Freundin haben?«, stieß Tannenberg prustend aus. »Das glaubst du doch selbst nicht. Du hättest ja noch nicht mal als einziger männlicher Insasse eines Altersheims eine Minimalchance, eine Frau an Land zu ziehen.«

»Es stimmt aber, mein Lieber. Sie heißt Jenny, ist 24 Jahre jung und arbeitet als Physiotherapeutin im Turbofood-Team.«

»Rainer hat mich doch eben verscheißert, oder?«, fragte Tannenberg seine Kollegin auf der Fahrt zum nahe gelegenen Parkplatz.

»Wieso, Wolf? Traust du ihm das etwa nicht zu?«, antwortete Sabrina mit einem süffisanten Lächeln auf den Lippen.

Tannenberg lupfte die Schultern und produzierte dabei ein Geräusch, das mit den üblichen menschlichen Lauten nur schwerlich in Verbindung zu bringen war. »Weiß nicht«, knurrte er mit gerümpfter Nase.

»Unser Doc ist schließlich ein attraktiver, gut situierter Mann in den besten Jahren«, legte Sabrina Schauß nach.

»Findest du?«

»Ja, sicher. Wobei ich ihm natürlich nicht abnehme, dass er sich ausgerechnet an eine aus dem Turbofood-Team rangeschmissen hat.«

Ihr Vorgesetzter schürzte die Lippen so, als ob er gerade an Buttersäure schnüffeln würde. »Rainer – und eine Freundin? Nee, also das kann ich mir beim besten Willen nicht vorstellen.«

»Ich schon.«

Wolfram Tannenberg brummte nachdenklich. »Na gut, von mir aus. Aber doch nicht eine in deinem Alter«, sagte er mit merklicher Empörung in der Stimme.

»Das sagt ja gerade der Richtige«, höhnte Sabrina. »Hanne ist schließlich mehr als 15 Jahre jünger als du, wenn ich dich daran erinnern dürfte.«

»Ja, ich weiß«, seufzte ihr Vorgesetzter, dem dieser Alters-unterschied schon viele schlaflose Stunden bereitet hatte.

»Da vorne ist es«, sagte die junge Kommissarin und erlöste ihn damit von seinen zermürbenden Gedanken.

Ein Streifenwagen stand neben einem am Rande des weit-läufigen Parkplatzgeländes abgestellten grauen Mazda 3 älterer Bauart.

»Wir haben eine Halterabfrage durchgeführt«, erklärte ein etwa 50-jähriger Polizeibeamter, der zur Inspektion in der Gaustraße gehörte. »Bei diesem Pkw handelt es sich zweifelsfrei um den eines gewissen Torsten Leppla, geboren am ...«

»Danke, Kollege, das reicht«, würgte ihn Tannenberg brüsk ab. »Ist das Auto verschlossen?«

»Ja«, kam es einsilbig von dem sichtlich pikierten Beamten zurück.

»Habt ihr nach dem Schlüssel gesucht?«, fragte der Leiter des K 1. »Vielleicht liegt er ja hier irgendwo im Gras.«

»Nein, da war er nicht«, erwiderte ein bedeutend jüngerer, rothaariger Mann. »Wir haben gerade alles abgesucht.«

»Sehr gut, Kollege«, lobte Tannenberg. Dann wandte er sich an Sabrina Schauß. »Frag doch bitte mal bei Mertel nach, ob vielleicht die Spusi den Autoschlüssel am Ufer oder im Wasser gefunden hat.«

Sabrina griff sogleich ihr Handy und telefonierte. »Nein, nichts«, erklärte sie anschließend. »Und in seiner Kleidung befanden sich auch keine persönlichen Gegenstände. Weder Papiere noch Schlüssel. Karl kommt übrigens gleich zu uns und macht die Tür auf.«

»Wenn wir diesen Star-Einbrecher nicht hätten«, bemerkte ihr Chef schmunzelnd.

Für die Fingerfertigkeit des Spurenexperten stellte das Schloss der Mazda-Tür kein ernst zu nehmendes Hindernis dar. In weniger als einer Minute hatte er das Schloss geknackt und die Kriminalbeamten konnten Lepplas Privat-Pkw durchsuchen. Doch außer jeder Menge Unrat befand sich weder im Innen- noch im Kofferraum irgendetwas Verwertbares.

»War ja auch nicht anzunehmen«, stellte Tannenberg lapidar fest. »Die Täter müssten schließlich ausgesprochen blöd gewesen sein, wenn sie das Auto zwar abgeschlossen, vorher aber nicht gründlich durchsucht hätten.«

»Hier unter dem Lenkrad befinden sich Blutspuren«, ertönte Mertels Stimme aus dem Wageninneren heraus. Sein Kopf tauchte über dem Türrahmen auf. »Es sieht ganz danach aus, als ob diese Killer seine Hände ans Lenkrad gefesselt hätten. Wahrscheinlich hat man ihm auch hier die Fingerknochen zertrümmert.«

13. ETAPPE

Torsten Leppla wohnte in einem Hochhaus auf dem Fischerrück. Nachdem der Hausmeister die Tür aufgeschlossen hatte, betraten die beiden Kriminalbeamten das Zweizimmerappartement.

»Bah, was für ein Mief«, ächzte Sabrina, als ihr aus dem Wohnungsinneren ein muffiger, abgestandener Geruch in die Nase kroch. Angewidert wandte sie den Kopf zu ihrem Chef um. »Ich reiß erst mal die Fenster auf.«

»Ja, tu das. Hier riecht's wirklich wie in einer Bärenhöhle«, stimmte Tannenberg zu. Er schaltete die Korridorbeleuchtung ein. »Ach, du Scheiße,« zischte er, als er das Chaos zu seinen Füßen erblickte. »Da ist uns wohl schon jemand zuvorgekommen.«

In der stark verrauchten Wohnung sah es aus, als ob hier wochenlang die Vandalen gehaust hätten. Sämtliche Schubladen waren herausgerissen und ausgekippt worden. Die Schränke standen sperrangelweit offen und waren ebenfalls ihres Inhaltes beraubt worden. Im Flur, im Schlafzimmer und im Bad stapelten sich Kleidungsstücke, Schuhe und Bettwäsche zu kleinen Bergen. In Lepplas Miniküche bedeckten Nudeln, Reiskörner und diverser Müll den Fußboden. Auch im Wohnzimmer herrschte ein heilloses Durcheinander aus Büchern, Aktenordnern und Schallplatten. Selbst den Kühlschrank und den WC-Spülkasten hatten sich die Eindringlinge vorgenommen.

»Die waren wirklich mehr als gründlich, Wolf. Da ist nichts mehr: Kein PC, kein Laptop, kein Handy, kein

Terminkalender«, lautete die ernüchternde Zwischenbilanz der jungen Kommissarin.

Tannenberg kämpfte sich zu der vorhanglosen Balkontür durch und öffnete sie. Anschließend trat er hinaus und sog in tiefen Zügen die frische Luft ein. Sabrina folgte ihm und tat es ihm gleich.

»Also, wenn Leppla in seiner Wohnung irgendwelche wichtigen Dinge versteckt hatte, dann haben es diese Typen garantiert gefunden«, mutmaßte Sabrina.

»Das ist anzunehmen«, gab der Kriminalbeamte deprimiert zurück. Er lehnte sich mit dem Rücken an den Rauputz und fasste Sabrina scharf ins Auge.

»Versuchen wir doch einfach mal, ein wenig Ordnung in das Chaos unseres neuen Falls zu bekommen«, schlug der Leiter des K 1 vor. »Wir rekonstruieren jetzt chronologisch die bisherigen Geschehnisse. Okay?«

Nickend stimmte Sabrina zu.

»Dann leg bitte los.«

»Also«, entgegnete seine Mitarbeiterin und legte eine Haarsträhne hinters Ohr. »Angefangen hat alles mit dem Mord an Joop van der Miel, dem Chef-Mechaniker des Turbofood-Teams.«

»Der im Schlaf erdrosselt wurde«, ergänzte Tannenberg.

»Und zwar mit einer Fahrradkette.«

»Genau«, bestätigte ihr Vorgesetzter. »Tatverdächtige?«

»Die anderen Mitglieder des Teams. Plus irgendwelche externen Täter, womöglich Profi-Killer, die meines Erachtens jedoch eine direkte Verbindung zu Turbofood und/oder der Doping-Mafia haben dürften.« Sie stockte, um auf Tannenbergs Reaktion zu warten.

Der pflichtete ihrer Aussage mit einer Kopfbewegung bei, woraufhin Sabrina fortfuhr: »Das zweite Mordopfer, ein …«

»Warte«, unterbrach Tannenberg mit einer entsprechenden Geste. »Es fehlt uns noch das mutmaßliche Tatmotiv.«

»Tatmotive«, korrigierte Sabrina unter Betonung der letzten Silbe. »Wir gehen zum einen davon aus, dass irgendjemand spitzgekriegt hat, dass Joop van der Miel als verdeckter Europol-Ermittler arbeitete. Dieser Jemand hat sein Wissen an Leute weitergegeben, die sehr gut für diese Information bezahlt haben dürften. Wobei es sich bei diesem Verräter höchstwahrscheinlich um einen unserer eigenen Kollegen gehandelt hat«, räumte die junge Kommissarin zähneknirschend ein.

»Ja, danach sieht es leider aus.«

Plötzlich hörten die beiden Kriminalbeamten laute Männerstimmen, die vom Eingangsbereich des Hochhauses zu kommen schienen. Sie traten an die Balkonbrüstung und blickten hinunter auf einen Anwohnerparkplatz, wo sich gerade zwei Autofahrer ein hitziges Wortgefecht lieferten.

»Und zum Zweiten könnte es auch durchaus sein, dass Joop van der Miel ein doppeltes Spiel gespielt hat«, knüpfte Sabrina Schauß an ihre vorherigen Ausführungen an.

»Du meinst, er hat zwar für Europol gearbeitet, gleichzeitig aber sein Insiderwissen dazu genutzt, seinen Arbeitgeber damit zu erpressen?«

Sabrina brummte zustimmend.

»Gut. Nun zum zweiten Opfer.«

»Dabei handelt es sich um Dr. Heiko Schneider, den Sportmediziner des Turbofood-Rennstalls. Er wurde bei einem Sprengstoffattentat getötet.«

»Als Tatverdächtige kommen wohl dieselben Leute in Betracht. Sind wir uns dahin gehend einig?«

»Sind wir.«

»Na, das ist doch schon mal was«, freute sich Tannenberg. »Das Motiv für diese zweite Tat liegt wohl ebenfalls klar auf der Hand: Ausschalten eines Mitwissers und potenziellen Verräters.« Sein Blick ruhte einen Moment lang auf einem Thermometer, das an der Rauputzwand befestigt war. Es zeigte 22 Grad. »Für den Mord an Torsten Leppla erscheint wiederum das Tatmotiv ›Mundtot-Machen‹ eines Erpressers naheliegend«, fuhr er fort.

»Wir sollten aber …«

Ein melodischer Dreiklang-Gong übertönte Sabrinas Worte.

Wolfram Tannenberg eilte zur Tür und spähte durch den Spion. In der verzerrenden Optik der Linse tauchte das kreisrunde Gesicht einer älteren Frau auf. Er öffnete die Wohnungstür.

»Wer, wer sind Sie denn?«, stammelte die mittelgroße, spindeldürre Gestalt. »Was machen Sie in Herrn Lepplas Wohnung?«

Der Ermittler zückte seinen Dienstausweis und stellte sich und seine Kollegin vor. »Und wer sind Sie, wenn ich fragen darf?«

»Ich heiße Gisela Weber und wohne drei Türen weiter«, erwiderte die Frau und fasste sich ans Kinn. »Ich mache mir große Sorgen um Herrn Leppla.«

»Wieso denn das?«

»Weil er sich noch nicht bei mir gemeldet hat.« Sie hatte offensichtlich gerade einen Zusammenhang zwischen ihrer geplatzten Verabredung und den in Lepplas Wohnung befindlichen Kriminalbeamten hergestellt, denn ihre Augen wurden plötzlich feucht. Mit tränenerstickter Stimme fragte sie. »Was ist mit ihm? Ist ihm etwas Schlimmes passiert?«

»Weshalb wollte er sich denn bei Ihnen melden?«, antwortete Wolfram Tannenberg mit einer Gegenfrage.

»Er wollte mich heute Morgen zu meiner Schwester nach Wolfstein fahren. Ich hab schon ein paar Mal bei ihm geklingelt und auch bei ihm angerufen. Aber alles ohne Erfolg. Ich hab ja die ganze Zeit über gedacht, dass er gestern Nacht bestimmt zu lange seinen Glückstag gefeiert hat und ...«

»Welchen Glückstag denn?«, bohrte Sabrina nach.

»Ach«, seufzte die ältere Dame, »er war ja so gut gelaunt, als ich ihm gestern Abend im Aufzug begegnet bin.« Ein seltsamer Glanz zeigte sich in ihren Augen. »Er hat mich sogar umarmt und mir regelrecht aufgedrängt, dass er mich heute Morgen fährt. Ich wollte eigentlich den Zug nehmen. Aber er hat es sich einfach nicht ausreden lassen.«

Gisela Webers Miene nahm wieder einen bedeutend ernsteren Ausdruck an. »Normalerweise war er ja ganz anders. So in sich gekehrt, bedrückt und richtig abweisend. Und dann plötzlich diese radikale Verwandlung.«

»Hat er Ihnen den Grund dafür genannt, weshalb er plötzlich so gut drauf war?«, wollte Sabrina Schauß wissen.

»Nein, er hat nur gesagt, dass er gestern das große Los gezogen habe und schon sehr bald völlig sorgenfrei leben könnte. Außerdem habe er jetzt unheimlich viel Zeit, weil er nicht mehr arbeiten gehen müsse. Ich hab natürlich gleich an eine Erbschaft gedacht und ihn das auch gefragt. Aber er hat nur gegrinst.« Sie streichelte sich über die Wangen. »Und dann hat er mich sogar dahin geküsst. So ein verrückter Kerl.«

»Hat er Ihnen irgendetwas übergeben?«, fragte Tannenberg.

Gisela Weber zog die Stirn kraus. »Übergeben?«

»Ja, zum Beispiel etwas, das Sie für ihn aufbewahren sollten. Oder hat er Sie vielleicht gebeten, etwas für ihn zur Post zu bringen? Ein Päckchen vielleicht oder ein Kuvert oder einen Brief?«

Die hagere Frau kniff die schmalen, farblosen Lippen zu einem dünnen Strich zusammen und wiegte den Kopf hin und her. »Nein, nein. Ich hab ihn auch seitdem nicht mehr gesehen. Was ist denn nun mit ihm passiert?«

»Das können wir Ihnen leider nicht sagen«, versetzte der Chef-Ermittler, »aber ich gehe davon aus, dass Sie es schon sehr bald von seinen Journalisten-Kollegen erfahren werden. Vielleicht bringen sie es ja bereits im Radio.«

»Im Radio?«, wiederholte sie, drehte den Kriminalbeamten den Rücken zu und schlurfte durch den tristen Flur zurück zu ihrer Wohnung.

Tannenberg hatte gerade an seinem Schreibtisch Platz genommen, als ihm Petra Flockerzie ein Gespräch durchstellte. Es meldete sich die Ehefrau des ermordeten Teamarztes. Mit gepresster Stimme erzählte sie dem staunenden Kommissariatsleiter, dass sie eben in ihre Mailbox geschaut und dort eine E-Mail ihres verstorbenen Mannes vorgefunden habe.

Laut Zeitprotokoll habe er diese gestern um 17.33 Uhr, also eine knappe halbe Stunde vor Beginn der Pressekonferenz, abgeschickt. Auf Tannenbergs Bitte hin versprach sie, die Mail umgehend ins K 1 zu schicken. Kaum eine Minute später hielt er die ausgedruckte E-Mail in seinen Händen.

» *Liebe Eva,*

einer unserer Mechaniker ist letzte Nacht ermordet worden. Ich hatte ihn schon länger in Verdacht, nicht ganz koscher zu sein. Joop hat irgendetwas im Schilde geführt. Da bin ich mir ziemlich sicher. Er ist oft um mich herumgeschlichen, und ich habe ihn mehrmals dabei ertappt, wie er Gespräche belauschte. Seit seinem Tod habe ich große Angst, dass ich das nächste Opfer sein werde.

Nach einer schlaflosen Nacht habe ich mich deshalb dazu entschlossen, mich bereits heute den Medien als Topinformant zur Verfügung zu stellen. Mit einem Fernsehsender habe ich einen sehr guten Preis für die Exklusivrechte an meiner Story ausgehandelt.

Außerdem habe ich Kontakt zum Bundeskriminalamt aufgenommen. Wenn ich mich als Kronzeuge gegen die Doping-Mafia zur Verfügung stelle, haben sie uns Rundumschutz und eine neue Identität zugesichert.

Ich habe gestern Nacht an meinem Dossier weitergearbeitet. Da ich noch einige Daten benötigte, bin ich runter in den Keller des Hotels gegangen, wo sich zurzeit mein mobiles Labor befindet. Plötzlich habe ich Schritte gehört und mich versteckt. Die Tür zu Joops Werkstatt war nur angelehnt. Durch den Türspalt habe ich beobachtet, wie Pieter Breedekamp, das ist unser zweiter Mechaniker, ihn ermordete.

Da ich nicht weiß, ob er mich gesehen hat, habe ich heute früh unter einem Vorwand unser Mannschaftshotel verlassen und verstecke mich seitdem in der Stadt in einem anderen Hotel. Du brauchst keine Angst um mich zu haben, denn ich werde von mehreren Bodyguards bewacht.

Du weißt, dass ich bei diesen kriminellen Doping-

Praktiken nicht mehr länger mitmachen kann. Ich würde daran zugrunde gehen.

Ich bin Arzt und kein Drogendealer!

Gleich nach der Pressekonferenz melde ich mich bei Dir. Die Leute vom Security-Service werden Dich dann abholen und zu mir bringen. Versuche bitte nicht, mich anzurufen. Damit man mich nicht orten kann, ist mein Handy aus Sicherheitsgründen abgeschaltet.

In ewiger Liebe! – Dein Heiko«

Umgehend beorderte Tannenberg zwei Streifenwagen zum Waldhotel Antonihof. Die Beamten hatten den Auftrag, Pieter Breedekamp unter dringendem Tatverdacht festzunehmen und ihn in die Kriminalinspektion am Pfaffplatz zu bringen.

Es dauerte kaum mehr als eine halbe Stunde, bis der gesuchte Team-Mechaniker im K 1 eintraf. Er befand sich in Begleitung des Turbofood-Firmenanwaltes.

»Was werfen Sie meinem Mandanten konkret vor?«, polterte Professor Grabler sogleich los, als er im Vorraum des Kommissariats auf Tannenberg traf.

»Gemach, gemach, geschätzter Herr Anwalt. Kommen Sie doch bitte mit in mein Büro«, antwortete der leitende Kriminalbeamte und gab Michael Schauß ein Zeichen, ihm zu folgen.

Wie abgesprochen, tauchte just in diesem Moment Oberstaatsanwalt Dr. Hollerbach auf.

»Schön, Sigbert, dass du gleich kommen konntest«, begrüßte der Staranwalt seinen ehemaligen Studenten.

Offensichtlich hatte er ihn informiert, denn weder Tannenberg noch einer seiner Mitarbeiter würde freiwillig den ranghöchsten Vertreter der Kaiserslauterer Staatsanwaltschaft kontaktieren. Sieht man einmal von dem profilneurotischen Armin Geiger ab, der jedoch über die aktuellen Ereignisse noch nicht im Bilde war und sich zudem am Morgen krankgemeldet hatte.

Dr. Hollerbach reagierte völlig anders als erwartet, denn er nickte nur kurz zu Grabler hin und ignorierte sogar die ihm entgegengestreckte Hand.

Was ist denn plötzlich in den gefahren?, fragte sich Tannenberg im Stillen. Auf einmal so viel Distanz zu seinem Doktorvater? Wieso denn das? Ein schadenfrohes Schmunzeln umspielte seine Lippen. Wahrscheinlich hat mein bauernschlauer Busenfreund inzwischen bemerkt, dass sich der Wind gedreht hat. Und nun ist er schnell umgeschwenkt. Wäre ja nicht das erste Mal, dass er sein Mäntelchen in eine neue Windrichtung hängt. Hohl-Hohl-Hollerbach hat anscheinend mal wieder Angst um seine Karriere.

Bevor Tannenberg sein Dienstzimmer betreten konnte, packte ihn der Oberstaatsanwalt am Arm. »Kann ich Sie bitte kurz sprechen?«, fragte er und drückte von außen die Bürotür ins Schloss.

Petra Flockerzie spielte die beflissene Sekretärin und hämmerte eifrig in die Tastatur. Doch ihren spitzen Ohren sollte keine einzige Silbe des nun folgenden Gesprächs entgehen.

»Worauf gründen Sie Ihren dringenden Tatverdacht?«, wollte der Oberstaatsanwalt wissen.

Der Leiter des K 1 fasste die Gründe, die ihn zur überraschenden Festnahme Breedekamps veranlasst hatten, thesenartig zusammen. Dann verschwand er kurz in seinem Büro. Als er zurückkehrte, hielt er triumphal den E-Mail-Ausdruck in die Höhe, der Grundlage seiner Aktion gewesen war, und überreichte Dr. Hollerbach das Papier.

»Aus dieser E-Mail lässt sich sicherlich ein begründeter Tatverdacht ableiten, Herr Hauptkommissar«, erklärte Dr. Hollerbach. Doch wie aus dem Nichts veränderte sich sein Gesichtsausdruck und er seufzte leidend auf. »Es ist nur jammerschade, dass unser Zeuge tot ist.«

»Tja, das kann man wohl sagen«, stimmte sein Gegenüber zu.

Der Oberstaatsanwalt pumpte seinen Brustkorb auf und klatschte in die Hände. »Nun gut, dann nehmen Sie sich diesen Breedekamp mal anständig zur Brust.«

»Nichts lieber als das«, erwiderte Tannenberg grinsend, während er die Hand auf die Türklinke legte.

Nachdem er dem Oberstaatsanwalt höflich den Vortritt gelassen hatte, folgte er ihm, allerdings mit einem kurzen spitzbübischen Augenzwinkern in Richtung seiner süffisant lächelnden Sekretärin.

Am Besuchertisch saßen der Beschuldigte, dessen Anwalt und der Kriminalbeamte Michael Schauß. Der junge Kommissar hatte bereits das Aufnahmegerät auf den Tisch gestellt und schaltete es nun ein. Tannenberg setzte sich vis-à-vis von Pieter Breedekamp, klärte ihn über seine Rechte auf und begann mit der Beschuldigtenvernehmung.

»Herr Breedekamp, Ihnen wird zur Last gelegt, in den frühen Morgenstunden des 27. Juni den Zweirad-Mechaniker Joop van der Miel mit einer Fahrradkette erdrosselt zu haben. Inwieweit Sie außerdem für die beiden anderen

Morde, begangen an dem Teamarzt Dr. Heiko Schneider und dem Journalisten Torsten Leppla, in Betracht kommen, werden die weiteren Ermittlungen ergeben.«

»Ach, der liebe Pieter soll nun plötzlich alle drei Morde begangen haben? Das wird ja wirklich immer doller«, amüsierte sich Professor Grabler. Doch von der einen zur anderen Sekunde verdüsterte sich seine Miene. »Sind Sie denn wahnsinnig geworden?«, stieß er wütend aus.

»Nicht, dass ich wüsste«, bemerkte Tannenberg schmunzelnd.

Grabler wandte sich zu Dr. Hollerbach um, der an der Tür stand und die Geschehnisse von dort aus beobachtete. »Sigbert, jetzt pfeif doch endlich diesen tollwütigen Hund zurück. Der beißt ja aus purer Verzweiflung nach allem, was sich bewegt.«

Ohne auf diese Spitze zu reagieren, schritt der Oberstaatsanwalt auf seinen ehemaligen Mentor zu und überreichte ihm die E-Mail des Teamarztes. Professor Grablers Augen scannten den Text.

»Das ist doch der Witz des Jahrhunderts«, rief der Anwalt mit sich überschlagender Stimme. »Auf solch einen popeligen Schrieb hin wollt ihr meinen Mandanten in Gewahrsam behalten? Der Ermittlungsrichter lacht sich doch kaputt über so was.«

»Das ist kein popeliger Schrieb, werter Herr Advokat«, sagte Tannenberg betont gelassen. »Bei diesem Brief handelt es sich um nichts Geringeres als um eine gerichtlich verwertbare Zeugenaussage.«

»Zeugenaussage? Und auch noch eine, die gerichtlich verwertbar sein soll? Von was träumen Sie denn sonst nachts?«, höhnte Grabler. »Wenn ich Sie an etwas Entscheidendes erinnern dürfte, meine Herren: Ihr angeblicher Zeuge ist tot – und zwar mausetot!«

Der Jura-Professor tippte mit dem Finger auf den unteren Teil der E-Mail. »Wo, bitte schön, meine Herren, ist denn hier die Unterschrift Ihres angeblichen Belastungszeugen? Ich sehe keine. Das ist nämlich eine E-Mail – und die kann jeder geschrieben haben.«

»Quark«, blaffte Tannenberg, »der Absender der E-Mail ist klar verzeichnet: heiko.schneider@aol.com.«

Professor Grabler fasste sich mit beiden Händen an den Kopf. Dann stöhnte er leidend auf und faltete die Hände zum Gebet. Sein Blick schnellte zur Decke empor. »Oh Herr, ich flehe dich an: Lass Hirn vom Himmel regnen.«

Der Anwalt wedelte mit dem Blatt Papier in der Luft herum und knallte es direkt vor Tannenberg auf den Tisch. »*Jeder*, der das Zugangspasswort für diese Mailbox kennt, kann von *jedem* Computer aus eine solche E-Mail abschicken. Und das hier ist nichts anderes als eine böswillige Diffamierung meines Mandanten«, schrie er wütend, während seine Faust auf der Tischplatte aufschlug. »Aus welchen Gründen auch immer.«

»Die Frage, ob diese schriftliche Zeugenaussage einen ausreichenden Haftgrund darstellt, sollten wir doch in aller Ruhe von einem Ermittlungsrichter prüfen lassen«, gab Dr. Hollerbach in ruhigem Ton zurück. »Schließlich ist es unseren Experten möglich, anhand der IP-Adresse zweifelsfrei den Computer ausfindig zu machen, von dem aus diese Mail an Frau Schneider abgesandt wurde.«

Volltreffer, freute sich Tannenberg im Stillen. »Nun mal zu Ihnen, mein lieber Herr Breedekamp«, flötete er.

»Was sagen Sie denn eigentlich zu dieser schwerwiegenden Beschuldigung?«

Der circa 30-jährige Hilfsmechaniker des Turbofood-Teams erweckte einen ausgesprochen angespannten Eindruck. Nervös knibbelte er an seinen Fingern herum und sog dabei abwechselnd Unter- und Oberlippe in seinen Mund hinein. Gleichzeitig rutschte er auf seinem Stuhl hin und her, so als ob ihm jemand Juckpulver zwischen die Pobacken gestreut hätte.

In seinem bleichen Gesicht spiegelte sich die innere Unruhe wider, die ihn seit seiner überraschenden Festnahme beherrschte: Die Augenlider zuckten und die beiden schrägen Falten über der Nasenwurzel, die sich bildeten, ähnelten einem großen V.

Das Victory-Zeichen auf deiner Stirn, grinste Tannenberg in sich hinein, passt haargenau zu deiner derzeitigen Situation, mein Junge. Bist wohl doch nicht ganz so cool, wie dein Superanwalt es gerne hätte.

Mit diesem Gedanken hatte er den Nagel auf den Kopf getroffen, denn Professor Grabler beäugte seinen Mandanten immer wieder ein paar Sekunden lang ausgesprochen skeptisch.

»Herr Breedekamp macht ab sofort von seinem Aussageverweigerungsrecht Gebrauch«, verkündete der Turbofood-Anwalt und legte dem sommerlich gekleideten Mechaniker eine Hand auf den Oberschenkel. »Nicht wahr, mein Guter?«

Der Mechaniker warf ihm einen flackernden Blick zu und nickte eifrig. Danach schaute er wieder hinab zu seinen Händen, die er so fest zu Fäusten ballte, dass die Knöchel unter der Haut durchschimmerten.

»Ich weiß nicht, ob Ihr Anwalt Ihnen damit einen guten Dienst erweist, wenn er Sie zum strikten Stillschweigen auffordert«, sagte der Leiter des K 1 in betont sachlichem Ton. »Ich meinerseits kann Ihnen nur das Gegenteil empfehlen.«

Mit urplötzlich anschwellender Stimme schob Tannenberg nach: »Herr Breedekamp.« Sein Gegenüber zuckte bei dieser scharfen Anrede zusammen. »Ich rate Ihnen jedenfalls dringend: Machen Sie reinen Tisch! Vor Gericht wird Ihnen das Geständnis – beziehungsweise die Geständnisse – strafmildernd angerechnet. Dann sind Sie in höchstens 15 Jahren wieder ein freier Mann.«

Wolfram Tannenberg reckte den Zeigefinger empor und blickte forschend in Breedekamps tief liegende blaue Augen. »Wenn Sie mit uns kooperieren, können Sie zudem von der Kronzeugenregelung profitieren. Das würde unter Umständen sogar großzügige Strafmilderung, Zeugenschutzprogramm und eine neue Identität für Sie bedeuten.«

»Mein Mandant lässt sich von Ihnen nicht einlullen«, erklärte Professor Grabler. »Und zu dem Eingeständnis einer Tat, die er nicht begangen hat, lässt er sich sowieso nicht nötigen. Er ist schließlich nicht verrückt.«

»Ist das wirklich so, Herr Breedekamp?«, setzte der Kommissariatsleiter nach. »Ist es nicht vielmehr so, dass Ihr werter Herr Anwalt unter allen Umständen verhindern möchte, dass Sie auspacken.« Ein abschätziger Blick wanderte zu dem nobel gekleideten Prominentenanwalt. »Weil er genau weiß, welche Sauereien in diesem feinen Turbofood-Team an der Tagesordnung sind?«

»Passen Sie ja auf, was Sie sagen, Sie tolldreister Provinz-Schnüffler«, fauchte Professor Grabler wie eine aggressive

Raubkatze. Mit einer herausfordernden Handbewegung wandte er sich an den Oberstaatsanwalt. »Wieso gebietest du diesem unverschämten Kerl nicht endlich Einhalt, Sigbert? Ich denke, du kannst ihn nicht ausstehen.«

Wider Erwarten reagierte Dr. Hollerbach sehr ruhig und souverän. »Auch wenn wir beide nicht unbedingt gemeinsam in Urlaub fahren würden, kann ich Hauptkommissar Tannenberg nur beipflichten. Auch ich habe den Eindruck, es ist mehr als überfällig, dass euch die Strafverfolgungsbehörden einmal intensiv auf die Finger schauen.«

Wie ein Florettfechter stach Grabler auf seinen ehemaligen Studenten ein. »Das wirst du noch zutiefst bereuen, Sigbert, das verspreche ich dir«, stieß er eine unverhohlene Drohung aus. »Mein Einfluss reicht selbst bis hierher in diese tiefste Provinz.«

»Es ist schon ausgesprochen bemerkenswert, wie Sie sich hier gebärden, Herr Professor«, sagte Tannenberg mit Hohn in der Stimme. »Vor allem, wenn man bedenkt, dass unser Tonband die ganze Zeit über mitläuft und Ihre interessante Konversation für die Nachwelt festhält. Warum sind Sie denn eigentlich so dünnhäutig, wenn Ihr Mandant und der Konzern, dem Sie juristischen Beistand leisten, nichts zu verbergen haben? Erklären Sie uns bornierten Waldschraten das doch bitte einmal.«

An seinen schmalen, vogelartigen Augen und den zuckenden Lidern konnte man erkennen, wie sehr es in Professor Grablers Innerem brodelte. Er war aber erfahren genug, um seine Emotionen auch in solchen Situationen unter Kontrolle halten zu können. Aus seiner langjährigen Erfahrung bei Gerichtsprozessen wusste er nur zu gut, dass ein Gegner, den man zu emotionalen Reaktionen provozieren konnte, den juristischen Wettstreit bereits verloren hatte.

Er räusperte sich und schlug mit einem Mal bedeutend versöhnlichere Töne an: »Sie müssen schon entschuldigen, meine Herren, ich bin im Augenblick ein wenig angespannt.« Er schluckte hart. »Diese schrecklichen Ereignisse und diese ungeheuerlichen Anschuldigungen gegenüber dem Turbofood-Rennstall sind auch an mir nicht spurlos vorübergegangen. Ich habe die letzten Tage und Nächte kaum ein Auge zugemacht.«

Mir kommen vor Mitgefühl gleich die Tränen, höhnte der Leiter des K 1 in Gedanken. »Aber, Herr Anwalt, es liegt doch ganz an Ihnen, diese belastende Angelegenheit ganz schnell zu klären«, sagte er. »Sie müssen nur Ihren Mandanten die Erlaubnis erteilen, endlich eine Aussage zu machen.«

Professor Grabler kehrte die Handflächen nach außen. »Herr Hauptkommissar, um es noch einmal in aller Deutlichkeit klarzustellen: Pieter Breedekamp kann nichts sagen, weil es nichts zu sagen gibt. Er hat diesen Mord nicht begangen, ja, er war noch nicht einmal in dieser Nacht im Keller. Er hat nicht den blassesten Schimmer davon, wieso Dr. Schneider ihm solch eine infame Ungeheuerlichkeit unterstellt.«

Tannenberg lehnte sich in seinem Stuhl zurück und grinste über beide Backen. »Nach Ihrer Meinung hat sich Dr. Schneider das alles also nur ausgedacht?«

»Genau so ist es.«

»Dann erklären Sie uns doch bitte einmal, weshalb er dies hätte tun sollen?«

»Vielleicht, weil er selbst Joop van der Miel ermordet hat.«

Der Leiter des K 1 lachte schallend auf. »Und anschließend hat er sich dann eigenhändig in die Luft gesprengt.« Mit heiterer Miene schüttelte er den Kopf. »Sie haben wirklich eine blühende Fantasie. Sie sollten unbedingt Kriminalromane schreiben.«

14. ETAPPE

Freitag, 3. Juli

Die gerade erwachende Junisonne tauchte die Umgebung des Waldhotels in ein sanftes Dämmerlicht. Am Rande einer taubenetzten Wildwiese ästen zwei Rehe. Abwechselnd spähte eines von ihnen hinüber zu dem Viersternehotel, das sich noch im Schlummerzustand zu befinden schien. Der warme Atem der Tiere mischte sich mit dem wabernden Morgennebel, der sich wie ein milchiger Schleier über die Farne und Heidelbeerstöcke gelegt hatte. Erste Sonnenstrahlen, die man meinte, einzeln mit den Händen greifen zu können, drückten sich durch den majestätischen Hochwald hindurch und komplettierten dieses ästhetische Naturschauspiel.

Florian Scheuermann lag auf dem Rücken und grübelte mit geschlossenen Augen über seine derzeitige Situation nach. In der schier endlosen Nacht war er wieder lange wach gelegen und hatte nur wenige Stunden am Stück geschlafen.

Vielleicht war es doch eine falsche Entscheidung, schon so früh den Sprung ins Profi-Lager zu wagen, marterten ihn quälende Gedanken. Ich hätte besser noch ein, zwei Jahre Erfahrungen sammeln sollen, bevor ich ins kalte Wasser springe. Ich glaube, ich bin dem Ganzen hier nicht gewachsen. Dafür bin ich noch nicht abgebrüht genug.

Das muss man sich einmal vorstellen: Da werden innerhalb kürzester Zeit zwei Leute aus dem direkten Umfeld unserer Mannschaft ermordet und alle machen ganz normal weiter, so als sei überhaupt nichts passiert. Nach einer kurzen Traueransprache wird einfach zur Tagesordnung übergegangen, werden Trainingspläne besprochen und Strategien für die einzelnen Tour-Etappen festgelegt.

Die Frage, ob unsere Mannschaft unter solchen Voraussetzungen überhaupt bei der Tour starten soll oder kann, wird überhaupt nicht diskutiert. Völlig emotionslos hat Bruce Legslow gestern Abend verkündet: »The show must go on.« Dazu hat er uns den Queen-Song vorgespielt und von John übersetzen lassen, dass wir uns an Freddy Mercury ein Beispiel nehmen sollen, schließlich habe er trotz seiner fortgeschrittenen Aids-Erkrankung weitergemacht und diesen Mega-Song nicht nur geschrieben, sondern auch noch gesungen.

Und dann hat Legslow zwei andere Sätze losgelassen, die noch knallharter waren: »Als Profis müsst ihr so etwas wegstecken. Wenn ihr das nicht schafft, habt ihr euren Job verfehlt und könnt gehen. Ihr werdet nämlich nicht für das Denken bezahlt, sondern für das Treten.«

Der Kerl hat vielleicht Nerven. Wie soll ich denn bloß Topleistungen vollbringen, wenn mir diese Morde einfach nicht mehr aus dem Kopf gehen? Ich kann mich doch überhaupt nicht richtig von den anstrengenden Trainingseinheiten erholen. Und dann auch noch diese Dopingmittel, bei denen ich das Gefühl nicht loswerde, dass mein Körper dagegen rebelliert. Ich bin so schlaff und müde, vollkommen fertig. Das muss auch an diesem Teufelszeug liegen. Ich war doch vorher topfit.

Florian seufzte leidend auf. Dann erhob er sich von seinem Bett und ging ein paar Schritte durch sein Zimmer. Wehmütig dachte er zurück an seine Zeit als Internatsschüler am Heinrich-Heine-Sportgymnasium, das er vor 15 Monaten nach bestandenem Abitur verlassen hatte. Er sehnte sich nach der Geborgenheit und dem engen Zusammenhalt unter seinen Sportkameraden, von denen einige im Laufe der langen, gemeinsamen Schulzeit sogar enge Freunde geworden waren. Mit ihnen hatte er vieles erlebt und durchgestanden.

Bei all ihren Streichen und Regelmissachtungen waren die Fronten immer klar gewesen: hier die Schüler, dort die Lehrer und Erzieher. Auch wenn sich die Pädagogen sehr bemühten und sie mit ihnen auch recht gut auskamen, so wurden die Betreuer jedoch von den neugierigen, lebenshungrigen jungen Männern, die ihre Grenzen ausloten mussten, nicht richtig ernst genommen.

Als Florian sich an die unermüdlichen Appelle der Radsportlehrer erinnerte, glimmte ein kurzes Lächeln in seinem Antlitz auf. Wie oft hatten sie letztlich erfolglos ihre Zöglinge dazu ermahnt, auch ja der Straßenverkehrsordnung entsprechend in Reihen und nicht paarweise nebeneinanderher zu fahren.

Doch kaum hatten die jugendlichen Radfahrer das Gelände des Heinrich-Heine-Gymnasiums verlassen, schon gruppierten sie sich quasi automatisch in einer kommunikationsfördernden Paar-Struktur, welche die wütenden Autofahrer auf den engen Straßen nach Mölschbach oder am Hungerbrunnen vorbei den Stall hinauf schier zur Verzweiflung trieb.

Diese unbekümmerte, eingeschworene Gruppe der gleichaltrigen Mitschüler vermisste er gegenwärtig sehr. Selbstverständlich sollten auch die Turbofood-Rennfahrer ein Team bilden, denn nur mit einer disziplinierten Mannschaftsleistung war es möglich, im Wettkampf erfolgreich zu sein und optimale Leistungen zu erbringen.

Theoretisch war jedem klar, dass ihr Team nur funktionieren konnte, wenn sich der eine auf den anderen verlassen und darauf vertrauen konnte, dass jeder bereit war, sich für die Mannschaft aufzuopfern. Doch in der Praxis bestand ein Profi-Rennstall eben nicht aus selbstlosen Mannschaftsspielern, sondern aus egoistischen Einzelkämpfern und Legionären, die lediglich zur Erreichung einer von dem Arbeitgeber gesetzten Zielvorgabe eine zeitlich begrenzte Zweckgemeinschaft bildeten.

Gemeinsame Aktivitäten unternahmen die Rennfahrer entweder nur auf Anordnung der Teamleitung hin, oder aber in kleinen Grüppchen, die sich jedoch meist auf die Zugehörigkeit der Fahrer zu ein und derselben Nationalität beschränkte. So bildeten nach Florians ersten Eindrücken sowohl die Amerikaner als auch die Usbeken solche abgeschotteten Einheiten.

Heiko Bolander, den deutschen Bergspezialisten, neben dem er auf der Fahrt zum Trainingslager gesessen hatte, vermochte er nach den wenigen Tagen noch nicht richtig einzuschätzen. Einerseits verhielt er sich ihm gegenüber sehr freundschaftlich und hilfsbereit, andererseits aber hatte Florian am vorigen Nachmittag den Eindruck gewonnen, dass Bolander während der Trainingsausfahrt seinen neuerlichen Kontaktversuch abgeblockt hatte.

Vielleicht hab ich mir das ja auch nur eingebildet, dachte der Jungprofi. Oder Heiko war gestern einfach nicht gut drauf. Verdammt, ich muss aber endlich mit jemandem reden. Ich halte das nicht mehr länger durch. Eigentlich könnte ich mich auch an Jenny wenden. Aber bei der weiß ich noch nicht, wie sie mit den Leuten hier zusammenhängt. Die tuschelt mit jedem, macht jeden an. Manchmal denke ich, die arbeitet nebenher als Team-Nutte, so aufreizend, wie sie immer mit allen rumschäkert.

»Ach, Quatsch«, zischte er, wütend auf sich selbst.

Ich kenne sie doch überhaupt nicht näher. Deshalb darf ich ihr so etwas auch nicht unterstellen. Vielleicht ist sie ja auch ganz harmlos und spielt einfach nur gerne ein bisschen mit dem Feuer. Aber eine heiße Tussi ist sie schon. Die hat vielleicht ein geiles Fahrgestell.

Um sich von diesen Gedanken abzulenken, warf er einen Blick auf seinen Reisewecker.

Zeit für die Pillen, stellte er bekümmert fest. Ich will die ja eigentlich gar nicht schlucken. Aber was soll ich denn bloß machen? Bringe ich nicht die geforderte Leistung, bin ich ruck, zuck weg vom Fenster. Das spricht sich doch ganz schnell rum. Dann will mich garantiert auch kein anderer Teammanager mehr für seinen Rennstall haben.

Verdammt, was soll ich nur machen?

Neben seinem Bett stand ein Medikamentenschälchen mit sieben bunten Tabletten und Dragees. Jenny hatte sie ihm gestern Abend auf sein Zimmer gebracht und ihm zudem zwei Spritzen gegeben. Florian Scheuermann setzte sich auf sein Bett, öffnete eine große Wasserflasche, legte sich die Tabletten einzeln auf die Zunge und schluckte sie nacheinander hinunter. Dabei verzog er das Gesicht, als wenn er sich gerade etwas absolut Ungenießbares hätte einverleiben müssen.

Anschließend spülte er den Medikamentengeschmack mit großen Schlucken die Kehle hinunter und schlurfte ans Fenster. Mit traurigem Blick schaute er hinüber zur

Lichtung, auf der die beiden Rehe noch immer in aller Seelenruhe grasten.

Ihr habt's gut, sinnierte er gerade, als ein schneidender Knall die friedliche Stille zerriss. Während er erschrocken zusammenzuckte, wurde das rechte Reh von einem Blattschuss getroffen und sank in sich zusammen. Das andere wartete einen Moment. Es schien die akute Gefahr erst mit zeitlicher Verzögerung zu begreifen. Doch bevor der Fluchtreflex des Tieres einsetzte, war es bereits zu spät: Ein weiterer Schuss streckte nun auch das zweite Reh nieder.

Der junge Radprofi war von diesem Anblick derart geschockt, dass er sich ein paar Sekunden lang überhaupt nicht rühren konnte. Sein Herz raste, Tränen des Zorns perlten über seine Wangen. Er zitterte am ganzen Körper. In seinem rechten Augenwinkel tauchten zuerst zwei kläffende Jagdhunde und wenig später eine männliche Gestalt auf. Sie war ganz in Grün gewandet und stapfte mit einem Jagdgewehr über der Schulter durch das nasse Gras.

Florian riss das Fenster auf und schrie mit zitternder Stimme »Mörder« hinüber zur Lichtung. Dann schloss er schnell wieder das Fenster und trat zwei Schritte zurück.

Förster Kreilinger wandte den Kopf zur Geräuschquelle hin und blaffte in voller Lautstärke: »Bevor Sie sich über jemanden beschweren, der nur seiner Arbeit nachgeht, sollten Sie sich besser mal Gedanken über den Mord in Ihrem Scheiß-Hotel machen.«

Kreilinger konnte auf die Entfernung hin die Person zwar nicht erkennen, die ihn um diese Uhrzeit so heftig anpflaumte. Aber das war ihm auch egal, schließlich hatte er sein Ziel erreicht und die Hotelgäste aufgeweckt.

Immer, wenn er nachts nicht richtig schlafen konnte, legte

er sich in seinem Forsthaus auf die Lauer und schoss vom Schlafzimmerfenster aus das Wild, das er gerade für diesen speziellen Zweck systematisch anfütterte. Für diese Wildwiese hatte er eigens einen Teil des Waldes roden lassen. Seitdem hegte und pflegte er diese Lichtung wie ein Kleinod.

Das Waldhotel war ihm nach wie vor ein gewaltiger Dorn im Auge. Jahrelang hatte er gegen den geplanten Bau prozessiert, doch am Ende waren seine Klagen erfolglos geblieben und er musste die Errichtung des Hotelneubaus in unmittelbarer Nähe seines Forsthauses wohl oder übel über sich ergehen lassen.

Aber Kreilinger wäre nicht Kreilinger, wenn er sich nicht auf seine Weise an den verhassten Hotelbesitzern rächen würde. Der Schabernack mit seinem hotelnahen Jagdrevier bereitete ihm jedes Mal aufs Neue eine riesige Freude und Genugtuung, von der er tagelang zehrte. Sie ähnelte in etwa derjenigen, die ein Trippstadter Bauer mehrmals im Hochsommer genüsslich auskostete, wenn er seine in unmittelbarer Nähe des Warmfreibads gelegenen Äcker mit Gülle düngte.

Kreilinger packte eines der beiden erlegten Rehe an den Läufen und trug es hämisch grinsend zu seinem Forsthaus, wo die Jagdhunde wie stets nach dem Aufbrechen ihren Anteil an der Beute abbekommen sollten.

Florian wühlte dieser Vorfall noch mehr auf. Sein Leidensdruck erreichte ein kritisches Stadium. Er musste unbedingt mit jemandem reden. Und zwar sofort. Für solch ein Gespräch kam eigentlich nur Heiko Bolander infrage, alle anderen waren ihm suspekt.

Was soll's, ich probier's jetzt einfach aus, sprach er sich selbst Mut zu. Mehr als abweisen kann er mich nicht.

Nach dem dritten, vorsichtigen Klopfen öffnete der Berg-spezialist die Appartementtür.

»Guten Morgen, Heiko, ich halt's nicht mehr aus«, flüsterte Florian. »Ich muss einfach mal mit jemandem reden.«

Bolander blickte seinem jungen Kollegen über die Schulter und sah sich nach allen Seiten um. Anschließend öffnete er die Tür und zog Florian ins Zimmer. »Komm schnell rein, die anderen müssen nicht unbedingt etwas davon mitbekommen.«

Heiko Bolander war barfuß und trug lediglich karierte Boxershorts sowie ein weißes Baumwoll-T-Shirt über dem Körper.

»Ich hoffe, ich habe dich nicht geweckt«, sagte Florian in entschuldigendem Ton.

»Nein, nein, das haben schon diese blöden Schüsse besorgt«, gab der Bergspezialist gähnend zurück. »Ich hab so richtig tief und fest geschlafen. Und dann dieser Unfug. Solch einen rücksichtslosen Kerl müsste man glattweg ein-sperren.« Er schnaubte und schüttelte dabei den Kopf. »Im ersten Moment hab ich wirklich gedacht, dass schon wieder einer von uns dran glauben musste.«

Während der erfahrene Berufsrennfahrer seinen durch-trainierten Körper dehnte, setzte sich Florian auf einen der beiden Stühle, die gegenüber dem Bett an einer weißen Wand standen.

»Wer könnte denn hinter dieser Mordserie stecken? Hast du irgendeine Vermutung?«, fragte der Jungprofi.

»Keinen blassen Schimmer.« Bolander lupfte die Schultern. »Na ja, es wird wohl schon jemand sein, der sehr genau weiß, warum er tut, was er tut«, erklärte er nebulös.

»Was meinst du konkret damit?«, bat Florian um Aufklärung.

»Konkret?«, wiederholte Heiko Bolander. Sein unruhiger Kopf baumelte hin und her wie der einer Marionette. Er ließ die Atemluft knatternd über seine vollen Lippen hinwegstreichen. »Etwas Konkretes weiß ich wirklich nicht. Und ich bin ehrlich gesagt auch gar nicht darauf erpicht, etwas zu wissen.« Er atmete tief durch. »Ich bin wirklich heilfroh, dass ich nichts Näheres weiß oder irgendwas gesehen habe.«

Der Bergspezialist nahm auf der anderen Seite des Tisches Platz und packte Florian an den Schultern. »Mensch, Junge, ich hab zu Hause eine Frau und zwei kleine Kinder sitzen. Die sind auf meine Einnahmen angewiesen. Darum würde ich, selbst wenn ich etwas wüsste, schön den Schnabel halten. Das kann ich dir übrigens auch nur wärmstens empfehlen. Diejenigen, die hinter diesen Morden stecken, kennen absolut keine Skrupel, das haben sie nun wirklich jedem bewiesen.«

Florian nickte mit betretener Miene.

»Du solltest übrigens besser nicht so viel fragen und dich vor allem nicht mit deinen Problemen an die anderen wenden. Mir kannst du voll und ganz vertrauen, aber bei den anderen wäre ich ausgesprochen vorsichtig. Wer da mit wem paktiert, ist nicht so leicht zu durchschauen. Vor allem von einem Neuling wie dir nicht. Und ich alter Hase halte mich aus allem raus und verzieh mich immer, so schnell es geht, allein auf mein Zimmer.«

»Sollten wir nicht besser die Polizei informieren?«

»Das musst du natürlich für dich selbst entscheiden. Aber denk doch mal in aller Ruhe darüber nach: Wem sollte dies denn nützen? Du weißt doch gar nichts. Was solltest du der Polizei denn sagen? Also nutzt es niemandem, oder?«

Der Jungprofi nickte nochmals.

»Gewaltig schaden würde es aber auf alle Fälle jemandem – und zwar dir. Legslow würde dich sofort rauswerfen und kein anderer Rennstall würde einen Verräter wie dich jemals in seiner Mannschaft haben wollen. Überlege dir deshalb genau, was du tust. Versprichst du mir das?«

»Ja.«

»Gut. Und ich halte mich wie gesagt auch weiterhin völlig raus. Morgen beginnt meine letzte Tour. Sehr wahrscheinlich ist es sogar meine letzte Saison als Radprofi.«

»Was?«, stieß Florian Scheuermann entsetzt aus.

»Ja, so ist es – leider!«, seufzte Heiko Bolander. »Irgendwann ist für jeden einmal Schluss. Und ich steige lieber selbst aus, als dass ich mich von irgendjemandem rausschmeißen lasse. Ich habe darüber bereits im Frühjahr mit Legslow gesprochen. Er hat großes Verständnis dafür gezeigt. Ist ja auch kein Wunder, schließlich hat er es genauso gemacht. Und er hat mir großzügigerweise nach meinem Karriereende einen gut dotierten Job im Management unseres Teams angeboten.«

Bolander schaute hinüber zur Lichtung, auf der vorhin noch die beiden Rehe friedlich gegrast hatten. »Weißt du, Flo, ich kann nicht so einfach aussteigen. Die Existenz meiner gesamten Familie hängt davon ab, dass ich dauerhaft die Kohle heranschaffe. Und dies wird nur dann der Fall sein, wenn ich auch weiterhin den Mund halte. Ich hab ja schließlich nichts anderes gelernt, als mit meinen Beinen in Pedale zu treten.«

Florian konnte es immer noch nicht fassen. »Aber, Heiko, du bist doch noch topfit. Einer der stärksten Bergfahrer überhaupt.«

»Von wegen, mein Junge. Ich bete jeden Tag zum lieben Gott, dass er mich auch noch dieses eine letzte Mal heil über diese verfluchten Alpen- und Pyrenäenpässe kommen lässt.«

Er zeigte auf den Medikamentencocktail auf seinem Nachttischschränkchen. »Ohne diese kleinen Wunderpillen da käme ich noch nicht einmal mehr diese läppischen Mittelgebirgshügel in einer ansprechenden Zeit hinauf.« Er schüttelte den Kopf. »Nein, mein lieber Florian, es ist zwar eine sehr harte Erkenntnis, aber mein Körper steckt diese Belastungen bei Weitem nicht mehr so locker weg wie früher.«

»Wie lange dopst du denn schon?«

»Florian«, versetzte Heiko Bolander in scharfem Ton. »Vergiss sofort dieses Wort! Sprich es nie wieder aus! Das ist wirklich ein gut gemeinter Rat unter Freunden. Du solltest ihn unbedingt beherzigen. Streiche am besten diesen Begriff völlig aus deinem Wortschatz und rede nur noch von deinen Medikamenten.«

»Okay, mach ich«, versprach Florian, obwohl er sich überhaupt nicht sicher war, ob er dies tatsächlich wollte. »Hattest du eigentlich nie Angst, dass du erwischt werden könntest?«, schob er trotzdem noch eine delikate Frage nach.

»Nein.«

»Also, ich hab jedenfalls seit der …«, er wollte ›Dopingkontrolle‹ sagen, schluckte aber geistesgegenwärtig den Begriff hinunter, »Trainingskontrolle einen Riesenbammel davor, dass die etwas in meinem Blut oder Urin finden.«

»Brauchst du aber nicht, mein Junge«, entgegnete Bolander mit dem Wissen eines langjährigen Insiders.

Florians verblüffter Gesichtsausdruck sprach Bände. »Wieso?«

»Weil die Medikamente und Nahrungsergänzungsmittel, die du zu dir nimmst, entweder völlig legal«, er senkte die Stimme zu einem Wispern herab, »oder nicht nachweisbar sind.«

»Sicher?«

»Ganz sicher!«

»Aber wie ist das nur möglich?«

»Ich sag nur zwei Worte: moderne Biotechnologie.«

»Weißt du mehr darüber?«

Heiko Bolander reagierte mit einem vielsagenden Lächeln und hob dabei die Schultern an.

Florian akzeptierte diese Art der Antwort und wechselte das Thema: »Muss ich meine Medikamente eigentlich selbst bezahlen?«

»Natürlich musst du das, schließlich sind deine Medikamente die notwendige Voraussetzung dafür, dass du in dem erfolgreichsten Radsportteam aller Zeiten sehr viel Geld verdienen kannst. Und das wäre dir ohne diese kleinen Helfer aus den Turbofood-Forschungslabors nicht möglich.«

Florian Scheuermann krauste die Stirn. »Aber Dr. Schneider hat mir erst vor Kurzem gesagt, dass ich nichts dafür bezahlen müsste, weil unser Sponsor die Kosten übernehmen würde.«

»Ja, ja, der liebe, gute Schneider.« Bolander verzog den Mund zu einem schiefen Lächeln. »Offiziell musst du tatsächlich nichts dafür bezahlen. Turbofood handhabt es nämlich so, dass man dir nicht dein vereinbartes Gehalt, sondern ein vermindertes auszahlt. Im Kleingedruckten deines Vertrages steht das übrigens drin.«

»Wie viel wird mir denn abgezogen?«

»Für Unterkunft, Verpflegung und ärztliche Betreuungsleistungen werden 30 Prozent deines Salärs einbehalten. Damit ist selbstverständlich auch deine medikamentöse Grundversorgung abgedeckt. Ein zusätzlicher Bedarf wird von unserem Doc bei jedem Teammitglied individuell ermittelt und dann mit Joop direkt bei Lieferung abgerechnet.«

Heiko Bolander krauste die Stirn und korrigierte sich. »Das läuft ja jetzt nicht mehr über die beiden. Wobei ich denke, dass Legslow schnell für Ersatz sorgen wird. Wenn er nicht schon jemanden in petto hat. Vielleicht zieht er ja mal eine knackige Ärztin für uns an Land.«

Der Bergspezialist saugte hörbar Luft ein. »Eigentlich schade um unseren Doc. Ich bin immer sehr gut mit ihm ausgekommen. Na ja, zumindest Joops Nachfolger als Inkassobeauftragter der Teamleitung scheint bereits festzustehen. Schließlich hat mich Jenny gestern Abend rundum versorgt.« Ein süffisantes Schmunzeln huschte über sein Gesicht.

Was hat dieses Grinsen zu bedeuten?, fragte sich Florian. Hast du etwa mit ihr gepennt? Aber du bist doch verheiratet.

Bevor sein Gegenüber sich noch länger mit diesen Gedanken beschäftigen konnte, fuhr Bolander fort. »Mit ihr habe ich gestern alles direkt abgerechnet. Du etwa nicht? Sie wollte doch anschließend gleich zu dir.«

»Nee, nee«, stotterte das jüngste Teammitglied. »Ich hab nichts dafür bezahlt.«

15. ETAPPE

Sabrina Schauß quälte sich durch den für einen Freitag-morgen ungewöhnlich dichten Verkehr. Als sie endlich in der Beethovenstraße eintraf, gab es dort keinen Parkplatz mehr. Also stellte sie das silberne Dienstfahrzeug mit zwei Rädern auf dem Bürgersteig ab.

»Da kommt jetzt aber kein Laster mehr durch«, bemerkte Jacob Tannenberg, der gerade die Straße kehrte. Er richtete sich auf und verkündete mit Schaufel und Besen in der Hand: »Stell dein Auto ruhig in unsere Einfahrt.«

»Danke, das mach ich«, gab die adrette Kommissarin zurück und kam sogleich der freundlichen Aufforderung nach.

Der Senior folgte ihr. Natürlich hatte er Sabrina diesen netten Vorschlag nicht ohne Hintergedanken unter-breitet. Der selbst ernannte Sherlock Holmes aus der Beethovenstraße war der Meinung, dass er für sein Ent-gegenkommen durchaus eine kleine Gegenleistung erwarten konnte.

»Wie steht's denn mit euren Ermittlungen? Kommt ihr voran?«, fragte er betont beiläufig, obwohl er vor Neugierde fast platzte.

Sabrina lächelte ihn an. »Lieber Herr Tannenberg, ich darf Ihnen nichts darüber sagen. Ihr Sohn würde mir sonst die Hölle heißmachen.«

»Ach der«, sagte Jacob mit einer abschätzigen Hand-bewegung. »Du könntest mir doch wenigstens ein biss-chen was darüber erzählen«, bettelte er mit herzerweichendem Gesichtsausdruck. »Ich behalt's auch für mich. Versprochen.«

»Tut mir wirklich leid.«

»Ihr steckt doch alle unter einer Decke«, grummelte der Hobby-Detektiv und zog mit hängendem Kopf von dannen.

Lautes, sonores Bellen aus dem Hausinneren signalisierte Sabrina, dass man ihr Erscheinen bereits registriert hatte. Kurt empfing die Kommissarin schwanzwedelnd und jaulend auf der kleinen Empore vor der Wohnung der alten Tannenbergs. Sabrina packte den bärenartigen Kopf des imposanten Familienhundes und rüttelte fest daran.

»Du bist einfach der allerschönste Hund auf der ganzen Welt«, schwärmte sie und kraulte den Vierbeiner hinter den Ohren.

Kurt bedankte sich, indem er mit seiner riesigen Zunge über ihre Handgelenke schleckte. Dann drückte er den Kopf an Sabrinas rechten Oberschenkel und begleitete sie in die Wohnung hinein.

»Guten Morgen, Frau Tannenberg. Guten Morgen, Wolf«, grüßte die junge Kommissarin höflich.

Wolfram Tannenberg saß am ausladenden Holztisch und schmökerte in der Zeitung. Seine betagte Mutter öffnete den Küchenschrank, um ihm ein Frühstücksgedeck zu entnehmen.

»Komm, Sabrina, setz dich zu Wolfi. Was möchtest du denn essen? Frische Brötchen oder lieber ein Stück Kuchen?«

Die Mitarbeiterin des K 1 hob abwehrend die Hände. »Danke, ich hab schon gefrühstückt.«

»Wenigstens ein kleines Stückchen Kuchen?«

»Nein, nein, vielen Dank, nur einen Kaffee bitte.«

»Aber du mit deiner Figur kannst dir das doch erlauben«, erwiderte Margot und goss Kaffee in eine große Henkeltasse.

»Leider muss ich ziemlich aufpassen, dass ich nicht zunehme.«

»Ja, wer muss das nicht«, gab Margot seufzend zurück.

»Wolf, dein Vater hat mich gebeten, ihn über den Stand unserer Ermittlungen zu informieren«, eröffnete Sabrina ihrem Chef.

»Du hast doch nicht etwa?«, schoss es regelrecht aus Tannenbergs Mund hervor.

»Nein, nein, keine Sorge«, entgegnete Sabrina schmunzelnd. Sie gab frische Milch in ihren Kaffee und trank einen Schluck. »Deine Mutter braut einfach den besten Filterkaffee der ganzen Stadt.«

»Danke für das Lob. Vielleicht sollte ich ein Seniorencafé eröffnen.«

»So weit käm's noch. Und wer soll dann für uns kochen?«, protestierte ihr jüngster Sohn.

»Dein Vater«, konterte Margot grinsend. »Oder du.«

»Oh, Gott«, stöhnte Tannenberg und wandte sich an seine Kollegin. »Komm, wir machen uns lieber schnell auf die Socken, bevor Mutter noch auf andere dumme Gedanken kommt.« Er stemmte sich in die Höhe, drückte Margot einen Abschiedskuss auf die Wange und verließ gemeinsam mit seiner Mitarbeiterin die elterliche Wohnküche.

»Wo geht's denn hin, ihr beiden?«, wollte Jacob wissen, als ihm die Kriminalbeamten vor dem Haus über den Weg liefen.

»Ach, nichts Besonderes, Vater, nur ein extrem wichtiger Dienstgang«, verkündete Tannenberg, während er Sabrina mit einem verschwörerischen Augenzwinkern bedachte. Er zuckte mit den Schultern. »Aber leider streng geheim.«

»Warum muss ich nur solch einen sturen Bock als Sohn haben?«, raunzte Jacob und rammte wütend die harten Borsten in den Rinnstein.

»Du hast recht, es würde überhaupt keinen Sinn machen, mit dem Auto zum Stiftsplatz zu fahren«, sagte Tannenberg zu Sabrina, als sie die Glockenstraße überquerten und er die vielen Menschen in der Eisenbahnstraße sah, die sich wie an Perlenschnüren aufgefädelt vom Bahnhof kommend in Richtung der Innenstadt bewegten. »Das sind ja fast so viele Menschen wie 2006 bei der Fußball-WM.«

»Ja, nur, dass die Leute eben keine Trikots ihrer Nationalmannschaften tragen, sondern die ihrer Lieblings-Radsportteams.«

»Was ja nichts anderes ist, als ein tausendfaches Werbelaufen für die Sponsoren.«

»Klar. Aber darin liegt nun mal der Sinn dieses ganzen Tour-de-France-Zirkusses.«

»Schlaues Mädchen«, lobte Tannenberg mit einem spöttischen Grinsen.

Kurz nachdem sie in die Eisenbahnstraße eingebogen waren, blieb der Kommissariatsleiter stehen und schaute in beide Richtungen der mit Plastikzelten und Verkaufswagen gepflasterten Flaniermeile. Dieser Anblick erinnerte ihn unweigerlich an die Fußballweltmeisterschaft, bei der Kaiserslautern einer der Austragungsorte gewesen war. Auch damals waren Heerscharen von Fans friedlich durch die Innenstadt gezogen und hatten mit ihrem internationalen Charme die Herzen der ansonsten doch eher zurückhaltenden Pfälzer erobert.

»Da sind ja auch wieder welche mit diesen lustigen aufgeblasenen Kängurus«, freute er sich.

»Kein Wunder, schließlich starten bei der Tour de France auch ein paar Australier«, gab Sabrina lapidar zurück.

Ihr Vorgesetzter verweilte noch immer auf der Stelle. Er ließ einen tiefen Stoßseufzer hören. Dieser emotionale Umschwung blieb seiner sensiblen Mitarbeiterin natürlich nicht verborgen.

»Was hast du denn auf einmal, Wolf?«, fragte sie in einfühlsamem Ton.

»Ach, ich musste nur gerade an die letzte Deutsche Meisterschaft des FCKs denken. Das war 1998. Da stand ich mit meiner gesamten Familie ziemlich genau hier an dieser Stelle. Wir haben Fähnchen geschwenkt und der Mannschaft zugejubelt, als sie mit ihrem Autokorso an uns vorbeigefahren ist.«

Ein weiterer leidender Seufzer ertönte. »Was waren das doch für schöne Zeiten gewesen. Und jetzt?« Zwei kleine Tränen drückten sich in seine Augenwinkel. Er drehte den Kopf zur Seite und verteilte die Feuchte mit den Fingerkuppen auf seinen Wangen.

»Nichts als ein endloses Trauerspiel«, kommentierte Sabrina gnadenlos.

»Ja, es ist wirklich ein Drama«, stimmte ihr Tannenberg zu. »Und nicht einmal der kleinste Hoffnungsschimmer leuchtet am Horizont.«

Sabrina stieß ihren Chef, der zudem ihr väterlicher Freund und Trauzeuge war, zart in die Seite. »Vielleicht passiert ja doch noch ein Wunder.«

»Ja, vielleicht kommt irgendwann ein Großsponsor, zum Beispiel in Gestalt eines chinesischen Spielwarenproduzenten, der unseren geliebten Traditionsverein samt Stadion für'n Appel und'n Ei kauft. Und dann wird das Fritz-Walter-Stadion in Mao-Tse-tung-Stadion umgetauft.«

»Jetzt mal nicht gleich den Teufel an die Wand.«

»Doch, genau das tue ich. Ich male einen *roten* Teufel an die Wand!« Wie ein Revolutionär reckte er die linke Faust empor und fing urplötzlich an zu singen, und das, obwohl er schon in der Grundschule als musikalisch völlig unbegabt diffamiert wurde und nie hatte mitsingen dürfen. »Ich sprüh's auf jede Wand: NEUE ROTE TEUFEL BRAUCHT DAS LAND!«

Diese ausgesprochen disharmonische Abwandlung des Ina-Deter-Songs war Sabrina sichtlich peinlich, denn die Passanten gafften neugierig zu ihnen herüber. »Komm, Wolf, wir müssen uns beeilen, in zehn Minuten beginnt die Präsentation der Teams. Und Turbofood soll die erste Mannschaft auf dem Podium sein«, flüsterte sie ihm ins Ohr und zog ihn mit sich.

Tannenberg brummte und setzte sich träge in Bewegung. Sein todtrauriger Blick bohrte Löcher in die Füße der vor ihm laufenden Radsportfans.

»Weißt du, was mir seit gestern Nachmittag einfach nicht mehr aus dem Kopf geht?«, fragte die junge Kommissarin und wartete auf eine Reaktion.

Doch der Leiter des K 1 antwortete nicht, sondern hing auch weiterhin seinen deprimierenden Gedanken nach.

»Wolf, hast du nicht gehört, was ich eben gesagt habe?«

»Hmh?«, machte der Angesprochene, woraufhin Sabrina ihre Frage wiederholte.

»Nein, ich weiß nicht, was dir im Kopf herumspukt«, grummelte Wolfram Tannenberg. »Aber du wirst es mir sicherlich gleich erzählen.«

»Dieser Professor Grabler hat doch gestern die Möglichkeit ins Spiel gebracht, dass auch Dr. Schneider den Chef-Mechaniker ermordet haben könnte.«

»Ja, und?«, fragte Tannenberg und kickte mit der Schuhspitze einen Plastikbecher vom Bürgersteig.

»Nehmen wir einmal an, es wäre tatsächlich so gewesen. Dann ...«

»Aber welches Motiv sollte der Arzt denn gehabt haben?«, warf der Kriminalbeamte dazwischen.

»Genau das ist der springende Punkt, Wolf. Könnte es nicht sein, dass Joop van der Miel sich dem Teamarzt anvertraut hat?«

»Du meinst, er hat ihm gebeichtet, dass er für Europol arbeitet? Und Dr. Schneider hat ihn deshalb ermordet?«

»Ja, das könnte doch sein«, murmelte Sabrina.

Tannenberg schüttelte energisch den Kopf. »Das glaubst du doch selbst nicht. Für solche schmutzigen Jobs haben diese Mafiosi schließlich ihre Handlanger. Außerdem: *Warum* sollte Joop das tun? *Warum* sollte er dieses unnötige Risiko eingehen und jemandem von seiner Spitzeltätigkeit berichten? Er wusste doch nicht, ob nicht vielleicht gerade Dr. Schneider mit diesen Verbrechern unter einer Decke steckte. Was meines Erachtens durchaus auf der Hand liegt, denn das systematische Doping ist garantiert über den Teamarzt gelaufen, über wen denn sonst?«

»Wieso haben die Dopingkontrolleure dann nichts entdeckt?«

»Weil diese Mittel mit den gängigen NADA-Verfahren nicht nachweisbar sind.«

»Vielleicht war Dr. Schneider die Vertrauensperson, die über Joops schleichende Arsenvergiftung Bescheid wusste.«

»Sabrina, ich fürchte, ich verstehe nicht so recht, worauf du eigentlich hinauswillst.«

»Ganz einfach: Dr. Schneider hat Joop van der Miel über dessen lebensbedrohliche Vergiftung informiert. Nach einem ersten, verständlichen Schock hat diese Tatsache Joop dazu bewogen, seinen Arbeitgeber zu erpressen. Vielleicht, weil er Geld für eine kostspielige Therapie brauchte.«

»Ja, gut, von mir aus. Aber was hat das mit dem Mannschaftsarzt zu tun?«

»Nehmen wir einmal an, Dr. Schneider hätte eigene Pläne gehabt.«

Tannenberg blieb abermals stehen und fixierte seine Mitarbeiterin mit einem verständnislosen Blick. »Weiß immer noch nicht, was du meinst. Welche eigenen Pläne?«, fragte er mit geschürzten Lippen.

»Vielleicht hatte Dr. Schneider schon seit Monaten vor, sein Insiderwissen teuer an die Medien zu verkaufen. Wer weiß, vielleicht hatte er darüber hinaus sogar einen Deal mit der Staatsanwaltschaft im Auge, der ihm Straffreiheit verschaffen sollte, wenn er sich als Kronzeuge zur Verfügung stellt. Er hatte alles perfekt geplant. Der geeignete Zeitpunkt für solch eine finanziell sehr einträgliche Selbstinszenierung, nämlich der Start der Tour de France, stand unmittelbar vor der Tür. Und dann passiert ihm Folgendes: Ausgerechnet jetzt will plötzlich ein anderes, ebenfalls bestens informiertes Mitglied des Turbofood-Teams seine brandheißen Informationen an die Medien verkaufen.«

Mit offenem Mund hatte Tannenberg zugehört. Er schob die Brauen zusammen und knetete nachdenklich sein Kinn. »Du meinst, dass Dr. Schneider mit diesem Mord einen Konkurrenten aus dem Weg räumen wollte?«

»Genau so lautet meine Hypothese«, erwiderte die Kommissarin und zeigte ihr charmantestes Lächeln.

»Nicht uninteressant, muss ich wirklich sagen«, lobte ihr Chef. »Und Dr. Schneider wiederum wurde Opfer seiner eigenen Geldgier?«

Sabrina nickte. »Auf irgendeinem Wege werden seine Mörder von dem geplanten Verrat erfahren haben.«

»Es könnte durchaus so gewesen sein. Warum eigentlich nicht?« Wolfram Tannenberg nagte auf seiner Unterlippe herum und legte dabei den Kopf schief. »Doch wie hängt die Ermordung des Sportjournalisten Torsten Leppla mit alldem zusammen?«

»Gute Frage«, meinte Sabrina. Ihre Augen strahlten geradezu vor Freude. »Aber auch dazu hätte ich eine Idee.«

»Ich höre.«

»Joop van der Miel hat sich – aus welchen Gründen auch immer – an einen Lokal-Journalisten derjenigen Zeitung gewandt, in deren Verbreitungsgebiet das geplante Abschluss-Trainingslager des Turbofood-Rennstalls stattfinden würde. Vielleicht haben sich die beiden schon vorher …« Sie brach ab und wiegte den Kopf hin und her. »Nein, wenn ein solches persönliches Treffen tatsächlich stattgefunden haben sollte, dann wohl eher hier bei uns, als irgendwo sonst. Denn sein brisantes Material wird Joop bestimmt erst auf den letzten Drücker aus der Hand gegeben haben.«

»Wohl eher die Kopien des Materials. Die Originale wird er garantiert behalten haben«, wandte Tannenberg ein.

»Ja, sicher.«

»Das würde allerdings bedeuten, dass die Unterlagen mindestens zweimal vorhanden sein müssten.«

»Beziehungsweise vorhanden waren. Ich denke, wir müssen leider davon ausgehen, dass die Täter diese Unterlagen bereits gefunden und vernichtet haben.«

»Gar nicht schlecht, deine Hypothesen, Sabrina«, zollte Tannenberg seiner Mitarbeiterin Lob. Doch dann kniff er die Lippen zusammen und machte eine entschuldigende Geste. »Aber es handelt sich bei deinen interessanten Spekulationen trotzdem leider nur um Hypothesen.«

»Ja, leider«, seufzte die junge Kommissarin. »Ach, übrigens, bevor ich es vergesse: Michael und ich waren gestern Abend nochmals bei diesem Fernsehsender. Alle von uns befragten Personen behaupten, dass ihnen im Vorfeld der Pressekonferenz kein Verdächtiger aufgefallen sei.«

»Nicht verwunderlich bei der Hektik, die ich da erlebt habe.«

»Auch der Toningenieur, der das Mikro in der Kabine aufgestellt hat, schwört bei allem, was ihm heilig ist, dass er niemanden bemerkt habe«, fuhr Sabrina fort. »Er ist völlig geschafft und macht sich unglaubliche Vorwürfe, dass er den Sprengsatz nicht rechtzeitig entdeckt hat.«

»Quatsch, das war doch nicht seine Schuld.«

Vor dem Postgebäude in der Rummelstraße blieb Tannenberg ein weiteres Mal stehen. »Weißt du was, Sabrina? Zu unserer frustrierenden Ermittlungslage passt wohl nur ein einziger Spruch wie der Faust aufs Auge.«

»*Die* Faust aufs Auge«, korrigierte Sabrina.

»Zitat aus *dem* Faust«, antwortete ihr Vorgesetzter

grinsend: »Da steh ich nun, ich armer Tor! Und bin so klug als wie zuvor.«

Nur kurz huschte ein fröhliches Lächeln über das ebenmäßige Antlitz der jungen Frau, dann nahm ihr Gesicht wieder einen sorgenvolleren Ausdruck an. »Wir stecken tatsächlich in einer Sackgasse fest«, sagte sie. »Wir haben bislang weder ein Geständnis, noch Tatzeugen, noch verwertbare Spuren. Und dann wurde auch noch unser einziger Tatverdächtiger gestern nach dem Haftprüfungstermin aus der U-Haft entlassen.«

»Nun aber mal ehrlich, Sabrina, was sollte der arme Haftrichter denn auch anderes anordnen? Bei den ausgesprochen dürftigen beziehungsweise überhaupt nicht vorhandenen Indizien.«

»Und einem mit allen Wassern gewaschenen Winkeladvokaten an seiner Seite«, ergänzte die Kommissarin.

»Ist nun mal sein Job«, bemerkte Tannenberg emotionslos. »Pieter Breedekamp verfügt zudem über alles, womit sich vonseiten seines Anwaltes eine Haftverschonung auch bei einer belastenderen Beweislage einfordern ließe: einen festen Arbeitsplatz, soziale Bindungen und so weiter und so fort. Selbst eine Kaution, egal in welcher Höhe, würde für ihn bereitgestellt werden.«

»Ehrlich gesagt traue ich diesem Mann keine drei Morde zu. Dafür hat er mir einen viel zu einfältigen, ängstlichen Eindruck gemacht. Ein Profi-Killer ist das bestimmt nicht.«

»Das sehe ich genauso wie du. Hab ich übrigens gleich beim ersten Mal gedacht, als ich ihm begegnete. Für solche eiskalten Verbrechen ist dieser Mensch bei Weitem nicht abgebrüht genug.«

Sabrina blickte ihren Chef verdutzt an. »Und wieso hast du ihn dann überhaupt festnehmen lassen?«

»Also, erstens hat mich die von Dr. Schneider erhobene gravierende Beschuldigung zu diesem Vorgehen gezwungen.« Er stockte, zog ein gebügeltes, blütenweißes Taschentuch hervor und schnäuzte sich so trompetenartig die Nase, dass sich die Köpfe einiger Passanten zu ihm hinwandten. »Und zweitens hat es mir große Freude bereitet, diesen Turbofood-Fuzzis ein wenig Feuer unter ihren stahlharten Radler-Hintern zu machen.«

Als Tannenberg am Stiftsplatz eintraf, war er sehr verwundert darüber, dass man den zentral gelegenen Marktplatz der Barbarossastadt vollständig mit Sichtschutzzäunen eingefriedet hatte. Am Haupteingang waren mehrere Security-Kräfte postiert und kontrollierten den Zugang zu dem abgesperrten Gelände.

»20 Euro Eintritt – die spinnen doch«, fluchte Tannenberg, als er die große Preistafel sah. »Die machen heutzutage doch wirklich aus allem Geld.« Noch bevor eine schwarz gekleidete, martialische Gestalt seinen Körper nach Waffen hin abtasten konnte, zückte er seinen Dienstausweis und hielt ihn dem grimmig dreinblickenden Kahlkopf unter die Nase.

»Das ist meine Kollegin«, erklärte er. »Und Sie gehen mir jetzt sofort aus dem Weg, sonst verhafte ich Sie auf der Stelle wegen Behinderung der polizeilichen Ermittlungsarbeit«, sagte er in barschem Ton, woraufhin der Security-Mitarbeiter, ohne eine Miene zu verziehen, zur Seite trat und die beiden Kriminalbeamten passieren ließ.

Vor der Hotelruine, die seit Jahren den Stiftsplatz verschandelte, war eine breite Bühne aufgebaut. Dahinter verhüllten riesige Sponsorenplakate den fensterlosen Betonklotz. Der Leiter des K 1 musste noch ein paarmal seinen Dienstausweis zücken, bis er und seine Mitarbeiterin sich endlich seitlich vor der Bühne platzieren konnten. Zwar dröhnte dort ohrenbetäubende Musik aus den Lautsprechern, dafür aber konnte man quasi von der ersten Reihe aus diese Inszenierung beobachten.

»Mann, ist die Stadt schon so voll«, schrie Tannenberg gegen die wummernde Discomusik an.

»Morgen beim Zeitfahren wird's noch viel schlimmer.«

»Dann verstopfen diese ganzen …«, blökte er lauthals hinaus. Genau in diesem Augenblick endete abrupt die Musikeinspielung und Tannenberg brüllte »Idioten hier« der tausendköpfigen Menschenansammlung entgegen. »Die Stadt«, vollendete er, während seine Stimme erstarb.

Sabrina fuhr erschrocken zusammen und wäre am liebsten im Erdboden versunken. Als ihrem Chef dieser Fauxpas bewusst wurde, lief er puterrot an und kniete sich aus Verzweiflung nieder. Es dauerte kaum mehr als eine halbe Minute, bis ein anderer schwarz uniformierter Catchertyp ihm und seiner Kollegin grinsend zwei Stühle hinstellte.

»Danke«, murmelte der Kriminalbeamte und nahm mit betretener Miene Platz.

Der Moderator des Tour-de-France-Veranstalters redete ohne Unterlass auf die wartenden Radsportfanatiker ein, die sich aus der ganzen Welt auf den Weg in das Herz der Pfalz aufgemacht hatten, um ihre Idole hautnah erleben zu können. Während diese professionelle Show ihrem

Höhepunkt, nämlich der Präsentation der einzelnen Radsportteams zustrebte, warteten die Fahrer des Turbofood-Rennstalls hinter der Bühne wie nervöse Rennpferde auf ihren Auftritt.

Florian Scheuermann war das reinste Nervenbündel. Kein Wunder, schließlich hatte er solch einen gigantischen Rummel um seine eigene Person noch nie erlebt. Bereits auf der Fahrt durch die Stadt hatte er regelrechte Panikattacken erlitten, als er die vielen radsportbegeisterten Fans erblickte, die den Mannschaftsbus mit frenetischem Applaus begleiteten.

Wie ein Kindergartenkind, das dringend zur Toilette musste, trippelte er auf der Stelle herum. Im Zehnsekundenrhythmus führte er seine Trinkflasche an die Lippen und spritzte sich ein bisschen Flüssigkeit in den ausgetrockneten Mund. Mit fahriger Hand strich er sein grellgelbes Trikot glatt, auf dem das Turbofood-Markenzeichen, eine mit einem großen roten Herzchen besetzte Tierfutterdose, prangte. Als er über seinen Oberarm fuhr, spürte er eine kleine, schmerzende Beule. Sie befand sich exakt an der Stelle, an der Jenny ihm gestern Abend eine Injektion verpasst hatte.

»Nur ein paar Meter hinter mir stehen die Rennfahrer des Teams, das uns allen im letzten Jahr so viel Freude bereitet hat. Denn wie wir alle wissen, hat dieses renommierte Radsportteam nicht nur mit großem Vorsprung die Mannschaftswertung gewonnen, sondern hat auch den überragenden Gesamtsieger der letztjährigen Tour de France zu seinem Sieg geführt«, verkündete der Moderator.

»In diesem Jahr nimmt er allerdings nicht mehr als aktiver Teilnehmer, sondern als sportlicher Leiter am längsten und schwierigsten Radrennen der Welt teil. Eine ganz andere Herausforderung für diese Lichtgestalt der internationalen Radsportszene. Ich bin mir jedoch vollkommen sicher, dass er diese neue Aufgabe genauso optimal bewältigen wird wie die sonstigen Herausforderungen in seinem bisherigen Leben auch.«

Der Moderator legte eine kurze Pause ein, während der er zur Treppe ging und mit seinem ausgestreckten Arm auf eine Tür zeigte, die sich wie von Zauberhand öffnete. »Meine sehr verehrten Damen und Herren«, brüllte er der vielköpfigen Menge entgegen, »bitte begrüßen Sie mit mir den viermaligen Tour-de-France-Sieger Bruce Legslow.«

Tosender Applaus brandete auf. Legslow zeigte seinen Jungs das Victory-Zeichen, dann hechtete er auf die Bühne. Seine Körpersprache strotzte geradezu vor Selbstbewusstsein, als er wie eine Diva die frenetischen Ovationen seines Publikums entgegennahm. Er verneigte sich mehrmals vor seinen Fans und richtete anschließend in breitestem Südstaaten-Amerikanisch ein paar Sätze an sie, die der Moderator anschließend übersetzte.

Bruce Legslow erinnerte mit seinem schicken dunklen Designer-Anzug und seinem routinierten Auftreten an einen Star-Entertainer, der sich ausgesprochen gerne auf der Bühne bewegte. Man merkte ihm nicht im Geringsten die dramatischen Ereignisse der letzten Tage an. Er war der Inbegriff von Selbstbeherrschung und Souveränität. Vielen der Beobachter erschien er weitaus vitaler und lebensfroher, als sie ihn von der letzten Tour de France in Erinnerung hatten, wo die gewaltigen Strapazen der dreiwöchigen ›Tor-Tour‹ tiefe Furchen in sein ausgemergeltes Gesicht gegraben hatten.

Im Anschluss an seine kurze Ansprache nahm er noch einmal die Huldigungen seiner Fans entgegen, dann rief er nacheinander die einzelnen Mitglieder des Turbofood-Teams auf die Bühne. Der sportliche Leiter stellte die jeweiligen Rennfahrer vor und bat sie, ebenfalls ein paar Worte an die Radsportfangemeinde zu richten.

Florian Scheuermann kam als Letzter an die Reihe. Legslow lobte den Jungprofi in den höchsten Tönen und sagte ihm eine strahlende Zukunft voraus. Anschließend kürte er ihn zum neuen Hoffnungsträger des deutschen Radsports und bezeichnete ihn als Vorbild für die Jugend. Als Flo dies hörte, verspürte er einen derart heftigen Würgereiz, dass er Angst hatte, sich sofort an Ort und Stelle übergeben zu müssen.

Zitternd nahm er das Mikrofon entgegen und stammelte einige wenige Worte. Glücklicherweise hatte der Moderator offenbar einen siebten Sinn für seine Nervosität und Befangenheit, denn er befreite ihn aus dieser misslichen Lage, indem er nun zur Präsentation des nächsten Radsportteams überleitete.

Sichtbar erleichtert, dass diese Laufstegaktion für ihn endlich vorüber war, eilte Florian zur Treppe. Dabei erspähte er die junge Kriminalbeamtin, die ihn während der letzten Tage bereits zweimal im Waldhotel befragt hatte und die ihn gerade wie das siebte Weltwunder anstarrte. Daneben saß ein etwa 50-jähriger Mann, der mürrisch dreinblickte und ebenfalls bereits mehrmals in ihrem Trainingsdomizil aufgetaucht war – und der ihn genauso scharf im Visier hatte.

Florian Scheuermann hatte das Gefühl, als ob ihm gerade jemand mit eiserner Faust sein Herz umklammern und zum Stillstand bringen würde.

Was wollen die denn hier? Wollten die mich beobachten?, schossen ihm Fragen wie grelle Schmerzblitze durch den Kopf. Ich war doch eben so unheimlich aufgeregt. Dadurch habe ich mich bestimmt noch verdächtiger gemacht, als ich vielleicht sowieso schon bin.

16. ETAPPE

Der Leiter der Kaiserslauterer Mordkommission saß im K 1 hinter seinem Schreibtisch und zog in Gedanken eine ernüchternde Zwischenbilanz.

Morgen beginnt die Tour de France, sprach er zu sich selbst. Natürlich *mit* der Mannschaft, die letztes Jahr die Tour gewonnen hat und die bei der diesjährigen unter den Buchmachern als eindeutiger Favorit gehandelt wird. Die Tatsache, dass *ich* drei Mordfälle aufzuklären habe, die unmittelbar mit diesem vollgedopten Spitzen-Team zu tun haben, interessiert offenbar niemanden.

Was sind denn auch schon drei Menschenleben im Vergleich zu diesem Riesenspektakel, auf das alle Welt ganz geil ist und das offenbar unter keinen Umständen gestört werden darf. Man will gaffen, feiern, Kohle machen. So einfach ist das. Wie im alten Rom: panem et circenses. Nur dass man das gute, alte Brot heutzutage durch Turbofood ersetzt hat. Volksbelustigung und Kommerz! Da werden solche brutalen Morde höchstens als Randerscheinungen wahrgenommen.

Wolfram Tannenberg zog einen Bleistift aus der Utensilienbox und ließ ihn in Gedanken versunken über seine Fingerkuppen rollen.

Randerscheinungen, die eigentlich sogar sehr willkommen sind, denn sie schaffen einen zusätzlichen Thrillfaktor und erhöhen somit die Einschaltquoten, fuhr er in Gedanken fort. Worüber sich die Sender, die Sponsoren, die Sportler,

die Gaffer, also letztendlich alle freuen. Wie hat der Hollerbach vorhin so schön gesagt:

»Ich habe gerade eine Dienstanweisung erhalten, und zwar
eine von ganz oben. Sie beinhaltet die Anordnung, die Fahrer
des Turbofood-Teams so lange in Ruhe ihre Vorbereitungen
für die Tour de France durchführen zu lassen, bis wir hieb-
und stichfeste Beweise für eine Tatbeteiligung eines oder
mehrerer Radsportler vorliegen haben. Solange dies nicht
zweifelsfrei der Fall ist, gilt selbstverständlich auch für diese
Herrschaften die Unschuldsvermutung. Folglich dürfen alle
Fahrer dieses Rennstalls morgen an den Start gehen.«

Es mussten wohl irgendwelche telepathischen Kräfte
im Spiel gewesen sein, denn just bei diesem Gedankengang läutete das Telefon und Oberstaatsanwalt Dr. Sigbert
Hollerbach meldete sich erneut.

»Hallo, Herr Hauptkommissar. Sie werden es mir
vielleicht nicht glauben, aber ich habe gerade eben schon
wieder von ganz oben«, vor Tannenbergs geistigem Auge
tauchte sein Erzfeind auf, der gerade ehrfürchtig mit dem
Zeigefinger zur Zimmerdecke wies, »eine Weisung erhalten.
Diesmal beinhaltet sie die Anordnung, Sie umgehend von
den Ermittlungen bezüglich der nach wie vor ungeklärten
Tötungsdelikte zu entbinden.«

»Das wird ja immer doller«, gab der Kriminalbeamte
zerknirscht zurück.

»Mich befremdet diese Vorgehensweise ebenfalls«,
erklärte Dr. Hollerbach mit einer für ihn äußerst ungewöhnlichen Kritik an seinen Vorgesetzten. »Wie dem auch sei: Ich
wurde angehalten, Ihnen umgehend mitzuteilen, dass die
Ermittlungen von höchster Stelle an das Bundeskriminalamt übertragen wurden.«

»Von mir aus«, knurrte Tannenberg und legte auf. »Wusste gar nicht, dass der werte Herr Generalstaats- anwalt ebenfalls Radsportfan ist«, nuschelte er vor sich hin. »Na ja, eigentlich kein Wunder, schließlich ist ja auch ein ehemaliger rheinland-pfälzischer Ministerpräsident Chef des Bundes Deutscher Radfahrer. Vielleicht unter- nehmen die beiden ja gemeinsame Radtouren am Wochen- ende.«

Erneut klingelte das Telefon. »Was will denn der schon wieder? Krieg ich jetzt wieder mal einen Anschiss, weil ich nur einsilbig geantwortet habe?«, stöhnte Tannenberg in Erwartung des Oberstaatsanwaltes.

Während er eine abschätzige Grimasse schnitt, nahm er den Hörer auf und nannte routinemäßig seinen Dienstgrad und Namen. Aber er hatte sich geirrt, denn nicht Dr. Holler- bach meldete sich am anderen Ende der Leitung, sondern der Rechtsmediziner.

»Hallo, altes Haus«, begrüßte ihn die heitere Stimme seines besten Freundes. »Wirf dich schon mal in Schale. Ich bin in zehn Minuten bei dir und entführe dich.«

»Wohin denn?«

»Ins Quack. Dort werden wir unser arbeitsfreies Wochen- ende einläuten. Zur Feier des Tages bist du herzlich dazu eingeladen.«

»Wieso? Was ist denn los?«, mimte Tannenberg den Unwissenden, obwohl ihm bereits eine naheliegende Erklärung vorschwebte.

»Ach, mich hat nur gerade mein Busenfreund Hohl- Hohl-Hollerbach angerufen. Der Mistkerl hat mir schaden- froh eröffnet, dass unser geliebtes BKA die Leichname, alle Asservaten, Unterlagen und so fort bei mir abholen und zur

Mainzer Uniklinik bringen wird. Wie wir beide ja wissen, werden sie dort von meinen megaqualifizierten Landeshauptstadt-Kollegen begutachtet.«

Seine Stimme gewann an Schärfe. »Die Fachkompetenz dieser begnadeten Forensiker hat natürlich eine ganz andere Qualität als die stümperhafte Arbeit eines Provinz-Pathologen. Um es auf den Punkt zu bringen: Ich bin vollkommen draußen. Und wie ich tollkühn vermute, du auch.«

»So ist es.«

»Das sollten wir gebührend feiern, wie ich finde.«

»Wo du recht hast, hast du recht«, sagte Tannenberg.

Anschließend rief er seine Lebensgefährtin an und fragte Johanna von Hoheneck, ob sie ihn heute Abend für ein paar Stunden entbehren könne. Zuerst reagierte Hanne ein wenig säuerlich, denn eigentlich hatte sie vorgehabt, ihn zur Vernissage einer Bekannten mitzuschleppen. Aber als sie den Grund für die kleine Spontanfeier der beiden alten Freunde erfuhr, erteilte sie ihm großzügig die Freigabe. Zumal sie nur allzu gut wusste, wie ausgesprochen ungern Tannenberg allem beiwohnte, was auch nur im Entferntesten den Anschein einer kulturellen Veranstaltung erweckte.

In dem in der Nähe des Wildparks gelegenen, idyllischen Biergarten suchten sie sich einen schattigen Platz und orderten zwei Hefeweizen sowie die Speisekarte. Dr. Schönthaler blickte sich in der Gartenwirtschaft um.

»Gar nicht viel los. Und das bei diesem Super-Wetter«, wunderte er sich darüber, dass sich so wenig Gäste an diesem warmen Junitag auf den Weg zu dem beliebten Ausflugsziel aufgemacht hatten.

»Es ist ja noch früh am Abend«, bemerkte Tannenberg. »Vielleicht kommt der Ansturm noch. Vielleicht sind viele unserer Mitbürger auch in die Innenstadt gepilgert, um sich diese bunten Zugvögel anzuschauen, die dem Tour-de-France-Tross immer hinterherreisen. Ich hab mir heute Morgen die Präsentation der Teams angeschaut. In der Stadt herrscht wirklich ein ähnliches Flair wie damals bei der Fuß-ball-WM.«

»Verschon mich bitte mit diesem Horror-Thema. Ohne diesen irren Größenwahn von einer Handvoll Profi-Neurotikern wäre unser geliebter 1. FCK noch immer ein finanziell kerngesunder deutscher Topverein.« Dr. Schön-thaler seufzte und rückte mit einer abrupten Bewegung seine Fliege zurecht.

Die Bedienung servierte die heiß ersehnten Hefeweizen. Tannenberg bestellte zweimal Wiener Schnitzel mit Pommes und Salat. Danach prosteten sich die beiden Freunde zu und nahmen einen tiefen Schluck. Als sie den Bierschaum auf den Lippen des anderen entdeckten, lachten sie herzhaft und stießen abermals die Gläser aneinander.

»Da haben diese Säcke es doch tatsächlich hingekriegt«, grummelte Dr. Schönthaler. Den Rest ließ er unaus-gesprochen.

»Ja, wirklich, man sollte diese FCK …«

Der Rechtsmediziner klatschte sich mit der flachen Hand an die Stirn. »Nix FCK – BKA! Beziehungsweise irgend-welche extrem einflussreichen Kreise, die hinter dieser Anordnung stecken.«

»Ach, diese Anweisung ist dir also doch nicht so egal, wie du vorhin am Telefon behauptet hast«, höhnte Tannen-berg.

Sein Freund fixierte ihn mit einem stechenden Blick. »Na, dir doch wohl auch nicht. Oder willst du mir etwa erzählen, dass es nicht gewaltig in dir gebrodelt hat, als der Hohl-Hohl-Hollerbach dir diese Botschaft überbrachte.«

»Es hat, Rainer, es hat – und zwar anständig. Aber inzwischen hab ich mich damit einigermaßen abgefunden. Sollen die ihren Scheiß doch allein machen. Übermorgen verlassen die mit Dopingmittel vollgepumpten Pedaltreter und ihre kriminellen Manager die Pfalz. Dann dürfen sich die französischen Kollegen um diese Sauereien kümmern.«

»Und was ist mit den drei Mordopfern, die in meinen Kühlfächern liegen – beziehungsweise lagen? Hast du die etwa völlig vergessen?«

»Nein, natürlich nicht«, antwortete Tannenberg und blickte einige Sekunden lang mit nachdenklicher Miene auf den wulstigen Rand seines Weizenbierglases. Dann stützte er sich auf die Ellenbogen und knetete seine Hände. »Wo wir nun schon mal bei diesem Thema sind: Was hat die Autopsie von Torsten Leppla ergeben?«

»Nichts, was ich nicht bereits am Gelterswoog kundgetan hätte. Damals als Vermutungen, jetzt als Fakten: Der Journalist wurde in seinem Auto gefoltert, dann hat man ihn mit einer Drahtschlinge erdrosselt, ihm die Zunge herausgeschnitten und ihn anschließend in den See gelegt. Ich habe kein Wasser in seinen Lungen entdeckt, was eindeutig darauf hindeutet, dass er zu diesem Zeitpunkt bereits tot war.«

»Weißt du, ob Mertel irgendwas Neues entdeckt hat?«

»Nicht, dass ich wüsste. Und wenn, dann hätte er es dir bestimmt schon längst mitgeteilt.«

Reflexartig tastete der Kriminalbeamte nach seinem Handy und vergewisserte sich, ob es in Betrieb war. Da das Display nur eine graue Fläche zeigte, schaltete er es ein und wartete einen Moment. Kurz darauf blinkte ein Brief-Symbol. Er rief die SMS ab und las sie unter der Tischplatte, sodass sein Gegenüber sie nicht sehen konnte.

Trink nicht so viel, du alter Kulturmuffel!
Mag dich trotzdem!
Kuss Hanne

»Hast du eine obszöne Nachricht erhalten oder wollte nur mal wieder deine Mama wissen, wo ihr lieber Wolfi steckt?«, frotzelte der Pathologe. »Und ob er schon etwas gegessen hat.« Lachend zog er seine Taschenuhr heraus, klappte den Deckel auf und warf einen Blick auf das Ziffernblatt. »Es ist nämlich bereits nach 18 Uhr.« Er wandte sich um und schmetterte hinüber zu einem Tisch, an dem ein älteres Ehepaar saß: »Und um Punkt 18 Uhr wird in der Beethovenstraße zu Abend gegessen.«

»In der Kahlenbergstraße auch«, gab der Mann trocken zurück.

Tannenberg ließ sich von diesem Klamauk nicht beirren, sondern schrieb Johanna ein paar nette Worte zurück und schickte die SMS ab. Dann blickte er seinen Freund mit ausdrucksloser Miene an und sagte: »Nein, es war nur der Sportergebnisdienst: Der FCK hat 7:4 gegen Bayern gewonnen.«

»Ja, das stimmt«, sagte der Rechtsmediziner und

schob in weinerlichem Ton nach: »Aber das war leider im Jahre 1973!«

»Ich weiß, alter Junge. Und wir zwei waren dabei!« Die beiden hoben ihre Gläser und stießen sie klirrend aneinander. »Das nimmt uns niemand mehr.«

»Genau wie unsere letzten deutschen Meisterschaften: 1991 in Köln und 1998 zu Hause gegen Wolfsburg.«

»Glaubst du eigentlich, dass auch im Fußball flächendeckend gedopt wird?«

Dr. Schönthaler lupfte die Schulterblätter. »Weiß nicht.« Er trank einen großen Schluck Weizenbier. »Obwohl, Gerüchte gab's ja immer mal wieder.« Er schürzte die Lippen. »Aber ein systematisches Doping wie im Radsport oder in der Leichtathletik kann ich mir nicht vorstellen. Die Fußballspieler benutzen ja auch eher die rustikale Variante der leistungssteigernden Mittel.«

Tannenberg schmunzelte. »Ich weiß, woran du gerade denkst«, behauptete er.

»Woran denn?«, fragte der Pathologe, während ein schalkhaftes Schmunzeln seine Lippen umspielte.

»An die Wahnsinnsstory in der Bildzeitung, nach der Lothar Matthäus angeblich vor jedem Bayern-Spiel Rinderblut getrunken hat.«

»Richtig. Und der Effenberg hat immer rohe Stierhoden gegessen.«

Wolfram Tannenberg rümpfte die Nase, so als ob ihm diese Leckereien gerade selbst aufgetischt worden wären. Er schob den Teller mit dem gerade angelieferten Wiener Schnitzel ein wenig beiseite. »Ehrlich? Daran kann ich mich gar nicht mehr erinnern.«

»Ich auch nicht. Hab ich nämlich gerade eben frei erfunden.

Du glaubst aber auch wirklich alles«, amüsierte sich sein Freund und schlug sich feixend auf die Oberschenkel. »Hast du übrigens schon gehört, dass die NADA angekündigt hat, die FCK-Profis nicht mehr zu kontrollieren?«

Während Tannenberg die Augen rollte, beantwortete sein Gegenüber selbst die Frage: »Ihr Hauptargument: Ein solch unkonzentrierter und konditionsschwacher Haufen könne einfach nicht gedopt sein.«

»Da haben es die Dopingkontrolleure bei den Radprofis doch bedeutend besser. Irgendwo habe ich gelesen, dass seit dem Jahre 1960 lediglich 3 von 22 Toursiegern nicht des Dopings überführt bzw. schwer belastet wurden.«

»Und weißt du, was ich gestern gelesen habe? Es gibt ernst zu nehmende Hinweise darauf, dass im Radsport besonders bei den großen Klassikern ähnlich getürkt wird wie bei vielen Boxkämpfen.«

»Inwiefern?«

»Absprachen zwischen den leistungsstärksten Mannschaften und deren Sponsoren seien üblich – und das vor jeder einzelnen Etappe: Wer darf wann und wie lange in einer Ausreißergruppe mitfahren, wer darf eine Etappe gewinnen, wann und wie kommen die anderen Spitzenteams zum Zug und so weiter. Alles so perfekt aufeinander abgestimmt, dass die kostenlosen Werbeinblendungen für die Sponsoren gerecht verteilt werden. Optimales Product-Placement nennt man das heutzutage.«

»Du machst doch gerade Witze, oder?«

»Nein. Und das ist bei Weitem noch nicht alles: Gerüchten zufolge existieren Deals zwischen den großen Mannschaften und der UCI, dem Weltradsportverband.«

»Worüber?«

»Über die rechtzeitige Bekanntgabe von angeblich unangekündigten Dopingkontrollen.«

»Das wäre die Erklärung dafür, weshalb die NADA vorgestern bei der Trainingskontrolle auf dem Antonihof nichts Illegales gefunden hat. Die Turbofood-Fuzzis wurden im Vorfeld darüber informiert.«

»Also, ich könnte mir sehr gut vorstellen, dass es nicht nur im Radsport so läuft. Schließlich ist der gesamte Sport eine Unterhaltungsindustrie, die mit ihren umjubelten Helden Milliarden Euro umsetzt«, erklärte Dr. Schönthaler und schob sich seine mit einem Stück Fleisch und mehreren Pommes frites gespickte Gabel in den Mund.

Schmatzend fügte er hinzu: »Angeblich ist ausgerechnet der Turbofood-Konzern der potenteste Finanzier der dauerklammen WADA, also der Welt-Anti-Doping-Agentur.«

»Das gibt's nicht.«

»Doch. Aus einem erst vor Kurzem an die Medien lancierten Dankschreiben des WADA-Vorsitzenden an den Turbofood-Konzern geht hervor, dass Turbofood in diesem Jahr fünf Millionen Euro der WADA für den Anti-Doping-Kampf zur Verfügung gestellt hat.«

Tannenberg stieß grunzend Luft durch die Nase. »Ausgerechnet die.«

»Gerade die, mein lieber Wolf. Genauso laufen die üblichen Spielchen im modernen Wirtschaftsleben ab. Schließlich ist eine Turbofood-Tochter weltgrößter Epo-Produzent und setzt mit diesem Mittel jährlich über eine Milliarde Dollar um. In der Humanmedizin wird das derzeit so arg verteufelte Epo übrigens sehr erfolgreich als Medikament bei Patienten mit Nierenleiden, in der Schlaganfall-Therapie, gegen Schizophrenie und bei vielen anderen Indikationen eingesetzt.«

»Also ist dieses Medikament ein Segen für die Menschheit.«

»Und gleichzeitig ein Fluch.«

Je länger die beiden Zechkumpane beieinandersaßen, umso melancholischer wurde der altgediente Kriminalbeamte. »Denkst du auch oft über den Tod nach?«, fragte er.

»Nee.«

»Hast du denn keine Angst vor dem Tod?«

»Nee.«

Wolfram Tannenberg seufzte. »Ich hab jedenfalls eine Heidenangst davor.«

»Brauchst du aber nicht.«

»Wieso?«

»Weil der Sprachphilosoph Ludwig Wittgenstein irgendwann einmal Folgendes klipp und klar festgestellt hat: Vor dem Tod braucht man keine Angst zu haben, denn der Tod ist kein Ereignis des Lebens. Womit er logischerweise vollkommen recht hat.«

Tannenberg krauste die Stirn. »Stimmt eigentlich.«

»Na, siehst du, alter Junge. Außerdem hast du ja auch noch mich. Ich pass schon gut auf dich auf. Und wenn's dann irgendwann eben sein muss und dein letztes Stündchen geschlagen hat, halte ich dir dein zittriges Händchen.«

»Wieso du mir?«

Dr. Schönthaler blickte seinen Freund mit glasigen Augen verwundert an.

»Ich dir«, lallte sein Zechkumpan, dessen Zunge immer

schwerer wurde. »Ich gehe nämlich felsenfest davon aus, dass du lange vor mir ins Gras beißen wirst.«

Samstag, 4. Juli

»Oh nein, Hanne, hör bitte auf damit und lass mich noch ein bisschen schlafen«, brummelte Tannenberg in flehendem Ton. »Ich bin so was von hundemüde.«

Das unbedacht dahingemurmelte Adjektiv löste in seinem vernebelten Hirn einen elektrischen Impuls aus. Dieser aktivierte einen Neuronenhaufen, der die nächtliche Narkotisierungsmaßnahme einigermaßen unbeschadet überstanden hatte. Nach dem kurzen mentalen Blitz begriff der Trunkenbold urplötzlich, wer da an ihm herumschleckte: Es war nicht Johanna, sondern sein Hund. Und der nahm normalerweise frühmorgens keinerlei Rücksicht auf irgendwelche menschlichen Schlafbedürfnisse. Kurt wollte Gassi gehen – und damit basta!

Der morgenmuffelige Kriminalbeamte tastete nach Hanne. Mit seinem nach eigener Meinung unwiderstehlichen Charme wollte er sie fragen, ob sie nicht ausnahmsweise Kurt ausführen könnte. Doch er griff ins Leere. Kurt hatte die taktile Suchaktion offensichtlich gründlich missverstanden, denn er machte einen Satz über Tannenberg hinweg auf die freie Hälfte des Doppelbetts, legte sich brav neben ihm ab und zog in tiefster Zuneigung die raue Zunge über die Wange seines Herrchens.

»Sofort raus aus unserem Bett, du aufdringliches Riesenviech«, schimpfte Tannenberg und schraubte sich ächzend in die Höhe. »Au, mein Kopf«, jammerte er sogleich los. »Brummt mir mein Schädel.«

Während Kurt der Aufforderung in Zeitlupe nachkam, schleppte sich der arg lädierte Leiter des K 1 ins Bad. Den Anblick dieses verkaterten Mannes mit dem grauen, zerknitterten Antlitz ertrug er allerdings nur einen Sekundenbruchteil, dann wandte er sich von seinem Spiegelbild ab und schaufelte einige Hände eiskaltes Wasser in sein Gesicht.

Danach putzte er sich die Zähne und schleppte sich anschließend in die Küche. Er schüttete fast eine halbe Flasche Mineralwasser auf einmal in sich hinein. Rülpsend ließ er seinen Blick umherschweifen. Dabei entdeckte er auf dem Tisch einen Zettel, neben dem eine Packung Kopfschmerztabletten lag.

›Deiner Alkoholfahne nach zu urteilen, wirst du heute Morgen sowieso nicht in der Lage sein, mir beim Ausmisten der Ställe zu helfen. Zum Glück habe ich ja noch meine Brüder. Ich fahre jetzt raus zum Weiherfelderhof. Wir sehen uns dann nachher beim Mittagessen.

Kuss Hanne!‹

»Oh, Shit«, zischte Tannenberg vor sich hin. »Das hat mir garantiert keine Pluspunkte bei ihr eingebracht.« Er warf die Stirn in Falten. »Obwohl, wenn ich's mir recht überlege, ist es eigentlich gar nicht so verkehrt, wie's gelaufen ist. Zum Ställe-Ausmisten hätte ich eh nicht die geringste Lust gehabt.«

Nachdem er mit Kurt eine Runde im Stadtpark gedreht hatte, fühlte er sich schon bedeutend besser. Und zwei starke Kaffee am Frühstückstisch seiner Eltern taten ihr Übriges, um seine Lebensgeister fast wieder in den Normalzustand zu versetzen.

»So, Mutter, was soll ich denn heute auf dem Markt für dich einkaufen?«, fragte er in Erwartung des am Samstag obligaten Einkaufszettels.

»Kannste vergessen«, murrte sein biologischer Erzeuger. »Heute ist kein Markt.«

Im Gesicht seines Sohnes machte sich sogleich Enttäuschung breit. Er freute sich immer wie ein kleines Kind auf diesen ritualisierten Einkaufsbummel. Denn er ermöglichte ihm nicht nur den frühmorgendlichen Verzehr seiner geliebten Härting-Frikadelle, sondern führte ihn zudem zu seinen ehemaligen Klassenkameraden, mit denen er sich stets um 10 Uhr im Stadtcafé traf. Auch wenn er aus dienstlichen Gründen an manchen Samstagen arbeiten musste, gönnte er sich doch regelmäßig diesen kleinen Abstecher in die gemeinsame Vergangenheit.

Noch bevor er seinen Vater nach dem Grund für diese traurige Nachricht fragte, stieß er selbst auf die naheliegende Antwort: »Klar, wegen des Tour-de-France-Starts in der Fischerstraße findet heute auf dem Stiftsplatz kein Wochenmarkt statt«, fasste er seine Inspiration in Worte.

Er klopfte sich leicht auf die Schläfe und erinnerte sich mit einem Mal an die Kopfwunde, die von Dr. Schönthaler mit mehreren Stichen genäht worden war. Er tastete ein wenig darauf herum und stellte erfreut fest, dass die Wundheilung offenbar ohne Entzündung vonstatten ging.

Margots sorgenvoller Blick begleitete seine Hand bei ihrer Schädelexkursion. »Tut's noch arg weh, Wolfi?«

»Nee, Mutter, nicht der Rede wert.«

»Warmduscher«, kommentierte Jacob mit einem für ihn doch eher ungewöhnlichen Ausflug in die Jugendsprache.

Tannenberg lachte. »Wo hast du denn den Ausdruck her?«

»Hab ich von Tobias. Mit meinem Enkel kann ich mich nämlich richtig gut unterhalten.«

»Ganz anders als mit mir.«

Jacob ignorierte die Bemerkung und wandte sich demonstrativ wieder der Zeitungslektüre zu. »Wegen diesem blöden Radrennen bringen die hier in der Stadt alles durcheinander«, moserte er.

»Schaust du dir dieses Spektakel denn etwa nicht an, Vater? Der Tour-de-France-Zirkus wird vielleicht nie mehr in der Pfalz gastieren.«

»Zum Glück«, blaffte der Senior.

»Natürlich lassen wir uns das nicht entgehen, Wolfi«, entgegnete Margot anstelle ihres Mannes. »Auch dein Vater nicht. Die bringen das ja im Fernsehen. Da sieht man sowieso alles viel besser. Ich schau mir die Übertragungen allein schon wegen dem Flo an, also dem Florian Scheuermann.« Sie faltete die Hände wie zum Gebet und erklärte mit versonnenem Blick: »Der ist ja so was von goldig.«

»Habt ihr euch diesen Kerl wenigstens auch mal anständig zur Brust genommen?«, polterte Jacob energisch dazwischen. »Die stecken doch bestimmt alle unter einer Decke. Aber einer, der noch nicht lange bei denen dabei ist, wird bestimmt noch nicht ganz so abgebrüht sein wie die anderen. Wenn ihr dem ein paarmal anständig die Daumenschrauben anzieht, erzählt der euch hundertprozentig alles, was er weiß.«

Nachdem er in der Vergangenheit immer nur an der Mauer des Schweigens abgeprallt war, hatte sich der Senior eigentlich fest vorgenommen, seinen störrischen Sohn nie mehr nach irgendwelchen kriminalpolizeilichen Ermittlungsfortschritten zu fragen. Am liebsten hätte er sich die Zunge abgebissen, weil er nun doch wieder rückfällig geworden war.

Aus Wut über die erwartete arrogante Zurückweisung vonseiten seines Sohnes versteckte er sich hinter seiner Bildzeitung und knirschte so laut mit seinen falschen Zähnen, dass es jeder hören konnte.

Margot hatte in Anbetracht des martialischen Vorschlags ihres Mannes entsetzt die Hand auf den Mund gelegt. »Nein, Jacob, der Florian hat ganz bestimmt überhaupt nichts mit diesen Morden zu tun. Genauso wenig wie er dieses Dopingzeug benutzt«, sagte sie durch die Zwischenräume ihrer Finger.

»Wenn du das glaubst, bist du so naiv, dass du getrost vom Turm der Stiftskirche springen kannst. Du musst nur fest daran glauben, dass dich unten einer auffangen wird«, höhnte Jacob.

Nachdem Margot einen grimmigen Blick hinüber zu ihrem Ehemann abgeschossen hatte, wandte sie ihm die kalte Schulter zu und schlurfte zur Spüle.

»Ach, Vater, hab ich dir eigentlich schon von der sensationellen Wende in meinem neuen Fall erzählt?«, fragte Tannenberg betont beiläufig.

Jacob ließ umgehend die Zeitung nach unten sinken und starrte seinen jüngsten Sohn gleichermaßen verwundert wie erwartungsvoll an. »Nein, Wolfram, das hast du nicht. Was gibt's denn Neues?«

»Es hat sich eine völlig überraschende Entwicklung ergeben.«

»Und wie sieht die aus, wenn ich fragen darf?«, versetzte Jacob mit ungewohnter Höflichkeit.

Um die Spannung noch ein wenig zu steigern, zögerte Tannenberg seine Antwort ein paar Sekunden hinaus. Dann verkündete er grinsend: »Man hat mir gestern den Fall entzogen. Das BKA besitzt nun die alleinige Ermittlungshoheit.«

»Kein Wunder, bei euch Flaschen«, kommentierte der Senior.

17. ETAPPE

Die Tour de France wartete in diesem Jahr mit einem Novum auf. Noch nie zuvor in ihrer langen und wechselvollen Geschichte hatte dieser Radsport-Klassiker mit einem derart anspruchsvollen Einzelzeitfahren begonnen. Zwar hatte man in der Vergangenheit schon mehrfach die Tour mit einem Einzelzeitfahren eröffnet. Doch diese Prologe dauerten stets nur wenige Minuten und waren eher ein Schaulaufen der einzelnen Fahrer als eine ernst zu nehmende Wettfahrt gegen eine unerbittlich mitlaufende Uhr.

Diesmal hatte man auf einen Prolog verzichtet und den Rennfahrern dafür eine Strecke vorgesetzt, für deren Bewältigung mindestens eine Stunde erforderlich war. Die Organisatoren versprachen sich von dieser ungewöhnlich frühen Extrembelastung eine gnadenlose Offenlegung der Leistungsfähigkeit der einzelnen Teams. Dadurch sollte frühzeitig die Spreu vom Weizen getrennt, die Dramatik erhöht und gerade die schweren Bergetappen noch spannender gestaltet werden.

Die Pfalz war zum ersten Mal bei der Tour de France dabei. Und das gleich als Startort zweier direkt aufeinanderfolgender Etappen. Das Einzelzeitfahren fand auf einem Rundkurs statt, dessen Ausgangspunkt und gleichzeitig Zielort man mitten hinein ins Stadtzentrum gelegt hatte, und zwar auf die vierspurige Fischerstraße. Am darauf folgenden Tag, also dem Sonntag, sollte ebenfalls an dieser Stelle der Startschuss zur zweiten Etappe erfolgen, die über 218 Kilometer von Kaiserslautern nach Nancy führte.

Die Region versprach sich durch diese starke Medienpräsenz einen enormen Tourismusschub. Diese Hoffnung hatte sich, zumindest was diese ersten beiden Tourtage betraf, bereits erfüllt, denn alle Hotels, Pensionen und Privatunterkünfte waren bereits seit Wochen für diesen Zeitraum ausgebucht, ebenso die Jugendherbergen und Campingplätze im weiten Umkreis.

Schon seit Tagen schien Kaiserslautern regelrecht aus den Nähten zu platzen. Die von überall her angereisten Radsportenthusiasten verstopften die Innenstadt und blockierten mit ihren Blechkarawanen die Zufahrtsstraßen. Seit den frühen Morgenstunden säumten die Radsportbegeisterten die Rennstrecke, auf der die Profi-Radsportler zuerst in westlicher Richtung die Stadt durchqueren würden, um dann Hohenecken, Trippstadt und Hochspeyer zu passieren und anschließend von Osten kommend wieder ins Stadtgebiet zurückzukehren. Der Rundkurs wies ein ausgesprochen welliges Streckenprofil auf, das den Rennfahrern bereits bei dieser ersten Etappe alles abverlangen sollte.

Exakt zehn Minuten vor der festgelegten Startzeit hatte sich der gemeldete Teilnehmer am Start einzufinden. Florian Scheuermann war der erste Rennfahrer seines Teams auf der Startrampe. Aus gutem Grund, denn zum einen war er nicht gerade ein begnadeter Zeitfahrer und zum anderen positionierte jeder sportliche Leiter aus psychologischen Gründen die besten Zeitfahrer seines Teams an das Ende des Starterfeldes. Eine ähnliche Taktik, wie sie in der Leichtathletik bei den Sprintstaffeln angewendet wurde, wo die stärksten Läufer stets am Schluss liefen.

Als Florian die schmale Treppe hinaufstieg, verpasste ihm Bruce Legslow noch einen aufmunternden Klaps und wünschte ihm ›good luck‹. Nun stand er auf der Rampe und wartete hoch konzentriert auf das Startzeichen. Das Reglement legte fest, dass der Start stehend zu erfolgen hatte, wobei der Fahrer von einem neutralen Starthelfer zwar am Sattel gehalten, aber nicht von diesem angeschoben werden durfte.

Jede Faser seines athletischen Körpers war bis zum Zerreißen angespannt, besonders die prall gefüllten Muskelberge seiner Beine schienen gleich zu bersten. Sein Puls raste, als kämpfte er sich gerade einen Berganstieg hoch. Den Tunnelblick stur auf die durchgezogene Mittellinie der Hauptverkehrsstraße gerichtet, atmete er zwar schnell, aber trotzdem kontrolliert, denn eine Hyperventilation, die ihn ohnmächtig auf seinem Rennrad zusammensacken lassen würde, konnte er sich nun wirklich nicht erlauben.

In Gedanken spulte er noch einmal den anspruchsvollen Streckenverlauf ab. Plötzlich hörte er das monotone Herunterzählen des Starters. Wispernd sprach er jede Zahl mit. Dann ertönte das Startsignal, er rollte mit hohem Krafteinsatz die Rampe hinunter – und schon war er bei seiner ersten Tour de France dabei.

Der sportliche Leiter des Turbofood-Teams hatte ihm eingeschärft, sich nicht aus Übermotivation heraus bereits bei der ersten Etappe total zu verausgaben. Als Tour-Neuling besitze er selbstverständlich einen Sonderstatus im Team. Seine individuelle Zielvorgabe bestünde vor allem darin, bei dieser strapaziösen Rundfahrt wichtige Erfahrungen zu sammeln und sich mannschaftsdienlich zu verhalten.

Obwohl er sich diese Order wirklich zu Herzen genommen hatte, verfolgte er einen eigenen Plan. Danach wollte er versuchen, den exakt eine Minute vor ihm gestarteten Fahrer eines italienischen Teams so bald wie möglich zu überholen. Aus guten Gründen hatte er niemandem etwas von diesem Vorhaben erzählt. Schließlich sollte es eine große Überraschung werden, die seine Position im Team garantiert stärken würde.

Insgeheim träumte er sogar davon, am Ende der Tour das sogenannte ›maillot blanc‹, das weiße Trikot des besten Jungprofis, auf den Champs-Élysées übergestreift zu bekommen. Falls ihm dies tatsächlich gelingen sollte, wollte er dieses Trikot seinen Eltern als Dank dafür schenken, dass sie ihn all die Jahre über so liebevoll und selbstlos unterstützt hatten.

Aber das waren zunächst natürlich nur die realitätsfernen Wunschträume eines jungen Himmelsstürmers. Bislang war es noch niemals zuvor einem Tour-Neuling gelungen, auf Anhieb das ›maillot blanc‹ zu gewinnen. Obwohl Florian Scheuermann diese Statistik kannte, träumte er trotzdem davon, der Erste zu sein, dem dies gelang.

Als er sich vor der Fruchthalle in windschnittiger Körperhaltung in die Kurve legte, hörte er im Kopf die Stimme seines Vaters, der gerade seinen Lieblingsspruch zum Besten gab: »Mein Junge, schreib dir eins hinter die Ohren: Träume nicht dein Leben – lebe deine Träume!«

Und mein großer Traum besteht darin, meine erste Tour de France bis zum Ende durchzustehen, antwortete er tonlos seinem Vater. Wenn's zusätzlich noch mit dem weißen Trikot klappen sollte – umso besser! Florian biss die Zähne zusammen, trat auf der nun folgenden Geraden noch kraftvoller in die Pedale und ergänzte in Gedanken: Und mein kleiner Traum besteht darin, diesem Mistkerl vor mir eine Minute abzunehmen und vor ihm ins Ziel zu kommen.

Nachdem das jüngste Mitglied der Turbofood-Mannschaft die S-Kurve am ehemaligen Pfalztheater optimal genommen hatte und nun wieder beschleunigte, erspähte er weit entfernt auf der schnurgerade verlaufenden Pariser Straße den unmittelbar vor ihm gestarteten Rennfahrer.

»Dir werde ich's zeigen«, zischte er und raste an dem Spalier der dicht gedrängt stehenden, jubelnden Radsportfans vorbei.

Die weitere Streckenführung ermöglichte zwar noch mehrmals einen ähnlich weiten Blick nach vorne, aber Florian konnte den vorausfahrenden Kollegen nicht mehr sehen. Dafür nahm er plötzlich auf der Höhe des Gelterswoogs ein schnaubendes Geräusch hinter sich wahr, das von dem typischen Sirren einer Rennmaschine begleitet wurde.

Entsetzt wandte er sich um und blickte mitten hinein in das hämische Grinsen des Fahrers, der eine Minute nach ihm gestartet war. Als dieser die gleiche Höhe erreichte, legte er seine Hand auf Florians Hinterteil und schubste ihn leicht an. Danach schaltete er einen Gang hoch und überholte ihn.

Obwohl Florian die Wut in jedem Körperteil spürte, musste er ihn tatenlos ziehen lassen. Während er dem überlegenen Fahrer entgeistert hinterherblickte, sah er, wie dieser ihm zum Abschied den ausgestreckten Mittelfinger zeigte.

Florian war nicht zur geringsten Gegenwehr imstande. Seine Beine fühlten sich immer schwerer an, zudem registrierte er erste Anzeichen einer muskulären Übersäuerung. Obgleich ideale Wetterbedingungen und nahezu Windstille herrschten, fühlte er sich wie in einem Windkanal, wo ihm bei Windstärke 8 erbarmungslos die Kräfte aus dem Leib gesaugt wurden.

Er schaute Hilfe suchend nach hinten, doch schlagartig wurde ihm bewusst, dass es den Teamfahrzeugen beim Einzelzeitfahren strikt untersagt war, sich innerhalb der Streckenabsperrung zu bewegen. Selbstverständlich hätte er sich an eines der neutralen Begleitfahrzeuge oder auch an den Tour-Arzt wenden können, aber dazu schämte er sich zu sehr für sein Versagen.

Über einen Kopfhörer stand er mit Bruce Legslow in Verbindung, doch der hatte sich seit Minuten nicht mehr bei ihm gemeldet. Zunächst hatte Florian dies darauf zurückgeführt, dass sich sein sportlicher Leiter wohl intensiv um die stärkeren Zeitfahrer des Teams kümmern musste.

Doch nun befürchtete er, dass dieser ihn womöglich schon jetzt als aussichtslosen Fall abgehakt hatte. Das Letzte, was er von ihm gehört hatte, war der Appell, alles aus sich herauszuholen. Das wollte er auch, doch sein Körper befolgte die Befehle des Kopfes einfach nicht mehr.

Am Anstieg hinauf nach Trippstadt überholte ihn ein weiterer Rennfahrer. Dieser fragte mit besorgter Miene, was denn mit ihm los sei. Florian schüttelte nur den Kopf und keuchte »übersäuert«.

»Mach dir nichts draus. Es kommen auch wieder bessere Tage. Pass auf, dass die Muckis nicht ganz festwerden. Ist wirklich eine Scheiß-Etappe!«

Florian Scheuermann fühlte sich ausgesprochen elend. Bei seinen früheren Rennen hatte er sich die Kräfte optimal eingeteilt, immer noch ein paar Körner in Reserve behalten. Die hatten ihm gerade auf den letzten Kilometern oft einen entscheidenden Vorteil gegenüber seinen Konkurrenten verschafft. Doch ausgerechnet bei seiner ersten Tour-de-France-Etappe war er total schlapp und ausgelaugt, körperlich völlig am Ende. Jeder Tritt verursachte ihm Schmerzen und er musste, um Muskelfaserrissen vorzubeugen, die Beine häufig ausschütteln.

Als er am Hochspeyerer Stich gleich von zwei weiteren hinter ihm gestarteten Tour-Teilnehmern überholt und abgehängt wurde, konnte er dem inneren Druck nicht mehr standhalten. Er legte die Stirn auf den Lenker und weinte wie ein Schlosshund.

Ich habe total versagt. Ich bin der absolute Loser, bombardierte er sich mit Vorwürfen. Von wegen kometen-hafter Aufstieg. Nach diesem Fiasko bin ich weg vom Fenster. Nicht nur bin ich aus dem Team, sondern aus der gesamten Szene. Ich werde nie mehr einen Vertrag bekommen. Ich habe alle enttäuscht, alle. Nicht nur meinen sportlichen Leiter, der mich noch gestern mit Vorschusslorbeeren über-häuft hat, nein, auch meine ganzen Fans – und vor allem meine Eltern. Er seufzte tief. Sie werden sich für mich in Grund und Boden schämen. Am besten gebe ich mir gleich die Kugel.

Zur gleichen Zeit, als sich vor den Toren der Barbarossastadt dieses Radsportdrama ereignete, lag Wolfram Tannenberg gemütlich zu Hause auf seiner Wohnzimmercouch. Er war umgeben von zwei seiner mittlerweile sechs Lieblingsfrauen. Dazu gehörten: Seine Mutter Margot, die ein Stockwerk tiefer gerade gemeinsam mit ihrem Mann vor dem Fern-sehgerät saß, und seine Nichte Marieke, die zu diesem Zeit-punkt etwa 15 Meter Luftlinie von ihm entfernt im Hause seines Bruders mit ihrer kleinen Tochter Emma, ebenfalls eine seiner Lieblingsfrauen, spielte. Zu diesem erlauchten Kreis zählte er auch Sabrina, seine sehr geschätzte Kollegin, die sich gerade in seiner Dienststelle am Pfaffplatz aufhielt und den Kriminaldauerdienst stellte.

Womit noch exakt zwei Lieblingsfrauen übrig blieben: Nämlich seine Lebensgefährtin Johanna von Hoheneck zu seiner Linken und der von beiden vergötterte Mischlingshund Kurt zu seiner Rechten. Obwohl Kurts Herrchen mithilfe eines hinterlistigen Tricks diesen Männernamen innerhalb der hundeverrückten Familie durchgesetzt hatte, war der imposante Vierbeiner natürlich nach wie vor eine Hundedame – und eine treue, sensible und extrem schmusebedürftige dazu.

Ein kleiner Stoß mit der nassen, kalten Schnauze an den Unterarm seines Herrchens sollte ihn darauf hinweisen, dass er die obligaten Streicheleinheiten unterbrochen und gefälligst wieder aufzunehmen hatte. Doch Tannenberg fand dafür nun keine Zeit mehr.

»Schluss jetzt«, polterte er, woraufhin Kurt sich beleidigt in sein Hundekörbchen zurückzog, das die Ausmaße eines mittelgroßen Küchentischs aufwies.

»Warum kackt der denn so total ab?«, rief Tannenberg in den Raum hinein. In diesem Augenblick hatte er die Anwesenheit seiner Lebensgefährtin offenkundig völlig vergessen.

»Du und deine Kraftausdrücke«, kommentierte Johanna postwendend.

»Entschuldige, Hanne, aber ich verstehe diesen Einbruch nicht. Der Doc hat mir noch vor Kurzem erzählt, dass Epo gerade am Berg wie ein Turbolader wirkt. Aber das, was ich hier sehe, erinnert mich eher an einen verstopften Auspuff.«

»Vielleicht hat dieses Zeug bei ihm nicht angeschlagen

oder er hat zu viel davon abbekommen.« Johanna von Hoheneck warf die Stirn in Falten. »Ist das nicht dieser Junge, der seine erste Tour de France fährt?«

»Doch, genau der ist das.«

»Womöglich ist er einfach dem enormen psychischen Druck nicht gewachsen. Ich bin zwar kein Experte, aber ich kann mir durchaus vorstellen, dass bei Leistungssportlern sehr viel über den Kopf läuft. Und wenn der aus irgendwelchen Gründen nicht frei ist, kann es schon zu solchen Blockaden kommen, denke ich.«

Johanna zog die Schulterblätter nach oben und kehrte die Handflächen nach außen. »Wer weiß, vielleicht kommt es dann zu Muskelkrämpfen und Erschöpfungszuständen, die körperlich nicht erklärbar sind. Den Einfluss der Psyche sollte man nie unterschätzen.«

Tannenberg nickte zustimmend. »Kann sehr gut sein, dass du mit dieser Vermutung richtig liegst. Zumal bei dem Jungen ja noch dieser ganze Stress mit den ungeklärten Mordfällen hinzukommt.«

Die nächsten beiden Stunden kam der altgediente Kriminalbeamte aus dem Staunen nicht mehr heraus. Er konnte kaum glauben, was er da im Fernsehen sah. Denn nicht nur Florian Scheuermann brach beim Einzelzeitfahren völlig ein, sondern auch alle anderen Fahrer des Turbofood-Teams lieferten miserable Leistungen ab.

Sogar der amtierende Zeitfahrweltmeister, den Turbofood vor dieser Saison für viel Geld eingekauft hatte, kam mit mehr als vier Minuten Rückstand ins Ziel, was ihm einen völlig indiskutablen 86. Platz bescherte. Damit war er allerdings immer noch der Beste seiner Mannschaft, denn alle anderen Fahrer rangierten noch weiter abgeschlagen auf dreistelligen Plätzen. In der Endabrechnung erreichte Florian Scheuermann trotz einer desaströsen Leistung sogar noch die drittbeste Zeit innerhalb des Teams.

Sabrina Schauß rief ihren Vorgesetzten an und teilte ihm mit, dass Florian Scheuermanns Eltern vor ein paar Minuten im K 1 aufgetaucht seien. Sie seien völlig aufgelöst, kaum zu beruhigen und wollten unbedingt ihn persönlich sprechen.

Hauptkommissar Wolfram Tannenberg setzte sich daraufhin in seinen roten 3er-BMW und fuhr zu seiner Dienststelle. Wie stets war das Autoradio eingeschaltet. Eine Sprecherin unterbrach den laufenden Musiktitel und informierte die Hörer darüber, dass der sportliche Leiter des Turbofood-Teams gerade den sofortigen Ausstieg seiner Mannschaft aus der heute begonnenen Tour de France bekannt gegeben hat.

Als Grund für diesen überraschenden Entschluss wurde das schlechte Abschneiden aller Fahrer des Teams beim Einzelzeitfahren angeführt. Dem Anschein nach hätten die dramatischen Mordfälle, die sich in den letzten Tagen im direkten Umfeld des Teams ereignet hätten, zu diesem extremen Leistungseinbruch geführt, hieß es abschließend.

»Was seid ihr doch alle für elende Warmduscher«, spottete Tannenberg, unter Rückgriff auf ein vor Kurzem von seinem Vater verwendetes Schimpfwort. »Da läuft's mal nicht gleich optimal – und schon werft ihr die Flinte ins Korn«, schleuderte er hinterher.

Nachdem Sabrina ihrem Chef die Eltern des Jungprofis vorgestellt hatte, bat Tannenberg das Ehepaar in sein Büro und schloss die Tür. Florians Vater war ein stämmiger Mittvierziger, dem man auf den ersten Blick ansah, dass er zeitlebens viel Sport betrieben hatte. Auch seine etwa gleich große, aber bedeutend drahtiger wirkende Ehefrau erweckte einen ausgesprochen sportlichen Eindruck.

Er: Turner oder Radfahrer. Sie: Mittel- oder Langstreck-lerin, tippte Tannenberg im Stillen. »Nehmen Sie doch bitte Platz. Was führt Sie zu mir?«, fragte er in einem freundlichen, einfühlsamen Ton.

»Wir haben große Angst, dass sich unser Sohn etwas antun könnte«, kam die mit Jeans und Ringelshirt bekleidete Frau gleich zur Sache. Sie hielt ein Taschentuch in der Hand, mit dem sie ihre Tränen abtupfte.

»Wie kommen Sie darauf?«, wollte der Kriminalbeamte wissen.

Monika Scheuermann schniefte auf und wurde von einem Weinkrampf durchgeschüttelt. Ihr Mann nahm sie liebevoll in den Arm, zog sie zu sich heran und antwortete: »Unser Florian ist ein sehr sensibler Junge«, sagte er mit gepresster Stimme. Obwohl er seine Emotionen ein wenig besser im Griff zu haben schien als seine Frau, legten seine zuckende Kinnpartie und die heftigen Schluckbewegungen ein beredtes Zeugnis über seinen wahren Gemütszustand ab. »Nach seinem totalen Einbruch haben wir mehrmals versucht, ihn auf seinem Handy zu erreichen.«

»Gerade eben hab ich's nochmals probiert«, wimmerte Florians Mutter dazwischen.

Ihr Ehemann streichelte zärtlich über ihre kurz geschnittenen, dunkelbraunen Haare. Er räusperte sich und konnte offensichtlich nicht weitersprechen.

»Ich habe das Einzelzeitfahren am Fernseher verfolgt«,

versuchte Tannenberg das Gespräch wieder in Gang zu bringen. »Auch wenn's vielleicht seltsam klingen mag: Aber eigentlich braucht sich Ihr Sohn für seine Leistung nicht zu schämen. Er war schließlich noch einer der Besten seiner Mannschaft. Und das als Neuling. Das verdient doch wohl eher Respekt.«

Zwei dankbare Blicke trafen den Leiter des K 1. »Genauso sehen wir das auch«, versetzte Klaus Scheuermann.

»Und das wollen wir ihm unbedingt sagen«, ergänzte seine Ehefrau und schob nach, wobei sich ihre Stimme überschlug: »Das müssen wir ihm unbedingt sagen. Wir müssen ihn aufbauen, damit ...« Den Rest konnte sie nicht aussprechen. Sie warf die Hände vors Gesicht und schluchzte bitterlich.

Florians Vater putzte sich die Nase. »Vor gut drei Monaten hat seine Freundin mit ihm Schluss gemacht.« Er seufzte leidend. »Da haben wir uns auch schon große Sorgen um ihn gemacht.«

»Wie hat er denn damals reagiert?«

Klaus Scheuermann verwirrte diese Frage, denn er schaute sein Gegenüber mit einem leeren, fragenden Blick an.

»Reagiert?«, wiederholte er. »Auf diese Abfuhr hat er überhaupt nicht reagiert, jedenfalls nicht gegenüber seiner langjährigen Freundin.«

»Das war ja das Schlimme«, warf seine Mutter ein.

»Uns hat Florian gar nichts davon gesagt. Erst als er sich total zurückgezogen und kaum mehr etwas gegessen hat, haben wir gebohrt. Und dann hat er es uns schließlich gestanden.« Klaus Scheuermann stöhnte. »Man konnte es kaum mit ansehen. Er hat unter dem Verlust gelitten wie ein Hund. Wenn er seinen Sport nicht gehabt hätte ...« Wieder verlor sich der Satz im Nichts.

»Waren Sie eigentlich schon in der Stadt und haben die Mannschaftskameraden und Betreuer Ihres Sohnes aufgesucht?«, nutzte Tannenberg die entstandene Pause für eine naheliegende Frage.

»Ja, das haben wir natürlich getan, bevor wir hierher zu Ihnen gekommen sind«, erwiderte Florians Vater. »Aber die Leute aus seinem Team wissen angeblich auch nicht, wo er abgeblieben ist.«

Die Tür öffnete sich und Sabrina erschien im Türrahmen. »Wolf, kann ich dich bitte mal kurz sprechen?«, bat sie mit ernster Miene.

Tannenberg verließ sein Büro und schloss die Tür. »Was gibt's denn so Wichtiges?«, fragte er verwundert.

Die junge Kommissarin wies mit dem Kinn auf Petra Flockerzies Schreibtisch, wo neben der Telefonanlage der Hörer lag.

»Das BKA«, flüsterte sie hinter vorgehaltener Hand. »Da will dich einer sofort sprechen. Es sei sehr dringend.«

Tannenberg verzog sein Gesicht zu einer abschätzigen Grimasse. »Was wollen die denn von mir? Sie haben doch bereits alle unsere Unterlagen. Oder hast du sie ihnen etwa noch nicht zugefaxt.«

»Natürlich hab ich das, Wolf«, erwiderte Sabrina mit unüberhörbar verschnupftem Unterton. »Gestern schon.«

»Entschuldige, sollte kein Vorwurf sein.«

»Kam aber so an«, grummelte seine Mitarbeiterin.

»Hab Nachsicht mit einem ungehobelten alten Recken, oh holde Maid«, fabulierte ihr Vorgesetzter, Trauzeuge und väterlicher Freund. Dazu presste er die Handflächen wie betend aneinander. »Bitte, vergib mir.« Sabrina erteilte ihm schmunzelnd die Absolution. Erleichtert begab sich der

Gescholtene zum Schreibtisch seiner Sekretärin und nahm den Hörer auf. »Hauptkommissar Tannenberg«, meldete er sich.

»Da sind Sie ja endlich, mein Lieber. Wo haben Sie denn gesteckt?«, begrüßte ihn eine freundliche Männerstimme.

»Wer sind Sie? Was wollen Sie von mir?«, knurrte Tannenberg wie ein aggressiver Kettenhund in den Hörer hinein.

»Hier spricht Heribert Wagner.«

Als Tannenberg diesen Namen hörte, verspürte er sogleich einen schneidenden Schmerz in der Magengegend. Er war mit diesem BKA-Beamten bei seinem ersten Fall zusammengetroffen, oder besser gesagt: mehrfach mit ihm kollidiert.

Während er geräuschvoll Atem schöpfte, fragte die sonore Stimme: »Hat es Ihnen die Sprache verschlagen?«

»Ein bisschen schon«, entgegnete Tannenberg, der den anfänglichen Schock bereits ein wenig verdaut hatte. »Ist ja auch kein Wunder, denn wann wird einem kleinen Provinz-Bullen wie mir schon einmal die Ehre zuteil, von einem Leitenden Kriminaloberrat in Diensten des Landeskriminal-amtes Rheinland-Pfalz angerufen zu werden«, frotzelte er.

Mit einem Mal war alles wieder da: Das Gesicht des unsympathischen und arroganten Beamten, der ständig ungefragt seinen Dienstrang betonte, die fehlgeschlagene LKA-Aktion und so weiter und so fort.

Wagner lachte schallend auf. »Wie ich höre, haben sie Ihren Humor glücklicherweise noch nicht verloren.«

»Wieso eigentlich BKA? Beim letzten Mal waren Sie doch noch beim LKA, oder täusche ich mich da?«

»Nein, nein, Sie erinnern sich richtig. Aber wissen Sie, das

Bundeskriminalamt ist immer auf der Suche nach Spitzenkräften. Und da kam ...«

Arroganter Affenarsch!, schimpfte der Kaiserslauterer Chef-Ermittler im Stillen, behielt aber seine Gedanken für sich. Stattdessen fuhr er Wagner in die Parade, indem er die schon einmal gestellte Frage wiederholte: »Was wollen Sie von mir?«

»Also«, begann der offensichtlich blendend gelaunte BKA-Abteilungsleiter, wobei er dieses Wort wie einen Kaugummi in die Länge zog, »mein lieber Herr Hauptkommissar, ich möchte Sie zu uns nach Wiesbaden einladen.«

»Warum um alles in der Welt sollte ich denn ausgerechnet solch einen Horrortrip unternehmen?«

»Weil sich in unserem Fall ... Ich nenne ihn jetzt einfach mal so, obwohl Sie bestimmt einen gehörigen Groll auf uns hegen, schließlich hat das BKA Ihnen den Fall entzogen. Nebenbei bemerkt: Dieser brutale Eingriff in Ihre Arbeit macht mir keinen Spaß – auch wenn Sie mir das garantiert nicht abnehmen werden.«

»So ist es«, raunzte der Leiter des K 1.

»Aber die berühmten Sachzwänge machen oft gewisse harte Entscheidungen leider unumgänglich«, schob Wagner entschuldigend nach. Erst nachdem er sich geräuspert hatte, fuhr er fort. »Im Turbofood-Fall hat sich vor Kurzem eine geradezu sensationelle Wende ergeben, die uns alle sehr überraschte. Genauso wird es Ihnen übrigens auch ergehen, wenn wir Sie nachher mit den neuen Fakten konfrontieren. Dazu müssten Sie allerdings sofort zu uns kommen.«

Tannenberg stand vor einem schier unlösbaren Problem: Auf der einen Seite platzte er fast vor Neugierde, auf der anderen Seite war er wegen der Entziehung des Falles immer noch zutiefst beleidigt. Dazu kam, dass er diese Behörde hasste wie der Teufel das Weihwasser. Unschlüssig, was er nun tun sollte, kniff er die Lippen zu einer schmalen Linie zusammen und ging ein paar Schritte.

Heribert Wagner schien sein Problem zu erahnen. »Na los, geben Sie sich einen Ruck und überwinden Sie für ein paar Stunden Ihre Aversion gegenüber dem Bundeskriminalamt«, versuchte er ihn zu dieser Exkursion zu motivieren. Da sein verstummter Gesprächspartner jedoch weiterhin nicht reagierte, schob er geschwind nach: »Es lohnt sich wirklich. Das verspreche ich Ihnen.«

Tannenberg dachte mit einem Gedankensplitter daran, wie er heute Morgen beim Frühstück seinen neugierigen Vater exakt mit demselben Köder, nämlich der angeblich sensationellen Wende in seinem Fall, geärgert hatte.

»Oder steht Ihnen vielleicht gerade kein Dienstwagen zur Verfügung?«, quäkte es aus dem kleinen Lautsprecher.

Der Leiter des K 1 gab sich nun den geforderten Ruck. »Also gut, von mir aus. Ich bin in einer guten Stunde bei Ihnen.«

»Wunderbar! Freue mich sehr, Sie endlich wiederzusehen.«

Ich nicht, du aufgeblasener Profilneurotiker, dachte Tannenberg bei sich und legte ohne Abschiedsgruß auf. Anschließend informierte er in wenigen Sätzen seine Mitarbeiterin und kehrte mit Sabrina im Schlepptau zurück zu Florian Scheuermanns Eltern, die ihn bereits ungeduldig erwarteten.

»Was sollen wir jetzt nur tun?«, bestürmte ihn sogleich Florians Vater.

»Haben Sie bereits eine Vermisstenanzeige aufgegeben?«

Beide schüttelten den Kopf.

»Dann, denke ich, sollten Sie dies nun gemeinsam mit meiner Kollegin nachholen. Normalerweise warten wir zwar immer erst mindestens eine Nacht ab. Denn bis dahin haben sich die meisten der vermissten Personen bereits wieder bei ihren Angehörigen gemeldet. Aber in Ihrem speziellen Fall warten wir damit nicht so lange, sondern erledigen das am besten gleich.«

»Danke, Herr Kommissar«, schniefte Monika Scheuermann.

»Schreiben Sie bitte meiner Kollegin Ihre Handynummern auf. Wir melden uns sofort bei Ihnen, wenn wir etwas Neues erfahren. Ich muss jetzt leider dringend weg«, sagte der Leiter des K 1 und drückte Florians Eltern die Hand. »Bitte machen Sie sich keine unnötigen Sorgen. Ihr Sohn hat sich bestimmt nur irgendwo verkrochen und wird sich schon bald wieder bei Ihnen melden.«

»Glauben Sie das wirklich?«, jammerte Florians besorgte Mutter.

»Ja, natürlich«, log der Kriminalbeamte, denn seine Intuition sandte ihm ganz andere Signale.

»Sie werden meinen armen Jungen doch nicht etwa ermordet haben«, wimmerte Monika Scheuermann mit tränenerstickter Stimme.

Sie sprach damit exakt Tannenbergs momentanen Gedanken aus.

18. ETAPPE

Auf der A 63 trat Tannenberg das Gaspedal seines alten BMW bis zum Anschlag durch. Auf diese Weise erreichte er tatsächlich nach einer guten Stunde Fahrzeit das Bundeskriminalamt in Wiesbaden. Entgegen seiner pauschalen Vorurteile gegenüber den Mitarbeitern dieser Behörde behandelte ihn der junge Beamte, welcher ihn in der Eingangshalle erwartete, sehr höflich und zurückhaltend.

Ihr albernen Lackaffen könnt euch nicht verstellen. Ihr könnt euch anstrengen, wie ihr wollt, bei mir habt ihr keine Chance, kommentierte der Kaiserslauterer Ermittler in Gedanken, während er dem athletischen, mit einem dunklen Anzug bekleideten Mann durch lange und triste Flure folgte. Für mich werdet ihr immer aufgeblasene Klugscheißer bleiben, klebte er trotzig an seinem Feindbildszenario.

Am Ende des Korridors blieb Tannenbergs Begleiter vor einer Tür stehen und klopfte. Neben dem Türrahmen hing ein Schild mit der Aufschrift ›KD Heribert Wagner, Abteilungsleiter OK IV‹.

Statt einer herrischen Stimme, die in barschem Ton zum Eintreten aufforderte, öffnete sich die Bürotür und ein stattlicher Mann in Tannenbergs Alter lächelte ihn an.

»Schön, dass Sie gleich zu uns gekommen sind«, sagte Wagner und streckte seinem Besucher freundschaftlich die Hand entgegen. Tannenberg packte sie und drückte sie so fest er nur konnte. Doch der ebenfalls schwarz gewandete BKA-Beamte hielt mit einem schraubstockartigen Griff dagegen.

»Wow, nun auch noch Kriminaldirektor – Respekt, Respekt«, höhnte der Leiter des K 1, der seinerseits nicht die geringsten Karriereambitionen verfolgte. »Abteilungsleiter Organisierte Kriminalität«, schob er nickend nach. »Und was bedeutet ›IV‹?«

»Kommen Sie doch erst mal rein und nehmen Sie Platz«, überspielte Wagner die unverhohlene Provokation. »Darf ich Ihnen etwas anbieten?«

»In dieser noblen Bundesbehörde kann man doch sicher einen doppelten Espresso bekommen, oder?«, erwiderte Tannenberg, noch immer auf Konfrontationskurs.

»Aber selbstverständlich«, antwortete Heribert Wagner, öffnete einen Schrank, in dem sich neben einem Waschbecken auch eine Espressomaschine verbarg. »Du auch, Jens?«, fragte er seinen Mitarbeiter.

»Nein, danke, hab heute schon genug Koffein intus«, kam es postwendend zurück.

Heribert Wagner stellte das frisch gebraute Getränk sowie einen Zuckerstreuer und eine Keksdose vor seinen pfälzischen Kollegen. Er nahm nun ebenfalls an dem gläsernen Besuchertisch Platz und hob den Dosendeckel ab.

»Greifen Sie zu«, forderte er seinen Gast auf. »Original italienische Cantuccini. Von der italienischen Mutter einer meiner Mitarbeiterinnen nach altem toskanischen Familienrezept gebacken.«

»Wirklich nett, so ein Kaffeekränzchen in Wiesbaden«, versetzte Tannenberg, ohne die Kekse anzurühren. »Aber deshalb musste ich wohl nicht hierherrasen.«

»Nein, natürlich nicht, Herr Hauptkommissar«, entgegnete Heribert Wagner von einem duldsamen Lächeln begleitet. »Aber lassen Sie mich zunächst noch kurz Ihre Frage beantworten.«

Seinem Gegenüber war diese offensichtlich nicht mehr präsent, denn der krauste irritiert die Stirn.

Der BKA-Beamte half ihm aus der Patsche: »Sie wollten wissen, wofür die Bezeichnung ›IV‹ steht, nicht wahr?«

»Ja«, erwiderte Tannenberg.

Wagners Gesicht nahm einen förmlichen Ausdruck an. »Unsere Abteilung beschäftigt sich mit dem Bereich ›illegaler Arznei- und Dopingmittelhandel‹, der Teil der international agierenden OK ist.«

Tannenberg ließ lediglich ein tiefes Brummgeräusch verlauten.

»Übrigens ein hochprofitabler und schnell wachsender krimineller Markt, der vor allem von osteuropäischen und fernöstlichen Mafia-Clans beherrscht wird. Gerade in den letzten Jahren hat das internationale Doping-Geschäft riesige Ausmaße angenommen. Die Doping-Kartelle agieren wie weltumspannende Kraken, die den gesamten Markt unter sich aufgeteilt haben. Ihr Vertriebssystem funktioniert im Prinzip ähnlich wie der Handel mit Heroin, Kokain und so weiter. Ihr Einfluss reicht inzwischen bis in die Spitzen von Politik und Wirtschaft.«

»Schön und gut. Aber warum erzählen Sie mir das alles? Im Gegensatz zu Ihnen habe ich für gewöhnlich mit weitaus provinzielleren und profaneren Dingen zu tun, zum Beispiel mit drei Mordfällen.«

»Ich weiß.«

»Nichts wissen Sie«, blökte Tannenberg und schlug mit der Faust auf den Tisch. Seine Stimme schwoll noch stärker an. »Und zwar mit Mordfällen, die sich nicht in Shanghai oder Moskau ereignet haben, sondern in meiner geliebten Pfalz – und somit direkt vor meiner eigenen Haustür.«

Sein Kopf lief rot an. »Seit dieser Scheiß-Dienstanweisung darf ich noch nicht mal mehr ermitteln, verdammt und zugenäht! Und dann labern Sie mich hier mit irgendwelchem OK-Schrott voll. Ihre Mafiaprobleme sind mir im Moment schnurzpiepegal.«

Wolfram Tannenberg stützte sich mit bedrohlichem Gesichtsausdruck auf die Ellenbogen und kippte dabei seinen Oberkörper so weit nach vorne, dass er fast den Kopf seines Gegenübers berührte. Doch Wagner wich keinen Millimeter zurück.

»Das sollten sie aber nicht sein«, versetzte der BKA-Abteilungsleiter in ruhigem Ton, »denn diese beiden Kriminalitätsbereiche überschneiden sich sehr oft. Wohl auch im vorliegenden Fall.«

Tannenbergs Erregung ebbte ein wenig ab. Er wippte in seinem Stuhl zurück. »Dann kommen Sie doch jetzt bitte endlich zur Sache.«

»Das tue ich bereits die ganze Zeit über. Haben Sie das etwa noch nicht bemerkt?« Der Kriminaldirektor in Diensten des Bundeskriminalamtes grinste schelmisch. »Jens, ich denke, es ist an der Zeit, unserem ungeduldigen Herrn Kollegen einen Überraschungsgast zu präsentieren.« Seine Augen kehrten zum Leiter des K 1 zurück. »Sind Sie dazu bereit?«

Die Frage hing ein paar Sekunden lang in der Luft. Doch Tannenbergs aufleuchtendes Gesicht beantwortete sie hinlänglich. Schmunzelnd erhob sich Wagners Mitarbeiter und verschwand im Nebenzimmer.

Nur wenig später tauchte Eva Schneider im Türrahmen

auf. Auch sie war ganz in Schwarz gehüllt. Von diesem Outfit hätte wahrscheinlich jeder unbefangene Beobachter auf eine sich gerade versammelnde Trauergemeinde geschlossen. Die Frau des Turbofood-Arztes wirkte noch zerbrechlicher als in der Nacht, in der sie von den beiden Kaiserslauterer Ermittlern in ihrem Haus aufgesucht worden war. Wortlos ließ sie sich auf einen der gepolsterten Metallstühle gleiten.

»Wie mir Frau Schneider berichtet hat, kennen Sie beide sich ja bereits«, erklärte Heribert Wagner. Da keiner der beiden Angesprochenen offenbar etwas dazu anmerken wollte, fuhr er sogleich fort: »Kurz nach dem desaströsen Abschneiden dieser angeblichen Radsporthoffnung Florian Scheuermann kam Frau Schneider zu uns und hat uns freundlicherweise den bislang unauffindbaren Laptop ihres Mannes ausgehändigt.«

»Was ist da drauf?«, schoss es regelrecht aus Tannenbergs Mund.

»Wohl eher ›drin‹«, korrigierte der Kriminaldirektor schmunzelnd.

Klugscheißer!, lag seinem Gegenüber auf der Zunge, doch er schluckte den Begriff tapfer hinunter.

»Ja, was wird da wohl drin sein?«, fragte Wagner, während er mit der Hand hinüber zu seinem gläsernen Schreibtisch wies, auf dem sich zwei Laptops befanden. »Das ist wirklich eine eminent spannende Frage.«

Um dem Nachfolgenden eine größere Bedeutung zu verleihen, reckte der ranghohe BKA-Beamte den Zeigefinger empor. »Auf der Festplatte von Dr. Schneiders Laptop befinden sich diverse Aufzeichnungen und Statistiken. Und nicht zu vergessen, sie enthält darüber hinaus auch

die elektronischen Patientenkarteien sowohl aller Rennfahrer als auch der übrigen Teammitglieder.« Er stockte und
verbesserte sich. »Nein, nicht alle. Es fehlen die von Bruce
Legslow, seiner Ehefrau Melinda und die des ermordeten
Mechanikers Joop van der Miel.«

»Dann hat er wahrscheinlich von Joops Arsenvergiftung
gar nichts gewusst«, brabbelte Tannenberg vor sich hin.

»Bitte?«

»Ach, nichts.«

Wagner schüttelte verständnislos den Kopf, verzichtete
aber auf eine Nachfrage. »Dr. Schneider hat das über
Jahre hinweg im Turbofood-Radrennstall durchgeführte,
systematische Doping akribisch dokumentiert.«

»Wirklich?«

»Ja. Dort drüben auf meinem Schreibtisch liegen die
Beweise. Aber das ist lange noch nicht alles, mein lieber
Herr Hauptkommissar. Denn in diesem kleinen grauen
Zauberkasten befinden sich sowohl detaillierte Angaben
über die Herkunft der Dopingmittel als auch über deren
Transportwege, Depot-Orte, Namen der Dealer und vieles
mehr.«

»Das ist ja unglaublich.«

»So ist es«, bemerkte Wagner und lehnte sich zufrieden
in seinem Sessel zurück.

In der Hoffnung, Tannenbergs sperrangelweit geöffneter
Mund würde sich sogleich wieder von allein schließen,
wartete der Kriminaldirektor einen Moment lang ab. Doch
als sich in dieser Hinsicht nicht das Geringste tat, fügte er
schmunzelnd an: »Mir gefallen Ihre goldenen Inlays zwar
außerordentlich gut, aber ich weiß ehrlich gesagt nicht, ob
Frau ...«

Mehr musste er nicht sagen, denn sein pfälzischer Kollege hatte endlich kapiert und klappte peinlich berührt den Unterkiefer hoch.

»Sie müssen wissen, Heiko ist in diese Sache einfach so reingeschlittert«, behauptete Eva Schneider mit dünner Stimme.

Tannenberg rollte abschätzig die Augen. »Reingeschlittert? Was glauben Sie wohl, wie oft ich dieses Märchen schon gehört habe?«, konnte sich der Kaiserslauterer Ermittler nicht verkneifen.

»Aber in seinem Falle war es wirklich so«, beharrte sie. »Als junger Wissenschaftler hat Heiko am Institut für Sportmedizin einen ...«

»Entschuldigung, Frau Schneider, aber diese Geschichten interessieren mich im Augenblick herzlich wenig«, fiel ihr der Tannenberg ins Wort.

»Interessieren sollte Sie aber durchaus das Motiv meines Mannes, das ihn dazu bewogen hat, sich als Kronzeuge dem organisierten Verbrechen entgegenzustemmen«, erklärte die Arztgattin mit scharfer Stimme.

Mach sie mal nicht so an!, polterte Tannenbergs innere Stimme, wie immer ungefragt, dazwischen. Schließlich hat sie vor drei Tagen ihren Mann verloren.

»Sie haben recht. Bitte erzählen Sie«, gehorchte er seinem Quälgeist.

»Heiko hat es einfach nicht mehr ausgehalten, tagaus, tagein junge und gesunde Menschen mit zum Teil lebensgefährlichen Substanzen vollzupumpen. Sie müssen wissen, dass sich viele der von ihm gespritzten Mittel erst in der klinischen Erprobungsphase befanden und diese oft beträchtliche, manchmal sogar unkalkulierbare Nebenwirkungen erzeugten. Die Radfahrer waren menschliche Versuchskaninchen.«

»Und damit wollte er urplötzlich Schluss machen?«, fragte Tannenberg nach.

»Ja. Weil er es vor schlechtem Gewissen einfach nicht mehr ausgehalten hat. Nächtelang lag er wach und klagte mir seine Nöte. Bis wir dann irgendwann gemeinsam den Entschluss fassten, diesen gefährlichen Weg zu beschreiten.«

»Der dankenswerterweise dazu geführt hat, dass uns nun endlich stichhaltige Beweismittel für die Machenschaften dieser skrupellosen Großkriminellen vorliegen«, freute sich Heribert Wagner und rieb sich die Hände.

»Und wie sieht's aus mit Beweisen zur Überführung der Killermaschinen, die drei Menschen ermordet haben?«, fragte Tannenberg.

»Interessante Frage, Herr Hauptkommissar«, entgegnete der leitende BKA-Beamte. Er schraubte sich in die Höhe und entfernte sich ein paar Schritte von dem gläsernen Besuchertisch.

»Sie werden jetzt gleich Bauklötze staunen«, verkündete er.

Tannenbergs erwartungsvolle Blicke folgten ihm.

Wie ein Showmaster, der auf der Bühne gerade einen berühmten Stargast ankündigte, wies Wagner mit einer ausladenden Geste zur Tür hin, neben der sich zwischenzeitlich sein Mitarbeiter aufgebaut hatte. »Voilà, hier kommt diejenige Person, die Ihnen nun fast alle Ihre offenen Fragen beantworten kann.«

Etwa zum gleichen Zeitpunkt rückte ein Sondereinsatzkommando des Bundeskriminalamtes in voller Mannschaftsstärke zum Großeinsatz aus. Kurz vor 19 Uhr donnerten vier Kleinbusse sowie mehrere dunkle Limousinen auf das weitläufige Parkplatzgelände vor dem Waldhotel Antonihof.

Die schwer bewaffneten, mit Kampfanzügen bekleideten und mit schwarzen Sturmhauben maskierten Gestalten sahen furchterregend aus. Laute, schneidende Kommandos und die eintrainierten, überfallartigen Bewegungsabläufe ließen in dem idyllisch gelegenen Hotel Panik unter den Gästen ausbrechen.

Die BKA-Kräfte scherten sich weder um das Geschlecht, das Alter, noch um den Beruf der anwesenden Personen. Ausnahmslos jeder, egal ob Hotelgast, Koch, Anwalt oder Hotelmanager, musste sich mit erhobenen Händen schräg an die Wand stellen, weit die Beine spreizen und sich wie ein Schwerverbrecher nach mitgeführten Waffen abtasten lassen.

Anschließend ermittelten die Beamten die Personalien der völlig eingeschüchterten Menschen und glichen sie mit einer Liste ab, welche der Einsatzleiter zuvor an jeden seiner Sondereinsatzkräfte verteilt hatte. Diejenigen, deren Namen nicht auf dieser Fahndungsliste zu finden waren, wurden in den großen Speisesaal dirigiert.

Dort entschuldigte sich der SEK-Einsatzleiter für die entstandenen Unannehmlichkeiten und bat die Anwesenden um Verständnis für die Polizei-Aktion, die er inhaltlich jedoch nicht näher konkretisierte. Den Hotelmanager forderte er auf, die im Speisesaal versammelten Personen bis zur Beendigung der SEK-Aktion mit Speisen und Getränken zu versorgen.

Wegen Flucht- und Verdunklungsgefahr wurden alle im Hotel angetroffenen Mitglieder des Turbofood-Teams vor-

läufig festgenommen und zu den bereitstehenden Klein-
bussen gebracht. Andere Spezialkräfte räumten unterdessen
die Zimmer der festgenommenen Personen aus und brachten
die sichergestellten Kleidungsstücke, Taschen und sonstigen
Gegenstände zu den Transportern. Sämtliche Fahrzeuge des
Profi-Rennstalls wurden konfisziert und anschließend von
Polizeibeamten nach Wiesbaden in den Hof des Bundeskriminalamtes überführt.

Der einzige Fahrer der Radsportmannschaft, der nicht
im Waldhotel angetroffen und festgenommen werden
konnte, war Florian Scheuermann. Obwohl der Einsatzleiter intensive Nachforschungen nach ihm anstellte, wusste
offenbar keiner seiner Kollegen, wo er denn abgeblieben
war. Der Letzte, der ihn angeblich gesehen hatte, war der
Mechaniker Pieter Breedekamp.

Heribert Wagners Kollege hielt bereits die Türklinke in der
Hand, als ihn der OK-Abteilungsleiter aufforderte, noch
einen Augenblick zu warten. An Tannenberg gerichtet,
erklärte er:

»Während wir hier gemütlich miteinander plauschten,
sind meine Kollegen in Ihren wunderschönen Pfälzer
Wald gefahren und haben die eigens für die Mitglieder des
Turbofood-Teams ausgestellten Haftbefehle vollstreckt.
Diese Leute befinden sich bereits auf dem Weg hierher. Nach
dem für uns alle doch ziemlich überraschenden sofortigen
Tour-Ausstieg des Turbofood-Rennstalls haben wir uns
ebenfalls zum sofortigen Handeln entschlossen. Deshalb
hatte ich Sie vorhin auch gebeten, so schnell wie möglich
zu uns zu kommen. Ich möchte Ihnen nämlich die Gelegenheit geben, sich diese werten Herrschaften gemeinsam mit

uns anständig zur Brust zu nehmen. Deshalb die ganze Eile und Hektik.«

»War Florian Scheuermann dabei?«, fragte der Leiter des K 1, der nach wie vor gebannt auf die gepolsterte Tür zum Nebenzimmer starrte.

»Nein, als Einziger nicht. Es gibt Hinweise darauf, dass er geflüchtet ist.«

»Wohin?«

Wagner zuckte mit den Schultern. »Ja, wenn wir das wüssten, wären wir bedeutend schlauer und bräuchten keine Fahndungsmaßnahmen mehr durchzuführen.«

»Klar! Ich mein doch auch nur, in welche Himmelsrichtung er geflüchtet ist?«

Der BKA-Beamte schob die Unterlippe vor und schüttelte den Kopf. »Keine Ahnung. Ich weiß nur, dass er direkt nach dem Einzelzeitfahren im Mannschaftsbus seinen Rucksack geholt hat und dann getürmt ist.«

»Wie sah der Rucksack aus?«

»Auf ihm soll ein FCK-Emblem abgedruckt sein.« Ein schadenfrohes Grinsen zeigte sich in seinem Antlitz. »Bei dem Tabellenstand sind die bestimmt ganz billig zu haben.«

Tannenberg verengte die Augen zu schmalen Schlitzen. Scheißkerl, beschimpfe er ihn tonlos. Meinst du, ich habe den Mainz-05-Anstecker an deinem Revers noch nicht bemerkt? Aber ich sag dir eins, du Karnevalsgesicht, es werden auch wieder andere Zeiten kommen.

»Aber warum fragen Sie nach ihm?«, wollte Heribert Wagner wissen.

»Weil sich seine Eltern bei mir gemeldet haben. Sie konnten ihn nicht erreichen und sind sehr besorgt. Sie meinen, er sei nach diesem Zeitfahr-Fiasko extrem suizid-gefährdet.«

»Oh je, die armen Leute. Aber vielleicht finden wir ihn ja auch schon bald, schließlich läuft die Fahndung nach ihm bereits auf Hochtouren«, meinte Wagner.

»Könnten Sie bitte veranlassen, dass man uns sofort benachrichtigt, wenn ihn jemand gefunden hat oder wenn jemand einen Hinweis zu ihm erhalten hat?«

»Selbstverständlich, Herr Kollege.« An seinen Mitarbeiter gerichtet sagte er: »Jens, kümmerst du dich bitte gleich darum.« Während der jüngere BKA-Beamte kurzzeitig den Raum verließ, fuhr Wagner fort: »Es war wirklich ein Drama. Man konnte es kaum mit anschauen: diese Schmerzen und diese unglaubliche Enttäuschung in seinem Gesicht. Ich habe richtig mit ihm gelitten.«

Wagner seufzte. »Es ist wirklich jammerschade um ihn. Seine vielversprechende Karriere wird nun wohl bereits vorüber sein, bevor sie überhaupt erst richtig begonnen hat.« Er wiegte den Kopf hin und her. Dann gab er seinem Mitarbeiter ein Zeichen, der jemanden hereinrief.

»Na, hab ich Ihnen zu viel versprochen?«, fragte der leitende BKA-Beamte. Die Freude über seinen Überraschungscoup konnte er nicht verbergen.

Tannenberg sagte nichts, sondern schüttelte nur stumm den Kopf.

Woraufhin Wagner nachschob: »Ihn hätten Sie wohl hier am allerwenigsten erwartet, nicht wahr?«

19. ETAPPE

Während Tannenberg Bauklötze über Bauklötze staunte, trat der Kriminaldirektor hinter einen der Stühle und wartete, bis sein Topinformant ein wenig in die Knie gegangen war. Dann schob er ihm wie ein aufmerksamer Diener von hinten den Stuhl nach.

Anstatt sich dafür zu bedanken, küsste Dr. Schneider unter den Augen des sprachlosen Kaiserslauterer Ermittlers seine Frau. Dann zog er eine Zigarettenschachtel aus seinem Sakko und zupfte mit gelben Fingerkuppen zwei Glimmstängel aus der Packung. Diese steckte er nebeneinander in den Mund, zündete sie an und reichte einen der beiden an seine Gattin weiter.

Eva Schneider war in den letzten Minuten regelrecht aufgeblüht. Ihr wachsfarbener Teint hatte in Sekundenschnelle die Farbe verändert und war nun plötzlich rosig wie bei einem jungen Schweinchen. Dankbar lächelnd, nahm sie die Zigarette entgegen und saugte einen tiefen Zug in ihre gierigen Lungen.

Es dauerte weit länger als die üblichen Schrecksekunden, bis Wolfram Tannenberg tatsächlich begriffen hatte, wer ihm da gegenübersaß. Am liebsten hätte er ihn angefasst und sich so davon überzeugt, dass er keine Fata Morgana, sondern tatsächlich ein Lebewesen aus Fleisch und Blut war.

Und wer ist der Mensch, dessen Einzelteile in der Pathologie des Westpfalz-Klinikums liegen?, war das Erste, was ihm durch sein Hirn blitzte. Dabei bedachte er nicht, dass der von einem Sprengsatz zerfetzte Leichnam schon längst auf der gegenüberliegenden Rheinseite in der Pathologie der Mainzer Uniklinik lagerte.

Da Tannenbergs Sprechwerkzeuge noch immer gelähmt waren, konnte er diese Frage jedoch nicht über die Lippen bringen. Derweil produzierte das mentale Feuerwerk in seinem Kopf einen weiteren Gedanken.

Diesen vermochte er nun merkwürdigerweise sofort auszusprechen: »Wissen Sie, wo sich Florian Scheuermann aufhalten könnte?«, stieß er mit hastigen Worten aus. »Weiß er irgendetwas über die Morde? Etwas, das ihn in Gefahr bringen könnte? Wissen Sie, ob diese Typen vorhaben, auch Florian zu ermorden? Besitzt er Insiderwissen über die Doping-Praktiken bei Turbofood?«

»Nein, nein, ich weiß nichts von alldem«, versicherte der Sportmediziner mit einer abwehrenden Geste. Er saugte so fest an seiner Zigarette, dass die Spitze grell aufglühte. »Ehrlich gesagt, kann ich mir auch nicht vorstellen, dass er irgendetwas weiß. Und noch weniger kann ich mir vorstellen, dass man ausgerechnet ihn aus dem Weg räumen will«, sagte er in den ausströmenden Rauch hinein.

»Ihr Wort in Gottes Ohr«, bemerkte Tannenberg.

»Der Junge ist doch erst seit Kurzem bei uns«, ergänzte Dr. Schneider. »Nach dem plötzlichen Ausfall zweier Fahrer wurde er quasi auf den letzten Drücker nachnominiert.« Er schob die Brauen zusammen. »Was ist denn mit ihm?«

»Er ist seit heute Nachmittag wie vom Erdboden verschluckt«, erwiderte Heribert Wagner. »Aber aus diesem Grund findet unser Zusammentreffen ja nicht statt. Es wurde unter anderem deshalb von mir arrangiert, weil ich die Vorurteile meines geschätzten Kaiserslauterer Kollegen ein für alle Mal aus dem Weg räumen möchte.« Schmunzelnd fügte er hinzu. »Er hält nämlich nicht viel von unserer Behörde und diffamiert sie häufig als inkompetent und unkooperativ.«

Obwohl ihn natürlich brennend interessierte, wer Wagner diese Informationen zugetragen hatte, verzichtete Tannenberg auf eine entsprechende Nachfrage. Zum einen, weil ihn gegenwärtig andere Dinge bei Weitem mehr interessierten, und zum zweiten, weil ihm sein Gehirn bereits die einzig logische Antwort einspielte: Oberstaatsanwalt Dr. Sigbert Hollerbach, dem man beste Kontakte zum Bundeskriminalamt nachsagte.

»Wissen *Sie* wenigstens, wer hinter den Morden steckt?«

»Diese Frage, lieber Herr Hauptkommissar, wird Ihnen Dr. Schneider erst am Ende unserer kleinen Sitzung beantworten«, mischte sich der leitende BKA-Beamte ein, noch bevor der Mediziner irgendeinen Ton von sich geben konnte.

»Warum?«

»Weil es zunächst noch einige andere für Sie offene Fragen zu klären gilt.«

»Ich will aber nicht mehr so lange warten«, drängte Tannenberg wie ein kleines Kind, das sich nicht damit abfinden wollte, dass das Christkind erst nach Einbruch der Dunkelheit erscheinen würde.

Heribert Wagner hob die Augenbrauen an und zuckte mit den Schultern. »Ich fürchte, Sie haben keine andere Wahl, mein Lieber.«

»Von mir aus«, knirschte Tannenberg, der solchen merkwürdigen Spielchen überhaupt nichts Positives abgewinnen konnte.

Was er noch viel weniger mochte, war die Tatsache, auf das Wohlwollen eines anderen Menschen angewiesen zu sein – und dann auch noch auf das eines BKA-Mitarbeiters. Er erinnerte sich an die Frage, die ihm vorhin schon einmal auf der Zunge lag.

»Wer ist der arme Mensch, der bei der Pressekonferenz für Sie eingesprungen ist und dessen Einzelteile in der Pathologie des Westpfalz-Klinikums liegen?«

»In der Mainzer Uniklinik«, korrigierte Wagner und erntete damit lediglich einen bösen Blick.

»Dazu muss ich ein wenig ausholen«, entgegnete Dr. Schneider. »Nach Joops Ermordung war es mir im Waldhotel zu heiß geworden. Deshalb habe ich mich dazu entschlossen, nicht mehr länger zu warten und mich sofort in Sicherheit zu bringen. Die Kontakte zu meinem Fernsehsender und zum BKA hatte ich bereits vor der Abfahrt des Teams ins Trainingslager geknüpft.«

»Und die lukrativen Exklusivverträge abgeschlossen«, polterte der Leiter des K 1 dazwischen.

»Selbstverständlich musste ich mein Risiko materiell absichern lassen«, gab der Arzt gelassen zurück. Ein süffisantes Schmunzeln huschte über sein Gesicht. »Schließlich musste ich mir ja irgendwo das Startgeld für unser neues Leben beschaffen. Das Bundeskriminalamt war dazu ja leider nicht in der Lage.«

»Zumindest nicht in der Höhe, die Ihnen vorschwebte«, berichtigte Wagner lächelnd. »Dafür statten wir Sie und Ihre Frau mit neuen Identitäten aus. Ist schließlich auch nicht zu verachten.«

»Ja, das stimmt«, bestätigte der Sportmediziner. Dann wandte er sich wieder an Tannenberg. »Diese beiden wichtigen Dinge waren also die Prämissen, ohne die ich nie dieses extreme Risiko eingegangen wäre.«

»Haben Sie in dem Vertrag mit den Fernseh-Fuzzis auch geregelt, dass ein Double für Sie in die Kabine geht?«, fragte der Kaiserslauterer Ermittler.

»Ja. Deshalb auch die Inszenierung mit der Verkleidung und der verfremdeten Stimme.« Ein Seitenblick schwebte hinüber zu dem ranghohen BKA-Beamten. »Übrigens eine Idee von Herrn Wagner.«

»Eine Maßnahme, die aufgrund der außerordentlichen Bedeutung unseres Kronzeugen unbedingt erforderlich war«, rechtfertigte sich der Angesprochene.

»Und die einem Unschuldigen das Leben gekostet hat«, warf Tannenberg ein.

Heribert Wagner seufzte. »Meinen Sie denn, ich wäre erfreut darüber, dass dieser Schauspieler gestorben ist?«

»Nicht gestorben, zerfetzt wurde«, stellte der Leiter des K 1 unmissverständlich klar.

»Er war übrigens ein sehr geschätzter Kollege von mir«, sagte Eva Schneider mit gepresster Stimme. »Sein Tod geht mir ganz schön an die Nieren.«

»Mir kommen wirklich gleich die Tränen«, spottete Tannenberg.

»Ich bin ja auch Schauspielerin.«

»Und zwar eine sehr gute«, bemerkte Dr. Schneider mit unverhohlenem Stolz.

»Ja, davon habe ich mich bereits überzeugen können«, bemerkte der Leiter des K 1. »Ihre Gattin hat wirklich sehr glaubhaft die trauernde Witwe gespielt, als wir ihr die Todesnachricht überbrachten. Aber eigentlich kann ich dieses Kompliment nicht nachvollziehen. Ehrlich gesagt empfinde ich Ihr pietätloses Geschwafel sogar als ausgesprochen geschmacklos in Anbetracht der drei Mordopfer.«

»Als Toter steht mir dieser makabre Humor durchaus zu, wie ich finde«, konterte der Sportmediziner mit einem zynischen Grinsen.

»Sie haben vielleicht Nerven, Frau Schneider: Tauchen ganz cool in der Pathologie auf und identifizieren Ihren Mann, der eigentlich nicht er, sondern ein angeblich sehr geschätzter Kollege war.«

Die Ehefrau des Kronzeugen enthielt sich zunächst eines Kommentars und zog mit zittrigen Fingern eine weitere Zigarette aus der Schachtel. Doch urplötzlich schlug sie die Hände vors Gesicht und wimmerte: »Es war so fürchterlich. Diesen Anblick werde ich nie mehr vergessen können.«

Geschieht dir recht, dachte der Kaiserslauterer Kriminalbeamte. Das ist die Strafe für deine linke Tour.

»Auch das musste sein, Herr Kollege, denn auch wenn es extrem zynisch klingen mag: Eine bessere Lebensversicherung konnte es für unseren Kronzeugen gar nicht geben, als seine offizielle Todeserklärung.«

»Ich fasse es einfach nicht! Das war alles nur Show«, grummelte Wolfram Tannenberg kopfschüttelnd. »Wahrscheinlich genauso wie diese andere Inszenierung auch.« Mit anschwellender Stimme ergänzte er an Frau Schneider adressiert: »Falls Sie diese vergessen haben sollten: Ich meine Ihren Anruf, in dem Sie behaupteten, eine E-Mail Ihres Mannes erhalten zu haben, in der er einen gewissen Pieter Breedekamp des Mordes an seinem Mechaniker-Kollegen bezichtigt hat.«

Während Eva Schneider mit feuchten Augen die dünne Rauchsäule betrachtete, die von ihrer Zigarette emporstieg, meldete sich Heribert Wagner zu Wort: »Auch dieses Ablenkungsmanöver war zwingend erforderlich.«

»Für wen?« Tannenberg zeigte mit dem Finger auf seine eigene Brust. »Etwa für mich?«

»Bitte beruhigen Sie sich. Wenn Sie in aller Ruhe über diese Dinge nachdenken, wird Ihnen sehr schnell klar werden, dass uns gar nichts anderes übrig blieb, als diese Nebelkerzen zu zünden. Wir mussten sicherstellen, dass keine Störfeuer vonseiten der Turbofood-Leute oder von Ihrer Seite her diese Jahrhundert-Aktion gefährden würden.«

Wolfram Tannenberg schnellte in die Höhe, eilte wutschnaubend zum Fenster, stemmte die Hände in die Hüften und schimpfte: »Das ist ja wirklich der Gipfel! Wir waren mal wieder BKA-Marionetten. Genau wie vor sechs Jahren bei dem Frauenmörder habt ihr elende Saubande uns schon wieder rundum verarscht.«

Wie Rumpelstilzchen stapfte er durch den von Rauchschwaden durchsetzten Raum. Er riss das Fenster auf und sog wie ein Asthmatiker nach Luft.

»Ich verstehe ja, dass Sie sich aufregen«, bekundete Wagner Verständnis für Tannenbergs Erregung. »Deshalb wollte ich ja auch unbedingt persönlich mit Ihnen darüber sprechen. Wir hatten wirklich keine andere Wahl. Dem Schutz unseres Kronzeugen und der Chance, endlich etwas Wirksames gegen diese skrupellosen Verbrecher zu unternehmen, mussten wir alles unterordnen, wirklich alles.«

Von Sekunde zu Sekunde reduzierte sich Tannenbergs Empörung bezüglich dessen, was ihm da gerade zu Ohren gekommen war. Je länger er darüber nachdachte, umso mehr konnte er die Vorgehensweise seines BKA-Kollegen nachvollziehen.

Verdammt, wahrscheinlich hätte ich ganz genauso gehandelt, sagte er zu sich selbst und erbat sich einen weiteren Espresso, zu dem er sich diesmal einige der verlockenden Cantuccini gönnen wollte.

»Interessiert Sie denn nicht brennend, woher die Turbofood-Drahtzieher eigentlich wussten, dass Joop van der Miel als verdeckter Ermittler für Europol gearbeitet hat?«, fragte Wagner.

»Ich kann's mir denken. Einer unserer Den Haager Kollegen wird wohl auf der Gehaltsliste des organisierten Verbrechens stehen«, erwiderte sein Gegenüber schmatzend.

»So ist es.«

Tannenberg brummte genüsslich. »Wirklich köstlich, Ihre Cantuccini.«

Wagner überging die abschweifende Bemerkung. »Diesen Informanten kennt Dr. Schneider übrigens nicht mit Namen. Er weiß lediglich, dass er existiert.«

Der Angesprochene nickte stumm.

»Woher?«

»Legslow hat in meinem Beisein des Öfteren damit geprahlt.«

»Weshalb hat die NADA bei ihrer unangekündigten Trainingskontrolle eigentlich keine Dopingmittel gefunden?«

Dr. Schneider grunzte höhnisch. »Unangekündigt? Dass ich nicht lache! Natürlich hat Legslow auch bei der WADA und der NADA seine Spitzel sitzen, die ihn rechtzeitig mit den entsprechenden Informationen versorgen. Überall hat er seine Frühwarnsysteme installiert.«

»Hätte ich mir wirklich auch denken können«, sagte der Kaiserslauterer Ermittler und futterte ohne Rücksicht auf die anderen weiter. »Tut mir leid, aber ich habe einen Riesenhunger«, entschuldigte er sich.

»Freut mich, dass sie Ihnen so gut schmecken. Ich hab noch welche im Schrank.«

Auf einen Wink hin füllte Wagners Kollege die Gebäckschale wieder auf.

»Wo habt ihr denn nun dieses Doping-Teufelszeug versteckt?«, fragte Tannenberg den Sportmediziner. »Und zwar anscheinend so gut, dass wir es bei unserer Durchsuchungsaktion nicht entdeckt haben.«

»Da kommen Sie nie drauf«, behauptete Wagner.

Der Leiter des K 1 blies die Backen auf und stieß den aufgestauten Atem zielgerichtet in die Rauchschwaden hinein, die vor seinem Gesicht herumwaberten.

»Da hab ich jetzt wirklich keine Idee«, musste er eingestehen.

»Los, sagen Sie's ihm«, drängte der BKA-Beamte. Sein Gesicht leuchtete erwartungsvoll auf.

»Eigentlich dürfte man so etwas Geniales niemals preisgeben«, mimte Dr. Schneider den Zauderer.

»Nun lassen Sie schon endlich die Katze aus dem Sack«, forderte nun auch Tannenberg.

»Damit haben Sie's auch schon erraten.«

»Was hab ich erraten?«

»Na, das Versteck.«

»Verstehe nicht, was Sie meinen.«

Der Sportmediziner zündete sich eine neue Zigarette an und inhalierte. Anschließend ließ er den Rauch durch seine Nasenlöcher entweichen, wodurch er aussah wie ein schnaubender Drache.

»Sie haben sich sicherlich inzwischen intensiv mit dem

Turbofood-Konzern beschäftigt. Deshalb können Sie mir auch garantiert sagen, womit dieser Weltkonzern sein Geld verdient. Na?« Dr. Schneider wartete auf eine Reaktion, doch keiner der Anwesenden wollte offenbar an diesem Fragespiel teilnehmen. Also antwortete er selbst: »Mit Tiernahrung und Nahrungsergänzungsmitteln wie Vitamin- und Aufbaupräparate ...«

»Gibt das hier jetzt eine Werbesendung, oder was?«, blaffte Tannenberg dazwischen.

»Sie haben schon wieder intuitiv den Nagel auf den Kopf getroffen. Denn die illegalen Substanzen, die wir zum Tagesgeschäft benötigen, sind in Katzen- und Hundefutterdosen versteckt. Aus Werbezwecken werden diese Warenproben in den Fahrzeugen mitgeführt und an die Zuschauer an der Strecke verteilt.«

»Aber die haben wir doch auch konfisziert und stichprobenartig überprüft.«

»*Die* nicht, Herr Kommissar. Die mit delikatem Inhalt haben wir natürlich vorher ausgetauscht. Es lag doch wohl auf der Hand, dass Sie eine Hausdurchsuchung durchführen würden. Diese präparierten Dosen sind zudem stets nur in geringer Anzahl vorhanden – und werden natürlich gehütet wie der eigene Augapfel. Dafür war übrigens Joop zuständig – bis zu seinem Tod jedenfalls. Danach haben Pieter und Jenny gemeinsam diese lukrative Aufgabe übernommen. Dieses kleine Depot wird über diverse logistische Nachschubsysteme immer wieder aufgefüllt. Just-in-time-Belieferung, wie es heute in der Wirtschaft eben üblich ist.«

»Das hört sich ja richtig professionell an.«

»Muss es ja auch sein«, entgegnete der Sportmediziner.

»Was glauben Sie denn wohl, warum nie einer unserer Fahrer positiv getestet wurde?« Da er keine Antwort erhielt, fuhr er fort: »Weil wir sehr perfekt zusammengearbeitet haben.«

Und du elender Mistkerl willst mir ernsthaft weismachen, dass du wegen schlechten Gewissens mit deinem Job aufgehört hast?, dachte Tannenberg. Glaubst du wirklich, dass ich dir diese Gutmensch-Legende abnehme? Mich kannst du nicht blenden! Deine leuchtenden Augen verraten dich, wenn du über Doping sprichst.

Dir ging es von vornherein einzig und allein um die Kohle! Deshalb hast du dich an die Medien gewandt! Nicht aus ethischen Gründen, sondern weil du dein Insiderwissen möglichst profitabel vermarkten wolltest – was dir anscheinend ja auch gelungen ist. Und mit dieser Kohle willst du dir mit deinem süßen Täubchen nun einen schönen Lenz in der Südsee machen. Klasse Plan, muss ich schon sagen!

»Wenn in Ihrem Verein immer alles so optimal funktioniert hat, verstehe ich nicht, wieso Ihre Turbofood-Cracks heute beim Einzelzeitfahren so unglaublich abgekackt sind«, versetzte Tannenberg, mit einem erneuten Exkurs in die Fäkaliensprache, seinem Gegenüber einen Rippenstoß.

»Tja, das ist eine spannende Frage«, entgegnete der ehemalige Mannschaftsarzt des Profi-Rennstalls.

»Jetzt kommt erst der richtige Knaller, Tannenberg«, behauptete der Wiesbadener Chef-Ermittler. »Los, Schneider, lassen Sie endlich die Bombe platzen.«

»Eine recht unglückliche Wortwahl, wie ich finde, mein lieber Wagner«, rüffelte der Leiter des K 1, »angesichts eines heimtückischen Sprengstoffanschlages, bei dem ein Mensch zu Tode gekommen ist.«

Eva Schneider schluchzte auf. Ihr Mann ließ sich weder von dieser Bemerkung noch von der emotionalen Reaktion seiner Ehefrau beeindrucken.

»Was glauben Sie wohl, weshalb die Fahrer gerade an den Berganstiegen nichts mehr zuzusetzen hatten?«, fragte er an Tannenberg adressiert.

»Reaktionen auf die psychologischen Belastungen …«

»Totaler Quatsch!«, zischte Dr. Schneider. »Psycho-Stress? Mann, das sind Profis! Diese Jungs rufen auch dann noch Spitzenleistungen ab, wenn ihre Frau am Tag zuvor gestorben ist.«

»Fehldosierungen beim Doping?«, formulierte Tannenberg einen weiteren Erklärungsversuch.

»Bei mir? Undenkbar! Nee, ich habe immer perfekte Arbeit abgeliefert«, empörte sich der langjährige Teamarzt. Er presste die Kiefer fest aufeinander und schüttelte den Kopf. »Nein, keine Fehler beim Doping, sondern ….?« Er ließ den Rest zunächst unausgesprochen. Nach ein paar Sekunden setzte er den Fangschuss: »Sondern überhaupt kein Doping.«

Wolfram Tannenberg kratzte sich so heftig an der Schläfe, dass er das Geräusch hören konnte. »Wollen Sie damit etwa andeuten, dass die Turbofood-Rennfahrer heute nicht gedopt waren?«

»Genau so ist es. Seit mehr als drei Wochen haben die Fahrer von mir weder Epo noch irgendwelche anderen illegalen Substanzen erhalten, sondern lediglich Placebos, nichts als Placebos. Und eine ungedopte Turbofood-Mannschaft ist genauso fad wie ein Cantuccini ohne Mandeln«, sagte er.

Gleich darauf stopfte sich Dr. Heiko Schneider zwei Streifen des knochenharten Gebäcks in den Mund und schob sie, um sie ein wenig aufzuweichen, mit der Zunge in die rechte Wangentasche. Dann ballte er die Fäuste und reckte sie triumphierend zur Decke empor. »Ist das nicht ein geradezu genialer Coup von mir gewesen?«

»Doch, das muss ich neidlos anerkennen«, lobte der Kaiserslauterer Ermittler. Er lachte schallend. »Das ist wirklich ein Hammer: Der hohe Tourfavorit ist absolut chancenlos – weil alle Fahrer ungedopt an den Start gingen.«

»Rein und unbefleckt wie die Jungfrau Maria«, bemerkte der sichtlich amüsierte BKA-Abteilungsleiter.

Tannenberg klatschte sich an die Stirn. »Logo, das ist natürlich *auch* eine Erklärung dafür, weshalb die NADA am Mittwochmorgen nichts bei euch entdeckt hat.«

»Ja, diesmal war sogar Legslows Informant unnötig. Ich habe noch niemals zuvor derart entspannt einer Dopingkontrolle entgegengeblickt.«

»Das ist ein unglaublicher Schlag ins Kontor der Doping-Mafia«, jubilierte Heribert Wagner. »Was glauben Sie, was morgen früh los sein wird, wenn Dr. Schneider um 10 Uhr bei der Pressekonferenz alle seine Karten auf den Tisch legen wird. Ich bin mir sicher, dass die Organisatoren noch vor dem Start der zweiten Etappe die Tour beenden werden. Dieser Enthüllungs-Skandal wird die scheinheilige und hochkriminelle Radsportszene wie ein gewaltiges Erdbeben erschüttern. Und danach werden wir erleben, wie diese Mauer des Schweigens in sich zusammenstürzt.«

»Dann sollten wir vielleicht gemeinsam dafür beten«, meinte sein Kaiserslauterer Kollege, der dem Anschein nach zu urteilen diesen Optimismus nicht unbedingt teilen wollte. Er krauste die Stirn und wandte sich an den Arzt: »Sagen Sie mal, Sie Doping-Experte, was ist denn eigentlich an den

Gerüchten dran, dass schon sehr bald Gen-Doping eingesetzt werden wird?«

»Soviel ich weiß, laufen da bereits vielversprechende Feldstudien.«

»Ach, Feldstudien nennt man das. Ich würde eher sagen ›illegale Menschenversuche‹, an denen Sie garantiert auch teilgenommen haben«, setzte Tannenberg in provokativem Ton nach. »Vielleicht sogar maßgeblich beteiligt waren?«

Dr. Schneider lehnte sich betont gelassen zurück und faltete die Hände auf seinem Schoß. »Kein Kommentar.«

»Waren Sie auch an den Doping-Feldstudien mit Hämoglobin von Hunden beteiligt, das angeblich nicht nachweisbar sein soll?«

»Herr Hauptkommissar, ich verstehe durchaus Ihre Wissbegierde, aber Sie müssen ihm schon nachsehen, dass er keine Aussagen macht, mit denen er sich selbst belasten würde. Über die Schuldeingeständnisse Dr. Schneiders hinaus, die uns in schriftlicher Form vorliegen und die Bestandteil der Vereinbarungen mit der Generalstaatsanwaltschaft sind, wird er keinerlei Angaben machen.«

»Tja, das sind dann wohl die Deals, die Ihr Profi-Kriminalisten auf höchster Ebene ausheckt und die für uns Provinz-Bullen nicht zu verstehen sind.«

»Wieso denn das? Nicht umsonst heißt es: Der Zweck heiligt die Mittel. Und für diesen Zweck würden wir sicherlich alles tun.«

»Auch einen Mord begehen?«

»Wie kommen Sie denn auf solch einen abstrusen Gedanken?«

»Soll ich Ihnen mal etwas im Vertrauen verraten, lieber Herr Kriminaldirektor?«

»Bitte.«

Tannenberg senkte die Stimme. »Ich könnte mir sehr gut vorstellen, dass unser allseits so hoch geschätztes Bundeskriminalamt die drei Morde hat begehen lassen.«

Wagner schnappte nach Luft. »Was reden Sie denn da für einen ausgemachten Schwachsinn, Mann?«

»Dann sagen Sie mir doch endlich, wer die brutalen Killer sind, die einen Europol-Informanten, ein Kronzeugen-Double und einen Sportjournalisten ermordet haben?«

»Die Namen dieser Berufskiller sagen Ihnen sowieso nichts. Anhand der Interpol-Datenbanken hat Dr. Schneider diese polizeibekannten Schwerstkriminellen identifiziert. Sie stammen alle aus der ehemaligen Sowjetunion. Einer von ihnen konnte bereits in der Nähe von Nancy festgenommen werden, wo er offenbar gerade dabei war, ein Zwischendepot anzulegen.«

»Dann rekonstruiere ich mal kurz«, sagte Tannenberg. »Wenn ich mit irgendetwas falschliege, bitte korrigieren.« Er räusperte sich und erklärte: »Joop van der Miel musste sterben, weil der bei Europol platzierte Turbofood-Informant irgendwie spitzgekriegt hatte, dass Joop ein Spitzel war.« Da weder Dr. Schneider noch Wagner irgendeine Regung zeigten, fuhr Tannenberg fort. »Das zweite Opfer wurde ermordet, weil man verhindern wollte, dass ein ominöser Kronzeuge auspackt. Wobei der allerdings inzwischen bereits als der eigene Teamarzt entlarvt worden war.«

Beide Männer nickten nun.

»Wie ist es diesen Mafiakillern eigentlich gelungen, das Mikrofon zu präparieren und den Sprengsatz unbemerkt in der Kabine zu deponieren?«

»Die genaue Vorgehensweise ist uns noch nicht bekannt«,

erklärte der Chef der BKA-Abteilung ›Organisierte Kriminalität‹. »Sie tut aber auch nicht viel zur Sache, denn der Auftrag wurde zur vollsten Zufriedenheit der Auftraggeber erledigt.«

»Gut. Und wieso musste der Journalist Torsten Leppla sterben?«

»Auch das wissen wir noch nicht. Wir nehmen aber an, dass Joop möglicherweise mit ihm Kontakt aufgenommen hatte, weil er ihm brisantes Material verkaufen wollte.« Wagner machte eine flatternde Handbewegung. »Unter Umständen hatte er ihm dieses Material sogar bereits übergeben.«

»Oder aber Leppla hat sich alles nur zusammengereimt und einfach mal einen Erpressungsversuch ins Blaue hinein gestartet. Und war dann sehr überrascht, dass man darauf angebissen hat«, spekulierte sein pfälzischer Kollege.

»Mit den bekannten, folgenschweren Konsequenzen für ihn.«

»So etwas würde zu diesem Chaoten durchaus passen.«

»Haben Sie ihn denn persönlich gekannt?«

»Gekannt ist vielleicht zu viel gesagt. Er war eben ein …«

Ein schrilles Läuten unterbrach Tannenbergs Ausführungen.

Wagner erhob sich, ging zu seinem Schreibtisch und nahm das Gespräch entgegen. Dann schritt er zurück zu Tannenberg, legte ihm eine Hand auf den Rücken und sagte in freundschaftlichem Ton. »So, mein lieber Herr Kollege, ich denke, wir sollten nun gemeinsam zur Tat schreiten. Mir wurde soeben mitgeteilt, dass gerade das SEK zurückgekehrt ist. Unsere Leute bringen die festgenommenen Rennfahrer und ihre Betreuer just in diesem Augenblick ins Gebäude. Kommen Sie, die knöpfen wir uns zusammen vor.«

Das war Wolfram Tannenberg nun doch entschieden zu viel Nähe zu einer verhassten Bundesbehörde. Er schnellte in die Höhe.

»Danke, kein Bedarf«, verkündete er. »Außerdem hab ich noch etwas anderes vor.«

Er drehte Wagner die kalte Schulter zu und ließ ihn einfach stehen.

»Macht euren Scheiß doch allein«, grummelte Tannenberg vor sich hin. »Ich muss zurück und den armen Eltern helfen, ihren Sohn zu finden.« Er schluckte hart. »Auch wenn er vielleicht schon tot sein sollte.«

Noch bevor er losfuhr, rief er Sabrina an und bat sie, ihn sofort zu verständigen, falls ein Hinweis auf Florian Scheuermann eingehen sollte. Kurz vor der Autobahnabfahrt Kirchheimbolanden meldete sie sich bei ihm. Sie hatte intensiv recherchiert und war schließlich auf einen Vorfall gestoßen, der sich etwa zwei Stunden zuvor in Bad Bergzabern ereignet hatte.

Ein empörter Autofahrer hatte die Polizei verständigt, weil ihm ein Radfahrer die Vorfahrt genommen hatte, woraufhin es fast zu einem Auffahrunfall gekommen wäre. Sabrina hatte sich mit diesem Anrufer in Verbindung gesetzt und dabei erfahren, dass der rücksichtslose, offensichtlich sehr sportliche Radfahrer einen auffälligen FCK-Rucksack auf dem Rücken getragen hatte.

»Und wie hat sein Trikot ausgesehen?«, wollte ihr Chef wissen.

»Daran konnte sich der Mann nicht mehr richtig erinnern. Es sei alles sehr schnell gegangen. Er meinte nur, das Trikot sei auffallend bunt gewesen.«

»Bunt? Die Turbofood-Trikots sind doch sehr bunt, oder etwa nicht?«

»Doch, das kann man durchaus sagen.«

»Also könnte es sich bei diesem Radfahrer um Florian

gehandelt haben. Gut gemacht, Sabrina«, lobte ihr Chef, »und halt mich bitte auch weiterhin auf dem Laufenden. Danach rief er seinen besten Freund an und eröffnete ihm, dass er ihn dringend für eine Suchaktion benötige und ihn in einer knappen halben Stunde abholen werde.

Dr. Schönthaler lag gerade in der Badewanne und war zunächst alles andere als begeistert von dieser im Kasernenhofton verkündeten Anweisung. Doch als er erfuhr, um wen und was es sich dabei handelte, sagte er seine Unterstützung postwendend zu.

Der Pathologe wartete in der Logenstraße. Wie immer trug er einen dunklen Anzug mit Fliege, diesmal eine knallrote. Sein Freund hielt im absoluten Halteverbot und ließ ihn einsteigen. Bevor Dr. Schönthaler sich in das alte BMW-Cabrio gleiten ließ, zeigte er dem lärmenden Hupkonzert den Vogel.

»Die Farbe meines Propellers passt doch haargenau zur Farbe deiner alten Rostlaube, findest du nicht?«

»Wirklich klasse«, höhnte Tannenberg, setzte den Blinker und gab Vollgas.

»Warte gefälligst, bis ich angeschnallt bin, du Kamikaze-Chauffeur.«

»Bist ja nur neidisch, weil mein Auto gehörig Schmackes hat, im Gegensatz zu deiner lahmen, vierrädrigen Affenschaukel.«

»Das ist sie nur, wenn du drinsitzt, ansonsten ist mein heiß geliebter 2 CV nämlich ein komfortables Kultauto der alternativen intellektuellen Elite dieses Landes.« Wie Lehrer Lämpel streckte er den Zeigefinger in die Höhe. »Und somit nebenbei bemerkt ein Stück abendländischer Kulturgeschichte.«

»Sag mal, kann es sein, dass du gerade zu heiß gebadet hast?«

»Was will dieser Scheuermann eigentlich in Bad Bergzabern?«, fragte der Rechtsmediziner, ohne auf Tannenbergs scherzhafte Bemerkung einzugehen.

»Keine Ahnung. Wir fahren ihm jedenfalls hinterher. Und wenn Sabrina etwas Neues erfährt, sind wir ihm gleich auf den Fersen. Warum hat dieser Dödel auch sein Handy ausgeschaltet? Sonst könnten wir seinen Aufenthaltsort ganz leicht per Handyortung bestimmen lassen. Verfluchter Mist.«

»Ja, das ist jammerschade. Aber womöglich war das Absicht.«

Tannenberg blickte ihn von der Seite her an. »Glaubst du wirklich, dass er sich umbringen will?«

Sein Freund fing den besorgten Blick auf. »Weiß nicht. Ich hoffe inständig, er hat es noch nicht getan.«

»Er ist doch noch so verdammt jung.«

»Laut Suizid-Statistik ist gerade das die Risikogruppe, denn Menschen in seinem Alter sind psychisch ausgesprochen instabil. Auch wenn sie uns äußerlich sehr kräftig und robust erscheinen mögen, so ist ihre Seele doch meist der reinste Oszillograf, der enorme emotionale Ausschläge sowohl in die eine wie auch in die andere Richtung aufweist.

Und wie du mir vorhin erzählt hast, scheint dieser Florian ein hochsensibler junger Mann zu sein. Man muss bedenken, dass der arme Kerl einen unglaublichen Tiefschlag zu verarbeiten hat. Was meinst du wohl, wie viel Hoffnung er in seinen ersten Tour-de-France-Start gesetzt hat.

Das sollte doch der Beginn einer glanzvollen Karriere werden. Wie soll er solch einen Frust denn bewältigen?

Und dann auch noch allein, weil seine Freundin ihm den Laufpass gegeben hat. Diese beiden extremen psychischen Belastungen potenzieren sich womöglich, was wiederum zu einer Kurzschlusshandlung ...«

»Einem Selbstmord führen könnte«, vollendete der Kriminalbeamte und fügte bekümmert hinzu: »Oder schon geführt hat.«

Dr. Schönthaler seufzte tief. »Ja, leider ist diese Befürchtung durchaus real. Viele junge Menschen haben sich aus weitaus nichtigeren Gründen das Leben genommen.«

»Verdammt und zugenäht. Hoffentlich finden wir ihn noch rechtzeitig«, meinte Tannenberg.

Dies war für lange Zeit der letzte Satz, den die beiden alten Freunde miteinander wechselten.

Erst kurz vor Bad Bergzabern brach Tannenberg das Schweigen: »Und was machen wir nun? Sollen wir jetzt etwa irgendwelche wildfremden Menschen ansprechen und fragen, ob sie einen jungen Radprofi mit FCK-Rucksack gesehen haben und zufällig wissen, wo er abgeblieben ist.«

»Hast du denn einen besseren Vorschlag?«

»Nein«, gab sich Tannenberg kleinlaut geschlagen. »Außer abzuwarten, bis unsere Kollegen einen weiteren Hinweis erhalten, können wir zurzeit gar nichts tun. Vielleicht bringen ja auch die eingeleiteten Fahndungsmaßnahmen etwas.«

Natürlich wurde dieser verzweifelte Aktionismus nicht von Erfolg gekrönt. Keiner der befragten Passanten konnte irgendeine sachdienliche Angabe machen. Tannenberg und sein Freund setzten sich deprimiert auf eine Bank am westlichen Ortsrand, von wo aus man einen herrlichen Blick über die Rheinebene genießen konnte. Es war noch immer fast wolkenlos und angenehm warm.

»Wo würdest du in solch einer Situation hinfahren?«, fragte der Kriminalbeamte.

»Weiß nicht.«

»Was wird er jetzt wohl gerade tun?«

Nur ein leiser Seufzer zur Antwort.

»Glaubst du, dass er noch am Leben ist?«

Zwei, drei Minuten wanderte das Schweigen zwischen den beiden alten Freunden hin und her. Plötzlich vibrierte es in Tannenbergs Hosentasche. Er zuckte unwillkürlich zusammen. Mit fahriger Hand förderte er sein Handy zutage. ›Sabrina ruft an‹, leuchtete auf dem bläulichen Display auf.

»Ja, was gibt's?«

»Aufgrund des Fahndungsaufrufs im Radio hat sich gerade ein Lkw-Fahrer gemeldet. Er hat behauptet, dass er vor einer guten halben Stunde einen jungen Mann in Colmar abgesetzt hätte. Die Personenbeschreibung passt haargenau auf Florian Scheuermann, denn der Tramper hatte ein Rennrad dabei und trug einen schwarzen Rucksack mit knallrotem FCK-Wappen und Teufel-Emblem auf dem Rücken.«

»In Colmar?«

»Ja.

»Das muss er sein.«

»Wo hat er ihn denn abgesetzt?«

»An einer Tankstelle.«

»Hat Florian dem Lkw-Fahrer gesagt, wo er hin-will?«

»Ja, und zwar, dass er in Colmar seine Oma besuchen

wolle, aber wegen einer Muskelverletzung nicht mehr Rad fahren könne und deshalb getrampt sei.«

»Sonst noch was?«

»Nein. Wenn ich noch etwas erfahre, melde ich mich sofort wieder bei dir.«

»Danke, Sabrina. Sei so gut und gib mir die Handynummern von Florians Eltern durch. Die hast du doch, oder?«

»Ja, die hab ich«, entgegnete Sabrina und las die Nummern vor.

Damit Dr. Schönthaler sie aufschreiben konnte, wiederholte ihr Chef die Zahlen laut und deutlich. Dann drückte Tannenberg die rote Taste und tippte die Telefonnummer von Florians Vater ein.

»Haben Sie eine Ahnung, was Ihr Sohn in Colmar will? Dort ist er nämlich gerade gesehen worden«, fiel er gleich mit der Tür ins Haus.

»In Colmar? Nein.«

»Lebt seine Großmutter dort?«

»Seine Großmutter?«, wiederholte der Gesprächspartner. »Nein, die wohnen beide in der Nähe von Kusel.« Die Stimme wurde leiser. »Hast du irgendeine Idee, warum Florian in Colmar ist?«, fragte er seine Frau. Offensichtlich hatte auch sie keine Erklärung parat. Ein paar Sekunden lang hörte man nur Atemgeräusche. »Doch, klar, ich hab eine Idee«, posaunte Herr Scheuermann heraus. »In den Vogesen besitzt der Kaiserslauterer Ski- und Kanuclub eine Hütte. Da war Florian schon oft. Manchmal hat er dort auch allein trainiert.«

»Das ist doch die Hütte auf dem Schnepfenried.«

»Ja, genau die.«

»Da war ich früher mal mit meiner Schule zum Skifahren«, gab Tannenberg zurück.

»Ich auch«, murmelte Dr. Schönthaler.

»Hat Florian denn einen Schlüssel für die Hütte dabei?«

»Nein, den bekommt man immer vom Hüttenwart unseres Vereins. Aber für alle Fälle ist ein Schlüssel in einem Versteck außerhalb der Hütte deponiert. Und Flo weiß natürlich, wo sich dieses befindet.«

»Das heißt, er hätte auf alle Fälle Zugang zur Hütte.«

»Ja. Und unbewohnt ist sie zurzeit auch. Denn sie ist gesperrt, weil sie nächsten Monat renoviert wird.«

»Gut, Herr Scheuermann. Das sind doch durchaus erfreuliche Nachrichten. Wir sind schon an der französischen Grenze und fahren jetzt gleich dorthin. Machen Sie sich keine Sorgen. Wir melden uns bei Ihnen, sobald wir ihn gefunden haben.«

»Danke.«

»Das klingt doch wirklich hoffnungsvoll, findest du nicht, Rainer?«

»Doch«, erwiderte der Gerichtsmediziner. »Zumal Florian getrampt ist. Er hat sich also nicht völlig von der Außenwelt abgekapselt, sondern zwei Stunden lang mit einem wildfremden Lkw-Fahrer ein Schwätzchen gehalten. Und so etwas tut für gewöhnlich keiner, der vorhat, unmittelbar danach Selbstmord zu begehen.«

»Dein Wort in Gottes Ohr.«

Dr. Schönthaler klopfte seinem Freund auf den Oberschenkel. »Das ist tatsächlich eine sehr erfreuliche Entwicklung.«

In den Radionachrichten hörten die beiden, dass sich

ARD und ZDF zum sofortigen Ausstieg aus der Tour-de-France-Berichterstattung entschlossen hatten.

»Was für eine scheinheilige und selbstgerechte Bande!«, schimpfte Dr. Schönthaler. »Es sind doch die Medien, die den Sport permanent unter Druck setzen und solche jungen Kerle wie den Scheuermann überhaupt erst zum Doping treiben. Sie verlangen doch ständig nach neuen Siegertypen, für die sie dann auch allzu gerne bereit sind, sehr tief in die Tasche zu greifen.

Und ausgerechnet jetzt in diesem geradezu historischen Moment, wo diese unglaublichen Doping-Sauereien endlich auf den Tisch kommen, ziehen die den Schwanz ein und verdrücken sich! Anstatt den Anti-Doping-Kampf zum Topthema zu machen. So eine Heuchlerbande!«

Kurz nach diesem emphatischen Auswurf machte sich Tannenbergs Handy abermals bemerkbar. Diesmal blinkte ›unbekannter Anrufer‹ auf dem Display.

»Tannenberg.«

»Florians Freundin … hat in dieser Skihütte … mit ihm Schluss … gemacht«, wimmerte Frau Scheuermann und legte danach auf.

»Ach, du Scheiße«, zischte Tannenberg und gab diese Information an seinen Beifahrer weiter.

»Damit erscheint diese Aktion plötzlich wieder in einem völlig anderen Licht«, seufzte Dr. Schönthaler und richtete seinen traurigen Blick auf die Straßenpfosten, die in schneller Folge an ihm vorbeihuschten. »Dann hat er diesen Ort wahrscheinlich sehr bedacht gewählt.«

Angst und Beklommenheit breitete sich wie ein schwarzes Tuch über die Insassen des BMWs, der mit hoher Geschwindigkeit über die Autobahn nach Colmar raste. In

der Stadt folgte Wolfram Tannenberg zunächst den Hin-
weisschildern in Richtung Belfort/Gerardmer und dann
denen nach Wintzenheim/Münster. Nach Münster ging es
über Lüttenbach, Breitenbach, Metzeral und Sondernach
die engen Serpentinen hinauf in die Hochvogesen.

Je näher die beiden Freunde der Skihütte kamen, umso
angespannter wurden sie. Inzwischen war es fast Nacht
geworden, nur ein dunkelgrauer Streifen hing noch am
Horizont. Gebannt starrten sie in das Scheinwerferlicht
ihres Autos. Der Pkw überquerte eine Kuppe und erreichte
einen neben der Straße angelegten, langgezogenen Parkplatz.
Rechts davon befand sich ein Restaurant, direkt gegenüber
schmiegte sich die Holzhütte des Ski- und Kanuclubs an
den Nordhang des Schnepfenriedkopfes.

»Hier oben sieht's fast noch genauso aus wie früher«,
sagte Dr. Schönthaler in Erinnerung an den gemeinsam mit
Tannenberg vor weit mehr als 30 Jahren hier oben verbrachten
Schullandheimaufenthalt, bei dem die beiden Freunde zum
ersten Mal in ihrem Leben auf Skiern standen.

»In der Hütte brennt Licht«, rief Tannenberg freudig
aus, als er den Lichtschein in einem der Fenster sah. »Gott
sei Dank.«

Große Erleichterung machte sich bei den beiden Freunden
breit.

Auf das Klopfen an der Kiefernholztür tat sich nichts.
Tannenberg legte sein Ohr aufs Türblatt und horchte
angestrengt, während Dr. Schönthaler eine Runde um die
Hütte drehte.

Als er kurz darauf zu seinem Freund zurückkehrte, sagte
er schulterzuckend: »In dem Zimmer, in dem das Licht
brennt, sehe ich niemanden.«

»Vielleicht ist er runter ins Restaurant, um etwas zu essen. Er hatte ja bestimmt nichts dabei.«

»Ein Rennrad habe ich auch nicht entdeckt.«

»Bei dem Wert, den dieses Hightech-Gerät hat, hätten wir es wohl auch nicht draußen stehen lassen, oder.«

»Nee, garantiert nicht«, stimmte der Gerichtsmediziner zu.

»Dann lass uns mal runter in die Kneipe gehen.«

Die beiden stapften den kurzen Weg hinunter zum rustikalen Berghotel Bellevue.

»Auch hier drinnen sieht's noch genauso aus wie damals, als wir mit unserer Klasse jeden Abend hier waren«, behauptete Tannenberg und schaute sich im Lokal um.

»Sogar das Hackerchen steht noch an derselben Stelle«, versetzte Dr. Schönthaler in Erinnerung an lange Tischfußball-Turniere. Er wandte dem Portier, der ihnen verwundert entgegenblickte, den Rücken zu und flüsterte: »Und es riecht auch noch genauso muffig wie damals.«

»An was du dich so alles erinnerst.«

»Bonsoir, Monsieur, nous cherchons un ami«, schmetterte der Pathologe in Richtung des Empfangstresens.

»Wie sieht Ihr Freund denn aus?«, fragte der Franzose grinsend.

Da Dr. Schönthaler diesen Schock erst einmal verdauen musste, antwortete sein Begleiter für ihn: »Wir suchen einen sehr sportlichen jungen Mann, der in der Kaiserslauterer Skihütte wohnt.«

In diesem Augenblick öffnete sich die Schwingtür des Restaurants und ein etwa 65-jähriger, vollbärtiger Mann trat ihnen entgegen. »In unserer Hütte wohnt außer mir niemand«, verkündete er und stellte sich den verdutzten Freunden als Hüttenwart des Ski- und Kanuclubs vor.

»Auch Florian Scheuermann nicht?«

»Nein.«

»Er ist heute auch noch nicht in der Hütte aufgetaucht?«

»Nein. Ich habe ihn seit letztem Winter nicht mehr gesehen. Er war zwar vor etwa zwei, drei Monaten mal hier oben, aber da hatte sein Vater den Schlüssel bei mir abgeholt.«

Da der Hüttenwart Florian kannte, erübrigte sich ein Blick in das Restaurant. Die beiden Freunde verabschiedeten sich und gingen zurück zu ihrem Auto.

»Und was machen wir jetzt?«, fragte der Gerichtsmediziner.

Tannenberg schloss die Augen und brummte nachdenklich. Dann erzeugte er ein schmatzendes Geräusch und erklärte: »Wir klappern hier in der Gegend eine Ferme Auberge nach der anderen ab. Vielleicht war er ja doch hier oben in Schnepfenried und hat sich aber schnell verdrückt, als er gemerkt hat, dass jemand in der Hütte war.«

Die Fahrt führte sie zur Route des Crêtes, wo nach einer engen Serpentine plötzlich die kreisenden Blaulichter eines Einsatzfahrzeugs der französischen Gendarmerie auftauchten. Der Streifenwagen parkte direkt vor einem Restaurant. Tannenberg stellte seinen BMW unmittelbar daneben. Er stieg aus und zeigte dem französischen Kollegen, der paffend neben seinem Fahrzeug stand, den Dienstausweis.

»Nous cherchons un jeune homme, qui s'appelle Florian Scheuermann«, sagte der Leiter des K 1 in Rückgriff auf schon längst vergessen geglaubtes Schulfranzösisch.

Der junge Gendarm antwortete nicht, dafür aber wies er lächelnd zur Eingangstür des Restaurants.

Als das pfälzische Vermissten-Such-Kommando die kleine, aber ausgesprochen schmucke Ferme Auberge betrat, entdeckten sie sogleich den gesuchten Radprofi. Er saß an einem der Restauranttische und wurde gerade von einem französischen Polizisten befragt.

Florian erhob sich. Seine Verwunderung stand ihm deutlich ins Gesicht geschrieben, als er fragte: »Wie kommen Sie denn hierher?«

»Wir haben Sie gesucht« entgegnete Tannenberg, dem die Erleichterung deutlich anzumerken war. »Wobei wir allerdings gehofft hatten, Sie in der Hütte in Schnepfenried anzutreffen.«

»Da war ich ja auch, aber die war belegt. Und ich wollte unbedingt meine Ruhe haben«, erwiderte der Jungprofi, der inzwischen keine Radsportbekleidung mehr trug, sondern einen legeren, neutralen Trainingsanzug.

»Wo haben Sie denn Ihre Turbofood-Klamotten«, wollte Dr. Schönthaler gerne wissen.

»Die habe ich vorhin in die Mülltonne gesteckt.«

»Da gehören sie auch hin«, lobte der Rechtsmediziner.

Offensichtlich war es an der Zeit, den Gendarm ins Bild zu setzen, denn der starrte mit verdutzter Miene die Eindringlinge an.

Wieder zückte Wolfram Tannenberg seinen Dienstausweis. Diesmal musste er seine verstaubten Schulkenntnisse allerdings nicht bemühen, denn sein Kollege war der deutschen Sprache besser mächtig als er der französischen. Der etwa gleichaltrige Polizist schien nicht gerade unglücklich über Tannenbergs Vorschlag zu sein, Florian Scheuermann zu übernehmen und ihn in seine Heimat zurückzubringen. Denn er packte eilig Block und Stift zusammen und wünschte allen noch eine ›bon nuit‹.

Florian Scheuermann sah bei Weitem nicht so mitgenommen aus, wie Tannenberg befürchtet hatte. Er war frisch geduscht und schien auch psychisch nicht sonderlich angeschlagen zu sein.

»Wie geht's Ihnen denn nach diesem ganzen Stress?«

»Jetzt bin ich wieder einigermaßen okay. Nach dem bescheuerten Einzelzeitfahren war ich total down und wollte nur noch eins: so schnell wie möglich weg von diesem ganzen Wahnsinn.«

»Das können wir sehr gut verstehen. Nicht wahr, Rainer?«

Dr. Schönthaler nickte stumm.

»Am Anfang war ich total deprimiert. Aber als ich aus dem Radio erfahren habe, dass die anderen auch nicht viel besser waren als ich, ging's mir schon bedeutend besser. Und dann die anstrengende Fahrt hier rauf in die Hochvogesen, in diese herrliche Natur ...« Mit einem Mal verdüsterte sich seine Miene und er fragte mit gepresster Stimme: »Was passiert denn nun mit mir? Der französische Polizist hat mir gesagt, dass ich auf einer internationalen Fahndungsliste stünde und er mich festnehmen müsse.«

Tannenberg beschwichtigte mit einer Handbewegung. »Da machen Sie sich mal keine unnötigen Gedanken, Herr Scheuermann. Das war nur ein Rundumschlag meiner BKA-Kollegen. Heute Nachmittag wurden alle Mitglieder des

Turbofood-Teams festgenommen. Und da Sie nicht auffindbar waren, hat man Sie zur Fahndung ausgeschrieben. Wir nehmen Sie morgen früh mit nach Hause, dann fertigen wir ein Gesprächsprotokoll mit Ihnen an. Das unterschreiben Sie und anschließend können Sie nach Hause gehen.«

»Könnten wir nicht noch heute Nacht zurückfahren?«, bettelte er. »Meine Eltern machen sich bestimmt große Sorgen.«

»Doch, das können wir tun«, erklärte der Kriminalbeamte. Sicherheitshalber bedachte er seinen Freund mit einem fragenden Blick. Der stimmte per Kopfbewegung zu. »Wollen Sie nicht mal Ihre Eltern anrufen?«

»Darf ich das schnell erledigen?«

»Ja, sicher, lassen Sie sich ruhig Zeit damit.«

Florian verzog sich in ein Nebenzimmer und kehrte erst gut zehn Minuten später wieder zurück. »Ich soll Sie ganz herzlich von meinen Eltern grüßen. Sie sind Ihnen sehr dankbar.«

»Keine Ursache, das haben wir doch gerne getan. Mal was anderes: Was wissen Sie eigentlich über die Morde?«

»Gar nichts, Herr Kommissar, wirklich. Ich kann überhaupt nichts dazu sagen. Ich habe Joop und Dr. Schneider nur kurz gekannt. Und diesen ermordeten Journalisten hab ich noch nie gesehen.«

»Sie haben im Zusammenhang mit diesen Morden nicht zufällig irgendetwas mit angehört oder gesehen?«

»Nein, absolut nichts.« Florian räusperte sich. »Wissen Sie denn schon, wer die Morde begangen hat?«

»Berufskiller der Dopingmafia, die offenbar sehr eng mit den Turbofood-Leuten zusammengearbeitet haben.«

Florian warf eine Hand vor den Mund. »Oh, Gott,

in welchen kriminellen Verein bin ich da nur hineingeraten?«

»Ihr Mannschaftsarzt wurde übrigens nicht getötet«, mischte sich der Pathologe in den Dialog der beiden ein, »sondern ein Double.«

»Was?«, fragte Florian ungläubig.

Dr. Schönthaler klärte ihn über diese überraschende Wende auf. Dann fragte er, ob er Kenntnis von den Doping-Praktiken im Turbofood-Rennstall besitze. Wahrheitsgemäß berichtete Florian alles, was er wusste. Dabei schilderte er detailliert seine Erfahrungen sowie seine nächtlichen Beobachtungen im Hotel, wo er seine Kollegen bei ungewöhnlichen körperlichen Aktivitäten zu nachtschlafender Zeit ertappt hatte.

Während sich sein Freund angesichts dieser merkwürdigen Praktiken verstohlen ins Fäustchen lachte, fragte Tannenberg: »Welchen Eindruck haben Sie von Dr. Schneider in der kurzen Zeit gewonnen? Hatte er Ihnen gegenüber in Bezug auf Doping Skrupel gezeigt, kritische Anmerkungen gemacht oder Sie wenigstens auf die Nebenwirkungen dieser illegalen Substanzen hingewiesen?«

»Nein, nichts dergleichen«, beteuerte Florian Scheuermann. »Also mir ist er viel eher wie ein Doping-Papst vorgekommen. Für ihn war Doping das Normalste von der Welt. Etwas, das zu einer erfolgreichen Profi-Laufbahn unbedingt dazugehört.«

Hab ich's mir doch gedacht, du elender Mistkerl. Von wegen Gewissensbisse und hehre ethische Motive – nichts als die blanke Geldgier haben dich in die Arme der Medien getrieben!, schimpfte Tannenberg im Stillen.

»Was passiert denn nun mit mir?«, fragte Florian mit einem herzerweichenden Gesichtsausdruck.

»Genau das haben Sie mich vor ein paar Minuten schon einmal gefragt«, erwiderte Tannenberg freundlich.

»Ja, sicher, aber dies bezog sich auf die Mordfälle. Wegen Dopingmittel-Missbrauchs kommt doch sicherlich auch noch einiges auf mich zu.« Seine Mundwinkel zuckten. »Mindestens eine zweijährige Sperre. Dann bin ich endgültig weg vom Fenster.«

»Und wenn wir Ihnen jetzt versichern, dass Sie noch nicht einmal einen einzigen Tag Sperre wegen Dopings befürchten müssen?«

»Was? Wie, wieso?«, stammelte der Jungprofi.

Obwohl Tannenberg schon Luft geholt hatte, war sein Freund schneller: »Ganz einfach, weil Sie überhaupt nicht gedopt worden sind.«

»Woher wollen Sie denn das wissen?«

»Erstens kennen wir die Ergebnisse Ihrer Doping-Tests«, ergriff nun der Kriminalbeamte wieder die Initiative.

»Und zweitens wissen wir, dass Dr. Schneider seit mehreren Wochen alle Fahrer nur mit Placebos versorgt hat«, preschte sein Freund abermals vor.

»Dann habe ich also gar kein Epo gespritzt bekommen?«

»Nein.«

»Und die Testosteron-Pflaster und das ganze andere Zeug waren nur Placebos?«

»Exakt«, bestätigte Dr. Schönthaler. »Nun können Sie sich auch den seltsamen Leistungseinbruch der Turbofood-Mannschaft beim Einzelzeitfahren erklären.«

»Ja, natürlich! Dann kann mir überhaupt nichts passieren. Ich werde nicht gesperrt – und ich kann mich nach einem anderen Rennstall umschauen«, schrie Florian in das menschenleere Restaurant hinein. Anschließend vollführte er einen regelrechten Freudentanz. Schnaubend ließ er sich wieder auf seinem Stuhl nieder. »So ein Wahnsinn.« Er krauste die Stirn. »Aber wieso hat Dr. Schneider das getan?«

»Um damit einen medienwirksamen Skandal zu produzieren, der ihm sehr, sehr viel Geld einbringen wird«, klärte ihn der Rechtsmediziner auf.

Wolfram Tannenberg hatte sich unterdessen bei dem Wirt des kleinen Restaurants, der die ganze Zeit über interessiert diesem Schauspiel beigewohnt hatte, zwei Bierdeckel und einen Stift besorgt. »Dürften wir Sie um Autogramme bitten?«, fragte er.

»Mich?«, wunderte sich Florian.

»Ja, denn ich bin mir ganz sicher, dass Sie einmal ein ganz Großer in der zukünftig hoffentlich bedeutend saubereren Radsportszene werden. Und dann sind Ihre Autogramme bestimmt ganz viel wert. Schreiben Sie uns auch bitte das Datum dazu.«

Während Florian gleichermaßen amüsiert wie stolz der Bitte nachkam, zauberte Dr. Schönthaler aus der Innentasche seines Sakkos ein kleines Päckchen hervor und überreichte es seinem Freund.

»Was'n das?«, fragte der mit geschürzten Lippen.

»Ach, nichts Besonderes, nur ein kleines Geschenk für dich. Als Anerkennung dafür, dass du es schon so lange mit mir aushältst.«

»Für mich?«

»Ja-aa. Stell dich nicht so an und mach's endlich auf«, forderte der Pathologe.

Tannenberg riss das Papier entzwei, klappte den Deckel

einer kleinen Pappschachtel auseinander und entnahm ihr eine Praline. »Felix – *die* Anti-Aging-Praline«, las er abgehackt vor.

»Mit extrem hohem Kakaoanteil! Und deshalb *das* probateste Mittel im Kampf gegen deinen schnell fortschreitenden körperlichen und geistigen Verfall.«

Tannenberg gab Dr. Schönthaler das Geschenk zurück.

»Dann sehe ich doch lieber zu, wie sich meine Falten Tag für Tag tiefer in mein Gesicht hineingraben.«

Das schallende Gelächter der beiden alten Freunde hörte man bis hinüber in den Pfälzer Wald.

ENDE

Website des Autors:
www.tannenberg-krimis.de

Weitere Krimis finden Sie auf den
folgenden Seiten und im Internet:
www.gmeiner-verlag.de

BERND FRANZINGER
Kindspech

....

326 Seiten, Paperback.
ISBN 978-3-89977-777-2.

Teuflisches Spiel Panik im Hause
Tannenberg: Emma, der jüngste
Spross des Familienclans, wurde
entführt. Zunächst deutet alles
auf eine Verwechslung hin. Doch
als am nächsten Morgen Tannenbergs Todesanzeige in der Zeitung
erscheint, erfährt der Fall eine
dramatische Wende.

Fieberhaft suchen die Ermittler
nach einer Person, die ein Motiv
für diesen Racheakt haben könnte.
Derweil befindet sich die kleine
Emma im schalldicht isolierten
Keller des skrupellosen Entführers,
dem sie auf Gedeih und Verderb
ausgeliefert ist. Eingepfercht in
einen Gitterkäfig steht sie Todes-
ängste aus.

Der Kidnapper stellt Tannenberg ein Ultimatum und zwingt ihn
zur Teilnahme an einem teuflischen
Spiel. Ein verzweifelter Wettlauf
gegen die Zeit beginnt ...

BERND FRANZINGER
Jammerhalde

....

324 Seiten, Paperback.
ISBN 978-3-89977-727-7.

Neue Morde IM PFÄLZER-
WALD An der Jammerhalde, einem
düsteren Nordhang im Pfälzerwald,
wurde im Dreißigjährigen Krieg ein
grausames Massaker verübt. Genau an diesem geschichtsträchtigen
Ort wird ein männlicher Leichnam
entdeckt, dem schon bald weitere
folgen sollen. Alle Opfer wurden
auf bestialische Art und Weise getötet und verstümmelt. Nach jedem
Mord legt der Täter zudem eine
weiße Lilie auf dem Gedenkstein
der Jammerhalde ab.

Was bedeuten diese makaberen
Arrangements? Haben die Taten
etwas mit einer ungelösten Liebes-
paar-Mordserie aus den 70er-
Jahren zu tun? Die Suche nach dem
brutalen Serienmörder führt Hauptkommissar Wolfram Tannenberg zu
einem Historikerverein, bei dem
auch seine neue Herzdame, Johanna
von Hoheneck, Mitglied ist.

Wir machen's spannend

Das neue KrimiJournal ist da!

**2 x jährlich das Neueste
aus der Gmeiner-Krimi-Bibliothek**

In jeder Ausgabe:

· ·

- Vorstellung der Neuerscheinungen
- Hintergrundinfos zu den Themen der Krimis
- Interviews mit den Autoren und Porträts
- Allgemeine Krimi-Infos
- Großes Gewinnspiel mit ›spannenden‹
  Buchpreisen

*ISBN 978-3-89977-950-9
kostenlos erhältlich in jeder Buchhandlung*

KrimiNewsletter
Neues aus der Welt des Krimis

Haben Sie schon unseren KrimiNewsletter abonniert?
Alle zwei Monate erhalten Sie per E-Mail aktuelle Informationen
aus der Welt des Krimis: Buchtipps, Berichte über Krimiautoren und
ihre Arbeit, Veranstaltungshinweise, neue Krimiseiten im Internet,
interessante Neuigkeiten zum Krimi im Allgemeinen.
Die Anmeldung zum KrimiNewsletter ist ganz einfach. Direkt auf
der Homepage des Gmeiner-Verlags (www.gmeiner-verlag.de) finden
Sie das entsprechende Anmeldeformular.

Ihre Meinung ist gefragt!
Mitmachen und gewinnen

Wir möchten Ihnen mit unseren Krimis immer beste Unterhaltung bieten. Sie können uns dabei unterstützen, indem Sie uns Ihre Meinung zu
den Gmeiner-Krimis sagen! Senden Sie eine E-Mail an gewinnspiel@
gmeiner-verlag.de und teilen Sie uns mit, welches Buch Sie gelesen haben
und wie es Ihnen gefallen hat. Alle Einsendungen nehmen automatisch
am großen Jahresgewinnspiel mit ›spannenden‹ Buchpreisen teil.

Wir machen's spannend

Alle Gmeiner-Autoren und ihre Krimis auf einen Blick

ANTHOLOGIEN: Tödliche Wasser • Gefährliche Nachbarn • Mords-Sachsen 3 • Tatort Ammersee (2009) • Campusmord (2008) • Mords-Sachsen 2 (2008) • Tod am Bodensee • Mords-Sachsen (2007) • Grenzfälle (2005) • Spekulatius (2003) **ARTMEIER, HILDEGUND:** Feuerross (2006) • Katzenhöhle (2005) • Drachenfrau (2004) **BAUER, HERMANN:** Karambolage (2009) • Fernwehträume (2008) **BAUM, BEATE:** Ruchlos (2009) • Häuserkampf (2008) **BECK, SINJE:** Totenklang (2008) • Duftspur (2006) • Einzelkämpfer (2005) **BECKMANN, HERBERT:** Die indiskreten Briefe des Giacomo Casanova (2009) **BLATTER, ULRIKE:** Vogelfrau (2008) **BODE-HOFFMANN, GRIT / HOFFMANN, MATTHIAS:** Infantizid (2007) **BOMM, MANFRED:** Glasklar (2009) • Notbremse (2008) • Schattennetz • Beweislast (2007) • Schusslinie (2006) • Mordloch • Trugschluss (2005) • Irrflug • Himmelsfelsen (2004) **BONN, SUSANNE:** Der Jahrmarkt zu Jakobi (2008) **BOSETZKY, HORST [-KY]:** Unterm Kirschbaum (2009) **BUTTLER, MONIKA:** Dunkelzeit (2006) • Abendfrieden (2005) • Herzraub (2004) **BÜRKL, ANNI:** Schwarztee (2009) **CLAUSEN, ANKE:** Dinnerparty (2009) • Ostseegrab (2007) **DANZ, ELLA:** Kochwut (2009) • Nebelschleier (2008) • Steilufer (2007) • Osterfeuer (2006) **DETERING, MONIKA:** Puppenmann • Herzfrauen (2007) **DÜNSCHEDE, SANDRA:** Friesenrache (2009) • Solomord (2008) • Nordmord (2007) • Deichgrab (2006) **EMME, PIERRE:** Pasta Mortale • Schneenockerleklat (2009) • Florentinerpakt • Ballsaison (2008) • Tortenkomplott • Killerspiele (2007) • Würstelmassaker • Heurigenpassion (2006) • Schnitzelfarce • Pastetenlust (2005) **ENDERLE, MANFRED:** Nachtwanderer (2006) **ERFMEYER, KLAUS:** Geldmarie (2008) • Todeserklärung (2007) • Karrieresprung (2006) **ERWIN, BIRGIT / BUCHHORN, ULRICH:** Die Herren von Buchhorn (2008) **FOHL, DAGMAR:** Das Mädchen und sein Henker (2009) **FRANZINGER, BERND:** Leidenstour (2009) • Kindspech (2008) • Jammerhalde (2007) • Bombenstimmung (2006) • Wolfsfalle • Dinotod (2005) • Ohnmacht • Goldrausch (2004) • Pilzsaison (2003) **GARDEIN, UWE:** Die Stunde des Königs (2009) • Die letzte Hexe – Maria Anna Schwegelin (2008) **GARDENER, EVA B.:** Lebenshunger (2005) **GIBERT, MATTHIAS P.:** Eiszeit • Zirkusluft (2009) • Kammerflimmern (2008) • Nervenflattern (2007) **GRAF, EDI:** Leopardenjagd (2008) • Elefantengold (2006) • Löwenbiss • Nashornfieber (2005) **GUDE, CHRISTIAN:** Homunculus (2009) • Binärcode (2008) • Mosquito (2007) **HAENNI, STEFAN:** Narrentod (2009) **HAUG, GUNTER:** Güssenjagd (2004) • Hüttenzauber (2003) • Tauberschwarz (2002) • Höllenfahrt (2001) • Sturmwarnung (2000) • Riffhaie (1999) • Tiefenrausch (1998) **HEIM, UTA-MARIA:** Wespennest (2009) • Das Rattenprinzip (2008) • Totschweigen (2007) • Dreckskind (2006) **HUNOLD-REIME, SIGRID:** Schattenmorellen (2009) • Frühstückspension (2008) **IMBSWEILER, MARCUS:** Altstadtfest (2009) • Schlussakt (2008) • Bergfriedhof (2007) **KARNANI, FRITJOF:** Notlandung (2008) • Turnaround (2007) • Takeover (2006) **KEISER, GABRIELE:** Gartenschläfer (2008) • Apollofalter (2006) **KEISER, GABRIELE / POLIFKA, WOLFGANG:** Puppenjäger (2006) **KLAUSNER, UWE:**

Wir machen's spannend

Alle Gmeiner-Autoren und ihre Krimis auf einen Blick

Pilger des Zorns • Walhalla-Code (2009) • Die Kiliansverschwörung (2008) • Die Pforten der Hölle (2007) **KLEWE, SABINE:** Die schwarzseidene Dame (2009) • Blutsonne (2008) • Wintermärchen (2007) • Kinderspiel (2005) • Schattenriss (2004) **KLÖSEL, MATTHIAS:** Tourneekoller (2008) **KLUGMANN, NORBERT:** Die Adler von Lübeck (2009) • Die Nacht des Narren (2008) • Die Tochter des Salzhändlers (2007) • Kabinettstück (2006) • Schlüsselgewalt (2004) • Rebenblut (2003) **KOHL, ERWIN:** Willenlos (2008) • Flatline (2007) • Grabtanz • Zugzwang (2006) **KÖHLER, MANFRED:** Tiefpunkt • Schreckensgletscher (2007) **KOPPITZ, RAINER C.:** Machtrausch (2005) **KRAMER, VERONIKA:** Todesgeheimnis (2006) • Rachesommer (2005) **KRONENBERG, SUSANNE:** Rheingrund (2009) • Weinrache (2007) • Kultopfer (2006) • Flammenpferd (2005) **KURELLA, FRANK:** Der Kodex des Bösen (2009) • Das Pergament des Todes (2007) **LASCAUX, PAUL:** Feuerwasser (2009) • Wursthimmel • Salztränen (2008) **LEBEK, HANS:** Karteileichen (2006) • Todesschläger (2005) **LEHMKUHL, KURT:** Nürburghölle (2009) • Raffgier (2008) **LEIX, BERND:** Fächertraum (2009) • Waldstadt (2007) • Hackschnitzel (2006) • Zuckerblut • Bucheckern (2005) **LOIBELSBERGER, GERHARD:** Die Naschmarkt-Morde (2009) **MADER, RAIMUND A.:** Glasberg (2008) **MAINKA, MARTINA:** Satanszeichen (2005) **MISKO, MONA:** Winzertochter • Kindsblut (2005) **MORF, ISABEL:** Schrottreif (2009) **MOTHWURF, ONO:** Taubendreck (2009) **OTT, PAUL:** Bodensee-Blues (2007) **PELTE, REINHARD:** Inselkoller (2009) **PUHLFÜRST, CLAUDIA:** Rachegöttin (2007) • Dunkelhaft (2006) • Eiseskälte • Leichenstarre (2005) **PUNDT, HARDY:** Deichbruch (2008) **PUSCHMANN, DOROTHEA:** Zwickmühle (2009) **SCHAEWEN, OLIVER VON:** Schillerhöhe (2009) **SCHMITZ, INGRID:** Mordsdeal (2007) • Sündenfälle (2006) **SCHMÖE, FRIEDERIKE:** Fliehganzleis • Schweigfeinstill (2009) • Spinnefeind • Pfeilgift (2008) • Januskopf • Schockstarre (2007) • Käfersterben • Fratzenmond (2006) • Kirchweihmord • Maskenspiel (2005) **SCHNEIDER, HARALD:** Erfindergeist • Schwarzkittel (2009) • Ernteopfer (2008) **SCHRÖDER, ANGELIKA:** Mordsgier (2006) • Mordswut (2005) • Mordsliebe (2004) **SCHUKER, KLAUS:** Brudernacht (2007) • Wasserpilz (2006) **SCHULZE, GINA:** Sintflut (2007) **SCHÜTZ, ERICH:** Judengold (2009) **SCHWAB, ELKE:** Angstfalle (2006) • Großeinsatz (2005) **SCHWARZ, MAREN:** Zwiespalt (2007) • Maienfrost • Dämonenspiel (2005) • Grabeskälte (2004) **SENF, JOCHEN:** Knochenspiel (2008) • Nichtwisser (2007) **SEYERLE, GUIDO:** Schweinekrieg (2007) **SPATZ, WILLIBALD:** Alpendöner (2009) **STEINHAUER, FRANZISKA:** Wortlos (2009) • Menschenfänger (2008) • Narrenspiel (2007) • Seelenqual • Racheakt (2006) **SZRAMA, BETTINA:** Die Giftmischerin (2009) **THÖMMES, GÜNTHER:** Das Erbe des Bierzauberers (2009) • Der Bierzauberer (2008) **THADEWALDT, ASTRID / BAUER, CARSTEN:** Blutblume (2007) • Kreuzkönig (2006) **VALDORF, LEO:** Großstadtsumpf (2006) **VERTACNIK, HANS-PETER:** Ultimo (2008) • Abfangjäger (2007) **WARK, PETER:** Epizentrum (2006) • Ballonglühen (2003) • Albtraum (2001) **WILKENLOH, WIMMER:** Poppenspäl (2009) • Feuermal (2006) • Hätschelkind (2005) **WYSS, VERENA:** Todesformel (2008) **ZANDER, WOLFGANG:** Hundeleben (2008)

Wir machen's spannend